Sehnsucht am Tegernsee

Hannah Lechner, 1965 in Bayreuth geboren, arbeitet seit 2008 als Autorin. Sie schreibt Krimis, Thriller, erotische Bücher, Kurzgeschichten und Heftromane, teilweise unter Pseudonym. Hannah Lechner hat zwei erwachsene Töchter.

HANNAH LECHNER

Sehnsucht am Tegernsee

ROMAN

emons:

Bibliografische Information der Deutschen Nationalbibliothek
Die Deutsche Nationalbibliothek verzeichnet diese Publikation in der Deutschen Nationalbibliografie; detaillierte bibliografische Daten sind im Internet über http://dnb.d-nb.de abrufbar.

FSC
www.fsc.org
MIX
Papier | Fördert gute Waldnutzung
FSC® C083411

Umschlaggestaltung: Nina Schäfer, unter Verwendung der Bildmotive mauritius images/Benedikt Kohl/Alamy/Alamy Stock Photos, shutterstock.com/Vanessa Grummet
Gestaltung Innenteil: DÜDE Satz und Grafik, Odenthal, nach einem Layout von Nina Schäfer
Lektorat: Dr. Marion Heister
Druck und Bindung: CPI – Clausen & Bosse, Leck
Printed in Germany 2023
ISBN 978-3-7408-1793-0
Roman
Originalausgabe

1

Georg Sollinger duckte sich unter der niedrigen Tür seines Hauses hindurch ins Freie. Rudi, sein fünfjähriger Golden Retriever, quetschte sich an ihm vorbei.

Für einen Augenblick blieb Sollinger stehen, richtete seinen Rücken wieder gerade und streckte die Arme seitlich von sich, um sich zu dehnen, ehe er mit bedächtigen, schweren Schritten zu der Baumstammbank ging, die links neben der Tür in der Morgensonne stand. Rudi hatte sich bereits bäuchlings daneben niedergelassen und schmatzte behaglich.

Der Sommermorgen war warm, bestimmt hatte es schon an die zwanzig Grad, trotz der frühen Stunde. Sollinger warf einen Blick auf das schlichte Außenthermometer aus dunklem Gusseisen, das nahe der Haustür im Schatten hing, im Moment noch vor der Sonne geschützt von dem vorgezogenen Dach des Gebäudes. Zufrieden nickte er. Einundzwanzig Grad zeigte die Quecksilbersäule.

Behäbig nahm Sollinger auf der sonnengewärmten Sitzfläche Platz. Er legte seine Pfeife und das Beutelchen mit dem Tabak neben sich, ließ seinen Blick über die herrliche Landschaft schweifen und bemühte sich gleichzeitig, das stattliche Anwesen schräg gegenüber zu ignorieren – ein längst verlassener Ort, zu dem von seinem Wohnhaus aus ein Feldweg führte.

Sollinger konzentrierte sich auf die Schönheit der Landschaft.

Hinter weitläufigen sattgrünen Wiesen erstreckte sich die Kette der Tegernseer Berge. Direkt vor ihm, in etwa dreihundert Metern Entfernung, lag der Wallberg, breit, behäbig und dicht bewaldet. War der Tag so klar wie heute, konnte er von seiner Bank aus das Gipfelkreuz sehen und auch die kleine Kapelle rechts davon, die circa hundert Meter tiefer lag. Winzig nahm sich beides aus, auf die Entfernung und Höhe gesehen. Doch Sollingers Augen waren scharf, ihnen hatten die dreiundachtzig Jahre nichts anhaben können, die er mittlerweile zählte.

Etliche Male war er dort oben gewesen, auf dem Berg, als kleiner Junge schon. Er mochte vier oder fünf Jahre alt gewesen sein, als ihn sein Vater, ein wortkarger Mann, das erste Mal auf eine Tour mitgenommen hatte. Hinein in den Wald, den stetig ansteigenden Weg nach oben. Wie entsetzlich langweilig war es für ihn gewesen. Doch Richard Sollinger hatte kein Gequengel und Gemaule geduldet. Sein Sohn musste mit, und das ohne Widerworte. Er wollte die Ruhe des Waldes genießen und die eher geringe Anforderung, die der Weg nach oben stellte. Und sicher wollte er auch seinen Erinnerungen nachhängen und die Trauer um seine viel zu früh verstorbene Frau verarbeiten, Georgs Mutter. Doch das hatte er damals noch nicht verstanden.

Oft war es anfangs nicht vorgekommen, dass der Vater sich ein paar Stunden Auszeit von der Arbeit im Hotel gegönnt und die Gäste ganz den Angestellten überlassen hatte. Bis Georg ins Teenageralter gekommen war, hatte er eigenartigerweise die stummen Touren mit seinem Vater lieb gewonnen, auch wenn er das nicht einmal sich selbst gegenüber zugegeben hätte. Es war auch nicht beim Wallberg geblieben. Der Vater hatte ihn mit auf den Hirschberg genommen, auf den Setzberg, auf den Risserkogel und auf den Leonhardstein. Bei diesem hatte er die letzte halbe Stunde als durchaus anspruchsvoll in Erinnerung, musste man doch durch eine steile, felsige Rinne, um zum Gipfel zu kommen. Es war so lange her.

Sollinger griff nach seinem Tabakbeutelchen und klappte es auf. Sorgsam ließ er eine Lade in den Pfeifenkopf fallen. Er sollte nicht rauchen. Dr. Schmeling mahnte es immer wieder an. Sollinger gab Tabak nach, drückte ihn behutsam fest und legte die Pfeife wieder neben sich auf die Bank.

Nun wandte er den Blick doch zu dem Anwesen schräg gegenüber. Dort stand, etwa hundert Meter entfernt und den stattlichen Wallberg im Rücken, das Hotel. Über zehn Jahre war es nun schon geschlossen, und der Anblick des ehemals florierenden Hauses, das langsam verfiel, schmerzte ihn jeden Tag.

Von den herrlichen Balkonen blätterte die Farbe, die kunstvoll gedrechselten Balustraden waren verblichen. Es musste alles abgeschliffen und neu gestrichen werden. Die Blumenkästen, einst üppig gefüllt mit leuchtend blühenden Geranien in roter und rosa Färbung, hingen nutzlos an den Geländern, als rechneten sie damit, entsorgt zu werden. Und auch das große geschwungene Schild über der Eingangstür, auf dem in verwitterter Schrift »Hotel Sollinger« geschrieben stand, musste restauriert werden. Noch immer war zu erkennen, wie sorgsam es einstmals gearbeitet worden war, mit dem feinen Goldrand und den nach ordentlicher Handschrift gestalteten Buchstaben in moosgrüner Farbe.

Sollinger musste husten. Er tastete nach seiner Pfeife. Mühsam nestelte er ein Feuerzeug aus seiner Hosentasche. Seine Hand zitterte ein wenig, während er den Tabak entzündete. Er ignorierte das Stechen in seiner Brust. So schlimm war es heute gar nicht, er hatte das schon ganz anders erfahren. Trotzdem. Er musste seine Belange regeln, solange er noch fit genug war. Nein, er musste nicht. Er *wollte* seine Belange regeln. Umso mehr, weil Alfons Erlinger, dessen Kuhstall fünf Minuten entfernt von Sollingers Wohnhaus stand, schon eine Weile ein Auge auf das Hotelgrundstück geworfen hatte. Immer wieder suchte Erlinger das Gespräch mit ihm. Das alte Gebäude, das sei doch nur noch eine Last für ihn, meinte er. Ob er schon mal über einen Verkauf nachgedacht habe. Ganz sicher nicht.

Beim Gedanken an den geschäftstüchtigen Nachbarn zwickte der Ärger in Sollingers Bauch. Vielleicht war es auch der heute zu stark geratene Kaffee. Er wollte eben bedächtig einen Beruhigungszug aus seiner Pfeife nehmen, als über die schmale Straße, die links an seinem Grundstück entlangführte, ein glänzender dunkler Mercedes rollte. Die Scheiben waren getönt, er konnte nicht sehen, wer darinnen saß.

Der Wagen trug ein Münchner Kennzeichen. Das war nicht ungewöhnlich hier in der Gegend. München war ja nur geschätzte fünfzig Kilometer entfernt. Doch wer solch ein edles Fahrzeug fuhr, verirrte sich selten in diese beschauliche Ecke von Rottach-Egern.

Der Mercedes hielt am Straßenrand, und ein schlanker Mann stieg aus. Er betrachtete die Gegend, als müsse er sich orientieren. Sollinger behielt ihn im Auge. Er schien etwas zu suchen. Eine Adresse war es wohl kaum. Heutzutage hatte doch jeder ein Navi. Die waren ja schon serienmäßig in den Autos, zumindest in den teuren. Der Mann klappte die Wagentür zu, und hinten am Fahrzeug blinkten kurz zwei Lichter auf. Er schwenkte etwas in der Hand, vielleicht seinen Schlüsselbund, und machte sich auf den direkten Weg zum Hotel.

In Sollinger rebellierte es augenblicklich, zudem bekam er einen bitteren Geschmack im Mund. Der Besucher war nicht der Erste, der das ehemalige Gästehaus in Augenschein nehmen wollte. Immer wieder betraten Neugierige das Gelände, stromerten ums Haus, versuchten, durch die blinden Fenster zu sehen, drückten verstohlen die Türklinke zum Eingang herunter oder betraten die ehemalige Terrasse, durch deren Fugen zwischen den Steinplatten Grasbüschel und Unkraut wucherten. Es ärgerte Sollinger fürchterlich. Da das Gelände aber weder durch einen Zaun gesichert noch durch eine Hecke vor Blicken geschützt war, blieb ihm nicht viel Handhabe. Außer er ging zum Gebäude und verwies die ungebetenen Besucher vom Platz. Doch dazu musste er mit ihnen reden, und Sollinger schätzte seine Ruhe und war auch nicht bereit, Auskunft zum Anwesen zu geben, falls eine solche ersucht wurde.

Rudi war ihm auch keine Hilfe. Er duldete jeden, solange er einen Sicherheitsabstand von etwa fünf Metern zum Wohnhaus einhielt.

Jetzt stand der Fremde vor der Terrasse. Er schien die Außenfassade des Hauses zu betrachten, lange und gründlich, und ging schließlich langsam um das Gebäude herum. Rudi hob den Kopf, schnupperte in die Richtung des Mannes, und legte sich wieder hin.

»Du bist mir ein rechter Wachhund«, murrte Sollinger. Der Hund spitzte die Ohren und wedelte einmal mit dem Schwanz.

Sollinger hatte keine Lust mehr auf seine Pfeife. Sobald der Kerl weg war, würde er hineingehen und telefonieren. Nein, nicht telefonieren. Er würde einen Brief schreiben, mit aller Sorgfalt, und ihn gleich nachher noch in den Postkasten in der Seestraße im Ort werfen. Der wurde, soweit er sich erinnern konnte, am Nachmittag geleert. Dann würde sein Schreiben vielleicht schon morgen ankommen.

Erlinger hatte recht. Er musste eine Entscheidung treffen. Aber keineswegs die, an die der Nachbar gedacht hatte.

2

Kira Wagner saß in dem dunkelblauen Sessel im Sprechzimmer ihrer Praxis, die Beine übereinandergeschlagen. Auf ihren Oberschenkeln lag ein Notizblock, in der rechten Hand hielt sie einen Kugelschreiber. Unauffällig ging ihr Blick zu dem Regal hinter dem Sessel ihrer Patientin. Dort stand die kleine Uhr, die Patrick ihr damals zur Eröffnung der Praxis geschenkt hatte. Es war siebzehn Uhr fünfzig. Die Therapiestunde war um.

Evelyn Braun knetete ihre geröteten Hände und hielt den Blick gesenkt.

»Über die möglichen Alkoholprobleme Ihres Mannes sollten wir in unserer nächsten Stunde sprechen«, sagte Kira sanft.

»Ja.« Evelyn Braun sah auf ihre Armbanduhr. »Liebe Güte, wir haben überzogen. Ich muss los, ich muss noch einkaufen.« Rasch stand sie auf. »Bis nächste Woche, Frau Wagner. Meinen Sie wirklich, ich brauche mir nicht so viele Gedanken zu machen?«

»Sicher nicht. Aber auch darüber reden wir beim nächsten Termin.«

Kira stand ebenfalls auf. Sie begleitete ihre Patientin bis zur Tür ihrer Praxis im ersten Stock des Ärztehauses im Stadtteil Meyernberg in Bayreuth.

»Eine gute Zeit für Sie, Frau Braun«, verabschiedete sie sie.

»Ebenso«, murmelte die Frau und eilte die marmornen Stufen hinunter.

Kira drückte die Tür wieder ins Schloss und ging zurück in ihr Sprechzimmer. Sie öffnete die beiden Fensterflügel, wie immer, wenn eine Sitzung beendet war. Die warme Luft des frühen Abends drang in den Raum. Kira wandte dem Fenster den Rücken zu und begann, ihre Papiere zu ordnen, die auf dem Schreibtisch lagen. Eigentlich standen jetzt noch Büroarbeiten an. Sie hatte etliche Berichte zu schreiben, musste die Anfrage einer Krankenkasse beantworten und ein Gutachten erstellen. Lust dazu hatte sie keine.

Sie setzte sich hinter ihren Schreibtisch, streckte die Beine von sich und betrachtete den unerledigten Papierkram. Es war kurz vor halb sieben, und es war Sommer. Ein herrlicher Sommer. Seit zwei Wochen war ein Tag schöner als der andere.

Kira stand auf, nahm ihre Handtasche aus dem Schrank, der neben ihrem Schreibtisch stand, kramte ihren Schlüsselbund daraus hervor und verließ die Praxis.

Sie trat ins Treppenhaus und sperrte hinter sich ab. Ehe sie ging, drückte sie noch einmal gegen die Klinke, um sich zu vergewissern, dass sie abgeschlossen hatte. Missmutig dachte sie, dass auch sie gegen gewisse Zwangshandlungen nicht ganz gefeit war, und ging langsam ins Erdgeschoss hinunter.

Sie war sicher die Einzige, die sich an diesem Freitagabend noch im Gebäude aufhielt. Im Stockwerk über ihr befand sich die Praxis eines Augenarztes, der sowohl sich als auch sein Personal jeden Freitag pünktlich um zwölf Uhr ins Wochenende entließ. Im Erdgeschoss arbeitete ein Gynäkologe, mit nahezu der gleichen Einstellung. Bei ihm war freitags um dreizehn Uhr Schluss. Nur Kira war oft bis in den Abend hinein im Gespräch mit ihren Patienten. Aber im Gegensatz zu den beiden Kollegen hatte sie ja auch keine Familie, die auf sie wartete.

Kira verließ das Haus. Ihr kleiner roter Dacia war das einzige Fahrzeug, das noch hinter dem Gebäude stand. Obwohl einige dicht belaubte Bäume den Parkplatz säumten, stand ihr Wagen in der prallen Sonne. Im Inneren herrschten mit Sicherheit backofenartige Temperaturen. Kira öffnete sämtliche Türen, um wenigstens einen Teil der Hitze herauszubekommen.

Neunzehn Uhr fünf. Ihr war nicht danach, den Abend zu Hause zu verbringen. Vielleicht sollte sie eine kleine Radtour zur Wilhelminenaue machen?

Recht überzeugt war sie nicht von ihrer Idee. Auf dem Gelände der ehemaligen Landesgartenschau gab es nur wenig Schatten, und je länger sie unter dem großen Kastanienbaum darauf wartete, sich in ihr Auto setzen zu können, umso wärmer empfand sie den Abend. Drückend warm sogar. Das war ihr in ihrer Praxis gar nicht aufgefallen.

Kira beschloss, erst einmal nach Hause zu fahren. Sie setzte sich in ihren Wagen, bereute die Entscheidung sofort, weil die Luft im Auto immer noch unerträglich war und das Lenkrad glühend heiß, und ließ dennoch mit zusammengebissenen Zähnen den Motor an.

Eine gute Viertelstunde später parkte sie vor dem Mietshaus mit drei Parteien, in dem sie eine Wohnung im Hochparterre gemietet hatte. Kira sah ihre Nachbarin Leonie Gerber über den Gehweg eilen. Leonie wohnte im Haus nebenan.

Vor Jahren hatten sie sich ab und zu ein wenig unterhalten, meist auf dem Gehweg, doch seit Leonie mit ihrem Freund Stefan zusammen war, waren diese Gespräche immer seltener geworden.

Kira nahm ihre Handtasche vom Beifahrersitz und stieg aus. Sie lächelte Leonie zu. Leonie hob grüßend die Hand. Außer Atem blieb sie vor ihr stehen.

»Kira, hallo. Endlich Feierabend?«, fragte sie. Über der Schulter trug sie eine offene Korbtasche aus geflochtenem Material. Darinnen lagen einige Plastikgefäße, mit Deckeln verschlossen.

»Ja. Und du? Du siehst aus, als wärst du in Eile.«

Leonie strich sich mit dem Handrücken eine dunkle Locke aus der Stirn. »Ich bin eigentlich nur noch in Eile.«

»Oje. Was ist los?«, erkundigte sich Kira und dachte im selben Moment, dass sie sie mit ihrer Frage unnötig aufhielt. Überhaupt sah Leonie verändert und erschöpft aus, fand Kira. Ihr gutmütiges rundes Gesicht war blass, ihre kinnlangen Locken, früher sorgfältig gepflegt und glänzend, wirkten struppig und zerzaust, und unter ihren Augen lagen Schatten.

»Ich … Ach, meine Güte. Das ist nicht in einem Satz erzählt. Aber … Stefan will sich mit einem Bio-Hof selbstständig machen. Obst, Gemüse und so weiter. Keine Tierhaltung. Ich finde das eine tolle Sache und helfe ihm, wo ich kann.« Sie brach ab.

»Aber es ist viel Arbeit, oder?« Es klang jedenfalls so, fand Kira. Wahrscheinlich mutete sich Leonie zu viel zu, um ihren Freund zu unterstützen. Oder hatten die beiden mittlerweile geheiratet? Kira versuchte, unauffällig nach einem Ring an der Hand der Nachbarin zu sehen. Leonie trug keinen, doch das musste nichts heißen. Vielleicht störte er bei der Arbeit auf dem Hof.

»Sicher. Aber das ist weniger das Problem, obwohl ich zugeben muss, von acht bis siebzehn Uhr in der Versicherung Schadensfälle bearbeiten und im Anschluss oft gleich auf den Hof, das ist schon anstrengend. Er ist hinter Bindlach, weißt du. Das sind ja von hier aus nur ein paar Kilometer, aber dort geht es dann mit der Arbeit weiter. Heute hatte ich ja schon mittags Feierabend. Jetzt muss ich jedenfalls zu Stefan. Der wartet seit zwei Stunden.«

Kira lag es auf der Zunge, zu fragen, was Leonie über den Nachmittag gemacht hatte, beschloss jedoch, dass es sie nichts anging. Aus ihren zwar netten, aber unverbindlichen Gesprächen seinerzeit war nie eine wirkliche Freundschaft geworden, was sie bedauert hatte. Schon gleich als ihre Beziehung mit Patrick vor sechs Jahren in die Brüche gegangen war. Für ihn hatte Kira ihre Heimat verlassen und war ins weit entfernte Bayreuth gezogen. Entsetzlich einsam war sie nach der Trennung gewesen. Damals hatte sie sich sehr nach einer Freundin gesehnt.

Unvermittelt fing Leonie an zu schluchzen. Kira erschrak.

»Leonie, was ist los?«

»Ich kann einfach nicht mehr. Es ist wegen Felix. Er braucht mich, und ich will auch für ihn da sein, aber … Ich schaffe das nicht mehr.« Sie nestelte ein Papiertuch aus ihrer Korbtasche und trocknete sich das Gesicht.

»Wer ist Felix?« Kira verstand überhaupt nichts.

»Mein Bruder. Entschuldige, Kira, dass ich hier so rumheule und dich aufhalte. Ich glaube, mir gehen gerade die Nerven durch.« Sie warf ihr Papiertuch zurück in die Tasche.

»Du hältst mich nicht auf. Ich weiß, du bist in Eile, aber …

Ich wusste gar nicht, dass du einen Bruder hast.« Welch unsinnige Bemerkung, die danach klang, als wäre sie neugierig und wollte Leonies Zeitnot ignorieren. Andererseits war es indiskutabel, sie in ihrer Verzweiflung einfach stehen zu lassen.

»Dann habe ich ihn wohl nicht erwähnt. Ich ...« Erneut fing sie an zu weinen, wandte das Gesicht ab und rührte sich nicht von der Stelle.

Kira strich ihr über den Arm. »Magst du kurz mit zu mir kommen? Nur für einen Eistee?«

Überraschenderweise nickte Leonie. Stumm folgte sie Kira in ihre Wohnung.

Leonie saß auf der Kante des Sofas im Wohnzimmer. Kira hatte eben zwei Gläser Pfirsich-Eistee aus der Küche geholt, je ein Stückchen Zitrone und ein paar Eiswürfel hineingegeben.

»Danke«, murmelte Leonie, als Kira ein Glas vor ihr auf den Tisch stellte.

Kira setzte sich ihr gegenüber. »Also, was ist mit deinem Bruder? Weswegen braucht er dich?«, fragte sie sanft, und ihr fiel auf, dass sie eben mit Leonie wie mit ihren Patienten gesprochen hatte.

Leonie trank einen Schluck. Eine typische Geste, um Zeit zu gewinnen, dachte Kira.

»Felix hatte vor gut zwei Jahren einen schlimmen Unfall, mit seinem verdammten Motorrad. Wie ich das Ding hasse! Jetzt liegt es in Trümmern, und Felix sitzt seither im Rollstuhl. Gelähmt! Das ist grauenhaft für ihn. Bei dem Unfall saß seine Freundin mit auf der Maschine. Sie hat es nicht überlebt. Felix ist am Ende. Er hat keinen Lebensmut mehr, fühlt sich schuldig an Katjas Tod, kann sein eigenes Schicksal nicht akzeptieren und hadert mit aller Welt.« Sie hatte schnell gesprochen, als wollte sie ihren Bericht hinter sich bringen.

»Das tut mir furchtbar leid«, sagte Kira aufrichtig. »Ich kann mir vorstellen, dass alles, was geschehen ist, ganz schrecklich für deinen Bruder ist.«

»Ist es«, bestätigte Leonie, nun etwas ruhiger.

»Und du kümmerst dich seither um ihn?«

»Ja. Mit allem, was sein muss. In erster Linie um den Haushalt, da rührt er keinen Finger, obwohl er schon einiges machen könnte. Er arbeitet nicht mehr, sitzt nur noch zu Hause und brütet dumpf vor sich hin. Ich koche für ihn, kaufe ein, helfe ihm beim Baden und Duschen und versuche, ihm Mut zu machen. Das Leben muss doch weitergehen.« Sie klang vollkommen niedergeschlagen. »Außerdem fahre ich ihn zweimal in der Woche zur Physiotherapie.«

»Du überforderst dich komplett, Leonie. Es gibt professionelle Hilfe, wenn dein Bruder wirklich nicht allein zurechtkommt. Du bist Vollzeit berufstätig und hilfst deinem Freund auf dem Hof. Das kannst du unmöglich auf Dauer schaffen.«

»Professionelle Hilfe lehnt er ausnahmslos ab. Ich helfe ihm jetzt seit etwa anderthalb Jahren. Felix lag lang in der Klinik, danach war er zur Reha. Seit er wieder zu Hause ist, kümmere ich mich«, sagte sie. »Die Ärzte haben dringend zu einer Psychotherapie geraten, um den Unfall und die Folgen zu verarbeiten. Aber man darf das nicht einmal aussprechen. Er ist vehement dagegen.«

»Wie denkt Stefan über deinen unermüdlichen Einsatz?«, fragte Kira und beschloss, auf das Thema Psychotherapie nicht einzugehen. Sie hatte Leonie gegenüber nie von ihrem Beruf gesprochen.

»Anfangs hatte er wirklich viel Verständnis. Aber allmählich … Ich weiß nicht. Ich habe schon den Eindruck, dass er langsam die Geduld verliert. Außerdem …«

»Ja?«

»Er hat mir einen Heiratsantrag gemacht, schon vor Wochen. Er will aber auch, dass ich mit Felix rede. Stefan sagt, so kann es nicht weitergehen. Andere Menschen sitzen auch im Rollstuhl und bewältigen ihr Leben. Da hat er ja auch recht! Aber ich schaffe es einfach nicht, Felix seinem Schicksal zu überlassen. Außerdem habe ich Angst, dass er sich etwas antut. Verstehst du? Ich habe ständig das Gefühl, ich müsste auf ihn aufpassen.« Sie presste die flache Hand vor den Mund und rang mit einem Schluchzen. Unerwartet rasch fing sie sich wieder. »Stefan wünscht sich eine große Hochzeit. Mit Kirche, Kutsche, Brautkleid, Familie und Freunden. Vielleicht sogar einer kurzen Reise im Anschluss. Ich möchte das auch! Aber wir finden nicht einmal die Zeit, irgendetwas zu planen, weil ich ständig mit meinem Bruder beschäftigt bin.«

Kira nickte nur.

»Ich habe schreckliche Angst, Felix von unseren Zukunftsplänen zu erzählen. Er und Katja wollten damals ja auch heiraten. Es kam nur nicht mehr dazu.« Leonie machte eine Pause. »Und ich habe schreckliche Angst, Stefan zu verlieren, wenn ich Felix weiterhin so viel Zeit gebe.«

Und Kraft, ergänzte Kira in Gedanken. Leonie gab ihrem Bruder Zeit und Kraft, die sie für ihr eigenes Leben brauchte.

Leonie griff nach ihrem Eistee und trank einen Schluck. »So«, sagte sie, stellte ihr Glas ab, und auf ihrem Gesicht erschien ein erzwungenes Lächeln. »Jetzt habe ich dir genug Leid geklagt. Du hast dir deinen Feierabend sicher auch redlich verdient und bestimmt Besseres zu tun, als dir das Elend meiner Welt anzuhören.«

Leonie erhob sich. Auch Kira stand auf und begleitete sie zur Tür. Unzählige Gedanken kreisten plötzlich durch ihren Kopf, doch noch konnte sie keinen greifen.

»Danke fürs Zuhören«, sagte Leonie.

»Gerne«, erwiderte Kira. Nachdenklich drückte sie hinter ihr die Wohnungstür ins Schloss.

Kira schenkte sich ein Glas gekühlten Weißwein ein und setzte sich damit auf den Balkon. Das Gespräch mit der Nachbarin wollte ihr nicht aus dem Kopf.

Leonie brach unter der Last ihrer Pflichten und der zum Teil selbst auferlegten Verantwortung für ihren Bruder beinahe zusammen.

Sie war nicht die Einzige, der es so ging.

Kira hatte in ihrer Praxis allein drei Patientinnen, die pflegebedürftige Angehörige versorgten und dabei dauerhaft über ihre Grenzen gingen. Auch ein Patient war dabei, der sich um seine frühzeitig an Demenz erkrankte Frau kümmerte, ganz allein und ohne jegliche Unterstützung.

Sie dagegen wusste mit ihrer Freizeit nichts anzufangen und wurde zunehmend frustrierter deswegen. Wie ungerecht die Lasten im Leben manchmal verteilt waren.

Ihre Patienten konnte sie nicht aktiv bei der Pflege ihrer Familienmitglieder unterstützen. Bei ihr konnten sie sich aussprechen, sie konnte versuchen, mentalen Beistand zu leisten und ihnen Wege aufzuzeigen, mit der Situation besser umzugehen. Auch praktische Tipps waren ab und an dabei, wie die Überlegung, einen Pflegedienst einzubinden. Mehr konnte sie nicht tun.

Aber für Leonie konnte sie mehr tun.

Ihr konnte sie aktive Hilfe anbieten, bei der Unterstützung ihres Bruders, zumindest vorübergehend. Die Frage war, ob sie das annahm. Und natürlich auch, wie dieser Felix darüber dachte.

Kira war nicht sicher, was sie von ihrer Idee hielt. Vielleicht würde Leonie sie als aufdringlich empfinden. Sie musste sich den Gedanken noch durch den Kopf gehen lassen, zumindest bis morgen. Doch im Grunde wusste sie jetzt schon, dass sie den Vorschlag machen würde.

Kira legte die Füße auf den zweiten Balkonstuhl und nippte an ihrem Wein. Auf dem Stuhl hatte seinerzeit Patrick gesessen, wenn er sie besucht hatte. Oft war das nicht gewesen, meistens war sie zu ihm gefahren.

Ob er glücklich geworden war, auf dem von ihm gewählten Lebensweg? Noch immer sah sie vor sich, mit welchem Enthusiasmus er von seinen Zukunftsplänen gesprochen hatte, als er das entscheidende Gespräch mit ihr geführt hatte. Von Plänen, die sie von vorneherein ausgeschlossen und die die Trennung bedeutet hatten.

Danach war er gegangen. Es war entsetzlich gewesen. Sie hatte Tage und Wochen geweint und gelitten und es nicht glauben wollen. Es schmerzte bis heute. Sie hatte nie wieder etwas von ihm gehört.

Kira trank wieder von ihrem Wein. Er schmeckte bitter. Das konnte nicht sein. Es war ihre Lieblingssorte, und die schmeckte lieblich-fruchtig. Sie probierte erneut. Der Wein war in Ordnung. Es war wohl die Erinnerung, die ihr den bitteren Geschmack beschert hatte. Wieder glitten ihre Gedanken zu Patrick.

Hinter ihrem Rücken hatte er alles vorbereitet. Sie hatte keine Ahnung gehabt, und als er sich ihr endlich mitgeteilt hatte, war alles beschlossene Sache gewesen.

Genug jetzt. Sie stellte ihr Weinglas auf den Tisch und drückte die Fingerspitzen gegen die Schläfen, als könnte sie so die Erinnerung vertreiben.

Vielleicht sollte sie wieder tanzen gehen. Das hatte ihr immer Freude gemacht. Sie musste wieder unter Menschen, neue Kontakte knüpfen, sich einen kleinen Freundes- oder wenigstens Bekanntenkreis aufbauen. Im Gespräch mit der unglücklichen Nachbarin war ihr bewusst geworden, wie sehr ihr ein wenig Anschluss fehlte. So erschütternd der Anlass auch war, weswegen Leonie eine Weile bei ihr auf dem Sofa gesessen hatte, so hatte sie doch kurz Besuch gehabt. Kira war nicht allein gewesen wie sonst jeden Abend. Am Wochenende war das Alleinsein besonders belastend.

Nein, sie würde den heutigen Abend nicht allein zu Hause verbringen. Sie würde in die Tanzbar »Harmonie« fahren, die früher ihr Stammlokal gewesen war.

Sie warf einen Blick auf ihre Armbanduhr. Zehn Minuten vor neun. Eine sehr gute Zeit. Das »Harmonie« hatte früher entweder um halb neun oder um neun Uhr aufgemacht.

Jetzt nur nicht lange nachdenken, ehe sie der Mut verließ. Getrunken hatte sie quasi noch nichts, die wenigen kleinen Schlucke zählten nicht.

Rasch stand sie auf und stellte ihr Glas in den Kühlschrank. Sie würde den Wein später trinken, wenn sie zurück war. Ihr Herz schlug schnell. Allerdings weniger vor Vorfreude, sondern eher vor Nervosität. Früher hatte es ihr nichts ausgemacht, allein zu einer Tanzveranstaltung zu gehen, doch das war lange her.

Kira eilte ins Schlafzimmer. Sie nahm ein ärmelloses hellgrünes Kleid aus dem Schrank, hielt es vor sich und trat vor den Spiegel. Ja, das gefiel ihr. Es war oben eng geschnitten, das Rockteil fiel weit und glockig. Der Stoff war fein und leicht und für einen warmen Sommerabend geeignet. Sie streifte ihre Kleidung ab und warf sie aufs Bett. Ehe sie das Kleid überzog, frischte sie ihr Make-up auf, tuschte die Wimpern noch ein wenig und trug einen Lippenstift in softem Orangeton auf. Er passte wunderbar zu ihren blonden Haaren. Ob sie ein Paar ihrer Tanzschuhe mitnehmen sollte? Die lagen allesamt im Keller, in einem Karton, der mit Sicherheit gründlich eingestaubt war. Nein, das war für heute des Guten zu viel. Sie besaß ein Paar bequeme cremefarbene Pumps. Die waren das Richtige für den heutigen Abend.

Um kurz vor halb zehn fuhr Kira auf den Parkplatz des Lokals, auf dem verhältnismäßig wenig Autos standen. Augenblicklich sank ihr Mut, der schon auf der Fahrt hierher kontinuierlich geschrumpft war. Wie hatte sie für einen Neustart in Sachen Tanzen solch einen herrlichen Sommerabend wählen können? Bei dem Wetter und den Temperaturen hielten sich die meisten Menschen lieber in Biergärten auf als in einem geschlossenen Innenraum.

Vermutlich waren nur einige wenige Besucher im Lokal, die meisten paarweise. Alle würden auf sie aufmerksam werden, wenn sie allein kam. Sie würden sie neugierig mustern, und sie würde sich ganz schrecklich fühlen.

Es war überhaupt keine gute Idee gewesen, hierherzukommen. Kira hielt an, sah sich um, als hätte sie sich verfahren, und ließ den Motor laufen.

Ein paar Gäste standen neben dem überdachten Eingang, redeten, rauchten und schienen sie zu beobachten. Ihr Mund wurde trocken, und ihre Hände wurden feucht.

Sie würde es nicht schaffen, die Stufen zum Eingang hochzulaufen, an den Leuten vorbei, und ganz selbstverständlich die Tanzbar zu betreten, als wäre es das Normalste der Welt. Oder doch? Andere schafften es ja auch. Doch würden nicht alle

Anwesenden denken, sie suchte Anschluss? Genau genommen suchte sie Anschluss.

Ihr Puls war zu hoch. Noch konnte sie umkehren. War sie erst einmal ausgestiegen, musste sie umsetzen, was sie sich vorgenommen hatte. Zwei der vier Gäste vor dem Eingang sahen eindeutig in ihre Richtung.

Sie sahen sehr genau in ihre Richtung. Himmel! Am Ende stand dort drüben einer ihrer Patienten? Glühendes Entsetzen durchfuhr sie. Auf die Idee war sie vorhin gar nicht gekommen.

Kira sah, dass einer der Gäste nun betont lässig die Stufen der Treppe hinunterschlenderte. Es war ein Mann mit kleinem Bauchansatz. Er schien in ihre Richtung zu wollen. Kira legte den Gang ein, wendete und fuhr vom Parkplatz. Zu Hause wartete eine stille, aber sichere Wohnung auf sie.

Kira kickte ihre Schuhe von den Füßen. Der zweite Schuh blieb an ihrem Fuß hängen. Ungehalten schüttelte sie ihn ab. So ein Reinfall, der Ausgehversuch. Barfuß lief sie in die Küche. Immerhin, die Kühle der Fliesen unter ihren nackten Füßen war angenehm. Sie holte ihr Weinglas aus dem Kühlschrank und trank in einem Zug die Hälfte aus. Dabei verschluckte sie sich, musste husten, und ein paar Tropfen Wein fielen auf ihr Kleid. Am liebsten hätte sie mit dem Fuß aufgestampft. Es lief wirklich alles schief.

Sie stellte das Glas ab, streifte das Kleid über den Kopf, eilte ins Bad und stopfte es mitsamt einer Ladung weiterer Wäsche, die im Wäschesammler lag, in die Maschine. Was für ein abwechslungsreicher Freitagabend! Sie schlüpfte in ihren Morgenmantel, der an der Badezimmertür hing, holte sich den restlichen Wein und setzte sich aufs Sofa. Auf dem Couchtisch lagen neben einer angebrochenen Tüte mit extrascharfen Kartoffelchips, der Fernsehzeitung und ihrem Strickzeug, das sie seit Wochen nicht mehr angefasst hatte, ein Notizblock und ein Kugelschreiber. Kira beschloss, Leonie eine Nachricht zu schreiben und morgen früh in den Briefkasten zu stecken.

Georg Sollinger stand in seiner Küche und packte ein paar Hundeleckerchen, einen kleinen Napf sowie eine Flasche mit Leitungswasser für Rudi in seinen Rucksack. Auch für sich selbst sorgte er, mit einer Flasche Mineralwasser und einem Salamibrot. Das Brot brauchte es eigentlich nicht. Er würde in der Almwirtschaft von Siebenhütten einkehren, die sein Ziel war. Aber vielleicht war ihm nach einer Stärkung, ehe er sich auf den Weg machte.

Rudi lag auf einem kleinen Teppich, den Sollinger extra für ihn zwischen Kühlschrank und Küchenbüfett gelegt hatte, und beobachtete ihn.

»Ja, mein Junge. Wir machen heute einen Ausflug. Ich würde gerne eine Bergtour mit dir machen, aber ich fürchte, das wird mir zu anstrengend. Wir laufen nach Siebenhütten. Es wird dir gefallen«, erklärte er dem Hund.

Rudi wedelte bedächtig.

»Die Strecke ist auch nicht so lang. Wir brauchen etwa eine Stunde, vom Parkplatz aus, wenn wir gemütlich gehen. Dann machen wir Rast. Ich bestelle dir ein Würstchen.«

Rudi wedelte immer noch.

Sollinger warf einen Blick aus dem Küchenfenster, von dem aus er das Hotel und den Wallberg dahinter sehen konnte. Das Wetter war herrlich, und der Tag lockte, ihn zu genießen.

Sein Blick ging weiter, vor zur Straße. Wenn er das Fenster geöffnet und sich hinausgelehnt hätte, hätte er zur Einfahrt seines Grundstückes sehen können. Dort stand auch der Postkasten.

Sacht zog es in seiner Brust. Auf seinen Brief, den er vor Tagen geschickt hatte, war noch keine Antwort gekommen. Vielleicht war er zu ungeduldig. Sehnsüchtig wartete er seither tagtäglich auf den Briefträger, doch meist fuhr der gelbe Wagen an seinem Grundstück vorbei. Sollinger bekam selten Post. Gleichwohl wusste er, sie würde ihm nicht per Brief antworten. Sie würde ihn anrufen oder eine Nachricht über das Handy schicken. Doch so oft er auch auf sein Mobiltelefon sah, auch hier kam nichts von ihr. Nun denn, ein bisschen Zeit wollte er ihr noch geben, und damit ihm diese nicht zu lange wurde, würde er sich mit einer kleinen Wanderung ablenken.

Sollinger nahm die dünne Strickjacke von der Lehne des Küchenstuhls, der ihm am nächsten stand, rollte sie zusammen und steckte sie mit in den Rucksack.

»Komm, Rudi«, forderte er den Hund auf und hängte sich den Rucksack mit einem Gurt über die Schulter. »Es geht los.«

Der Hund erhob sich, schüttelte sich und folgte seinem Herrn.

Sollinger verließ das Haus. Sein Jeep stand unter dem Carport, seitlich des Gebäudes. Er öffnete den Kofferraum, in dem eine Transportbox für seinen Gefährten stand. Rudi wartete, bis Sollinger ihm ein Zeichen gab, hineinzuspringen.

»Hopp«, sagte Sollinger und zeigte auf die Box. Mit einem Satz kam der Hund der Aufforderung nach.

Sollinger packte seinen Rucksack auf die Rückbank des Wagens und setzte sich hinter das Steuer.

Bis zum Wanderparkplatz Kreuth brauchte er mit dem Auto keine zehn Minuten. Er stellte den Jeep zwischen einem roten Kleinwagen und einem Wohnmobil ab und stieg aus.

Wenige Minuten später machte er sich gemächlich auf den Weg. Rudi lief ein paar Schritte voran, schnupperte hier und da und hob immer wieder eine Hinterpfote. Zwischendurch sah er, ob sein Herr ihm nachkam.

Sollinger genoss den Spaziergang. Mehr war es ja nicht, wenn er es genau nahm. Der Weg war breit und bequem und sogar für Familien geeignet, die einen Kinderwagen dabeihatten. Bescheidene hundert Höhenmeter waren auf dem Weg zur Almwirtschaft Siebenhütten zu bewältigen. Die merkte man gar nicht, auf der Strecke.

Tief atmete er die herrliche Sommerluft ein und den Duft des Waldes. Obwohl auf dem Parkplatz etliche Autos gestanden hatten, war es ruhig auf dem Weg. Er lauschte auf das leise Knirschen der feinen Steinchen unter seinen Schuhen, hörte dazwischen das Zwitschern der Vögel.

Ein älteres Ehepaar kam ihm entgegen, lächelte ihm zu und

grüßte ihn. Sollinger grüßte zurück. Die beiden hielten sich an den Händen, die schon ganz runzelig waren. Sie waren zu zweit, sie hatten einander. Vielleicht hatten sie auch Kinder und Enkel.

Er horchte in sich hinein. Vermisste er etwas? Zeitlebens war er nicht verheiratet gewesen. Einmal, da hätte er es sich vorstellen können. Doch als er Alma den Antrag gemacht hatte, hatte sie Nein gesagt. Er brauche eine Frau, die sich für das Hotel genauso begeistern und engagieren würde wie er. Sie sei diejenige nicht. Sollinger wischte die Erinnerung beiseite. Da waren sie wieder, die Gedanken an das Hotel.

»Wuff«, machte Rudi und wandte sich ihm zu.

»Ja, tatsächlich, mein Junge. Wir sind da. Das ging ja schneller, als ich dachte.« Er tätschelte dem Hund den Rücken und ließ den Blick zur Almstation gehen, die im Licht der Sonne und eingebettet in der Natur lag, umgeben von Bäumen. Es herrschte reichlich Betrieb. Viele Ausflügler machten Brotzeit oder stärkten sich mit Kaffee und Kuchen. Hoffentlich bekam er überhaupt noch einen Platz.

Sollinger betrachtete die niedrigen Holzhäuser mit den sanft geneigten Dächern, die mit Kanthölzern und Steinen beschwert waren.

Sieben Hütten waren es einstmals gewesen, zu Zeiten, als diese noch von Bauern bewirtschaftet worden waren. Nunmehr war zwar der Name geblieben, doch es existierten nur noch drei Gebäude, von denen eines als Brotzeitstation diente. An dieser herrschte reichlich Betrieb.

Wofür die zwei weiteren Hütten genutzt wurden, wusste er nicht. Irgendwer hatte ihm einmal erzählt, sie wurden als Lager verwendet. Für was? Holz? Landwirtschaftliche Geräte? Es interessierte ihn nicht.

»Jetzt machen wir eine schöne Pause«, fuhr er, an den Hund gewandt, fort. »Danach könnten wir noch in die Wolfsschlucht laufen. Das ist von hier aus auch nicht weit. Komm, wir suchen uns einen Sitzplatz«, beschloss er.

Fast alle Stühle und Bänke waren besetzt. Hinter der Hütte, im Schatten, wurde ein Platz frei, gerade als Sollinger mit Rudi um die Hausecke bog. Erleichtert setzte er sich. Der Hund blieb hechelnd neben ihm stehen.

Sollinger kramte Napf und Wasser aus einem Rucksack und gab dem Tier zu trinken. Er stand auf. Wenn er eine Stärkung haben wollte, musste er zur Theke. In Siebenhütten gab es nur Selbstbedienung.

Er musste einige Minuten in der Schlange anstehen, ehe er seine Bestellung aufgeben konnte. Sollinger hatte sich für ein Radler entschieden, ein deftiges Rahmbrot mit Speck, Zwiebeln und Lauch und ein Paar Wiener für Rudi.

Mit seiner Mahlzeit ging er zu seinem Platz zurück. Er lobte den Hund, der offensichtlich aufgepasst hatte, dass ihm niemand seinen Platz streitig machte. Vielleicht hatten weitere Gäste aber auch seinen Rucksack dort stehen sehen und sich einen anderen Tisch gesucht.

Sollinger nahm einen großen Schluck von seinem Radler und stutzte. Dort drüben, nur wenige Meter weit entfernt, saß jemand, den er kannte und den er absolut nicht erwartet hatte hier zu sehen. Jemand, den er auch nicht sehen wollte. Augenblicklich stach es wieder in seiner Brust. Rudi drückte seine feuchte Nase gegen sein Bein. Sollinger konnte den Blick nicht abwenden. Er sah ihn nur schräg von hinten. Vielleicht war er es doch nicht? Doch, er war es. Was machte der Kerl hier? Am liebsten hätte er sich mit seiner Brotzeit einen anderen Platz gesucht. Einen, von dem aus er ihn nicht sehen musste. Wenn der Halunke sich umdrehte, würde er ihn bemerken. Bei dem Betrieb, der in Siebenhütten herrschte, hatte er keine Auswahl an Sitzmöglichkeiten. Tief senkte Sollinger den Kopf über sein Essen. Auf keinen Fall wollte er mit dem Kerl reden müssen.

3

An Leonies Körper klebte das dunkle Kleid, das das eine oder andere überflüssige Pfund kaschieren sollte.

Der Tag war wieder warm und sonnig, die kleine Rasenfläche vor dem Haus stellenweise vertrocknet und erinnerte an Stroh. Die Temperaturen drückten ihr auf Gemüt und Kreislauf. Ihr war, als könnte sie nicht richtig durchatmen. Doch das mochte nicht nur am Wetter liegen, allzu viel lastete ihr auf der Seele.

Leonie betrat den Hausflur. Hier war es kühler als draußen. Das tat gut. Sie öffnete ihren Briefkasten, der neben der Haustür hing. Zwischen der Tageszeitung, die sie schon lange abbestellen wollte, weil ihr die Zeit fehlte, sie zu lesen, einem Brief der Stadtwerke, die vermutlich wieder eine Erhöhung des Gaspreises ankündigen wollten, und einer Werbung für Sonnenmarkisen lag ein weißes Kuvert. In geschwungener Schrift und mit blauem Kugelschreiber stand lediglich ihr Vorname auf dem Umschlag. Leonie drehte den Brief um. Die dreieckige Lasche war nur eingesteckt, nicht zugeklebt. Sie stellte ihre Korbtasche auf den Boden, stopfte die übrige Post hinein und öffnete das Kuvert. Innen lag ein gefalteter Bogen Papier, vermutlich aus einem Notizblock herausgerissen.

> *Liebe Leonie, wenn es für dich und deinen Bruder in Ordnung ist, könnte ich dich vorübergehend bei seiner Versorgung entlasten. Bitte gib mir kurz Bescheid, ob ihr euch das vorstellen könnt. Gruß Kira*

Darunter stand eine Handynummer. Perplex las Leonie den Text ein zweites Mal. Kira bot ihre Hilfe an. Damit hätte sie niemals gerechnet. Für einen winzigen Moment meinte sie, einen Hoffnungsschimmer zu sehen, ganz fern am Horizont. Hier war jemand, den sie nicht erst suchen musste, unter dem

Druck, den Stefan machte, unter dem Schuldgefühl, Felix' Versorgung weitergeben zu wollen, und in dem Wissen, dass sie gegen seinen Willen handelte.

Kira war eine Bekannte, eine Nachbarin. Kompetent, freundlich und zuverlässig. Zumindest schätzte Leonie sie so ein. Offenbar alleinstehend und mit Arbeitszeiten, die eine Zusatzbeschäftigung möglich machten. Kira war von sich aus auf sie zugekommen, und sie hatte von »vorübergehend« gesprochen. Mit der Zeitspanne konnte Leonie sich arrangieren, ohne dass sie ihr Gewissen erdrückte.

Sie schob den Brief zurück in den Umschlag und steckte ihn so behutsam in ihre Korbtasche, als fürchtete sie, eine umgeknickte Ecke würde den Hoffnungsschimmer zerstören.

Bis sie in ihrer Wohnung im ersten Stock den Schlüssel ins Schloss steckte, war die Hoffnung dennoch zerfallen. Felix würde niemals einverstanden sein. In einer plötzlichen zornigen Aufwallung ging sie in ihren Flur und trat die Tür mit aller Kraft ins Schloss. Es krachte, als hätte Zugluft sie in den Rahmen geknallt.

Zu Leonies Wut gesellte sich die Scham ob ihres Ausbruches, den sicherlich ein paar Nachbarn gehört hatten. Das Zuschlagen der Tür hatte sie nicht wirklich erleichtert. Eher hatte sie das Verlangen, noch ein paar Gegenstände an die nächstbeste Wand zu knallen. Stattdessen stellte sie ihre Korbtasche unter das Garderobenelement und bemühte sich, ihres Aufruhrs Herr zu werden.

Bebend verharrte sie im Flur, ballte die Fäuste zusammen und öffnete sie wieder. Nichts half. In zwei Stunden musste sie wieder bei Felix sein. Samstag war Bade- oder Duschtag. Bei der Wärme würde er lieber duschen wollen.

Danach musste sie sicher wieder einkaufen gehen und auch gleich etwas kochen, damit er für den morgigen Sonntag versorgt war. Sonntag war der einzige Tag in der Woche, an dem sie in der Regel nicht zu ihm fuhr.

Langsam flaute die Aggression in ihr ab. Ihr Puls war zwar noch immer zu schnell, doch der Zorn wurde von großer Erschöpfung abgelöst. Stefan hatte recht, und Kira hatte auch recht. So konnte es nicht weitergehen. Sie würde nachher mit Felix reden.

Ihr Bruder saß in seinem Rollstuhl neben dem weißen Ledersofa. Leonie hatte sich ihm gegenüber in einen der beiden Sessel gesetzt. Zwischen ihnen, auf dem niedrigen Tisch mit der Glasplatte, standen diverse Medikamente auf einem kleinen Tablett, vorwiegend Schmerzmittel, aber auch ein Blutverdünner und ein pflanzliches Beruhigungsmittel.

»Es wäre nur vorübergehend«, schloss Leonie ihren Bericht. Ihre Handflächen waren feucht, und ihr Herz klopfte heftig gegen die Rippen. Mühsam kontrollierte sie ihren Atem.

Felix' Miene war undurchdringlich.

»Ich möchte keine *Vertretung* für dich«, ließ er sie wissen. Seine Stimme klang fest, und er sprach mit hörbarer Verbitterung.

»Felix, ich schaffe das nicht mehr, ständig für dich –«, setzte sie an und merkte zu ihrem Entsetzen, dass sie den Tränen nahe war.

»Das musst du ja auch nicht. Ich habe dich nie darum gebeten. Ich komme schon zurecht«, unterbrach er sie hart.

»Ja? Indem du in deinem Rollstuhl sitzt und aus dem Fenster starrst? Du machst nichts mehr, Felix! Keinen Einkauf, keinen Haushalt, ich höre nie etwas davon, dass du wieder arbeiten willst, egal was. Deine Medikamente muss ich dir zuteilen, damit du sie überhaupt nimmst. Ich kümmere mich um deine Termine bei der Physiotherapie, fahre dich hin und hole dich wieder ab. Du fragst nie, wie ich das alles schaffe.« Nun fing sie doch an zu schluchzen.

Felix gab keine Antwort, stattdessen sah er wie so häufig aus dem bodentiefen Wohnzimmerfenster, das fast eine ganze Wandseite einnahm. Mittig war eine doppelflügelige Tür eingelassen, durch die man auf die Terrasse kam. Ein Hindernis stellte die Türschwelle dar, über die er allein nur unter großen Mühen kam.

»Ich kann selbst fahren«, sagte er schließlich. Er klang nicht mehr ganz so kategorisch.

»Du weißt, wie ich darüber denke.« Langsam fasste Leonie sich wieder. Sie war überzeugt, er würde sämtliche Termine verstreichen lassen. »Was ist mit Einkaufen, Kochen, Körperpflege?«, fuhr sie fort, weil er nicht antwortete.

Felix schlug mit der flachen Hand auf die Lehne des Rollstuhls, traf sie jedoch nicht richtig. »Körperpflege? Denkst du, ich lasse mich von deiner Nachbarin ausziehen und unter die Dusche schieben?«, zürnte er und sah sie nun doch an. In seinen Augen blitzte die Wut. »Und von dir auch nicht! Dass das klar ist!«

»Schon gut. Aber es muss jemand im Haus sein, wenn du im Bad bist. Das Duschen können wir ja auch aufs Wochenende verschieben. Da kann ich sicher mal vorbeikommen.« Sie hatte ein Würgen im Hals.

»Kochen muss ich auch nichts. Es gibt schließlich Lieferservice«, fuhr er fort.

»Das ist keine gesunde Ernährung und kostet viel Geld.« Unwillkürlich sah Leonie sich in dem großzügigen Wohnraum um, den Felix und Katja zwei Jahre vor dem Unfall gemeinsam eingerichtet hatten. Für ihren Geschmack hatte er sich mit dem Haus übernommen. Jetzt konnte er es nicht einmal mehr wirklich nutzen. In den oberen Stock war kein Hochkommen mehr für ihn, einen Treppenlift wollte er nicht, und mittig durch den Wohnraum zogen sich zwei Stufen, über die man in einen Bereich mit einem offenen Kamin sowie einem Flügel kam. Felix konnte sich nur noch in den unteren Räumen aufhalten.

»Schreib du mir nicht vor, wie ich zu leben habe«, wies er sie in harschem Ton zurück.

»Aber du brauchst trotzdem ein paar Einkäufe. Fürs Frühstück zum Beispiel. Und du brauchst deine Medikamente, und dazu musst du erst zum Arzt, dann in die Apotheke …«, zählte sie auf und wurde von Felix durch eine aufgebrachte Handbewegung unterbrochen.

»Hör auf, Leo!«, fuhr er sie an.

»Nein.« Nun fing sie wieder zu schluchzen an. »Du gehst vor die Hunde, Felix. Du brauchst jemanden, der … dir ein bisschen zur Seite steht. Ich bekomme Schwierigkeiten mit Stefan, weil –«

»Aha«, unterbrach er sie erneut.

»Wir wollen heiraten.« Plötzlich wurde sie ruhiger. Dennoch senkte sie den Blick und betrachtete ihre Hände.

»Damit habe ich schon gerechnet«, erwiderte Felix ungehalten.

»Ja. Und ich möchte ihm auf dem Hof helfen. Es macht mir Freude.« Da war es wieder, dieses kleine Fünkchen Helligkeit, das sie mehr spürte, als dass sie es sah, und das ihr das Atmen leichter machte.

»Dann mach doch. Ich brauche deine Hilfe nicht. Wenn ich gewusst hätte, wie das ausartet, hätte ich sie damals schon nicht angenommen.« Aufgebracht schlug er erneut mit der Hand auf die Armlehne des Rollstuhls. Diesmal traf er.

»Du bist so was von gemein«, stieß Leonie hervor, plötzlich dermaßen verletzt, dass sie an sich halten musste, um nicht einfach aufzustehen und zu gehen.

»Leo.« Felix wandte ihr den Blick zu. In seinem Gesicht sah sie ein klares, unwiderrufliches Nein zu ihrem Vorschlag. »Auch wenn du es weder hören noch wissen willst, ich komme zurecht, auch ohne dich. Und schon gleich ohne diese Nachbarin von dir«, sagte er, ohne eine Miene zu verziehen.

»Ja, gut. Okay.« Leonie rutschte auf ihrem Sessel nach vorn auf die Kante und hielt sich sehr aufrecht, während sie weitersprach. »Dann tu es nicht für dich, sondern für mich. Probehalber, sagen wir, für vier Wochen.« Damit hatte sie eine Zeitangabe in den Raum gestellt, von der sie nicht wusste, ob sie sich mit Kiras Vorstellung von »vorübergehend« deckte. Doch sie hoffte, ihm mit der Befristung und dem Hinweis, dass er das Angebot für ihren Seelenfrieden annehmen sollte, doch noch eine Zusage abzuringen.

Felix schwieg. Wieder ging sein Blick zum Fenster.

»Felix!« Sie wurde ungeduldig, ihre Nerven waren allzu

strapaziert. Sie hatte auch nicht die Zeit, endlos mit ihm zu verhandeln. Um achtzehn Uhr wollte sie wieder bei Stefan auf dem Hof sein, und vorher gab es hier noch reichlich zu tun.

Felix wandte sich ihr zu. »Eine Woche«, sagte er mit undurchdringlichem Gesicht.

»Eine?« Sie sah ihn entgeistert an.

»Eine. Weiter diskutiere ich nicht. Wenn dir das nicht reicht, dann gar nicht. Du musst dich nicht um mich kümmern. Wie gesagt, ich komme zurecht.«

Leonies Mund und Kehle fühlten sich schmerzhaft trocken an. Eine Woche. Nun gut. Ein winziges Zugeständnis hatte sie durchgesetzt.

»Bedingung ist: keine Anwesenheit oder Handreichungen bei der Körperpflege. Das steht überhaupt nicht zur Diskussion. Was ist das überhaupt für eine, deine Nachbarin? Typ Sozialhelferin? Gutmensch, Heile-Welt? Jemand, der sich für alles engagiert, was ihn eigentlich nichts angeht?« Sein Ton kippte ins Zynische.

»Sie heißt Kira Wagner und ist etwa so alt wie ich«, erwiderte Leonie ruhig.

»Ja, und? Was weißt du noch über sie?«

»Nicht so viel«, gab Leonie resigniert zu. »Ich glaube, sie ist alleinstehend. Sie hatte mal einen Freund, aber das ist schon eine Weile her. Sie arbeitet in irgendeiner Praxis. Wo, weiß ich nicht.«

»Praxis? Du schickst mir also eine Art Krankenschwester. Das trifft sich ja hervorragend.«

»Felix, ich habe es schon gesagt. Ich hatte nicht vor, sie dir zu schicken. Wir sind gestern ins Gespräch gekommen, und vorhin hatte ich ihre Nachricht im Briefkasten. Ich wollte erst mit dir sprechen, ehe ich Kira antworte.«

»Das war sehr großherzig von dir.«

»Weißt du was?« Abrupt erhob sich Leonie. »Nachdem du mich ja eben mehrfach darauf hingewiesen hast, dass du gut ohne mich auskommst, gehe ich jetzt. Im Vorratsschrank sind reichlich Nudeln und Fertigsoßen. Du musst also nicht verhungern, bis ich Montag am frühen Abend wiederkomme. Nur tun musst du was.«

Ihr fiel sein Hinweis auf diverse Lebensmittellieferanten wieder ein. Wahrscheinlich ließ er sich Pizzen kommen. Ihr lag auf der Zunge, ihn auch noch auf den unerledigten Abwasch in der Küche hinzuweisen. Sie verzichtete darauf. Möglich war es wohl, doch aus sitzender Position sehr beschwerlich. Spülbecken und Arbeitsfläche waren für einen Rollstuhlfahrer zu hoch montiert, und überall darunter gab es Schränke, sodass er schräg zum Becken hätte arbeiten müssen. Eigentlich war ein Umbau notwendig, wenn Felix das Haus weiter nutzen wollte. Nicht nur in der Küche, sondern im ganzen Haus.

Ein Zucken lief über Felix' Gesicht, das sie nicht einordnen konnte. Hatte sie ihn aus der Fassung gebracht, weil er mit ihrer Entscheidung, ihm heute nicht zur Hand zu gehen, nicht gerechnet hatte?

»Ich rufe dich an, sowie ich mit Kira gesprochen habe, und sage dir, wann sie das erste Mal kommt.«

Das, so beschloss Leonie, war Kiras Entscheidung. Felix saß ohnehin nur zu Hause, hatte nie etwas vor und bekam auch schon lange keinen Besuch mehr. Das mochte daran liegen, dass er jeden, der seine Anteilnahme hatte zeigen wollen, zurückgewiesen hatte. Egal, ob derjenige lediglich angerufen hatte oder persönlich vorbeigekommen war.

»Ich werde dich nicht abhalten können«, erwiderte Felix.

Leonie zitterten die Knie, und ihr Herz schlug bis in ihre Kehle. Für einen Moment lehnte sie sich rücklings gegen die Haustür und drückte die flache Hand gegen die Brust. Sie hatte Felix die Stirn geboten und ihren Besuch abgebrochen, ehe sie auch nur angefangen hatte, ihm behilflich zu sein. Wirklich gut fühlte sich das nicht an. Sie war eher erschrocken über sich selbst. Gleichzeitig wühlte und bohrte in ihr sein Hinweis, dass er sie nie um Unterstützung gebeten hatte.

Über diese durchaus zutreffende Aussage durfte sie nicht nachdenken. Leonie stieß sich mit den Händen von der Haustür ab und eilte den geschwungenen, mit hellen würfelförmigen Pflastersteinen belegten Gehweg entlang, der zur Gartentür führte. Ihr Wagen parkte am Straßenrand, direkt vor dem Haus.

Sie warf ihre Tasche auf den Beifahrersitz und startete den Motor. Sie würde, sowie sie zu Hause war, Kira eine Nachricht schreiben und fragen, ob sie für ein kurzes Gespräch Zeit hätte.

4

Kira stieg aus der Dusche, zog ein Handtuch von der Stange, die knapp einen Meter über dem Heizkörper angebracht war, und wickelte es sich gleich einem Turban um die nassen Haare. Mit einem zweiten Handtuch trocknete sie sich notdürftig ab. Sie hatte den Vormittag damit verbracht, die Küche in Ordnung zu bringen, das Bad zu putzen und in der ganzen Wohnung zu wischen und zu saugen. Außerdem hatte sie die Wäsche, die sie gestern noch in die Waschmaschine gesteckt hatte, auf dem Wäscheständer auf dem Balkon aufgehängt. Bei der Wärme draußen würde sie rasch trocken sein.

Kira ging in ihr Schlafzimmer, holte aus der Kommode einen BH und ein Höschen, schlüpfte hinein, warf das feuchte Handtuch aufs Bett und streifte ein leichtes helles Sommerkleid über den Kopf. Aus dem Wohnzimmer hörte sie ein leises »Pling«. Das Geräusch kam von ihrem Handy und meldete den Eingang einer WhatsApp-Nachricht. Im Grunde konnte die Nachricht nur von Leonie sein. Ihr schrieb seit Langem niemand mehr privat, und daran war sie selbst nicht ganz unschuldig.

Kira rief die Nachricht auf.

Liebe Kira, herzlichen Dank für dein Angebot. Hast du eventuell heute Nachmittag ein paar Minuten Zeit für ein kurzes Gespräch? Herzlich Leonie

Kein Ja, kein Nein. Vermutlich wollte sie ihr absagen, das aber von Angesicht zu Angesicht, um sich persönlich zu erklären.

Sicher, schrieb sie zurück. *Du kannst gerne in einer halben Stunde vorbeikommen.*

Erst als sie die Nachricht weggeschickt hatte, fiel ihr auf, dass sie einen Abschiedsgruß vergessen hatte. Kira legte das Handy auf den Wohnzimmertisch, zuckte mit den Schultern und ging ins Bad, um ihre langen Haare vom Waschen zu entwirren.

Exakt eine halbe Stunde später läutete es an der Tür. Kira drückte den Türöffner, ohne nachzufragen, wer geklingelt hatte, und öffnete die Wohnungstür.

Leonie eilte die wenigen Stufen zum Hochparterre hinauf. »Hallo, Kira«, begrüßte sie sie.

»Hallo, Leonie. Komm rein«, forderte Kira sie auf, durchaus in der Annahme, dass Leonie dies ablehnen würde. Eine Absage war schneller vor der Wohnungstür erteilt, und dann wollte sie sicher gleich wieder gehen. Wider Erwarten folgte Leonie ihr in die Wohnung.

»Magst du was trinken?«, fragte Kira.

»Nein, vielen Dank. Ich war total überrascht von deiner Nachricht. Ich finde das phantastisch von dir«, begann Leonie.

Kira merkte, dass sie sich bemühte, Begeisterung und Bewunderung in ihre Stimme zu legen. Sie lächelte höflich.

»Setz dich doch«, sagte sie.

Wie am Vortag nahm Leonie auf dem Sessel Platz. »Also, es ist so. Felix ist nicht ganz einfach. Er lässt sich nicht gerne helfen, aber …« Sie brach ab und sah durchs Zimmer, als wollte sie Kiras Einrichtung inspizieren.

»Mach dir keine Gedanken«, nutzte Kira die Gesprächslücke. Unvermittelt fühlte sie sich dumm, ungewollt, zurückgewiesen. Wie war sie auf die Idee gekommen, Leonie bei der Versorgung ihres gelähmten Bruders helfen zu können? »Wenn er oder du das nicht wollt, hat es sich erledigt«, sprach sie eilig weiter. »Es war ein spontaner Gedanke. Er war wohl nicht so gut.«

»Doch!« Leonie sah sie an. »Er ist wunderbar. Das Problem ist, dass Felix sich sträubt. Er meint, er kommt allein zurecht. Offenbar duldet er auch meine Hilfe nur. Das ist bei mir bisher nicht so angekommen. Ich weiß schon, dass es ihm eigentlich nicht passt, Unterstützung zu brauchen. Trotzdem dachte ich bis heute Mittag, dass er es zumindest akzeptiert, weil es eben anders nicht geht.«

Kira sah einen Hauch Röte in ihre runden Wangen steigen.

»Jedenfalls haben wir uns darauf geeinigt, dass du eine Woche zu ihm kommst«, fuhr Leonie fort.

»Eine Woche?«, wiederholte Kira irritiert.

»Du lieber Himmel. Entschuldige. Das klingt jetzt so, als hätten wir etwas beschlossen und du würdest gar nicht mehr gefragt«, entschuldigte sich Leonie und legte die Finger einer Hand an die Lippen.

»Schon okay«, erwiderte Kira.

»Kannst du das denn überhaupt machen? Du musst doch auch arbeiten?«, forschte Leonie, die ihre Verlegenheit offenbar wieder überwunden hatte.

»Tagsüber geht nichts«, antwortete Kira. »Ich kann abends bei deinem Bruder vorbeisehen und am Wochenende.«

»Das genügt. Anders mache ich es ja auch nicht. Er hat nächste Woche zwei Termine bei der Physiotherapie. Einen am Dienstag und einen am Donnerstag. Beide Termine um neunzehn Uhr. Anders ist es nicht möglich, ich muss ja auch arbeiten. Und einen bei seinem Hausarzt. Der ist Freitagmittag, da habe ich eher Feierabend. Wie lange musst du am Freitag arbeiten? Ach egal. Wenn der Termin für dich nicht passt, kann ich den auf jeden Fall übernehmen. Ich schreibe dir alles auf, wann was ist und wo.«

»Ich denke, das kann mir Felix auch sagen«, entgegnete Kira.

Verdutzt sah Leonie sie an. »Ja«, sagte sie schließlich. »Es kann aber sein, dass er die Termine einfach absagt, wenn ich nicht mit ihm hinfahre, und dir gar nichts davon erzählt. Die Physio passt ihm sowieso nicht, weil er meint, sie bringt nichts.«

»Gut. Dann schreib es mir auf«, sagte Kira und schob ihr den Notizblock zu, der nach wie vor auf dem Couchtisch lag. »Mit einer Woche kann dir doch nicht wirklich geholfen sein«, bemerkte sie, während Leonie auf den Block kritzelte.

»Viel ist das nicht, das stimmt. Aber jeder Tag zählt«, gab sie zurück, ohne aufzusehen. »Außerdem hoffe ich, dass er, wenn er dich erst kennt, umdenkt«, ergänzte sie und legte den Kugelschreiber quer über ihre Notizen.

»Wie meinst du das?« Aufmerksam betrachtete Kira die junge Frau.

Leonie zuckte mit den Schultern. »Vielleicht gefällt es ihm

besser, als er es sich vorstellen kann, wenn er mal wieder ein anderes Gesicht als meines sieht«, gab sie zurück. »Kommen wir jetzt zum Finanziellen. Ich dachte, das regeln wir unter uns. Wie viel möchtest du für die Stunde?«

Verblüfft sah Kira sie an. »Nichts. Das läuft unter Nachbarschaftshilfe, schon gleich, wenn es nur für eine Woche ist.«

»Nichts? Das geht nicht. Ich würde mich in Grund und Boden schämen«, protestierte Leonie.

Kira musste lachen. »Ja, dann mach das. Ich nehme jedenfalls kein Geld dafür. Wann soll ich das erste Mal zu deinem Bruder fahren? Und jetzt sag bloß nicht, wann ich will. Ich kann es auch mit ihm direkt absprechen, dazu brauche ich seine Telefonnummer. Ach ja, und die Adresse brauche ich auch noch.«

»Die schreibe ich dir auf. Die Telefonnummer von Felix auch, für alle Fälle. Auch seine Handynummer. Aber absprechen solltest du dich nicht mit ihm, er wird nur versuchen, dich zu überzeugen, dass ich hoffnungslos übertreibe und er niemanden braucht. Ich sage ihm, wann du das erste Mal kommst.«

»Okay. Also, wann?«

»Heute, wenn das bei dir geht«, platzte Leonie heraus.

»Grundsätzlich geht das«, stimmte Kira zu.

»Es ist nämlich so, ich habe mich vorhin derart über ihn geärgert, dass ich ihn einfach habe sitzen lassen, ohne irgendwas für ihn zu tun. Das lässt mir keine Ruhe«, gab Leonie zu. »Heute wäre eigentlich Duschtag gewesen. Das musst du natürlich nicht machen. Aber ich habe auch nichts eingekauft und nicht gekocht, und ich teile ihm jeden Tag seine Medikamente in so einem Schieber ein, damit er sie auch nimmt. Weißt du, was ich meine?«

»Eine Tablettenbox, ja«, sagte Kira.

»Genau. Heute hätte ich die für morgen vorbereiten müssen. Ach ja, Sonntag bin ich oft gar nicht bei ihm, wegen Stefan. Es wäre aber bestimmt kein Fehler, wenn du trotzdem auch morgen kurz nach ihm siehst. Ich schreibe dir das mit den Medikamenten auf.«

Kira nickte nur.

»Die Bügelwäsche kannst du liegen lassen. Um die kümmere ich mich. Es sei denn, dir ist schrecklich langweilig. Aber vielleicht unterhält er sich ja auch mit dir. Früher war er recht redselig.«

»Mach dir nicht so viele Gedanken. Ich fahre in etwa einer Stunde zu ihm.« Kira zog ihren Block heran und las, welche Adresse Leonie aufgeschrieben hatte.

Felix Gerber wohnte in Creußen. Creußen war eine Kleinstadt, etwa vierzehn Kilometer von Bayreuth entfernt und mit dem Auto über eine gut ausgebaute Bundesstraße in circa einer Viertelstunde erreichbar. Wenn man nicht gerade einen Traktor oder notorischen Langsamfahrer vor sich hatte. Für Leonie allerdings mochten die täglichen Strecken eine zusätzliche Belastung sein. Bayreuth lag sozusagen zwischen Bindlach und Creußen. Fuhr sie zwischen ihrem Bruder und ihrem Freund direkt hin und her, brauchte sie vermutlich jeweils etwa eine halbe Stunde.

»Danke.« Leonie blieb auf dem Sofa sitzen.

Abwartend sah Kira sie an. Irgendwas lag ihr wohl noch auf dem Herzen.

»Nimm es bitte nicht persönlich, wenn er nicht allzu freundlich ist«, sagte sie schließlich. »Der Unfall hat ihn verändert. Früher war er ganz anders.«

»Sicher«, erwiderte Kira.

»Du kannst es mir auch jederzeit sagen, wenn gleich dein erster Einsatz … Also, ich meine, wenn du es doch nicht machen willst, nachdem du Felix kennengelernt hast«, ergänzte sie.

»Es wird schon werden«, versuchte Kira, sie zu beruhigen.

Leonie nickte. Überzeugt sah sie nicht aus.

Rudi hatte ein Würstchen verschlungen und fixierte Sollinger mit seinem Blick. Es lag ja noch ein zweites auf dem Teller. Das hatte Sollinger sich für sich eingebildet, zusammen mit der Scheibe Brot dazu. Er schob den letzten Bissen seines Rahmbrotes in den Mund. Köstlich. Noch besser hätte es geschmeckt, wenn der Kerl nicht noch immer dort drüben hocken würde wie festgeklebt. Bisher schien er ihn nicht bemerkt zu haben. Sollinger hielt weiter den Kopf gesenkt, nur gelegentlich schielte er in die Richtung des Mannes, stets in der Hoffnung, er würde endlich seiner Wege gehen.

»Okay«, ließ er den Hund wissen. »Du bekommst noch ein Stückchen, der Rest ist für mich. Und dann verschwinden wir unauffällig. Und zwar so, dass der uns nicht bemerkt«, raunte er Rudi zu.

Rudi schnappte nach seinem Anteil. Sollingers Ärgernis schien ihn nicht zu interessieren. Sein Herrchen stippte das Brot in den Klecks Senf, der eigentlich für die Wurst gedacht war.

»Hallo, Herr Sollinger. Das ist ja eine Überraschung.«

Sollinger drohte sich an seinem Bissen Brot mit Senf zu verschlucken, den er gerade in den Mund geschoben hatte. Nun, wo er schon fast im Aufbruch war, stand der Typ doch noch vor ihm.

»Darf ich mich einen Moment zu Ihnen setzen?« Freundlich lächelte sein Gegenüber ihn an.

»Ich wüsste nicht, wozu.« Er hatte seinen Bissen bewältigt und auch seine Sprache wiedergefunden, von der er einen Moment befürchtet hatte, es hätte sie ihm verschlagen.

»Das heißt, Sie lehnen mein Angebot nach wie vor ab?«

»Gehen Sie Ihrer Wege und lassen Sie mir meinen Frieden. Ich sagte Nein, und dabei bleibt es auch.« Er beschloss, sich nicht aufzuregen. Zumindest nicht so, dass der Kerl es mitbekam.

»Möchten Sie nicht –«, begann der andere wieder zu sprechen.

»Nein! Ich möchte gar nichts!« Nun regte er sich doch auf.

»Schon gut. Es ist vielleicht nicht der richtige Moment. Schönen Tag noch.« Der andere wandte sich ab und ging mit gleichmäßigen Schritten davon, in aufrechter Haltung.

Sollinger schnürte es die Luft ab. Was für eine Dreistigkeit! Er trank sein Radler aus, packte das verbliebene Essen, auf das er nun keinen Appetit mehr hatte, in seinen Rucksack und stand auf.

»Komm, Rudi. Wir gehen noch zur Wolfsschlucht«, informierte er den Hund. Er würde nur bis zur kleinen Wolfsschlucht gehen. Zur großen Wolfsschlucht konnte er ein anderes Mal. Man musste nicht übertreiben.

Um kurz vor drei Uhr am Nachmittag verließ Kira ihre Wohnung. Sie gab die Anschrift von Felix Gerber in das Navigationsgerät ein und startete den Wagen.

Eine gute Viertelstunde später ließ sie ihn langsam über die Straße mit dem eigenartigen Namen »Bühler Äcker« rollen. Sie hatte das Haus sofort gefunden und zweifelte doch, ob sie an der richtigen Adresse war.

Das Haus machte einen noblen Eindruck. Es war mit Sicherheit nicht billig gewesen und von einem weiträumigen Garten umgeben. Die wenigen Bäume und Sträucher, geschmackvoll platziert, waren noch nicht allzu groß. Der dichte grüne Rasen war sorgsam geschnitten. Ob Leonie auch das übernahm? Bei der Weitläufigkeit des Grundstücks mochte sie stundenlang damit beschäftigt sein.

Auch das benachbarte Anwesen rechts hatte einen sehr großen Garten, sodass zwischen beiden Häusern reichlich Abstand war. Links von Gerbers Haus befand sich ein unbebautes Grundstück, auf dem der Rasen in Kniehöhe wucherte.

Über der Haustür aus honigfarbenem Holz gab es ein Vordach mit spitzem Giebel, das von zwei Säulen gestützt wurde. Neben den Säulen standen stattliche Blumenkübel in Form von Amphoren, die jedoch nicht bepflanzt waren. Zwei flache Stufen führten zur Tür, über denen eine Rollstuhlrampe angebracht war. Links vom Haus befand sich eine Doppelgarage, vermutlich mit elektronisch betriebenem Rolltor.

Feudal, dachte Kira.

Sie hatte Leonie nicht gefragt, was ihr Bruder von Beruf war. Doch jetzt, beim Anblick dieses Hauses, musste sie an einen Arzt, Staatsanwalt oder Richter denken. Oder einen Bankdirektor? Jedenfalls jemand, der eine höhere und gut bezahlte Position bekleidet hatte. Jemand, der weitreichende Entscheidungen getroffen und etwas zu sagen gehabt hatte.

Kira parkte den Wagen seitlich der Straße unter einem Baum und stieg aus.

Das Grundstück wurde von einem eher schlichten Zaun eingefasst.

Sie ging zur Gartentür, die beim Öffnen ein leises Knarren von sich gab, und lief über einen geschwungenen gepflasterten Weg zur Haustür.

Neben der Haustür gab es einen messingfarbenen Klingelknopf. Ein Name stand nicht dabei. Kira drückte auf die Glocke, trat einen Schritt zurück und wartete. Nichts geschah, und von innen war auch kein Geräusch zu hören. Sie läutete erneut und ließ diesmal den Daumen etwas länger auf der Klingel. Noch immer regte sich nichts. Ein Funken Unmut stieg in ihr auf. Hatte der Mann sie kommen sehen und wollte nun nicht öffnen? Leonies Beschreibung nach konnte sie sich das vorstellen.

Kira entfernte sich ein paar Schritte vom Haus und ließ den Blick über die Fassade und die Fenster gleiten. Hinter keiner Scheibe bewegte sich etwas. War Felix Gerber am Ende gar nicht zu Hause? Leonie hatte sich doch so geäußert, als würde er sich in seinen vier Wänden förmlich verbarrikadieren und nicht mehr vor die Tür gehen. Oder hatte sie etwas falsch verstanden?

Plötzlich wurde sie unruhig. Leonie und ihr Bruder waren sich heute Mittag nicht einig gewesen, weil sie ihre Hilfe angeboten hatte, die Felix nicht wollte. Angetan haben mochte er sich deswegen doch wohl nichts, oder? Doch man konnte nie wissen. Der Mann war verzweifelt. Wenn er Angst hatte, dass seine Schwester sich zurückzog und stattdessen sein Schicksal in fremde Hände gab, konnte eine Kurzschlusshandlung nicht ausgeschlossen werden. Vielleicht war er zu dem Ergebnis gekommen, dass er ohnehin nur noch eine Last und jedem im Weg war.

Von Unruhe getrieben, entschloss sich Kira, einmal um das Haus zu gehen. Sie wandte sich nach rechts und betrat den Rasen. Er fühlte sich an wie ein dicker weicher Teppich. In einigen Metern Entfernung, dicht beim Zaun, standen drei kleine Tannen. Mehr gab es hier nicht zu sehen.

Sie ging um die nächste Hausecke und blieb abrupt stehen. Hier befand sich eine große überdachte Terrasse und dieser gegenüber ein nierenförmiger Swimmingpool ohne Wasser. Seitlich des Pools standen zwei weiße Liegen mit roten Polstern sowie zwei helle Holzkübel, in denen prächtige Bougainvillea in Rot und Lila blühten. Auf der Terrasse saß ein Mann im Rollstuhl und betrachtete den Garten, der hier im hinteren Bereich von einigen großen Büschen begrenzt wurde.

Das musste Felix Gerber sein. Noch hatte er Kira nicht gesehen, doch sie war sicher, er hatte ihr Läuten vorhin gehört. Die zweiflügelige Glastür hinter ihm stand weit offen.

»Hallo?«, rief Kira.

Der Mann zuckte zusammen und fuhr mitsamt seinem Stuhl ruckartig herum. »Ja?«, fragte er unfreundlich.

Kira näherte sich ihm. Er sah finster drein, und er war gleichzeitig der attraktivste Mann, den sie seit Langem gesehen hatte. Dunkles lockiges Haar, ähnlich dem seiner Schwester, umrahmte ein ebenmäßiges, markantes Gesicht mit leicht gebräunter Haut. Auch im Rollstuhl war unverkennbar, dass er von stattlicher Statur war, dabei sehr schlank. Seine Hände, die die Greifreifen des Stuhls umfasst hielten, wirkten sehr gepflegt, soweit sie das sehen konnte.

»Mein Name ist Kira Wagner. Sind Sie Felix Gerber? Leonies Bruder?«

Er nickte langsam.

»Entschuldigen Sie, dass ich einfach hier hinten auftauche. Aber ich habe zweimal geläutet. Sie haben mich wohl nicht gehört.«

»Ich habe Sie durchaus gehört«, erwiderte er schroff. »Allerdings ist es mühselig, mit dem Stuhl über die Schwelle zu kommen.« Er deutete mit dem Daumen hinter sich. »Und über den

Rasen ist es auch kein Vergnügen. Ich hatte erwartet, dass Sie sich telefonisch anmelden, ehe Sie hier auftauchen.«

»Leonie sagte …« Sie brach ab. Leonie hatte sie ankündigen wollen, Kira wollte aber keine Schuld auf sie schieben und beschloss, ihren Satz nicht zu Ende zu bringen.

»Was ist mit Leonie?«, forschte er.

»Nichts. Es gab wohl ein Missverständnis zwischen uns.«

Sie entschied sich, zu ihm auf die Terrasse zu gehen. Noch stand sie auf dem Rasen in etwa drei oder vier Metern Entfernung. Felix Gerber stieß seinen Stuhl zurück, als wollte er den Abstand beibehalten, als sie näher kam.

»Darf ich mich setzen?«, fragte Kira und deutete mit einer Kopfbewegung zu einem der Stühle. Im Vergleich zu dem hochwertig wirkenden Haus und dem Garten nahmen sich die schlichten grauen Metallstühle mit gleichfarbiger Netzbespannung einfach aus. An dem rechteckigen, dazu passenden Tisch mit Milchglasplatte platzte an einer Ecke die Lackierung ab.

»Wenn es sein muss«, erwiderte Gerber.

Er war wirklich nicht gastfreundlich. Sie setzte sich trotzdem. Nun, wo sie nur noch zwei Armlängen Abstand zu ihm hatte, entdeckte sie ein paar Fältchen um seine dunkelgrauen Augen, die ihn, wie sie fand, optisch noch anziehender machten. Aufmerksam betrachtete sie ihn, ungeachtet dessen, dass ihm das auffallen musste. Er hielt ihrem Blick stand, ohne jedes Lächeln und ohne jede Unsicherheit. Sein Gesicht strahlte Persönlichkeit und Charakter aus. Und er war verbittert. Seine Mundwinkel tendierten nach unten, nur eine Spur. Man musste genau hinsehen, um es zu erkennen. Er mochte Anfang vierzig sein.

»Gibt es irgendetwas, was ich erledigen kann? Einkaufen zum Beispiel oder etwas kochen?«, fragte Kira geradeheraus. An Kennenlerngeplänkel war er sicher nicht interessiert, so ruppig, wie er sich verhielt.

»Um etwas klarzustellen, Frau Wagner: Ich habe Leonie schon gesagt, dass das alles nicht nötig ist. Ich habe meine Schwester nie gebeten, ständig um mich herumzuwuseln und mich zu versorgen wie ein Kind oder einen senilen Greis. Von daher können Sie gerne wieder nach Hause gehen und Ihr Wochenende genießen.«

Kira schaute ihn unverwandt an. Auch jetzt hielt er ihrem Blick stand.

»Ich habe nichts weiter vor«, erwiderte sie.

»Und ich will und brauche keine Gesellschaft«, gab er zurück und sah nun an ihr vorbei.

»Das signalisieren Sie sehr deutlich.« Kira war nicht länger gewillt, seine abweisende Haltung zu ignorieren. »Dennoch haben Sie mit Ihrer Schwester ein Abkommen, soweit ich informiert bin. Für eine Woche gehe ich Ihnen wo nötig zur Hand.«

»Es ist nirgends etwas *nötig*«, unterbrach er sie unwirsch.

»Die Woche fängt heute an«, fuhr sie unbeirrt fort. »Keine Sorge, von Montag bis Freitag kann ich ohnehin nur am Abend zu Ihnen kommen. Wenn wir beide also heute und morgen geschafft haben, haben wir das größte Ärgernis hinter uns.«

Felix gab ein schnaubendes Geräusch von sich, das an ein höhnisches Lachen erinnerte und sofort wieder abbrach. »Also gut. Wenn Sie sich unbedingt etwas beweisen wollen. Gehen wir ins Haus. Sehen Sie sich um und sagen Sie mir dann, was Ihrer Meinung nach getan werden muss. Nach Ihnen.«

Er machte eine beinahe zornige Handbewegung zur Terrassentür. An seinem linken Handgelenk war die Haut aufgeschürft. Die Verletzung mochte frisch sein, so rosig, wie sie schimmerte, mit einigen winzigen Blutstropfen darauf.

Kira erhob sich. Sie war in Versuchung, ihm anzubieten, ihn über die hinderliche Türschwelle zu schieben, war jedoch sicher, ihn damit nur noch weiter zu erzürnen. Zudem hatte er es ja auch allein nach draußen geschafft.

»Ich sagte: nach Ihnen«, fuhr er sie an.

Mit schnellen Schritten betrat sie das Haus und blieb überrascht stehen. Das Wohnzimmer war prächtig. Es war in zwei Bereiche gegliedert, getrennt durch zwei niedrige Stufen, die auf etlichen Metern Länge durch den Raum verliefen.

Im unteren Bereich stand eine weiße Ledergarnitur, bestehend aus einem dreisitzigen Sofa, zwei wuchtigen Sesseln und einem passenden Hocker, alles um einen gläsernen Tisch mit geschwungenen goldenen Füßen gruppiert. Auf dem Tisch stand eine bauchige Vase, gefüllt mit weißen Lilien, die süßen Duft verströmten. Daneben sah sie ein kleines Tablett mit etlichen Medikamenten. Unwillkürlich ging Kiras Hand zu ihrer Tasche, deren Riemen über ihrer Schulter lag. In ihr befand sich der Zettel, auf dem Leonie die Medikamente mit Dosierung notiert hatte. Darum würde sie sich später kümmern.

Im oberen Bereich des Raumes stand ein Flügel, und es gab einen offenen Kamin mit einem Funkenschutzgitter. Beidseitig davon standen wieder zwei Ledersessel, hier jedoch in Schwarz. Links gab es einen bogenförmigen Durchgang, der in einen weiteren Raum zu führen schien. Von dort fiel ein breiter golden schimmernder Sonnenstrahl herein. Kira wäre gerne die beiden Stufen hinaufgegangen, um zu sehen, wo das Licht herkam.

»Was gucken Sie denn so? Noch nie ein Wohnzimmer gesehen? Möchten Sie eine Führung durchs Haus, oder wollen Sie lieber allein rumschnüffeln?« Er sprach spöttisch, und gleichsam hörte sie unterdrückte Wut in seiner Stimme.

Kira wandte sich ihm zu. »Sie sind ein ausgemachtes Ekel«, ließ sie ihn wissen. »Aber Sie haben recht. So ein Wohnzimmer habe ich bisher nur in Filmen gesehen. Es ist umwerfend, haben möchte ich so etwas allerdings nicht. Allein die Putzerei der Fliesen, damit sie so schön aussehen, wie sie sollten. Und das große Fenster, durch das man in Ihren Prachtgarten sehen kann. Was sind Sie von Beruf, Herr Gerber? Professor der Medizin? Staatsanwalt? Oder haben Sie geerbt?«

Seine Kiefer mahlten. Seine Wangen hatten sich gerötet, und wieder fiel ihr die Ähnlichkeit mit seiner Schwester auf.

»Ich sollte Sie rausschmeißen«, erwiderte er grimmig.

»Ich gieße die Pflanzen«, antwortete Kira mit einem Blick auf eine mannshohe Zimmerpalme, die neben der Terrassentür stand. Die Erde war derart trocken, dass sich zwischen ihr und dem Pflanztopf ein mehrere Millimeter breiter Abstand gebildet hatte.

»Oh, die Dame hat einen Blick für das Wesentliche«, gab er zurück.

»Ich brauche eine Gießkanne«, sagte Kira, ohne sich aus der Ruhe bringen zu lassen.

»Hinterm Vorhang.« Er deutete auf einen der bodenlangen Schals, die seitlich der großen Fensterfront hingen.

Die Kanne war goldfarben und leer.

»Und Wasser«, fuhr Kira fort.

»Dazu müssen Sie sich in die Küche bemühen. Hier entlang.« Wieder machte er eine auffordernde Handbewegung, diesmal jedoch nicht mit der Aggressivität wie zuvor auf der Terrasse.

Aus dem Wohnzimmer führte eine breite Schiebetür, die nur nachlässig geschlossen war. Gerber schob sie auf. Kira sah eine Art Eingangshalle, von der mehrere Türen abgingen. Zur linken Seite befand sich die Haustür. Zur rechten Seite ging eine geschwungene Treppe ins obere Stockwerk.

Mit harten Bewegungen trieb Felix seinen Rollstuhl voran, zu einer Tür, die sich gegenüber dem Wohnzimmer befand, und stieß sie auf. Im Vergleich zu dem, was Kira bis jetzt von seinem Besitz gesehen hatte, war die Küche eher schlicht und auch nicht so groß, wie sie erwartet hatte. Auf einem Fenstersims hinter der Arbeitsfläche standen einige Töpfe mit Küchenkräutern. Auch sie brauchten Wasser.

»Bedienen Sie sich«, sagte er und zeigte zum Spülbecken.

»Mit Gießen haben Sie es nicht so, was?«, bemerkte Kira und deutete auf die Kräuter. Kaum hatte sie die Worte ausgesprochen, durchlief es sie heiß. Aus seiner Position im Rollstuhl hatte Gerber kaum die Möglichkeit, an die Töpfe heranzukommen.

»Entschuldigung«, setzte sie eilig hinterher. »Ich habe nicht –«

»Schon gut.« Er winkte ab. »Feingefühl ist nicht jedermanns Sache. Holen Sie sich Wasser, so viel Sie brauchen. Sie können sich im gesamten Erdgeschoss frei bewegen. Der obere Stock ist tabu. Ist das klar?«

In Kira wallte Zorn auf. Es war schlichtweg unverschämt, wie er mit ihr sprach, und das, seit sie angekommen war. Sie hätte gute Lust gehabt, ihm einen Schwall Wasser aus der Gießkanne in den Schoß zu kippen. Erneut beherrschte sie sich.

»Falls Sie mich suchen, ich bin auf der Terrasse. Viel weiter komme ich sowieso nicht«, fuhr er fort. Eine Antwort auf seine Frage erwartete er offenbar nicht.

Kira stellte die Gießkanne ins Spülbecken und ließ Wasser einlaufen. Sobald Gerber die Küche verlassen hatte, drehte sie das Wasser jedoch wieder ab, ließ die halb volle Kanne im Becken stehen und beschloss, sich erst einmal den ihr zugebilligten Bereich anzuschauen.

Durch die Schiebetür konnte sie von der Eingangshalle aus sehen, wie er mit dem Stuhl über die Schwelle ins Freie rangierte. Es war schwierig, er brauchte mehrere Anläufe, und einmal fuhr ihr der Schreck bis in den Magen, weil der Rollstuhl ins Kippen geriet. Gerber jedoch reagierte rasch und stützte sich am Rahmen der Tür ab.

Nun saß er, mit dem Rücken zu ihr, wieder auf der Terrasse.

Kira beeilte sich und öffnete der Reihe nach sämtliche Türen. Viele waren es nicht. Sie fand eine Garderobe, die wohl gleichzeitig als Abstellkammer diente. An einer Kleiderstange hingen Jacken und Mäntel, auch für eine Frau.

Hinter der nächsten Tür gab es eine Gästetoilette.

Kira öffnete die letzte Tür und betrat ein geräumiges Zimmer. Darin stand ein Krankenbett mit verstellbarem Fuß- und Kopfteil sowie einem trapezförmigen Bettaufrichter, der an einem Metallarm darüber schwebte. Der Raum war katastrophal unordentlich. Auf dem Nachtschrank stand ein schmuddeliges Glas, das offenbar bereits tagelang in Gebrauch gewesen war, drum herum lagen angebrochene Blister mit Tabletten und eine halbe Tafel Schokolade.

Links stand neben einem großen Fenster ein schmaler Schrank, der sie an einen Büroschrank erinnerte. Gegenüber dem Bett gab es einen Kleiderschrank.

Überall im Zimmer verteilten sich Kleidungsstücke. Schuhe lagen herum, Bücher und Zeitschriften.

Entweder hatte Leonie zu dem Raum keinen Zutritt, oder

Gerber hatte ihr untersagt, dort aufzuräumen. Auch das Bett war nicht gemacht.

Vom Raum ging eine weitere Tür ab. Hinter ihr fand Kira ein Badezimmer mit Wanne und separater Dusche, in der eine Art Sitz an der Wand montiert war. Auch dem Bad mangelte es an Ordnung, jedoch nicht so schlimm wie im Schlafzimmer.

Kira ging zurück in die Küche. Sie würde jetzt sämtliche Pflanzen gießen, die sie finden konnte, und dem widerborstigen Patienten anschließend die Tabletten zuteilen.

5

Felix saß in seinem Rollstuhl und blickte in den Garten, ohne etwas wahrzunehmen. Hoffentlich war sie bald wieder weg. Er ertrug ihre Anwesenheit nicht, und er war wütend auf Leonie.

Seit anderthalb Jahren hoffte er, dass sie irgendwann ihre Aktivitäten herunterfahren und ihn endlich wieder in Ruhe lassen würde. Stattdessen hatte sie ihm diese Haushaltshilfe verpasst.

Das Wissen, dass die fremde Frau ungebeten bei ihm aufgetaucht war und jetzt in seinem Haus herumfuhrwerkte, drückte ihm die Luft ab.

Welche Dreistigkeit, einfach hinter das Haus zu sehen, nur weil er nicht geöffnet hatte. Sein aufgeschürftes Handgelenk brannte. Er hatte den Drang, die Wunde zu desinfizieren, Heilsalbe daraufzugeben und vielleicht einen leichten Verband umzuwickeln. Für ein Pflaster war die Stelle zu groß.

Er konnte dem Drang nicht nachgeben. Sie würde mitbekommen, dass er in sein Zimmer fuhr, und möglicherweise hinter ihm hereilen, so wie Leonie das immer machte. Leonie hatte ihr sicher genaueste Anweisungen erteilt.

Felix wurde übel, und für Sekunden brach ihm der Schweiß aus allen Poren. Wie er seine Hilflosigkeit hasste. Eine dünne Stimme flüsterte ihm zu, dass er nicht hilflos war. Er war »nur« gehandicapt. Doch in der Praxis war das ja wohl nahezu das Gleiche, oder?

Bis er seine Wunde versorgen konnte, war es vielleicht zu spät, und er bekam eine Blutvergiftung. Er hob den Arm und betrachtete die Abschürfung. Gefährlich sah die Verletzung eigentlich nicht aus. Blitzartig ging ihm durch den Kopf, dass diese Kira ihn vielleicht vom Wohnzimmer aus beobachtete. Rasch ließ er den Arm sinken. Sie war nicht nur dreist, sie war auch noch frech. Hatte sie doch tatsächlich die Unverschämtheit, ihn als Ekel zu bezeichnen.

Felix fuhr sich ungehalten durch die Haare. Er hätte sie umgehend wegschicken sollen, als sie aufgetaucht war. Er hätte es auch getan, hätte er nicht den Aufstand gefürchtet, den Leonie machen würde, wenn sie davon erfuhr.

Felix ballte die Fäuste und biss die Zähne aufeinander, bis ihn der Kiefer schmerzte. Er wollte nur eines: seine Ruhe haben, sich seinem Schmerz und seiner Verzweiflung hingeben, um Katja trauern und gelegentlich darüber nachdenken, wie er dem Schicksal, das ihm seine zukünftige Frau genommen und ihn für den Rest seines Lebens in diesen elenden Stuhl gezwungen hatte, ein Schnippchen schlagen konnte.

Im Grunde sah er nur eine Möglichkeit, alle Qualen zu beenden. Doch bisher hatte er den Mut nicht gefunden, diesen endgültigen letzten Schritt zu gehen. Es eilte ja nicht, und er wusste auch noch nicht recht, wie er es tun sollte, damit es wirklich zum gewünschten Ergebnis führte.

Unendliche Müdigkeit überkam ihn. Er senkte den Kopf und betrachtete seine nutzlos gewordenen Beine.

Mit Katjas Tod war alle Energie in ihm erloschen. Seine Zukunft hatte sich in nichts aufgelöst. Sie hatten so viele Pläne gehabt.

Die Hochzeit war schon vorbereitet gewesen. Er sah sich selbst, im dunklen Anzug, mit einem Blumenanstecker am Revers des Jacketts, neben Katja im bodenlangen weißen Kleid, über den Haaren ein feiner Schleier. Wie sie zu ihm aufblickte und ihn anlächelte, im wahrscheinlich glücklichsten Moment ihres Lebens. Noch glücklicher wären sie bestimmt nur bei der Geburt ihrer Kinder gewesen.

Seine Phantasie glitt zu drei kleinen Kindern, zwei Mädchen und einem Jungen, die auf dem Rasen vor ihm spielten, in der Nähe des trockenen Pools. Sie lachten und rannten herum, und er quoll über vor Liebe und war gleichzeitig in Sorge, dass einer seiner Sprösslinge ins Wasser fiel, wobei doch gar kein Wasser im Becken war.

Ruckartig fuhr Felix hoch. Er war eingeschlafen. Sein Nacken war steif und schmerzte. Und er hatte von Katja geträumt und dem Leben, das sie nicht hatten leben dürfen.

Ein trockenes Schluchzen stieg in seine Kehle. Erschrocken hielt er die Luft an. Die fremde Frau war im Haus! Kurz hatte er vergessen, dass er nicht allein war. Wo war sie? Was machte sie, und wie spät war es?

Mühsam wandte er den Kopf und sah ins Wohnzimmer. Doch da war sie nicht. Er hörte gar nichts von ihr. War sie etwa gegangen? Sehr unwahrscheinlich. Oder hatte sie den Moment, in dem sie sich sicher wähnte, weil er eingeschlafen war, genutzt und war trotz seiner deutlichen Worte in den ersten Stock gegangen? Hatte sie ihre neugierige Nase in die Zimmer gesteckt, in denen er selbst seit gut zwei Jahren nicht gewesen war? In denen alles noch so war, wie er und Katja es an dem verhängnisvollen Tag zurückgelassen hatten?

Empörung durchflutete ihn, und gleichzeitig wurde es wieder eng in seiner Kehle. Er war so angreifbar geworden seit dem Unfall. Er blinzelte, um klare Sicht zu bekommen, wandte den Rollstuhl um und fuhr zur Terrassentür. Von hier aus konnte er auf die große Wanduhr mit dem vergoldeten Gehäuse sehen, die neben dem Kamin hing. Kurz nach fünf Uhr. Er hatte mindestens anderthalb Stunden geschlafen, vielleicht auch länger.

Er schnupperte. Es roch nach etwas Essbarem. Sie hatte gekocht. Für ihn unerwartet erschien Kira Wagner in der Schiebetür zum Wohnzimmer. Der Anflug eines Lächelns lag auf ihrem Gesicht.

»Wieder wach?«, fragte sie.

Es machte ihn wütend, dass sie ihn beim Schlafen gesehen hatte. Er gab keine Antwort.

Sie betrat das Wohnzimmer. Er stand noch immer vor der Terrassentür, blockiert von der Schwelle. Seine Arme fühlten sich schwer an. Er hatte jetzt nicht die Kraft, das Gefährt, ohne das er nicht mehr vorwärtskam, darüberzumanövrieren.

»Ich habe sämtliche Pflanzen im Erdgeschoss gegossen und Ihre Medikamente vorbereitet, so wie Leonie es mir aufgeschrieben hat.« Sie zeigte mit einer Kopfbewegung zum Wohnzimmertisch. »Außerdem habe ich mir erlaubt, für Sie zu kochen. Es gibt Spaghetti Bolognese. Im Gefrierfach habe ich Hackfleisch gefunden und im Kühlschrank eine Gurke. Die habe ich zu Salat verarbeitet. Ich hoffe, es ist nach Ihrem Geschmack. Wenn Sie mich nicht mehr brauchen, gehe ich jetzt. Ich komme morgen wieder.«

Er fühlte sich überfahren und fremdbestimmt, gleichwohl roch das Essen köstlich. Sie hatte bestimmt Knoblauch und Zwiebeln verwendet.

»Kann ich noch irgendetwas tun?«, fuhr sie fort. Es störte ihn gewaltig, dass sie auf ihn heruntersah. Heruntersehen musste.

»Nein«, erwiderte er. Seine Stimme klang heiser. Er räusperte sich. »Danke«, ergänzte er widerwillig.

»Welche Zeit ist morgen in Ordnung für Sie?«

»Ich sagte doch schon, Sie müssen nicht kommen. Wie lange waren Sie jetzt hier? Zweieinhalb Stunden? Was bin ich schuldig?« Leonie hatte gar keinen Stundenlohn erwähnt.

»Nichts. Ich will kein Geld«, gab sie zur Antwort.

»Und ich will keine Almosen. Also?« Wahrscheinlich hatte sie schon etwas von Leonie bekommen.

»Ich verteile keine Almosen. Im Gegensatz zu Ihrer Schwester habe ich reichlich Zeit. Zumindest am Wochenende. Und mit der fange ich gerne etwas Sinnvolles an. Also, wann morgen?«

Ihre Handtasche hing schon über ihrer Schulter. Ob sie auch gegangen wäre, wenn er weitergeschlafen hätte? War er gerade im rechten Moment aufgewacht?

»Gar nicht. Aber nachdem ich Sie offenbar nicht überzeugen kann, kommen Sie irgendwann am Nachmittag. So gegen drei. So wie heute. Um drei.«

»Gut. Soll ich was mitbringen?«

»Ich wüsste nicht, was. Und über Ihre Bezahlung reden wir noch.«

»Ich gehe über die Terrasse zu meinem Auto, wenn Sie mich durchlassen«, sagte Kira.

Er rangierte den Stuhl ein Stück nach hinten. Erst jetzt fiel ihm auf, dass sie ein helles, ärmelloses Kleid trug. Am Saum des weiten Rockteils waren bunte Blumen aufgedruckt. Dieser

Saum streifte seine Beine, als sie an ihm vorbeiging. Er sah es, aber er spürte es nicht.

»Bis morgen«, verabschiedete sie sich.

»Ja, bis morgen«, sagte er.

Er sah ihr nach, wie sie in aufrechter Haltung über seinen Rasen ging. Ihr Rock schwang um ihre Beine. Sie hatte schöne Beine.

Sollinger blieb stehen. Er hatte sein Ziel erreicht, er stand mit Rudi in der kleinen Wolfsschlucht. Hoch ragte felsiges Gestein zu drei Seiten auf, direkt vor ihm stürzte der Wasserfall in den breiten Bach, einen Ausläufer der Felsweißach.

Rudi senkte seine Nase zu dem glasklaren Wasser, schnupperte und hob den Kopf.

»Zu kalt, was, mein Junge?«, fragte Sollinger. »Gefällt es dir hier?«

Rudi kam zu ihm und stupste ihn sacht an der Hand. Sollinger streichelte ihn.

»Weißt du was? Wir gehen jetzt zurück. Für heute reicht es.«

Er wollte es vor sich selbst nicht zugeben, doch er fühlte sich ein wenig schwach.

Mit bedächtigen Schritten machte er sich auf den Rückweg. Rudi lief jetzt nicht mehr voraus, sondern blieb an seiner Seite. Bis zum Parkplatz waren es, bei seinem Gehtempo, vielleicht anderthalb Stunden. Das würde er schaffen.

Nach etwa der Hälfte der Zeit kamen Sollinger Zweifel. Er hatte sich zu viel zugemutet, er brauchte eine Pause. An der ersten Bank, die am Wegrand stand, setzte er sich.

Das tat gut. Gleich würde es wieder gehen. Und überhaupt, er hatte sich nicht zu viel zugemutet. Der Ärger, den Kerl getroffen zu haben, war schuld. Verfolgte er ihn? Nein, das war Unsinn. Er war ja vor ihm in Siebenhütten gewesen.

In seiner Brust zog sich etwas zusammen, und ihm wurde die Luft knapp. Sollinger spürte kalten Schweiß im Nacken. Der Geier weckte die Vergangenheit wieder auf, sorgte dafür, dass sich Erinnerungen in seinen Kopf drängten, die gut verschütt gelegen hatten. Wusste er etwas? Doch selbst wenn, er hatte nichts, womit er etwas nachweisen konnte. Nein, ihm gingen die Nerven durch. Es war vermutlich nur Zufall, dass ausgerechnet *er* es war, der ihn bedrängte. Er schüttelte den Kopf. Der Druck in seiner Brust ließ nach, er konnte wieder leichter atmen. Es war kein Zufall, er machte sich etwas vor. Aber, und das war viel wichtiger, es gab keine Belege. Und es war alles schon viel zu lange her.

»Komm, Rudi. Wir gehen nach Hause«, murmelte er und stand wieder auf.

6

Kira lief schneller, sobald sie um die Hausecke gebogen war. Was für ein harscher Mann. Unfreundlich, verbittert, abweisend und anmaßend. Wenn er sich Leonie gegenüber auch nur ähnlich verhielt, so war es unglaublich, dass sie sich dennoch mit allem Engagement um ihn kümmerte.

Kiras Wagen stand schon wieder in der Sonne. Sie warf ihre Handtasche auf den Beifahrersitz, ließ den Motor an und die Seitenfenster herunter. Der Sitz unter ihr war heiß, das Lenkrad in ihren Händen auch. Egal. Der Fahrtwind würde die Temperaturen lindern.

Im Grunde hatte sie sich bei Felix Gerber tatsächlich überflüssig gefühlt. Die Pflanzen waren rasch gegossen gewesen. Als sie danach ins Wohnzimmer gegangen war, um die Medikamente einzuteilen, hatte sie gemerkt, dass er auf der Terrasse eingeschlafen war. Kurz hatte sie die Sorge beschäftigt, er könnte im Schlaf aus dem Rollstuhl kippen. Sie hatte jedoch nicht gewagt, ihn zu wecken, und schließlich gehofft, es würde gut gehen, was ja auch der Fall gewesen war.

Gekocht hatte sie nur, weil sie nicht gewusst hatte, was sie sonst hätte tun können, und auch dafür hatte sie nicht lange gebraucht.

Zuletzt hatte sie sich erlaubt, in seinem Schlafzimmer ein paar Kleidungsstücke aufzuheben und zusammenzulegen. Sie hatte dabei das Gefühl gehabt, dass ihm das nicht recht war.

Mittlerweile war sie froh, wieder zur Tür raus zu sein.

Es war halb sechs, als sie ihren Wagen vor ihrem Wohnhaus parkte.

Kira lief über den kurzen Gehweg zur Eingangstür, stieß sie auf und wollte die wenigen Stufen zu ihrer Wohnung hochlaufen, als ihr einfiel, dass sie seit Tagen den Briefkasten nicht geleert hatte. Sie kehrte um.

Die Briefkästen waren neben dem Hauseingang angebracht.

Sie öffnete ihren und entnahm ihm drei Kuverts sowie eine kostenlose Zeitung. Sie klemmte die Zeitung unter den Arm, um die Briefe durchzusehen, als ihr Handy den Eingang einer Nachricht meldete. Kira stopfte die Umschläge in ihre Handtasche und nestelte das Telefon hervor. Die Nachricht kam von Leonie.

Hallo, Kira, wie war es bei Felix? Bist du schon wieder zu Hause? Lieber Gruß Leonie

Kira lief mit dem Mobiltelefon in der Hand die Stufen zum Hochparterre hinauf, sperrte ihre Wohnung auf, hängte die Tasche im Flur an den Garderobenhaken und ging ins Wohnzimmer.

Lief gut. Bin wieder daheim. Fahre morgen wieder hin. Mach dir keine Sorgen. Gruß Kira

Als sie den Text abgeschickt hatte, legte sie sich rücklings aufs Sofa. Sie sah den attraktiven, aber verbitterten und übellaunigen Rollstuhlfahrer vor sich.

Beruflich mochte er vor seinem Unfall erfolgreich gewesen sein, und davon, dass ihm die Frauenwelt zu Füßen gelegen hatte, war auch auszugehen. Nun hatte sein Leben eine Kehrtwendung erfahren, in deren Folge er sich offenbar von der Welt abschottete und abweisend zu jedem war, der seine eng gesteckten Grenzen überschritt.

Kira stopfte sich ein Kissen in den Nacken. So motiviert sie gewesen war, Leonie ein wenig von ihren Mühen abzunehmen – nun, wo sie Felix Gerber kennengelernt hatte, war sie froh, wenn die vereinbarte Woche vorbei war.

Die Frage war: Womit würde sie sich morgen bei ihm beschäftigen? Oder: Womit würde sie ihn beschäftigen? Sie hangelte nach ihrem Handy, das auf dem Couchtisch lag, und klickte auf die Temperaturanzeige. Die App öffnete sich und gab den Wetterbericht für die nächsten Tage preis. Morgen sollten es maximal fünfundzwanzig Grad werden, mit einem Wechsel aus Sonne und Wolken.

Sie konnte ihm einen Spaziergang vorschlagen. Wenn sie die Rückenlehne ihres Dacia umklappte, mochte der Rollstuhl hineinpassen.

Da Gerber mit Sicherheit etwas gegen ihre Idee haben würde und sich bestimmt auch kein Ziel für eine kleine Unternehmung aussuchen wollte, beschloss sie, ihm gleich eines zu präsentieren. Kira setzte sich auf und suchte unter »Veranstaltungen Bayreuth«, was morgen im näheren Umkreis angeboten wurde.

Sie wurde rasch fündig. In der Wilhelminenaue fand am Nachmittag ab fünfzehn Uhr ein Konzert statt. Die Band, die spielte, sagte ihr nichts. Die Musik sollte sich zwischen Klassik und Moderne bewegen. Unter Klassik konnte sie sich durchaus etwas vorstellen. Aber was genau war »Moderne«? Aktuelle Hits? Sie gab die Bezeichnung in die Google-Suchleiste ein und las etwas von Dissonanzen und scharfen Kontrasten, Dur- und Molltonarten, die aufgehoben wurden. Sie klickte die für sie wenig hilfreiche Information weg. Letzten Endes war das egal. Hauptsache, sie bekam die Zeit mit Gerber halbwegs akzeptabel rum. Zudem bot der Kulturkiosk eine schöne Auswahl an warmen und kalten Getränken an sowie Kuchen und kleinen Snacks. Auch ein Imbisswagen sollte vor Ort sein, an dem man Bratwürste und Pizzastücke kaufen konnte.

Kira legte ihr Handy beiseite. Sie würde ihn gar nicht lange nachdenken lassen, sondern ihm den Ausflug als beschlossene Sache präsentieren. Mit dem Auto würden sie in einer Viertelstunde, maximal in zwanzig Minuten in der Wilhelminenaue sein. Am Haupteingang gab es reichlich Parkplätze, und bis zum Kiosk war der mit feinstem sandartigen Kies belegte Spazierweg völlig eben.

Vermutlich würde Gerber darauf bestehen, seinen Stuhl selbst fortzubewegen. War ihm das auf dem körnigen Untergrund zu anstrengend, konnte er auch auf dem breiten Rand aus Steinplatten fahren, die seitlich des Weges verliefen.

Kira legte den Unterarm über die Augen und wurde plötzlich müde. Sie hatte gar nicht nachgesehen, ob die Band direkt am Kulturkiosk spielte oder auf der Seebühne, etwa fünfzig Meter gegenüber vom Kiosk. Aber das war gleich. Zwar mussten sie zur Seebühne über einen kleinen Hügel, doch es führte, sacht abfallend, eine Art Serpentine hinunter, ebenfalls mit Steinplatten belegt.

Wenn Gerber sich absolut nicht überzeugen ließ, mit ihr zum Park zu fahren, würde sie sich um die Bügelwäsche kümmern, von der Leonie gesagt hatte, sie solle sie liegen lassen. Oder sie würde mit dem Putzwedel und dem Staubsauger durch das gesamte Erdgeschoss feudeln, immer um Gerber herum, und ihm gründlich auf die Nerven gehen.

7

Finster musterte Felix den gedeckten Küchentisch. Sie hatte einen Teller hingestellt, Besteck auf eine Papierserviette danebengelegt, und ein Glas stand auch bereit. Unter dem Glas klemmte ein Zettel.

»Gurkensalat steht im Kühlschrank«, las er. Ihre Handschrift war unrund, die Buchstaben kippten hin und her.

Auf dem Herd stand eine Pfanne, abgedeckt mit einem gläsernen Deckel, dessen Innenseite mit reichlich Kondensat überzogen war. Darunter schimmerte es rötlich braun. Er hob den Deckel ab und schnupperte. Es roch köstlich, wie er verärgert feststellte.

In einem großen Topf neben der Pfanne lagen gekochte Spiralnudeln. Er mochte lieber Spaghetti, aber es war gut möglich, dass keine mehr da waren.

Felix schubste seinen Stuhl herum und ließ ihn zum Kühlschrank gleiten, in dem er die Schüssel mit Gurkensalat fand. Sogar Dill hatte sie reingeschnitten. Lediglich ein Schälchen, um den Salat bei Tisch zu portionieren, hatte sie vergessen. Oder sie ging davon aus, dass er aus dem großen Pott aß. Er ließ den Salat im Kühlschrank und klappte die Tür wieder zu.

Er hatte Hunger, es roch wunderbar, und gleichzeitig hatte er das Gefühl, sein Magen sei wie zugenagelt. Reglos blieb er auf der Stelle stehen.

So konnte es nicht weitergehen. Er ertrug dieses Leben nicht mehr, das kein Leben war. Er ertrug sich selbst nicht mehr. Er steckte in einer Sackgasse, erdrückt von den seitlichen Mauern. Vorwärts ging es nicht, und zurück konnte er auch nicht. Er spürte ein Stechen von der Kehle bis in den Magen und einen reißenden Schmerz im Hals. Felix presste die flachen Hände gegen die Brust, krallte die Finger ins Hemd und drückte die Nägel in die darunterliegende Haut. Der Schmerz ließ nicht nach. Er stieß einen wütenden, hilflosen Schrei aus, lang gezogen und aus tiefster Seele. Erst als ihm die Luft knapp wurde und der Hals von dem intensiven Schrei brannte, brach er ab. Er zitterte so, dass seine Arme willkürlich zuckten.

Leichter war ihm nicht. Er hatte einfach keine Perspektive. Er fuhr Richtung Wohnzimmer. Wenn er die offene Terrassentür genau anpeilte und richtig Schwung nahm, kam er vielleicht auf Anhieb über die Schwelle nach draußen. Dann musste er nur noch ein paarmal kräftig und richtig schubsen und dann ... Er fasste die Greifräder so weit hinten wie möglich und spannte die Armmuskeln an, als es läutete.

Ungläubig lockerte er seinen Griff. War das etwa Leonie, die sich persönlich vergewissern wollte, wie es mit ihrer Haushaltshilfe gelaufen war? Oder Kira, die irgendwas vergessen hatte? Er sah sich um. Nirgends lag etwas, was nicht ins Haus gehörte. Sie hatte ja auch nur eine kleine Tasche dabeigehabt.

Es läutete wieder, und die altbekannte Wut stieg in ihm auf, die er seit dem Unfall immer spürte, wenn er sich bedrängt fühlte. Ungehalten wendete er den Rollstuhl. Weder Leonie noch Kira würden sich abweisen lassen. Beide würden nötigenfalls ihr Glück über die Terrasse versuchen. An der Haustür konnte er sein Territorium besser verteidigen.

Ruckartig riss er die Haustür auf. Vor der Tür stand seine Nachbarin Carola Gärtner mit ihrem Dackel Willi, der sofort zu kläffen begann. Carola Gärtner trat erschrocken einen Schritt zurück.

»Ja?«, fuhr er sie an, nicht in der Lage, seine Wut zu unterdrücken. Willi hörte auf zu bellen, reckte aber die Schnauze in seine Richtung, schnupperte und wedelte zur Begrüßung. Gerber beachtete ihn nicht.

»Ich ... Entschuldigen Sie, Herr Gerber. Ich dachte, ich hätte einen Schrei gehört, und wollte fragen, ob Sie Hilfe brauchen.«

Sein Mund wurde unangenehm trocken. »Welchen Schrei? Hier war nichts.«

»Nicht? Haben Sie vielleicht den Fernseher laufen? Vielleicht habe ich den gehört.« Unsicher sah sie ihn an.

»Möglich.«

»Ja, dann … Entschuldigen Sie die Störung. Auf Wiedersehen«, stieß sie hervor.

»Wiedersehen.«

Er schlug krachend die Tür ins Schloss, noch ehe sie sich richtig umgedreht hatte.

Noah Richter saß am Schreibtisch in seiner Penthousewohnung in Feldmoching. Durch die bodentiefen, blitzblanken Fenster flutete das Sonnenlicht und erreichte nahezu jeden Winkel des geräumigen Wohnzimmers.

Vor sich aufgeschlagen hatte er eine alte Wanderkarte. An den Bruchstellen war das Papier bereits rissig. Hier und da waren kleine Markierungen mit Kugelschreiber gesetzt.

Richter nahm einen Notizzettel aus der Box neben dem Computerbildschirm. Er hatte noch einiges vor in den nächsten Tagen.

Er wollte zur Tegernseer Hütte hinauf, zum Rottachfall und zur Aueralm. Für den Weg zur Aueralm konnte er eventuell das Mountainbike nehmen. Die Egerner Bucht, auch Malerwinkel genannt, durfte er auch nicht vergessen. Ebenso stand der Wallberg an. Er wollte Fotos von der kleinen Kapelle oben auf dem Berg machen. Sorgsam notierte er ein Ziel nach dem anderen auf seinen Zettel, untereinander aufgelistet.

Die Reihenfolge war unerheblich, er würde sich täglich spontan entscheiden, wohin er gehen wollte. Nach kurzem Überlegen setzte er dennoch Siebenhütten an die erste Stelle seiner Auflistung, nur der Vollständigkeit halber, und machte ein Häkchen dahinter. Dort war er bereits gewesen.

Wenn das Wetter mitspielte, und danach sah es aus, würde er sein Vorhaben in einer Woche schaffen. Viel mehr Zeit konnte er sich auch nicht nehmen, er musste ja arbeiten. Doch ein paar Tage waren möglich, auch wenn er als selbstständiger Architekt reichlich Aufträge hatte. Er wollte seinem alten Herrn unbedingt eine Freude machen, mit der Hermann Richter nicht rechnete.

Richter faltete die Wanderkarte zusammen. Heute war die

Tegernseer Hütte dran. Es gab mehrere Möglichkeiten, dorthin zu wandern. Längere Strecken, kürzere Strecken, bequeme Wege und welche, die einen Wanderer etwas mehr forderten. Die kürzeste Tour startete vom Parkplatz Bayerwald aus. Von dort aus war man in anderthalb bis zwei Stunden am Ziel, aber man musste trittsicher und schwindelfrei sein, zumindest laut Internet. Er war die Strecke noch nicht gegangen. Er würde jedenfalls den Weg vom Parkplatz Klamm aus nehmen. Der war etwas länger, aber weniger steil. Kurz hatte er auch mit der Route von Kreuth aus geliebäugelt. Die Strecke kannte er. Sie war sehr angenehm zu laufen, aber er musste mindestens drei Stunden einkalkulieren oder gar mehr.

Im Grunde genoss er längere Bergtouren, und diese durften ihn auch ein wenig fordern. Doch im Moment war nicht die richtige Zeit dafür. Der Gedanke an seinen Vater trieb ihn voran.

Wenn er alles geschafft hatte, würde er sich zur Entspannung einen Tag in der monte mare Seesauna genehmigen, die sich direkt am Ufer des Tegernsees befand. Oder einen halben Tag.

Er griff nach seinem Handy und überprüfte den Ladestand des Akkus. Siebenundneunzig Prozent. Das genügte. Wichtig war, dass er die Fotos machen konnte.

Richter stand vom Schreibtisch auf. Er musste noch seinen Rucksack packen.

8

Kira drückte auf die Klingel neben Gerbers Haustür und stellte sich darauf ein, dass er sie warten lassen würde. Es war eine Minute vor drei Uhr. Nur wenige Sekunden später ging die Tür auf.

»Hallo, Herr Gerber«, begrüßte sie ihn und verzichtete auf ein Lächeln.

Gerbers Haare sahen feucht aus. Er hatte sie straff zurückgekämmt, an den Spitzen kräuselten sich kleine Locken. Augenblicklich gingen Kira Leonies Worte durch den Kopf, dass sie ihrem Bruder beim Baden und Duschen half. Entweder Leonie war trotz ihrer Vereinbarung bei ihm gewesen, oder der Mann war gar nicht so hilfsbedürftig, wie Leonie ihn geschildert hatte.

Gerber nickte nur statt einer ausgesprochenen Begrüßung. Zögerlich ließ er seinen Stuhl ein Stück schräg nach hinten rollen, um sie hereinzulassen.

Kira blieb vor der Tür stehen. »Nachdem Sie gestern sagten, ich könnte heute nichts für Sie tun, habe ich mir überlegt, dass wir einen kleinen Ausflug machen. Nichts Großes, nur in den Park der Wilhelminenaue. Dort findet ein Konzert statt«, erklärte sie.

Gerber hob die dichten Augenbrauen. Für eine Sekunde glaubte sie, Überraschung in seinem Gesicht zu sehen.

»Wer sagt, dass ich einen Ausflug machen will?«

»Dass Sie nicht wollen, ist mir schon klar. Aber irgendwas müssen wir ja machen. Das Wetter ist sehr angenehm. Nicht zu warm und nicht zu kalt. Wir bleiben nicht lange, eine Stunde oder so.«

Gerber gab keine Antwort.

»Nun kommen Sie schon. Die Wilhelminenaue ist ganz gut geeignet für Rollstuhlfahrer. Teilweise zumindest«, versuchte sie ihn zu überzeugen.

»Ich kenne die Wilhelminenaue. Ich war schon öfters da. Früher.«

»Gut. Dann wissen Sie ja, worauf Sie sich einlassen. Gehen wir?«, fragte Kira.

»Gehen wohl kaum. Passt der Stuhl in Ihren Wagen?« Er klopfte mit einer Hand auf eine der Armstützen.

»Ich denke schon.« Kira hatte mit mehr Protest gerechnet.

»Gut. Auf Ihre Verantwortung«, rang er sich ab. »Wir brauchen das Transferbrett.«

»Was?«

»Das Transferbrett. Damit ich vom Stuhl ins Auto komme und wieder zurück. Es geht auch ohne, aber das ist schwierig.« Er rangierte mit seinem Rollstuhl zum Garderobenschrank, öffnete eine Tür und nahm ein eigenartiges Gebilde heraus. Es erinnerte Kira von der Form her an eine flach gedrückte Banane. Tatsächlich war es aus Kunststoff, leuchtend gelb, etwa einen Meter lang und vermutlich circa fünfzig Zentimeter breit.

»Würden Sie die Güte haben, es bis zum Auto zu tragen? Es ist nicht so leicht, wie es aussieht, aber die knapp drei Kilo werden Sie schaffen«, sagte er und hielt ihr die Einstieghilfe hin.

Felix fuhr hinter ihr her. Sie ging sehr aufrecht, das Transferbrett unter den rechten Arm geklemmt. Ihrer Armhaltung nach zu urteilen, hielt sie es mit der linken Hand zusätzlich fest. Sie lief voraus, ohne sich nach ihm umzusehen. Er hätte ihr sagen können, dass sie es besser an der Griffaussparung tragen sollte. Irgendetwas hielt ihn davon ab.

Ihre blonden Haare waren im Nacken mit einer Spange zusammengefasst. Unter einer leichten weißen Leinenhose zeichnete sich ihre durchaus ansprechende Figur ab. Sie trug weiße Ballerinas mit dunkelblauer Einfassung und einem Goldrand am oberen Bereich des Absatzes.

Er wurde das Gefühl nicht los, sie hätte sich mit ihrem Aussehen Mühe gegeben. Die Mühe war nicht vergeblich gewesen, obwohl sie wahrscheinlich tragen konnte, was der Kleiderschrank hergab, und sie sah immer gut aus.

Kira kämpfte kurz mit der Gartentür, wobei die unhandliche Einstieghilfe unter ihrem Arm ins Rutschen geriet, und hielt sie ihm auf. Felix lag eine unfreundliche Bemerkung auf der Zunge, dass er das selbst könne. Er verzichtete darauf.

Der einzige Wagen, der am Straßenrand parkte, war ein roter Dacia, der direkt vor seinem Grundstück stand.

Kira stellte ihre Last vorsichtig mit einer der Schmalseiten auf dem Gehweg ab und öffnete das Fahrzeug mit der Fernbedienung des Schlüssels.

»Brauchen Sie Hilfe beim Einsteigen?«, fragte sie.

So sachlich, wie sie sprach, wollte sie wohl keinen Zweifel aufkommen lassen, dass sie lediglich ihrer Pflicht nachkam, sich um ihn zu kümmern.

»Die Frage ist eher: Brauchen Sie Hilfe, um den Stuhl zusammenzulegen? Wie ich sehe, sind Sie vorbereitet.« Er deutete auf den Kofferraum. Sie hatte die Rückbank bereits umgeklappt.

»Natürlich brauche ich Hilfe. Ich habe so was noch nie gemacht«, erwiderte sie.

»Geben Sie erst mal das Brett her und öffnen Sie die Beifahrertür«, wies er sie an.

Kommentarlos kam sie seinen Wünschen nach. Felix klappte die Armlehne des Rollstuhls hoch, legte das Transferbrett zwischen der Sitzfläche seines Stuhls und dem Beifahrersitz ab und testete mit leichtem Druck seiner Hand, ob der Halt passte.

Kira beobachtete ihn. Ihre Erziehung verlangte von ihr, irgendetwas zu tun, um es ihm leichter zu machen. Ihr Gefühl verbot es ihr. Er wollte es selbst schaffen, und das war ja auch gut so. Schneller, als sie erwartet hatte, saß er auf dem Beifahrersitz.

»So, jetzt legen Sie das Brett in den Kofferraum, und dann zeige ich Ihnen, wie Sie den Stuhl zusammenklappen können.«

Den Stuhl in den Kofferraum zu hieven war wohl das Schwerste, im wahrsten Sinn des Wortes. Davor graute ihr tatsächlich, doch ihr blieb wohl nichts anderes übrig.

Gerber nahm das Kissen von der Sitzfläche und reichte es ihr. Er löste einen Klettverschluss zwischen Sitzfläche und Rückenlehne, drehte die Fußstützen nach außen und zog sie mit zwei Griffen ab.

»Das kann alles schon mal in den Kofferraum«, erklärte er ihr.
Wortlos brachte Kira die Sachen nach hinten. Gerber wartete ab, bis sie zurück war. Dann kippte er den Stuhl leicht an und entfernte mit einem Druck auf die Stelle, die Kira als Achse bezeichnet hätte, die beiden großen Räder.

»Die können Sie auch einpacken«, informierte er sie.

Kira übernahm die Räder, blieb aber bei ihm stehen. Gerber legte eine Hand mittig unter die Sitzfläche des Stuhls und zog sie nach oben. Das Gefährt faltete sich wie von selbst zusammen.

»Weg jetzt mit dem Zeug«, sagte er, wandte den Blick ab und legte den Sicherheitsgurt an.

Die Fahrt zur Wilhelminenaue in Bayreuth verlief schweigend. Kira war froh, dass Gerber den Stuhl so schnell und geschickt auseinandergenommen hatte. Durch das Abmontieren der Räder hatte er einiges an Gewicht verloren, und sie hatte problemlos alles im Kofferraum verstauen können.

Es war kurz nach halb vier, als sie am Ziel waren. Der Parkplatz war nicht so überfüllt, wie sie erwartet hatte. Ohne dass sie sich abgesprochen hatten, verlief das Zusammensetzen des Stuhls ähnlich reibungslos wie zuvor das Auseinandernehmen. Sie reichte Gerber die einzelnen Teile zu, er steckte sie zügig aneinander und setzte sich mit Hilfe des Transferbrettes wieder in den Stuhl.

»Da lang«, sagte Kira und zeigte auf den breiten Spazierweg, der vom Parkplatz sowohl zum Kulturkiosk als auch zum See ging.

Es mochten höchstens fünfhundert Meter sein, die sie zurücklegen mussten.

»Wo sonst«, erwiderte Gerber. Seine Miene war ausdruckslos.

Kira verschluckte die Frage, ob sie ihn schieben sollte, und Gerber stieß seinen Rollstuhl energisch voran. Sie hatte Mühe, ihm zu folgen, und sie ärgerte sich darüber, wie deutlich er sie spüren ließ, dass er weder an einem Gespräch mit ihr noch an ihrer Gegenwart interessiert war.

Kaum hatten sie den Parkplatz verlassen, rangierte er den Stuhl auf den Streifen mit den Steinplatten seitlich des Weges. Etliche Spaziergänger kamen ihnen entgegen, und von fern war schon die Musik zu hören. Nach Klassik klang das nicht.

Nach etwa zwei Dritteln des Weges fiel das Gelände zur linken Seite über eine weitläufige Wiese sacht ab, durch die sich der serpentinenartige Weg hinunter zum See schlängelte.

Kira sah, dass die Seebühne leer war, bis auf zwei Teenager, die ein ferngesteuertes Auto über das steinerne Podest fahren ließen. Dort unten fand das Konzert jedenfalls nicht statt, von daher blieb nur noch der Bereich des Kiosks.

Mittlerweile hatte sie Seitenstechen von dem schnellen Schritt, zu dem Gerber sie zwang.

»Warum hetzen Sie denn so?«, stieß Kira empört hervor. Sie bekam kaum noch Luft.

»Ich will wissen, worauf ich mich eingelassen habe«, gab er zurück, ohne das Tempo zu reduzieren.

Kira wurde wütend. »Schluss jetzt! Ich habe nicht vor, mit Ihnen um die Wette zu rennen«, fuhr sie ihn an.

Gerber ging nicht darauf ein. Sie verlangsamte ihren Schritt.

»Dann eben nicht«, rief sie ihm aufgebracht hinterher. »Ich werde mich nicht mit Ihnen messen.«

Gerber rollte weiter, und nun blieb Kira stehen. Für Sekunden stockte ihr der Atem. Das war kein klassisches Konzert, zu dem sie Gerber gelotst hatte. Neben dem Kulturkiosk war eine Bühne aufgebaut, auf der drei Männer flotte Tanzmusik spielten, und eine Frau sang dazu. Alle vier waren im Stil der fünfziger Jahre gekleidet.

Sämtliche Tische und Stühle am Kiosk waren besetzt. Die Blicke der Gäste waren auf die Bühne gerichtet. Vor dieser war ein mobiler Tanzboden aufgebaut, auf dem etliche Paare herumwirbelten. Hatte sie die Vorankündigung nicht aufmerksam genug gelesen? Oder Zeitangaben verwechselt? Sie hatte das Gefühl, auf glühendem Boden zu stehen. Gerber würde wütend auf sie sein und glauben, sie wollte ihn provozieren.

Er hatte seinen Rollstuhl zum Stehen gebracht und betrachtete mit einigem Abstand das Szenario. Kira durchlief es kalt und heiß. Rasch ging sie zu ihm.

»Es tut mir leid. Von dem Tanz wusste ich nichts«, entschuldigte sie sich eilig.

»Und wo ist das Problem?«, gab er zurück. In seiner Stimme lag ein gereizter Unterton. »Die Musik ist vielleicht nicht kulturell wertvoll, aber sie gefällt mir.«

Wohler wurde ihr mit der Aussage nicht.

»Setzen wir uns irgendwohin? Oder gehen wir noch ein wenig spazieren?«, fragte sie. Sie hoffte, er würde sich für den letzten Punkt entscheiden. Es musste doch eine Zumutung für ihn sein, die Tänzer zu beobachten.

»Ich sitze bereits. Und zum Spazierengehen hatte ich von Anfang an keine Lust. Ich fürchte, Sie werden keinen Platz finden«, erwiderte er.

Die Musik stoppte, die Leute klatschten Beifall.

Ein Mann, der sich bislang am Rand der Bühne aufgehalten hatte, betrat das Podest, sagte etwas zu den Bandmitgliedern und griff zum Mikrofon.

»Ja, hallo, miteinander«, begrüßte er das Publikum und winkte mit hocherhobenem Arm. »Erst einmal herzlich willkommen. Ich freue mich, dass so viele hier sind. Für diejenigen, die erst in den letzten Minuten gekommen sind, noch einmal zur Erklärung: Die angekündigte Band ›Enjoy More Classic‹ hat bedauerlicherweise kurzfristig absagen müssen, weil sie eine Panne mit ihrem Tourbus hat. Soweit ich weiß, sind sie immer noch in der Gegend von Wiesbaden und hoffen, im Laufe des Tages noch weiterzukommen. Deswegen geht mein herzlicher Dank für das schnelle Einspringen an ›Dolly and the Housedancers‹, die uns heute mit flotter Tanzmusik den Tag verschönern. Dolly, du und deine Jungs, ihr habt mich gerettet und unsere Gäste natürlich auch!«

Mit strahlender Miene sah er zu der Sängerin, die lachend Kusshände zu ihm und ins Publikum warf.

»Leute, esst, trinkt, tanzt und genießt den Nachmittag! In diesem Sinne: Weiter geht's. Was steht jetzt an, Dolly?«

Er hielt der Sängerin das Mikrofon hin. Sie lachte ihn an.

»Jetzt gibt es eine kleine Showeinlage von den Boogie-Woogie-Girls und ihren Partnern. Nachmachen empfohlen!«, rief sie.

Der Veranstalter nickte, und er begann, begeistert zu klatschen, das Mikrofon noch in der Hand. Die Gäste stimmten mit ein, die Band fing an zu spielen, und drei Frauen mittleren Jahrgangs in ärmellosen weißen Blusen und roten Röcken kamen mit beschwingten Schritten auf die Bühne, gefolgt von drei Männern, die ebenfalls gute Laune versprühten.

Kira war erleichtert. Zumindest traf sie keine Schuld an dem Desaster. Dennoch drängte es sie, Gerber aus dem Geschehen zu bringen. Der saß regungslos und schien die Darbietung sehen zu wollen.

Die drei Paare auf der Bühne begannen zu tanzen, mit spielerischer Leichtigkeit und sichtlichem Spaß an der Bewegung. Die Musik dazu spielte flott, heiter und lebenslustig. Kira spürte die Klänge am ganzen Körper, sie gingen ihr in die Beine, und für einen Moment sehnte sie sich danach, allein hier zu sein. Vielleicht hätte sich jemand zum Tanzen für sie gefunden, sobald die Showeinlage vorbei war. Hier und jetzt, wo es nicht die Hürde zu überwinden galt, allein ein Lokal zu betreten, hätte sie kein Problem damit gehabt, sich unter die Leute zu mischen. In Gerbers Begleitung war das völlig ausgeschlossen.

Die Musik verklang, und unter dem erneuten Beifall der Gäste verbeugten sich die Tänzer. Jemand rief nach einer Zugabe, weitere Stimmen fielen ein. Die Tänzer besprachen sich kurz, einer der Männer gab der Band ein Zeichen, und erneut begann die Musik.

»Genug jetzt«, sagte Gerber unvermittelt schroff. »Ich möchte nach Hause.«

Obgleich sie noch keine Viertelstunde vor Ort waren, wagte Kira keine Widerrede. »Gut«, antwortete sie nur.

Gerber rangierte den Rollstuhl herum, bugsierte ihn zwischen den Gästen hindurch und ließ ihn bis zu den Steinplatten seitlich des Spazierweges gleiten. Ab dort legte er wieder Tempo vor.

Kira beschloss, sein Verhalten nicht zu kommentieren. Spätestens beim Auto musste er auf sie warten. Noch fünf Tage, an denen sie nach der Arbeit zu ihm fahren würde. Die gingen vorbei. Bewusst langsam entfernte sie sich vom Kiosk, um so lange wie möglich der Musik zuhören zu können. Vielleicht konnte sie Gerber in Creußen absetzen und danach noch einmal hierherkommen.

Empörtes Hundegebell ließ sie aufmerksam werden. Einige Meter vor ihr zankten sich zwei Vierbeiner an, beide jedoch an der Leine. Gerber war noch nicht weit vorangekommen. Vielleicht besann er sich nun doch auf einen Rest besseres Benehmen.

In dem Moment sah Kira einen Radfahrer in hohem Tempo auf ihn zufahren. Der Mann fuhr rücksichtslos, klingelte und hatte eindeutig die Absicht, jeden zu verscheuchen, der sich ihm in den Weg stellte.

Das Entsetzen fuhr ihr direkt in den Magen. Der Radler bemerkte Gerber in seinem Stuhl und versuchte im letzten Moment auszuweichen, wobei er nun auf eine Familie mit mehreren Kindern zusteuerte. Mit einer Vollbremsung verhinderte er, in die Familie hineinzufahren, stürzte und rutschte mit Rädern und Füßen gegen Gerbers Stuhl. Der Stuhl geriet ins Kippen, und einem Passanten gelang es in letzter Sekunde, Gerber vor einem Sturz zu bewahren.

Kira rannte zu ihm. Gerber umklammerte die Armstützen des Rollstuhls. Er hielt die Lippen zusammengepresst, im Bereich seines Kiefers zuckten die Muskeln, und auf seiner Miene spiegelte sich ohnmächtiger Zorn.

Die ganze Fahrt zurück nach Creußen über hatten sie beide kein Wort gesprochen. Kira meinte, neben Gerber keine Luft zu bekommen. Erst als sie vor seinem Haus parkte, wagte sie es, etwas zu sagen.

»Es tut mir leid«, versicherte sie und meinte es absolut ehrlich. Sie sah ihn bei ihren Worten nicht an, sondern konzentrierte sich auf die ruhige Anwohnerstraße.

»Sparen Sie sich Ihr Mitleid«, gab er zurück. Irritierenderweise sprach er mit einer Mischung aus Resignation und Erschöpfung. Sie hatte mit einer ungehaltenen Reaktion gerechnet.

»Das ist kein Mitleid. Ich meine es schon so«, erwiderte sie, ein wenig mutiger geworden, und sah noch immer durch die Windschutzscheibe.

»Ich möchte den Nachmittag beenden. Holen Sie den Rollstuhl. Bitte«, ergänzte er.

Wortlos stieg Kira aus. Sie reichte ihm die Einzelteile des Gefährts. Routiniert setzte Gerber es zusammen, rutschte mit Hilfe des Transferbrettes auf den Sitz und schlug eigenständig die Beifahrertür zu. Kira nahm das Transferbrett und folgte ihm schweigend bis zur Haustür.

Gerber schloss auf und fuhr ins Haus. In der Eingangshalle wandte er sich ihr zu. »Ich bin nicht böse auf Sie«, ließ er sie wissen.

Kira nickte. Sie hielt noch immer die Einstieghilfe für das Auto in den Händen. »Soll ich …?«, begann sie und zeigte erst auf das Brett, dann auf den Garderobenschrank.

Er schüttelte den Kopf und streckte die Hand aus. »Ich mach das«, antwortete er.

Sie hätte jetzt gehen können. Es war halb fünf, sie war ihrer Pflicht nachgekommen. Nein, noch nicht ganz. Sie musste noch die Medikamente für den nächsten Tag einteilen.

»Ich kümmere mich noch um die Tablettendosierung«, ließ sie Gerber wissen und betrat sein Haus.

»Hören Sie, Kira. Meinen Sie nicht, ich bin erwachsen genug und kann mich um mich selbst kümmern?«, hielt er sie auf. Auch jetzt war sein Ton gemäßigt. Nicht eben freundlich, aber auch nicht voll beherrschter Aggression.

Kira blieb einige Schritte vor der Wohnzimmertür stehen und drehte sich zu ihm um. »Doch. Ich habe durchaus den Eindruck, dass Sie zu viel mehr in der Lage sind, als … man im ersten Moment denken möchte.«

»Sie wollten sagen: als Leonie behauptet hat«, korrigierte er.

Kira zuckte mit den Schultern. »Sie macht sich Sorgen.«

»Das passt zu ihr. Sie fühlt sich besser, wenn sie sich Sorgen machen und sich engagieren kann. Das gibt ihr irgendwas. Entschuldigung. Das klingt so böse. So ist es nicht gemeint.«

Hatte er plötzlich den Bedarf, sich ihr mitzuteilen?

»Manchmal reagieren Angehörige in belastenden Situationen überfürsorglich. Sie überschreiten Grenzen und merken es nicht«, erwiderte Kira. »Oder sie merken es, sind aber sicher, das Richtige zu tun, zum Wohl des Menschen, der ihnen wichtig ist.«

Gerber schnaubte. »Sie scheinen sich ja auszukennen.«

Da war er wieder, der angriffslustige Ton.

»Gut. Kümmern Sie sich selbst um Ihre Tabletten. Von dem Essen, das ich gestern gekocht habe, dürfte noch genug für heute übrig sein, oder?«

Er gab keine Antwort.

»Hat es Ihnen geschmeckt?«, fuhr sie fort.

Er zuckte flüchtig mit den Schultern.

»Haben Sie es weggeworfen?« Sie konnte es sich durchaus vorstellen.

»Natürlich nicht«, sagte er. »Ich hatte einfach keinen Hunger.«

»Haben Sie jetzt Hunger? Dann mache ich eine Portion warm.«

Er schwieg.

»Herr Gerber? In ein paar Tagen sind Sie mich los. Ich kann auch jetzt sofort gehen.«

»Schon gut. Machen Sie etwas warm, wenn Sie unbedingt wollen.«

Kira nickte und ging in die Küche.

Felix blieb mit seinem Rollstuhl in der Eingangshalle stehen. In ihm ging es drunter und drüber. Ihm war, als würden sämtliche seiner Nerven bloß daliegen.

Der Beinahe-Zusammenstoß mit dem aggressiven Radfahrer, der sich im Nachhinein nicht einmal entschuldigt und ihn stattdessen angepöbelt hatte, weil er den mit Steinplatten belegten

Seitenstreifen des Weges genutzt hatte, hatte etwas in ihm aufgewühlt.

Zu dem entsetzlichen Schmerz um Katja, der ihm seit über zwei Jahren ein stummer und beharrlicher Begleiter war, sowie der Fassungslosigkeit darüber, kein gesunder Mann mehr zu sein, kam nun eine neue Qual, die er noch nicht einsortieren konnte. Er war zornig angegriffen und attackiert worden, weil er sich ob seiner Behinderung gestattet hatte, den vermeintlichen Radweg im Park zu nutzen, noch während er mit dem Schock gerungen hatte, dass er beinahe mitsamt dem Stuhl den Hügel hinuntergestürzt wäre. Vor Schreck und Entsetzen hatte er sich weder gegen die Beschimpfungen des Radfahrers gewehrt noch sich bei dem Passanten bedankt, der den Sturz verhindert hatte.

Felix strich sich mit flacher Hand übers Gesicht. Er zitterte innerlich und wusste nicht, wie er wieder zur Ruhe kommen konnte. Aus der Küche hörte er Kira hantieren. Eigenartigerweise tat es gut, jetzt nicht allein zu sein.

Er vernahm das »Pling« der Mikrowelle.

Felix ließ den Stuhl zur Küche rollen und zog die Tür auf. Sie war nur angelehnt gewesen. Kira nahm eben einen gut gefüllten Teller aus der Mikrowelle und stellte ihn eilig neben dem Gerät auf die Arbeitsfläche. Er war wohl heiß geworden. Sie nahm einen Teelöffel aus der Küchenschublade und naschte vorsichtig ein wenig von der üppigen Hackfleischportion, die sie auf die Nudeln getürmt hatte.

»Schmeckt's?«

Kira zuckte zusammen, fuhr herum und ließ den Löffel fallen. Scheppernd landete er auf den Küchenfliesen. Er sah einen Hauch Röte in ihre Wangen steigen. Eilig bückte sie sich, hob den Löffel auf und griff noch nach etwas anderem, was auf dem Boden lag.

»Ich wollte nur wissen, ob die Temperatur passt«, erwiderte sie.

»Bei der Menge, die Sie gekocht haben, können Sie ruhig mitessen.« Die Worte waren draußen, ehe er nachgedacht hatte. »Ich meine, es reicht ja für eine ganze Kompanie. Oder Sie nehmen sich was fürs Abendessen mit.« Er war gerade dabei, sich um Kopf und Kragen zu reden. So etwas Dämliches, ihr anzubieten, mit ihm zu essen.

»Vielen Dank. Das geht heute nicht. Hier, der Knopf wird Ihnen irgendwo fehlen.« Sie hielt mit spitzen Fingern einen schlichten hellen Knopf in die Höhe und legte ihn gleich darauf neben die Mikrowelle. »Ich stelle Ihnen das Essen auf den Tisch. Gurkensalat habe ich auch schon portioniert. Der ist schon recht welk. Gestern war er besser.«

»Was haben Sie denn vor? Den nächsten Patienten betüddeln? Wenn Sie das auch umsonst machen, kommen Sie zu nichts.« Er wollte nicht mit ihr essen. Dass sie seinen Vorschlag, ohne zu zögern, abgelehnt hatte, ärgerte ihn dennoch.

»Ich betüddele niemanden.«

Ein gedämpftes Läuten kam aus Richtung des Küchentisches. Beinahe gleichzeitig sahen sie beide dorthin. Über einer Stuhllehne hing Kiras Handtasche, und aus ihr kam das Geräusch. Mit zwei Schritten war sie dort, öffnete die Tasche und nahm ihr Handy heraus. Sie warf einen flüchtigen Blick auf das Display, und im selben Moment brach der Ruf ab.

»Ich muss jetzt gehen«, informierte sie ihn und legte den Riemen der Tasche über ihre Schulter. Das Mobiltelefon hielt sie noch in der Hand. »Ich komme morgen Abend wieder. Wann genau, kann ich nicht sagen. Wahrscheinlich gegen sieben Uhr.«

Grußlos ging sie an ihm vorbei. Erst als er bereits gehört hatte, dass sie die Haustür geöffnet hatte, rief sie: »Tschüs«, und zog die Tür hinter sich zu.

Zu einer Antwort war er nicht mehr gekommen.

9

Kira sah den grünen Punkt auf dem mobilen Hörer ihres Festnetztelefons blinken, kaum dass sie ihr Wohnzimmer betreten hatte. Das Gerät meldete drei Anrufe in Abwesenheit. Sie erkannte die Rufnummer ihres Onkels mit der Vorwahl 08022. Augenblicklich stand ihr die Heimat vor Augen. Die Berge, die Almen, die Lüftlmalerei an den Häusern in den Ortschaften, die sattgrünen Wiesen, auf denen Kühe friedlich weideten. Sie glaubte, das behäbige Läuten der Kuhglocken zu hören, und sie sah den im Sonnenlicht glitzernden Tegernsee vor sich.

Kira setzte sich aufs Sofa. Sacht schlug ihr Gewissen. Sie hatte sich schon geraume Zeit nicht mehr bei dem betagten Onkel gemeldet. Hoffentlich ging es ihm gut. Sie drückte die Rückruftaste.

»Sollinger«, meldete sich ihr Onkel energisch und so schnell, als hätte er neben dem Telefon gesessen.

»Onkel Georg, ich bin es, Kira«, begrüßte sie ihn und zog die Füße unter den Po.

»Kira. Endlich. Warum meldest du dich denn nicht?«, fragte er vorwurfsvoll.

»Ich melde mich doch«, verteidigte sie sich.

»Du bist nicht zu Hause, und ans Handy gehst du auch nicht«, fuhr er fort.

»Ich war unterwegs, das stimmt. Und ans Handy bin ich wohl gegangen, falls du vor einer halben Stunde angerufen hast. Du hast zu schnell aufgelegt«, hielt sie ihm vor.

»Weil ich dachte, du bist vielleicht im Auto unterwegs.«

»Wenn deine Rufnummer nicht immer unterdrückt wäre, hätte ich dich sofort zurückgerufen«, sagte Kira.

»Wie dem auch sei. Hast du meinen Brief nicht bekommen?«

»Welchen Brief?«

Sie sah zu ihrem Esstisch, auf dem sie unerledigte Post sammelte. Das eine oder andere Schreiben, meist Werbung, lag ungeöffnet da, doch die war nicht wichtig.

»Ich habe dir vor Tagen geschrieben. Auf die Post ist wirklich kein Verlass mehr.«

Kira schob die Beine vom Sofa, ging zum Esstisch und sah sicherheitshalber noch einmal ihre Briefe durch.

»Tut mir leid, Onkel Georg. Ich habe nichts bekommen. Was stand denn drin?«

»Es gibt wichtige Angelegenheiten zu klären. Ich habe dich darin gebeten, mich zu besuchen.«

»Was für wichtige Angelegenheiten?« Sie mochte es nicht, wenn Onkel Georg sich so undurchsichtig ausdrückte.

»Darüber will ich am Telefon nicht sprechen.«

Kira unterdrückte ein Seufzen. »Ich stecke bis zu den Ohren in der Arbeit. Die nächsten Wochen sieht es schlecht aus.« Gerber war das geringste Problem. Ihr uneffektives Engagement war kommenden Samstag vorbei. Aber in ihrem Büro stapelte sich die Arbeit, ganz abgesehen von ihrem randvollen Terminkalender.

»Es ist mir sehr wichtig, Kira«, sagte ihr Onkel sanft.

Wenn Onkel Georg in diesem Ton mit ihr sprach, wurde sie weich. Von Bayreuth bis nach Rottach-Egern am Tegernsee waren es knapp drei Stunden Fahrt mit dem Auto, wenn die Straßen frei waren. An einem Tag hin und zurück, das war kaum zu schaffen. Ein Wochenende würde sie schon einplanen müssen.

»Ich gucke, was ich machen kann. Die kommende Woche geht nichts. Aber vielleicht am Wochenende«, gab sie nach.

»Das wäre schön. Ich richte dir das Gästezimmer her.«

»Ich kann nichts versprechen, Onkel Georg. Ich sage dir rechtzeitig, ob es klappt.«

»›Rechtzeitig‹ heißt was?«

»Genügt es dir, wenn du am Freitagabend Bescheid weißt?«

»Sicher. Also, bis dann, mein Mädchen.«

»Bis dann, Onkel Georg.«

Kaum hatte sie aufgelegt, fiel ihr ein, dass sie ihn nicht einmal gefragt hatte, wie es ihm ging. Sie kämpfte mit sich, ob sie ihn noch einmal anrufen sollte. Noch ehe sie sich entschieden hatte, bekam sie eine WhatsApp-Nachricht. Sie war von Leonie, die den Stand der Dinge abfragen wollte.

Sollinger legte behutsam den Hörer auf. Er hätte Kira viel eher anrufen sollen. Nachdem sie seinen Brief offenbar nicht bekommen hatte, hätte er noch lange auf eine Reaktion von ihr warten können. Hoffentlich kam jetzt endlich Bewegung in die Sache. Er massierte sich den Nacken.

»Rudi?«, rief er.

Der Golden Retriever kam aus dem Wohnzimmer. Unter der Tür zum Flur, wo das Telefon stand, blieb er stehen, beugte den Oberkörper nach unten und reckte und streckte sich und gähnte ausgiebig.

»Wir machen einen kleinen Spaziergang« Er nahm die Leine von der Garderobe. »Nicht weit, nur bis zum Alpenwildpark.«

Rudi erhob sich, schüttelte sich und kam zu ihm.

»Guter Junge«, sagte Sollinger und tätschelte Rudi den Rücken.

Bis zur Gaststätte Alpenwildpark war es nicht weit. Sie befand sich nur wenige Meter neben der Talstation der Wallbergbahn und hatte eine wunderbare Außenterrasse. Er konnte von seiner Haustür aus loslaufen, und selbst wenn er sich Zeit ließ, würde er in etwa zwanzig Minuten dort sein. Oder in einer halben Stunde, wenn Rudi öfters was zum Schnuppern fand, für das er Zeit brauchte. Sie hatten ja keine Eile.

»Wir bestellen uns was Gutes«, teilte er dem Hund mit. Einen Wurstsalat mit Brot vielleicht. Oder den angebräunten Leberkäse mit Kartoffelsalat? Dazu ein kühles helles Bier. Ihm lief das Wasser im Mund zusammen.

Sollinger verließ das Haus. Schräg gegenüber von seinem Grundstück kniete Hubert Obermaier am Straßenrand und zupfte Unkraut heraus, das unter seinem Zaun wuchs.

»Grüß dich, Hubert«, sagte Sollinger.

»Georg, grüß dich.« Obermaier hob den Kopf. Sein Gesicht war rot von der Anstrengung des Bückens.

Er war ja auch nicht mehr der Jüngste, dachte Sollinger. Obwohl, zehn Jahre jünger als er selbst mochte der Obermaier sein.

»Spaziergang mit dem Hund?«, fragte Obermaier und erhob sich unter Ächzen und Stöhnen, wobei er sich am hölzernen Zaun abstützte.

»Ja. Wir wollen zum Alpenwildpark. Ist ja nicht weit«, antwortete Sollinger.

»Ah, da war ich auch schon lange nicht mehr, dabei liegt er uns ja sozusagen vor der Nase. Aber die Lisbeth meint, das lohnt nicht. Sie kocht selber. Es sei denn, die Enkel sind da. Ist ja auch schön, mit dem Spielplatz gleich gegenüber.«

Sollinger lächelte. »Magst mit?«, fragte er.

Obermaier grinste. »Lass mal. Die Lisbeth hat Käsespätzle im Ofen. Das gibt Ärger, wenn ich jetzt mit dir … du weißt schon. Ein anderes Mal.«

Sollinger nickte dem Nachbarn zu und machte sich auf den Weg. Er war nicht sicher, ob er es bedauerte, dass Obermaier nicht mitkam. Gelegentlich tat es ganz gut, ein wenig Gesellschaft zu haben und sich auszutauschen. Andererseits wollte er seinen Gedanken nachhängen, und das ging alleine am besten. Außerdem kannte er Obermaier kaum, nur so, wie man sich eben als Nachbarn kannte. Ein paar Worte hier und da, mehr nicht.

Der Spielplatz, ja. Vor fünfzehn Jahren hatte er sich vorgestellt, dort eines Tages Kiras Kinder spielen zu sehen, wenn sie mit den Kleinen zu Besuch kam. Kiras Kinder wären für ihn so etwas Ähnliches wie seine Enkel gewesen. Aber seine Nichte ging auf die vierzig zu und war noch immer alleinstehend. Von dem Enkelwunsch musste er wohl Abschied nehmen.

Kira erwachte am anderen Morgen um halb acht. Sie brauchte einige Sekunden, bis sie ihre Gedanken sortiert hatte, und fuhr dann erschrocken in die Höhe. Es war Montag, sie hatte am Vorabend vergessen, den Wecker zu stellen, und in einer halben Stunde hatte sie die erste Patientin.

Sie warf die Bettdecke zurück und eilte ins Bad.

Eine Minute vor acht Uhr war sie in ihrer Praxis. Schon vor der Tür hörte sie das Telefon läuten. Der Anrufbeantworter sprang an, als sie im Flur stand.

»Guten Morgen, Frau Wagner, hier ist Hanisch. Ich habe schon einige Male versucht, Sie zu erreichen. Ich muss unseren Termin heute Morgen absagen. Meine Tochter hat Fieber, ich muss wohl zum Arzt. Tut mir leid, weil es so kurzfristig ist. Bis nächste Woche. Tschüs.«

Kira atmete tief durch. Sie war keineswegs böse über die kurzfristige Absage. Nun konnte sie wenigstens noch in Ruhe einen Kaffee trinken. Vorher wollte sie sich beim Bäcker, der hundert Meter die Straße hinunter eine Filiale hatte, noch ein oder zwei Hörnchen kaufen. Und ein Brot für abends.

Sie ging in ihr Sprechzimmer, nahm einen Stoffbeutel für ihre Einkäufe aus dem Schrank, kramte in ihrer Handtasche nach ihrem Geldbeutel und stutzte. In der Tasche lagen drei Briefe. Schlagartig fiel es ihr wieder ein. Vor zwei Tagen hatte sie ihren Briefkasten zu Hause geleert und die Kuverts, ohne sie durchzusehen, in ihre Tasche gestopft, weil Leonie sich wegen ihres Bruders gemeldet hatte. Danach hatte sie die Post vergessen.

Zwischen dem Schreiben einer Versicherung und einem Packen Kontoauszüge, die sie wieder einmal nicht rechtzeitig aus dem Automaten der Postbank abgeholt hatte, lag ein Brief von Onkel Georg.

Kira legte ihn auf ihren Schreibtisch. Sie würde jetzt erst einmal zum Bäcker gehen. Den Brief wollte sie später lesen, beim Frühstück.

10

Leonie fuhr zügig Richtung Creußen. Ehe sie nicht nach Felix gesehen hatte, fand sie keine Ruhe mehr, egal, ob Kira sich um ihn kümmerte oder nicht. Die beiden WhatsApp-Nachrichten, die Kira ihr auf Nachfrage gestern und vorgestern zu den Besuchen bei Felix geschickt hatte, hatten sie keineswegs beruhigt.

»Lief gut. Mach dir keine Sorgen«? Was sollte sie damit anfangen? Mit Felix lief schon lange nichts mehr gut. Ebenso oberflächlich war die Antwort gestern Abend gewesen: »Waren eine Stunde an der frischen Luft.« Wo denn? Doch wohl höchstens im Garten. Allein Felix zu seinen ärztlichen Terminen zu bringen glich einem Staatsakt. Er wollte ja das Haus nicht verlassen. Gerade als sie hatte nachfragen wollen, war Stefan ihr dazwischengekommen, und sie hatte den restlichen Abend keine Gelegenheit mehr gefunden, sich erneut bei Kira zu melden.

Dies alles machte sie nervös, und so hatte sie sich in der Versicherung für den heutigen Vormittag krankgemeldet. Stefan durfte nichts davon erfahren.

Leonie setzte den Blinker und bog zum Bühler Äcker ab.

Wie verlassen lag das Haus ihres Bruders im heute trüben Licht des Morgens. Der Himmel war von einer hellgrauen Wolkendecke überzogen, die Luft war kühler als die letzten Tage, und es war Regen gemeldet.

Sie parkte den Wagen, betrat das Grundstück und eilte zur Haustür. Rasch drückte sie auf die Klingel, damit Felix auf ihre Ankunft vorbereitet war, wartete jedoch nicht ab, bis er öffnete, sondern sperrte sich selbst auf. Den Haustürschlüssel hatte sie ihm in den ersten Tagen nach seiner Rückkehr aus der Klinik und der Reha abgerungen und war seither nicht bereit, ihn zurückzugeben. Wenn Felix sauer auf sie war, sperrte er schon mal von innen gegen, doch heute war das nicht der Fall.

»Felix?«, rief sie. Es war unerträglich still im Haus. »Felix?«

Ihr Puls beschleunigte sich. Wieso antwortete er nicht? In Windeseile rannte sie von Zimmer zu Zimmer, stieß die Türen auf und sah hinein. Ihr Herz raste, und ihre Hände wurden feucht. Er war nicht im Haus.

Sie rannte durch das Wohnzimmer, riss die Terrassentür auf und sah in den Garten. Nichts. Nur dieses elende leere Schwimmbecken. Wie oft hatte sie schon mit ihm geredet, er sollte es zuschütten lassen. Die Gefahr war einfach zu groß, dass er mitsamt dem Stuhl einmal hineinfallen könnte.

»Felix!«, schrie sie in hilfloser Verzweiflung.

Sie ballte die Fäuste und stampfte mit dem Fuß auf. Sie hätte sich niemals auf Kiras Vorschlag einlassen sollen. Wo war er? Zwei ganze Tage hatte sie sich nicht um ihn gekümmert. Nun ja, Samstag war sie kurz bei ihm gewesen, aber das zählte jetzt nicht mehr, und sonntags kam sie ja auch kaum. Hatte er die Nerven verloren ob seines Schicksals? Es war, seit er im Rollstuhl saß, noch nie vorgekommen, dass er ohne sie unterwegs gewesen war. Zumindest soweit sie wusste. Auf jedem Meter außer Haus hatte sie ihn begleitet.

Leonie zerrte ihr Handy aus der Jackentasche und wählte Kiras Nummer. Sie ging nicht ans Telefon. Leonie umklammerte das rechteckige kleine Gerät, bis ihre Gelenke schmerzten. Nur unterschwellig nahm sie das Motorengeräusch eines sich nähernden Wagens wahr.

»Leonie? Was machst du hier? Warum bist du nicht auf der Arbeit?«

Leonie fuhr herum. Felix stand mitten im Wohnzimmer, die Hände auf den Greifrädern des Stuhls, und sah sie sowohl verwundert als auch ungehalten an.

»Wo kommst du jetzt her?«, fuhr sie ihn an.

»Entschuldige, aber was soll der Ton? Bin ich dir Rechenschaft schuldig, oder was?«, entgegnete er, nun auch aufgebracht.

»Ich habe mir Sorgen gemacht und wollte nach dir sehen. Und was sehe ich? Du bist weder im Haus noch im Garten. Wo warst du?« Sie betonte jedes einzelne Wort der letzten Frage.

»Rede nicht in diesem Ton mit mir!«

»Himmel, Felix. Würdest du mir jetzt endlich sagen, was du gemacht hast? Eine Spazierfahrt durch den Ort?« Ihr Herz raste.

»Ich war auf dem Friedhof.«

»Auf dem Friedhof?« Beinahe hätte sie den Mund nicht mehr zubekommen.

»Ja.« In seinem Blick lag eine Entschlossenheit, die sie schon lange nicht mehr bei ihm gesehen hatte.

»Das kann ja wohl nicht sein.«

Ein kühler Wind war aufgekommen, und sie fröstelte. Sie merkte, dass sie noch immer auf der Terrasse stand. Mit steifen Beinen stakste sie ins Wohnzimmer und schloss die Terrassentür.

»Wieso denn das?«

»Eine völlig überflüssige Frage«, erwiderte er.

»Mit dem Auto?«

»Ja.«

»Aber … du bist doch noch nie allein mit dem Auto gefahren, seit damals.«

Außer in der Zeit, in der er gelernt hatte, mit seinem behindertengerecht umgebauten Wagen klarzukommen.

Ein Gefühl großer Schwäche überkam sie. Ihr war, als entglitten ihr die Ruder, mit denen sie bislang ihren Bruder durch sein seit dem Unfall eingeschränktes Leben gesteuert hatte.

»Doch. Du wusstest es nur nicht.«

Das konnte nicht sein. Es war doch nicht möglich, dass sie all die Zeit nicht mitbekommen hatte, dass er in ihrer Abwesenheit allein unterwegs war. Leonie ging zum Sofa und ließ sich darauf fallen.

»Felix.« Ihre Stimme klang rau. »In deiner Verfassung. Ich wäre doch mit dir hingefahren.«

Ihr Innerstes zog sich zusammen. Was, wenn er hinter dem Steuer sein Leid beenden wollte? Auf der Straße, dort, wo es auch angefangen hatte?

»Auf die Idee, dass ich das nicht will, kommst du gar nicht, was?«

Sie wich seinem Blick aus.

»Und jetzt will ich wissen, warum du hier bist. ›Nach mir sehen‹ ist ein bisschen dünn. Dazu hast du mir doch deine Nachbarin auf den Hals gehetzt. Wolltest du kontrollieren, ob sie alles richtig macht? Keine Sorge, sie ist sehr zuverlässig und war Samstag wie Sonntag hier, und für heute Abend hat sie sich auch angemeldet.«

Leonie presste die Lippen zusammen.

»Hast du einen Tag freigenommen?«, fuhr Felix fort.

»Nein. Ich habe mich krankgemeldet. Aber nur für heute Vormittag«, gab sie zu.

»Das ist nicht dein Ernst. Du hättest mich anrufen können, das hätte auch genügt.«

»Ich wollte dich sehen. Und ein Anruf hätte mir ja auch nichts genützt, du warst ja nicht da.«

»Was du nicht gewusst hast. Und ein Handy habe ich ja auch.«

Es wurde still zwischen ihnen. Vom oberen Bereich des Wohnzimmers tickte die Uhr, die neben dem Kamin hing.

»Gut.« Leonie zwang sich, aufzustehen. »Klappt es mit deinen Medikamenten?«

»Ich bin kein kleines Kind, Leo.« Er sprach jetzt ruhiger.

In ihr jedoch tobte ein Sturm. Hatte Kira ihm irgendeinen Floh ins Ohr gesetzt von wegen Eigenständigkeit und so? Sie wusste doch überhaupt nicht, was sie da in Gang brachte. Sie hatte einen Fehler gemacht, und den galt es schnellstens zu korrigieren. Kira durfte nicht mehr zu Felix.

11

Um kurz nach achtzehn Uhr begleitete Kira ihren letzten Patienten für den Tag zur Praxistür und verabschiedete ihn. In dieser späten Sitzung war sie unkonzentriert gewesen und hatte immer wieder auf die Uhr gesehen. Sie wollte pünktlich Schluss machen und hoffte, dass der Patient nicht kurz vor dem Ende der Stunde noch etwas ansprach, was keine Zeit bis zum nächsten Termin hatte. Schließlich hatte sie zu Gerber gesagt, dass sie gegen neunzehn Uhr bei ihm sein werde.

Sie holte ihre Handtasche aus dem Schrank und warf einen Blick auf ihr Handy, das danebengelegen hatte. Ein verpasster Anruf von Leonie sowie eine fast dreiminütige Sprachnachricht von ihr. Drei Minuten. Sich diese jetzt anzuhören, dazu fehlte ihr die Geduld.

Von ihrer Praxis bis zu Gerber würde sie, die Verzögerungen durch den Stadtverkehr mitberücksichtigt, etwa eine halbe Stunde brauchen. In der Zeit konnte sie die Nachricht abhören.

Vorher wollte sie noch Zutaten für eine Pizza einkaufen. Nach einem weiteren Ausflug mit Gerber stand ihr nicht der Sinn, und da er ständig betonte, dass er ihre Hilfe nicht brauchte, hatte sie beschlossen, auf Wischen, Saugen oder sonstige Putztätigkeiten, die ohnehin nicht zu ihren Lieblingsbeschäftigungen gehörten, zu verzichten. Allerdings musste sie ja irgendetwas tun, wenn sie bei ihm war. Deswegen würde sie heute Pizza backen. Ganz uneigennützig war der Gedanke nicht. Sie würde sich die Zutaten nicht zahlen lassen, dafür aber die Hälfte mitnehmen. Damit war ihr Abendessen gesichert, und für morgen Mittag war sicher auch noch genug übrig.

Während Kira zum nächstgelegenen Discounter fuhr, dachte sie an ihren Onkel. In seinem Brief hatte letztendlich nichts anderes gestanden als das, was er ihr auch schon am Telefon gesagt hatte. Er wollte eine wichtige Angelegenheit mit ihr besprechen und bat sie, so bald als möglich zu Besuch zu kommen. Der Hinweis auf die »wichtige Angelegenheit« beschäftigte sie mehr und mehr. Hoffentlich hatte er keine gesundheitlichen Probleme. Immerhin war er dreiundachtzig Jahre alt.

Inzwischen hatte Kira sich entschieden, auf jeden Fall kommendes Wochenende zu ihm zu fahren. Sie war schon viel zu lange nicht mehr bei ihm gewesen, und die leidige Büroarbeit würde sie eben nächste Woche abends erledigen. Bis dahin war die Zeit mit Gerber abgearbeitet. An einer Verlängerung war er sicher nicht interessiert, und sie war mittlerweile auch froh, wenn sie es hinter sich hatte. Für Leonie tat es ihr leid.

Apropos Leonie. Sie durfte nicht vergessen, ihre Nachricht abzuhören.

Kira setzte den Blinker und bog nach links auf den Parkplatz des Discounters ab.

Zwanzig Minuten später konnte sie ihre Fahrt nach Creußen fortsetzen. Sie hatte länger zum Einkaufen gebraucht, als sie gedacht hatte. Es war viel Betrieb gewesen. Ehe sie losfuhr, steckte sie ihr Mobiltelefon in die dafür vorgesehene Halterung am Armaturenbrett.

Während sie bei Rotlicht an einer Ampel stand, rief sie Leonies Nachricht auf.

»Hallo, Kira, nachdem du nicht an dein Handy gehst und auch nicht zurückrufst, muss ich dir jetzt eine Sprachnachricht schicken.«

Die Ampel schaltete auf Grün. Kira fuhr los. Leonie sprach angestrengt, sie schien ein Beben in ihrer Stimme zu beherrschen, und beinahe glaubte Kira, den Klang unterdrückter Wut zu hören.

»Ich möchte dich dringend bitten, ab sofort nicht mehr zu Felix zu fahren. Ich kümmere mich wieder selbst. Die Veränderung tut ihm nicht gut.«

Verblüfft verlangsamte Kira die Fahrgeschwindigkeit. Augenblicklich hupte jemand hinter ihr verärgert, und gleich darauf wurde sie von dem Fahrer eines roten Mercedes rasant überholt.

»Es war ein Fehler von mir, mich auf deinen Vorschlag einzulassen. Es sind Dinge vorgefallen, die ich mir nicht erklären kann. Also beenden wir das Experiment. Ich möchte dich dringend bitten, dich daran zu halten und den Kontakt zu Felix umgehend einzustellen. Dennoch danke für dein Engagement.«

Die Nachricht war zu Ende. Kira war auf Höhe des Ortsteils Wolfsbach angekommen.

»... dringend bitten ... den Kontakt zu Felix umgehend einzustellen ...« Ungläubige Empörung stieg in ihr auf. Eigentlich hätte sie geradeaus weiterfahren müssen. Stattdessen bog sie rechts ab und hielt am Straßenrand.

Erneut hörte sie die Nachricht ab, lauschte auf jedes Wort und den Klang von Leonies Stimme. Eindeutig, sie war sehr aufgebracht gewesen, als sie den Text gesprochen hatte. Was meinte sie – es waren Dinge vorgefallen, die sie sich nicht erklären konnte? Sprach sie von dem missglückten Ausflug am Tag zuvor? Hatte Gerber ihr davon erzählt? Doch das hätte sie deutlich sagen können. Plötzlich regte sich Ärger in Kira. Erst jammerte und klagte Leonie, dann nahm sie, unter reichlichen Verhaltensmaßregelungen und -hinweisen, ihr Angebot an, und nun bremste sie sie von einem Moment auf den anderen aus.

»... dringend bitten ... dich daran zu halten ...« Das war keine Bitte. Das war eine Anordnung.

Kira wählte Leonies Nummer, doch die nahm das Gespräch nicht an. Wollte sie nicht mit ihr sprechen? Oder war sie schon bei ihrem Bruder, um sich wieder selbst um seine Belange zu kümmern?

Entschlossen ließ Kira den Motor erneut an. Gerber war ein erwachsener Mann, und ihre Vereinbarung war gewesen, dass sie gegen neunzehn Uhr zu ihm kam. Nun war es fast halb acht. Sie würde jetzt zu ihm fahren.

Kira parkte wie inzwischen üblich direkt vor Gerbers Anwesen. Etwa zwanzig Meter hinter ihr stand ein schwarzer Fiat. Mehr abgestellte Fahrzeuge waren in der Anwohnerstraße nicht zu sehen. Soweit sie wusste, fuhr Leonie einen weißen Kleinwagen. Wenn sie nicht in der Doppelgarage geparkt hatte, war sie nicht bei Gerber.

Kira stieg aus, holte den Korb mit ihren Einkäufen aus dem Kofferraum und ging zum Haus. Sie drückte auf den messingfarbenen Knopf der Glocke und wartete. Gerber öffnete nicht. Ein zweites Mal wollte sie nicht läuten. Unvermittelt ging ihr durch den Kopf, ob Gerber sie nicht mehr sehen wollte, nach dem Vorfall in der Wilhelminenaue. Vielleicht hatte er Leonie vorgeschickt, um ihr abzusagen. Eigentlich passte so ein Verhalten nicht zu ihm, soweit sie das nach der kurzen Zeit, die sie ihn persönlich kannte, beurteilen konnte. Doch was konnte man schon ausschließen?

Wie vergangenen Samstag ging Kira über den dichten weichen Rasen, um hinter das Haus zu sehen. Auf der Terrasse war Gerber nicht, aber die Glastür zum Wohnzimmer stand ein paar Zentimeter offen. Behutsam schob Kira sie so weit auf, dass sie ins Haus kam.

Sie durchquerte den Wohnraum, trat in die Eingangshalle und sah, dass die Tür zu Gerbers Schlafzimmer ein Stück offen stand. Für einige Sekunden bekam sie Beklemmungen. Sie hatte in Gerbers Haus nicht wirklich etwas zu suchen. Aber vielleicht brauchte er Hilfe?

Sie lugte durch den Türspalt.

Gerber saß in seinem Zimmer vor einem Computer, mit der Seite zu ihr. Der Computer stand in dem Schrank, den sie bei ihrem ersten Besuch schon für einen Büroschrank gehalten hatte. Die Türen waren halb geöffnet, der Bereich dazwischen bot gerade genug Platz für den Rollstuhl. Auf dem Bildschirm des Rechners sah Kira einen Text, lesen konnte sie nicht, womit Gerber sich beschäftigte. Er trug wuchtig aussehende Kopfhörer.

»Herr Gerber?«, sprach sie ihn an, so laut sie konnte, ohne zu schreien.

Gerber reagierte nicht, stattdessen tippte er auf der Tastatur.

»Herr Gerber?«

Er neigte sich zur Seite und griff in ein Fach unten links im Computerschrank.

Sie trat einen Schritt ins Zimmer. Gerber fuhr zusammen, stieß sich das Handgelenk am Seitenteil des Faches, aus dem er etwas hatte nehmen wollen, und riss mit der anderen Hand den Kopfhörer herunter.

»Himmel! Haben Sie mich erschreckt. Was machen Sie hier?« Hektisch schob er die Tastaturablage unter die Schreibtischplatte, manövrierte seinen Rollstuhl ein Stück nach hinten und schloss die Schranktüren. Den Computer hatte er nicht ausgeschaltet. Er rieb sich das gestoßene Handgelenk.

»Entschuldigen Sie. Ich habe geklingelt, aber Sie haben nicht geöffnet.«

»Ach was.«

»Ja. Die Terrassentür war nicht ganz geschlossen.«

»Ich habe Sie nicht erwartet. Leonie sagte, Sie hätten heute keine Zeit. Sie kommt später selbst vorbei. Wenn Ihnen Ihr selbstloser Einsatz jetzt reicht, hätten Sie mich anrufen können, statt sich hinter meiner Schwester zu verstecken.« Er sah verärgert aus, jedoch nicht so wütend und zynisch wie in den letzten beiden Tagen häufig.

»Was? Das stimmt doch gar nicht.« In ihrer Empörung hatte sie lauter und heftiger gesprochen, als sie gewollt hatte.

»Was stimmt nicht? Dass Sie genug von Ihrem Einsatz als Florence Nightingale haben?« Nun klang er doch wieder bissig.

»Unsinn! Es stimmt nicht, dass ich keine Zeit habe. Und wenn mir etwas dazwischengekommen wäre, hätte ich Sie natürlich selbst angerufen.«

»Aha.« Er sah zur Seite.

»Herr Gerber, was ist hier los? Leonie hat mir eine Sprachnachricht geschickt und mehr oder weniger verlangt, dass ich nicht mehr zu Ihnen komme. Sie sprach von Dingen, die vorgefallen seien und die sie sich nicht erklären kann. Offenbar denkt sie, ich bin für diese ›Dinge‹ verantwortlich. Was meint sie damit?«

Der Henkel ihres Korbs, gefüllt mit Paprika, passierten Tomaten, Zwiebeln, geriebenem Käse und manchem mehr, drückte unangenehm auf ihren Unterarm. Sie stellte den Korb auf den Boden.

»Was haben Sie da?«, erkundigte sich Gerber, ohne auf ihre Frage einzugehen.

»Zutaten für eine Pizza. Sie haben meine Frage nicht beantwortet.«

»Gehen wir ins Wohnzimmer«, erwiderte er und machte eine Handbewegung, als wollte er sie aus dem Zimmer scheuchen. »Gehen Sie vor. Ich komme gleich nach.«

Er wartete, bis sie zur Tür draußen war. Sie spürte seinen Blick im Rücken. Aufgebracht lief sie durch die Eingangshalle und betrat das Wohnzimmer. Spielten die beiden ein Spiel mit ihr? Ein Widerspruch kam zum anderen.

Sie setzte sich auf den weißen Lederhocker, stellte ihren Korb erst auf ihre Knie, wo er sie störte und das Geflecht in ihre Beine drückte, dann auf den Boden. Von hier aus konnte sie sehen, wenn Gerber sein Zimmer verließ. Sie hörte eine Schranktür klappen, gleich darauf rangierte er mit seinem Stuhl durch die Eingangshalle. Ohne zu zögern, rollte er zu ihr, bis vor den gläsernen Couchtisch, auf dem noch immer die Vase mit den weißen Lilien stand. Gelber Blütenstaub verteilte sich auf der Glasplatte, darauf lagen etliche Blütenblätter, die herabgefallen waren. Das Wasser in der durchsichtigen Vase war trüb.

Gerber sagte kein Wort.

»Also? Ich höre. Was ist hier los?«, fragte Kira und wurde ein wenig ruhiger.

»So genau weiß ich das auch nicht.«

Er sah an ihr vorbei, den Blick zu der gläsernen Wandseite gerichtet, hinaus in den Garten. Seinem Gesichtsausdruck nach zu urteilen, nahm er gar nicht wahr, wohin er sah.

Kira wartete ab.

»Als ich damals, nach dem Unfall, wieder nach Hause gekommen bin, hat sich Leonie sehr intensiv um mich gekümmert. Das war zu der Zeit sicher gut so. Mein Leben war völlig aus den Fugen geraten und ich zu nichts mehr fähig. Von einem Tag zum anderen war ich auf dieses Ding angewiesen.« Er klopfte mit einer schwachen Bewegung auf die rechte Armlehne des Rollstuhls. »Meine Zukunftsplanung lag in Trümmern. Ich war ganz froh, dass Leonie mir manches aus der Hand genommen hat. Aber das ist schon eine Weile her.« Er massierte sich den Nacken. »Sie konnte nur mit dem Kümmern nicht aufhören«, fuhr er fort. »Sie kommt fast täglich vorbei und will mir alles abnehmen. Und sie will mir sagen, was ich machen soll und wie.«

Kira musterte ihn. So wie sie ihn bisher kennengelernt hatte, war er ein schwieriger Mensch. Doch möglicherweise hatten auch die Umstände dazu beigetragen. Offenbar brauchte er gar nicht so viel Unterstützung, wie Leonie geschildert hatte. Gut möglich, dass sie ihn sogar in seiner Eigenständigkeit einschränkte und mit ihrer Überfürsorge verhinderte, dass er sein Leben wieder in den Griff bekam.

»Was genau meinen Sie damit?« Kaum hatte sie ihre Frage gestellt, wurde ihr bewusst, dass eben die Therapeutin aus ihr gesprochen hatte. »Also, ich meine, was schreibt sie Ihnen vor?«, verbesserte sie sich.

Gerber zuckte mit den Schultern. »Einmal in der Woche ist Putzen angesagt. Dann rennt sie mit Staublappen, Wischmopp und Sauger durchs Haus, als wäre es ihr eigenes. Ich habe ihr mehrfach gesagt, dass ich das nicht will und schon gleich nicht so oft. Sie will bestimmen, was ich esse, und erklärt mir immer wieder, wie wichtig gesunde Ernährung wäre, gerade in meinem Fall. Sie übernimmt die Terminplanung beim Arzt und bei der Physiotherapie. Aus ihrer Sicht muss sie das machen, weil sie meint, mich begleiten zu müssen, und von daher müssen die Termine mit ihren zeitlichen Möglichkeiten übereinstimmen. Sie teilt mir die Medikamente ein, in diese Box da.« Er wies mit einer Kopfbewegung zum Tisch, auf dem das Tablett mit den Medikamenten stand.

»Ich kann mir vorstellen, dass Sie das ärgert«, erwiderte Kira. Er redete um das Problem herum. Da war noch mehr, da war sie sicher.

»Geben Sie nur kein Verständnis vor, wo Sie keine Ahnung haben«, erwiderte er und warf ihr einen schnellen Blick zu.

»Das können Sie nicht wissen«, konterte Kira, die sich über die Zurückweisung ärgerte.

Er betrachtete seine Hände. »Richtig. Das kann ich nicht wissen«, gab er zu.

»Würden Sie denn allein zum Arzt und zur Physio kommen?«, fragte Kira.

»Selbstverständlich«, antwortete er und sah wieder aus dem Fenster.

»Und wie? Fahren Sie noch oder wieder Auto?«

»Ja. Auch so ein Punkt, den Leonie nicht akzeptieren kann. Dabei hat sie mich anfangs noch motiviert, damit ich wieder mobiler bin. Ich habe mich einem ärztlichen Gutachten unterzogen, ob ich nach dem Unfall und seinen Folgen noch mit dem Auto auf die Menschheit losgelassen werden kann. Nachdem ich das Okay bekommen hatte, habe ich meinen Wagen umrüsten lassen, musste etliche Fahrstunden nehmen, um die Bedienung zu lernen, und anschließend eine Prüfung bestehen. *Et voilà …* ich darf und kann wieder fahren. War ziemlich teuer, das ganze Unterfangen.«

»Und jetzt will Leonie nicht, dass Sie allein Ihre Termine wahrnehmen?«, fasste Kira zusammen.

»Richtig.«

»Warum nicht?«

»Was weiß ich. Es passt ihr jedenfalls nicht. Ich glaube, am liebsten würde sie mir die Wagenschlüssel wegnehmen.«

»Sie gibt keine Erklärung dazu, versucht Sie aber am Autofahren zu hindern?«, forschte Kira.

»So in etwa.«

Er vermied unentwegt Blickkontakt. Sie war sicher, er hatte noch größere Probleme mit seiner Schwester, die er sich scheute auszusprechen. Obwohl er äußerlich ruhig wirkte, rang er mit sich. Das sagten ihr fünfzehn Jahre Berufserfahrung. Hinter der Ruhe verbarg sich Anspannung, ein innerer Kampf, den er austrug.

»Sie will, dass ich anfange, in der Versicherung zu arbeiten, in der sie auch angestellt ist«, sagte er. Jetzt war die Anspannung in seinem Gesicht deutlich zu sehen.

»Sind Sie Versicherungskaufmann?«

»Bewahre, nein. Dieser trockene Bürokram ist so überhaupt nichts für mich. Ich war Fotograf. Ich hatte ein eigenes Fotostudio. Nachdem ich zehn Jahre in dem Beruf gearbeitet hatte, wollte ich etwas anderes machen. Durch einen Bekannten hatte ich die Möglichkeit, als Reiseleiter zu arbeiten. Das war eine gute Zeit, und ich habe gut verdient. Das hat sich jetzt erledigt.«

»Sie *sind* Fotograf«, korrigierte sie sanft.

Wieder warf er ihr einen schnellen Blick zu. »Ja. Aber in meinem jetzigen Zustand kann ich höchstens noch in einem Studio arbeiten. Früher war ich auch viel in freier Natur unterwegs, habe Landschaftsaufnahmen und Tierfotos gemacht, teils in schwierigem Gelände. Das geht jetzt nicht mehr. Oder nur unter erschwerten Bedingungen. Mein Studio habe ich damals verkauft. Das Geld steckt hier, in diesem Haus. Es hat natürlich nicht gereicht. Ich habe Schulden.« Gerber senkte den Kopf.

»Es tut mir leid, Herr Gerber.« Kira hätte eine ganze Menge zu sagen gewusst. Sie hätte ihm gerne zugesprochen, wieder in seinem Beruf als Fotograf zu arbeiten. Das mochte durchaus möglich sein. Reiseleitung war sicher schwierig als Rollstuhlfahrer. Ihr lag viel daran, immer das Positive und die realistischen Möglichkeiten zu fokussieren.

»Sparen Sie sich Ihr Mitleid. Ich will kein Mitleid. Mitleid macht einen klein und schwach«, erwiderte er mit müder Stimme.

»Da haben Sie recht. Es war aber ehrlich gemeint«, sagte Kira ruhig.

»Wie auch immer. Leonie möchte, dass ich als eine Art Quereinsteiger in der Versicherung arbeite. Es sind dort ein paar Bürostellen zu besetzen, wo nur lästiger Papierkram erledigt werden muss. Wissen Sie, was das bedeutet?« Scharf sah er sie an.

»Es wird eine schrecklich langweilige Arbeit sein. Eine Qual, für einen kreativen Menschen wie Sie.«

»Auch das. Aber vor allem hat meine Schwester mich dann permanent unter Kontrolle. Das kommt überhaupt nicht in Frage.«

Er atmete rasch. War er kurz davor, ihr mitzuteilen, was ihn am meisten quälte?

»Und es kommt nicht in Frage, dass ich mein Haus verkaufe!«, stieß er hervor. Ein Zittern durchlief ihn, seine Schultern zuckten.

»Ist das auch … Leonies Vorstellung?« Sie kannte die Antwort schon.

»Ja.« Seine Hände umklammerten die Armlehnen des Stuhls. »Es ist zu groß, es ist zu teuer. Ich habe Schulden ohne Ende, die ich, ohne Tag und Nacht zu arbeiten, nicht abbezahlen kann. Im Moment zeigt sich die Bank noch gnädig, weil … egal. Doch das geht nicht mehr lange gut.«

Kira schwieg. Das »weil« hätte sie durchaus interessiert, doch Gerber teilte ihr gerade unerwartet sehr viele seiner privatesten Belange mit, sodass sie nicht nachforschen wollte. Unter dem Aspekt der Finanzierung war Leonies Ansinnen nachzuvollziehen.

»In meine Berufe kann ich nicht zurück. Ich weiß nicht, wie es weitergehen soll. Ich war seit dem Unfall nicht mehr im oberen Stockwerk und nicht mehr im Keller. Wie auch? Es müsste vieles umgebaut werden. Das kann ich nicht bezahlen. Von der Kasse gibt es Zuschüsse, aber die reichen nicht. Auf die Terrasse komme ich nur mühsam, wegen der Schwelle.« Er hob die linke Hand. Die Abschürfung, die vor zwei Tagen noch frisch gewesen war, war noch gut zu sehen. »Als Sie am Samstag das erste Mal hier waren, wollte ich Ihnen öffnen. Ich war so auf die Schwelle zwischen Terrasse und Wohnzimmer fixiert, dass ich nicht genug Abstand zum Türrahmen gehalten habe. Danach war ich noch wütender als ohnehin schon.«

»Und Sie haben sich entschieden, mir nicht zu öffnen«, ergänzte Kira.

Gerber zuckte mit den Schultern. »So ähnlich«, sagte er nach einer Weile. »Ich kann und will das Haus nicht verkaufen«, sagte er und sah wieder durch die Fensterfront nach draußen.

»Es bedeutet Ihnen etwas.« Die Worte waren ausgesprochen, ehe sie überlegt hatte.

»Korrekt.«

»Ich verstehe noch immer nicht, was Leonie mir anlastet. Es sollen Dinge vorgefallen sein, die sie sich nicht erklären kann. Offenbar zieht sie eine Verbindung zu mir. Haben Sie ihr von der Wilhelminenaue erzählt?« Es konnte nur darum gehen.

»Wie käme ich dazu. Nein. Sie war heute Morgen hier. Hat sich unter einem Vorwand bei der Arbeit krankgemeldet, um nach mir zu sehen. Und ich war nicht zu Hause.« Er fuhr sich mit der flachen Hand übers Gesicht.

Wenn sie ihn nicht fragte, wo er gewesen war, würde er es ihr wahrscheinlich eher erzählen, als wenn sie nachforschte. Sekunden verstrichen.

»Ich war mit dem Auto unterwegs«, ergänzte er tatsächlich. »Ich weiß nicht, wie lange sie schon hier war, als ich gekommen bin. Sie war jedenfalls fassungslos.«

»Sie hat Ihnen Vorhaltungen gemacht?«

»Allerdings.« In seiner Stimme lag ein bitterer Unterton. »Sie ist dann auch nicht mehr lange geblieben. Etwa eine Stunde nachdem sie gegangen war, hat sie mich angerufen und behauptet, Sie hätten heute keine Zeit, zu kommen. Stattdessen wollte sie gegen neun Uhr hier sein.« Er warf einen Blick auf die Wanduhr neben dem Kamin. »Es ist übrigens halb neun. Leonie ist meistens pünktlich.«

Falls das ein Hinweis sein sollte, sich zu verabschieden, um seiner Schwester nicht zu begegnen, so würde sie ihn ignorieren. Sie würde nicht vor ihr davonlaufen.

»Die Pizza können Sie auch vergessen. Abgesehen davon, dass es längst zu spät ist für ein Abendessen, das ein paar Vorbereitungen braucht, habe ich kein Mehl im Haus. Oder haben Sie welches dabei?«

»Nein. Ich bringe morgen was mit«, erwiderte Kira geistesabwesend. »Leonie macht also mich dafür verantwortlich, dass Sie Auto gefahren sind«, schlussfolgerte sie.

»Ich denke, ja. Ich war aber schon öfters ohne ihr Wissen unterwegs. Das habe ich ihr auch gesagt, aber ich glaube, das wollte sie nicht hören.«

»Sie hat Angst, ihren Einfluss auf Sie zu verlieren. Sie hat sich einen Platz in Ihrem Leben zugewiesen, der Sie abhängig und unselbstständig macht, wenn Sie sie agieren lassen.«

Gerber warf ihr einen Blick zu.

»In ihrer nach außen hin fürsorglichen Rolle fühlt sie sich wichtig und gebraucht. Sie ignoriert es, dass diese Fürsorge nicht mehr nötig ist. Vielleicht war sie es am Anfang, gleich nach dem Unfall. Aber jetzt nicht mehr«, fuhr Kira fort. Unterschwellig nahm sie das wachsende Misstrauen in Gerbers Gesicht wahr. »Es gibt das Münchhausen-Stellvertreter-Syndrom. Das trifft häufig bei Müttern zu. Sie sorgen dafür, dass ihre Kinder krank werden, oder täuschen eine Erkrankung vor, um sich anschließend aufopferungsvoll zu kümmern.« Im Geist saß sie in ihrer Praxis in ihrem blauen Sessel.

»Sind Sie vom Fach, oder was? Oder ist Psychologie Ihr Hobby?«

Gerbers Worte holten sie zurück in sein Wohnzimmer. Argwöhnisch sah er sie an.

»Es kann auch sein, dass Leonie schlichtweg eifersüchtig ist«, ergänzte Kira eilig.

»Auf Sie?« Sein Argwohn wurde nicht weniger.

»Auf alles, was Ihren Radius erweitert. Menschen, Möglichkeiten, eine neue Arbeit. Ich habe den Eindruck, Leonie hat Sie zum Mittelpunkt ihres Lebens gemacht.« Sie redete zu viel. Viel zu viel.

»Ja, das Gefühl habe ich auch.«

Seine Zustimmung überraschte sie. Das Läuten an der Haustür ließ sie zusammenzucken.

»Okay. Die Konfrontation hätte ich gerne vermieden. Das ist sie«, sagte Gerber. »Sie können über die Terrassentür fliehen, wenn Sie wollen.«

»Ich denke gar nicht daran.« Entschlossen richtete Kira ihren Rücken gerade.

»Auf Ihre Verantwortung.«

Gerber rollte mit seinem Stuhl zur Haustür. Sie hörte, wie er öffnete.

»Felix! Ist sie hier? Ihr Auto steht draußen«, drang Leonies Stimme aufgebracht zu ihr.

»Wenn du von Frau Wagner sprichst, ja. Sie ist hier.« Gerber klang ruhig.

»Unglaublich! Ich habe ausdrücklich …« Vor Empörung schoss ihre Tonlage in die Höhe.

»Du hast was?«, fragte Gerber.

»Nichts. Lass mich vorbei.«

»Wolltest du sagen, du hast ihr verboten, zu mir zu kommen?«, erkundigte er sich sachlich.

Leonie erschien in der Wohnzimmertür, ohne seine Frage zu beantworten. »Kira, was fällt dir ein? Ich hatte dir gesagt, ich möchte nicht, dass du Felix' Betreuung weiter übernimmst.« Aufgebracht sah sie sie an.

»Hallo, Leonie.«

»›Hallo, Leonie‹«, machte sie sie nach und verzog das Gesicht zu einer unschönen Grimasse. »Was nimmst du dir heraus? Ich hätte mich gar nicht darauf einlassen dürfen. Geh jetzt. Du wirst hier nicht gebraucht.«

»Das entscheidest allein du?« Kira sprach ganz ruhig und hielt ihrem Blick stand.

Flammende Röte schoss in Leonies Wangen. »Hier ist die Tür.« Feindselig zeigte sie zur Terrassentür. »Ich sage es jetzt zum zweiten und letzten Mal. Du sollst gehen und nicht mehr wiederkommen. Alles andere ist Hausfriedensbruch.«

Gerber schnappte nach Luft. »Leonie, was soll das?«, ging er dazwischen.

Leonie ballte die Fäuste.

Kira stand auf. »Du solltest dich beruhigen«, sagte sie nur. »Auf Wiedersehen, Herr Gerber. Ich komme wieder.«

Sie nahm ihren Korb und verließ das Wohnzimmer in aufrechtem Gang durch die Terrassentür.

Ihr Herz jagte, und ihr Puls ging viel zu schnell. Sie war wütend und schockiert gleichermaßen. Schockiert über Leonies Auftreten, wütend, weil sie ihr die Tür gewiesen hatte, und aufgebracht, weil sie tatsächlich gegangen war. Was wohl das Vernünftigste gewesen war.

Auf der Fahrt nach Hause war sie unkonzentriert, stoppte an einer Ampel, die um diese Uhrzeit bereits ausgeschaltet war, und verharrte hinter dem Steuer. Erst als ein Autofahrer hinter ihr ungeduldig hupte, bemerkte sie ihr Versehen. Wie unangenehm. Rasch legte sie den ersten Gang ein und fuhr weiter.

Schuld war Leonie, die sich eben von einer sehr unschönen Seite gezeigt hatte. Nein. Schuld war sie selbst. Sie hatte einfach nicht aufgepasst. Außerdem hatte sie Hunger, wie sie nun feststellte. Pizza würde sie heute auf keinen Fall mehr backen. Es würde sich schon etwas in ihren Vorräten finden. Die Pizza bekam Gerber morgen. Nein, auch das nicht. Sie »durfte« ja nicht mehr zu ihm fahren.

Kira bog in die Straße ein, in der sie wohnte. Der einzige Parkplatz, der frei war, war vor dem Haus, in dem Leonie ihre Wohnung hatte. Das auch noch. Kira rangierte trotzdem ihren Wagen hinein. Die Reifen würde Leonie ihr hoffentlich nicht zerstechen, vor lauter Wut.

Kira schleppte ihren gefüllten Einkaufskorb in ihre Wohnung. Ihr Anrufbeantworter blinkte. Sie rief die Nachricht auf.

»Ich bin es nur, Kira. Onkel Georg. Brauchst mich nicht zurückrufen, alles in Ordnung. Bis bald.«

Kopfschüttelnd löschte sie die Aufnahme. Es war fast zehn Uhr abends und ohnehin zu spät für einen Rückruf. Sie würde sich morgen melden und ihm gleich für Samstag zusagen.

Kira ging in die Küche. Sie holte aus ihrem Vorratsschrank zwei Fünf-Minuten-Terrinen mit Nudeln, Geschmacksrichtung Pilz-Sahne-Soße. Kein Festmahl, aber genießbar, wie sie fand. Sie gab Wasser in den Kocher, überlegte, ob sie ihren Einkaufskorb ausleeren oder einfach so stehen lassen sollte.

Sie beschloss, ihn stehen zu lassen. Im Grunde war sie nicht bereit, sich Leonies Anordnung zu beugen und nicht mehr zu deren Bruder zu fahren. Gerber hatte sich, bei allem, was er ihr erzählt hatte, durchaus vernünftig angehört.

Das Wasser im Kocher brodelte, und der bläulich schimmernde Einschaltknopf erlosch. Kira riss die Alufoliendeckel von den Plastikbechern und übergoss den Inhalt mit dem heißen Wasser. Sorgfältig rührte sie um. Es läutete an der Haustür. Verblüfft ging ihr Blick zur Küchenuhr. Viertel nach zehn. Unglaublich. Etwas in ihr wehrte sich, auch nur zu fragen, wer jetzt noch etwas von ihr wollte. Wobei seit Jahren niemand mehr etwas von ihr wollte, zumindest privat nicht.

Widerwillig ging sie in den Flur und nahm den Hörer der Gegensprechanlage ab.

»Ja?«, fragte sie und sprach so knapp und abweisend wie möglich.

»Kira, ich bin es. Leonie.« Leonie. Welch unglaubliche Dreistigkeit. »Kann ich kurz hochkommen?«

Kira war in Versuchung, einfach den Hörer aufzulegen.

»Bitte«, setzte Leonie hinterher.

Wortlos drückte Kira den Türöffner. Sie öffnete die Wohnungstür und blieb so im Rahmen stehen, dass klar war: Hereinlassen würde sie sie nicht. Leonie eilte die fünf Stufen ins Hochparterre herauf. Auf der obersten Stufe blieb sie stehen.

»Ich wollte mich entschuldigen. Ich bin wohl etwas rabiat aufgetreten. Ich nehme an, Felix hat sich dir gegenüber sehr zusammengerissen und sich halbwegs vernünftig und souverän gezeigt. Das ist er aber nicht. Es ist nur Show. Ich habe ehrlich Angst um ihn.« Sie sprach schnell. Über der Schulter trug sie ihre unvermeidliche Korbtasche. Sie umklammerte den Henkel. Ihre Hände waren gerötet, und die Knöchel traten weiß hervor. »Als er damals aus der Reha nach Hause kam, wollte er nichts mehr essen und hat seine Medikamente entweder gar nicht oder völlig wirr geschluckt. Es war ihm alles egal, verstehst du? Ich hatte schreckliche Angst, dass er sich damit umbringt. Aus Versehen, meine ich. Deswegen teile ich sie ihm ein. Sogar gefüttert habe ich ihn, zumindest am Anfang. Und das mit dem Autofahren. Ja, das hat mich heute Morgen total geschockt. Weißt du, er hat das nicht mehr im Griff. Ich hätte das damals nicht noch fördern dürfen, dass er wieder fahren darf. Ich mache mir die schlimmsten Vorwürfe deswegen. Er leidet so sehr unter

Katjas Tod, und er fühlt sich schuldig. Ich bin sicher, wenn er einen seiner labilen Momente hat, und davon gibt es viele, und er sitzt in dem Moment am Steuer ... Du weißt, was ich meine, oder?«

Kira verschränkte die Arme vor der Brust.

»Jedenfalls versuche ich alles, um sämtliche Gefahren auszuschalten, und das bedeutet auch, notwendige Fahrten zu übernehmen. Glaubst du, es fällt mir leicht, das in meinem Alltag unterzubringen? Die Physiotermine, die Arzttermine, er muss ja auch mal zum Zahnarzt. Und an Stefan muss ich auch noch denken. Aber es ist mir alles lieber, als wenn er sich hinters Steuer setzt und versucht, Katja zu folgen. Und dann kommst du, und prompt –«

»Es reicht, Leonie«, unterbrach Kira sie. »Du deutest an, dein Bruder sei suizidgefährdet. Man kann in keinen Menschen hineinschauen, aber den Eindruck hatte ich nicht.«

»Ach ja? Du musst es ja wissen. Du warst jetzt dreimal bei ihm. *Ich* kenne ihn schon mein ganzes Leben. Es bleibt dabei. Du hältst dich raus.«

»Die Entscheidung hast du nicht zu treffen.«

Ein Beben durchlief Leonie, ihre Nasenflügel blähten sich auf. »Wenn ihm etwas zustößt, ziehe ich dich zur Verantwortung!«

Sie drehte auf dem Absatz um und rannte die Treppe hinunter. Ihr Versuch, die Haustür hinter sich zuzuschlagen, scheiterte an der eingebauten Türbremse.

Kira sah ihr nach und löste die verschränkten Arme. Leonie hatte ein gewaltiges Problem und sie selbst mittlerweile das Gefühl, Gerber zur Seite stehen zu müssen, um die Übergriffe seiner Schwester nicht länger zuzulassen.

Rudi lief zu der Wiese, die sich neben dem Haus erstreckte, und hob die Hinterpfote an einem dicht belaubten Strauch mit dunkelgrünen Blättern.

Der Tag war unerwarteterweise trüb und auch nicht so warm wie in letzter Zeit. Das Thermometer zeigte achtzehn Grad.

Sollingers Blick ging über die Landschaft, zum Hotel und zu dem dahinterliegenden Wallberg, dessen Gipfel von einer Wolke umfangen war. Schade. Er würde trotzdem den kleinen Ausflug machen, den er sich vorgenommen hatte.

»Rudi«, rief er nach seinem Hund.

Rudi schnupperte ausgiebig an einer Stelle im Rasen. Möglicherweise hatte er ein Mauseloch entdeckt.

»Rudi«, wiederholte Sollinger.

Der Hund hob den Kopf.

»Nun komm«, forderte er ihn auf.

Schwanzwedelnd kam Rudi zu ihm.

»Wir haben was vor. Wir fahren auf den Wallberg. Ja, du hast richtig gehört. Wir nehmen die Bergbahn. Die Strecke hinauf ist zu lang und zu anstrengend für mich. Aber oben laufen wir ein bisschen. Auf jeden Fall bis zur Kapelle.«

Aufmerksam hörte der Hund zu. Sollinger rieb sich verlegen den Nacken. Bis zur Kapelle. Selbst wenn er langsam ging, und das tat er seit geraumer Zeit immer, würden sie keine zehn Minuten bis dorthin brauchen. Eher fünf. Das war kein Spaziergang für Rudi. Ob er es riskieren konnte, später den Berg hinunterzulaufen? Wohl besser nicht. Oder doch? Das würde er dann entscheiden. Sollinger schloss die Haustür ab und machte sich auf den Weg zur Talstation der Wallbergbahn. Rudi blieb an seiner Seite.

Eine halbe Stunde später betrat er die Bahnstation. Drei ältere Damen standen vor ihm an der Kasse, eine hochschwangere junge Frau saß auf der Bank rechts im Eingangsbereich und tippte auf ihrem Handy herum.

Es war eine Weile her, dass er mit der Bahn auf den Berg gefahren war. In seiner Jugend wäre ihm das gar nicht in den Sinn gekommen. Er war hier geboren und aufgewachsen, eine Bergtour machte man zu Fuß. Er stellte sich das Gesicht seines Vaters vor, wenn er gesagt hätte, er wolle mit der Bahn auf einen der Berge. Richard Sollinger hätte vermutlich am Verstand seines Sohnes gezweifelt.

»Grüß Gott«, plärrte die Kassiererin. Sollinger zuckte zusammen. Völlig in seine Erinnerungen versunken, hatte er nicht bemerkt, dass er an der Reihe war. Die drei Damen hatten ihre Tickets gelöst und nahmen nun die Treppe hinauf zu dem Bereich, in dem man in die Kabinen steigen konnte.

»Grüß Gott. Einmal bitte«, sagte Sollinger.

»Ohne Rückfahrt?«

»Genau.«

»Und der Hund?«, fragte sie. Ihre grauen Haare waren sehr kurz geschnitten, und auf den dünnen Lippen trug sie hellroten Lippenstift.

»Der kommt mit.« Was für eine Frage.

»Der kostet extra.«

»Soll mir recht sein.«

»Und er muss an die Leine«, fuhr sie fort.

»Ist er doch schon«, erwiderte Sollinger.

»Ich sag's ja nur. Macht sechzehn Euro fünfzig.«

»Nur für den Hund?« Ungläubig sah er die Kassiererin an.

»Für beide. Für Sie vierzehn Euro und für den Hund zwei fünfzig.« Sie sah ihn an, als müsse man Geduld mit ihm haben. Sollinger durchlief verlegene Hitze. Er nestelte sein Portemonnaie aus der Hosentasche, zählte den Betrag passend ab und ignorierte das ungeduldige Stöhnen eines Fahrgastes hinter ihm.

Mit Rudi und seinen Tickets stieg nun auch er die Treppe hinauf und betrat den Raum, in dem die Kabinen ein- und ausfuhren. Eben stiegen die drei Damen in eine der Gondeln. Sollinger passierte ein Drehkreuz, Rudi schlüpfte unten durch. Ein Angestellter der Bahn, der ihm mit dem Hund hatte behilflich sein wollen, schmunzelte und gab ihm ein Zeichen, näher zu kommen. Sollinger sah zu der Wandseite, die zum Berg hin offen stand, um die Gondeln ein- und auszulassen. Eben schwebte wieder eine Kabine hinunter, glitt in den Raum, wurde langsamer und hielt. Fragend sah Sollinger den Mitarbeiter der Wallbergbahn an. Dieser nickte und öffnete die Schiebetür der Gondel.

»Hopp, rein mit dir, Rudi«, wies er seinen Hund an.

Artig stieg der Golden Retriever in die Kabine. Sollinger folgte ihm und setzte sich, sodass er mit dem Rücken bergauf fahren würde. Die Gondel schaukelte, die Schiebetür schloss sich, und langsam bewegte sich der kleine Fahrgastraum voran. Es holperte, als er sich um die stahlgestützte Rundung bewegte, an der die Kabine eine Kehrtwendung machte, um den Weg nach oben zu nehmen, und es holperte ein weiteres Mal, als die Gondel aus dem Raum der Talstation ins Freie glitt und anschließend sacht bergauf fuhr.

Sollinger merkte erst jetzt, dass er ein wenig nervös war. Höhenangst hatte er zwar keine, doch saß man erst in einer dieser Metallkisten, so konnte man nur hoffen, heil wieder aussteigen zu können. Er wurde ruhiger. Nun konnte er sich ohnehin nur noch seinem Schicksal ergeben.

Er sah aus dem Fenster. Tief unter ihm hatten die Erbauer dieses fragwürdigen Wunderwerkes, das sich Bergbahn nannte, eine Schneise in den schönen Wald geschlagen, um sämtliche Stahlträger mit riesigen Betonquadern sicher zu setzen. Die Natur hatte sich einen Teil der Schneise zurückerobert, und nun wuchs dichtes Gras, wo vormals Bäume gestanden haben mochten.

Links und rechts der Wallbergbahn ragten hohe Tannen auf, mit blaugrünen Nadeln, und hier und da lugte Felsgestein aus dem Gras.

Sollingers Blick ging aus dem Fenster ihm gegenüber. Er sah den Tegernsee mit seiner unverwechselbaren Silhouette. Schon als junger Mann hatte er oft überlegt, womit er die Form des Sees vergleichen konnte, doch ihm war nichts wirklich Passendes eingefallen. Vielleicht erinnerte er ihn an eine riesige Zwergenmütze? Mit links und rechts seitlich gestreckten Armen? Dieser Vergleich wurde der Schönheit des Sees nicht gerecht. Um das Alpengewässer herum waren bedauerlich viele Häuser gebaut, die sich von seinem Platz aus winzig ausnahmen. Welch herrliche Landschaft – und der Mensch hatte so viele Eingriffe vorgenommen. Das war nicht gut. Nun ja, er konnte sich da nicht ausnehmen. Gleichwohl hatte er weder den Bau des Hotels zu verantworten noch den Bau seines Privathauses. Beides war als Erbe in seinen Besitz übergegangen.

Die Gondel schwankte, als sie über einen weiteren Stahlträger fuhr. Für einen Augenblick wurde Sollinger flau im Magen. Wenn es wackelte und rumpelte, trieb ihn die Angst, das Konstrukt könnte versagen.

Er sah über die Schulter. Seine Kabine näherte sich der Bergstation. Und eben teilte sich die Wolkendecke, und ein Stückchen blauer Himmel erschien. Wie schön. Ihm wurde wohler. Gleich konnten sie aussteigen. Jetzt noch ein wenig Sonne, und der kleine Ausflug war perfekt.

Die Gondel fuhr in den Raum der Bergstation, wurde langsamer und hielt an. Steifbeinig erhob sich Sollinger, zog den Kopf ein und stieg aus. Rudi folgte ihm.

Die Sonne brach durch die Wolken, als hätte sie nur auf den Moment gewartet. Sollinger stand auf dem Berg, das Panoramarestaurant hinter sich und den Blick auf die kleine Wallberg-Kapelle Heilig Kreuz gerichtet, die ein paar hundert Meter entfernt erbaut war. Etliche Wanderer waren auf dem Weg dorthin, einige kamen zurück.

Auf halber Strecke zwischen dem Restaurant und der Kapelle waren Paraglider damit beschäftigt, ihre Schirme am Berg auszubreiten. Die interessierten ihn nicht. Angeblich war Paragliding ja ein Sport, das behauptete zumindest der Neffe von Antonia Pichler, die eine kleine Wirtschaft in Sankt Quirin betrieb. Unter Sport verstand Sollinger etwas anderes. Seiner Meinung nach hieß es, den Herrn zu versuchen, wenn man fliegen wollte. Fliegen war für den Menschen nicht vorgesehen. Weder mit so einem Schirm noch in einem Flugzeug.

»Komm, Rudi«, sagte er zu seinem Hund, der artig neben ihm stand. »Wir gehen zur Kapelle. Da darfst du wahrscheinlich nicht mit rein. Ich guck nur durch die Tür. Ich lass dich nicht allein.«

Bedächtig ging Sollinger den schmalen Weg entlang. Die Luft am Berg war kühl, die Sonne dagegen gewann an Kraft.

»Herr Sollinger?«, vernahm er eine Frauenstimme. Er blieb stehen und sah zur Seite. Nur wenige Schritte von ihm entfernt stand ihm eine Frau gegenüber. Er kannte sie, doch ihr Name wollte ihm nicht einfallen. Sie war oft zu Gast im Hotel gewesen. Er zog die Mundwinkel zu einem Lächeln auseinander.

»Grüß Gott«, sagte er.

»Mit Ihnen habe ich ja hier gar nicht gerechnet«, fuhr die Frau fort. Wenn ihm nur ihr Name wieder eingefallen wäre. »Ist das Ihr Hund? Ist das ein Schöner.«

»Ja, das ist Rudi«, übernahm Sollinger die Vorstellung.

»So ein Tier ist doch eine Freude. Und man hat Gesellschaft, nicht wahr? Ich habe mir ja eine Katze zugelegt, nachdem mein Mann verstorben war. So schade, dass es das Hotel Sollinger nicht mehr gibt.«

Sie sprang von einem Thema zum nächsten.

»Und Sie? Was machen Sie hier oben?«, fuhr sie fort, offenbar nicht bereit, das Gespräch so rasch wieder zu beenden.

Er verband etwas mit ihr, was ihm nicht so angenehm war. Aber auch das wollte ihm nicht mehr einfallen.

»Nur einen kleinen Ausflug«, wich er aus.

»Da haben Sie recht. Liebe Güte, ist das lang her, dass wir uns zuletzt gesehen haben. In unserem Alter muss man die Zeit nutzen, die man noch hat. Ich meine, wir wissen ja nicht, wie lange uns die Kraft und die Gesundheit für solche Unternehmungen beschieden ist«, plapperte sie weiter.

»Völlig richtig«, stimmte er zu.

»Ich werde ja heuer fünfundsiebzig«, sagte sie.

Sollinger lächelte höflich.

»Und ich will mich nicht beklagen, anderen in meinem Alter geht es schlechter. Sie sind so weit wohlauf?«

Sollinger lauschte in sich hinein. Im Moment machte ihm das Herz keinen Ärger, doch das konnte sich sekündlich ändern. Meist, wenn er unter Stress geriet, egal ob dieser körperlicher Natur war oder psychischer.

»Herr Sollinger?«

Er zuckte zusammen. »Absolut«, behauptete er rasch.

Die Frau lachte, hob den Zeigefinger und wackelte damit. »Sie sind ein Schelm. Die Antwort hat zu lange gedauert.«

Sollinger grinste. »Hier und da zwickt es mal«, gab er zu. »Und deswegen nutze ich die herrlichen Tage und mache ein paar Ausflüge, dorthin, wo es mir zeitlebens besonders gut gefallen hat«, sagte er in der Hoffnung, sie mit der Aussage nun endlich loszuwerden.

»Ehe es so sehr zwickt, dass man sich nicht mehr rühren mag, nicht wahr?« Wieder lachte sie. »Da haben Sie recht. Ich muss jetzt auch weiter. Vielleicht hört und sieht man sich ja mal wieder. Schönen Tag noch, Herr Sollinger. Bleiben Sie gesund.«

»Ähm, ja.«

Sie nickte ihm zu und ging endlich Richtung Panoramarestaurant. Er wusste noch immer nicht, wie sie hieß.

Gemächlich setzte er seinen Weg fort.

So langsam er auch unterwegs war, nach wenigen Minuten hatte er das kleine Gotteshaus erreicht. Es stand mittig auf einem steinernen Plateau, welches wiederum von einem schlichten Zaun aus quer gelegten Balken begrenzt wurde.

Ilse Hartinger! Jetzt wusste er den Namen wieder. Sie hatte zweimal jährlich mit ihrem Mann für je zwei Wochen Urlaub in Rottach-Egern gemacht und bei ihm gebucht. Übernachtung mit Frühstück, keine Halbpension. Vollpension hatte er sowieso nicht angeboten. Und die Hartinger hatte ihm damals schöne Augen gemacht, ungeachtet dessen, dass sie verheiratet gewesen war. Es war ihm sehr unangenehm gewesen. Ihre letzte Buchung war wohl zwanzig Jahre her.

Sollinger betrat das Plateau. Auch von hier aus hatte man einen herrlichen Ausblick. Er stellte sich an die Brüstung und ließ den Blick über die Bergkette streifen. In welch wundervoller Gegend hatte er sein Leben verbringen dürfen. Er hatte das immer gewusst, jedoch nie zuvor in solcher Intensität wahrgenommen wie in jenem Augenblick. Tief atmete er die klare Luft ein, die sich langsam in der Sonne erwärmte, und ließ noch eine ganze Weile den Anblick seiner Heimat auf sich wirken.

Schließlich wandte er sich um und ging zur Kapellentür. Eben kamen zwei Frauen heraus. Das Innere des Gotteshauses schien leer, soweit er das beurteilen konnte. Er sah den Altar mit den Kerzen darauf und mit dem Jesuskreuz und die kleinen Kirchenbänke links und rechts an den Wänden.

Zu gerne hätte er die Kapelle betreten, nur für einen Moment. Nun, wo er schon einmal hier war. Vielleicht das letzte Mal in seinem Leben.

Sollinger trat zwei Schritte in das kleine Gotteshaus, Rudi dicht bei sich. Der Hund schmiegte sich an sein Bein. Sollinger bekreuzigte sich, murmelte ein Gebet und verharrte auf der Stelle. Auf seiner Seele lastete, was er nicht mehr ändern konnte. Es war nicht seine Schuld gewesen, doch er hätte etwas gutmachen können. Er hatte es nicht getan. Und auch jetzt fand er keinen Weg zurück.

Er senkte den Kopf. Er sehnte sich nach Vergebung und wagte nicht, darum zu bitten. Rudi stupste sacht gegen seine Hand. Sollinger strich ihm über den Kopf.

Er konnte die Zeit nicht zurückdrehen. Nun hieß es, nach vorne zu sehen. Er würde mit der Bahn zurück ins Tal fahren. Der Abstieg würde doch zu anstrengend werden.

12

Felix sah auf den Bildschirm seines Computers, ohne sich auf den Bericht konzentrieren zu können, den er hatte lesen wollen. Ständig klangen Kiras Worte in ihm nach, dass Leonie ihn abhängig und unselbstständig mache. Sie hatte letzten Endes nur ausgesprochen, was ihm selbst schon lange unterschwellig klar war, was er sich aber nicht hatte bewusst machen wollen.

Eine halbe Stunde zuvor hatte er Leonie weggeschickt. Sie war um Viertel nach sechs bei ihm erschienen, um ihn für die Physiotherapie abzuholen. Ruhig hatte er ihr mitgeteilt, dass er für diese Woche sämtliche Termine abgesagt hatte. Zudem hatte er sie gebeten, in den nächsten Tagen nicht vorbeizukommen. Wie zu erwarten gewesen war, war sie außer sich gewesen und letzten Endes in Tränen ausgebrochen. Das erste Mal, seit er im Rollstuhl saß, hatte er sich von ihr nicht umstimmen lassen. Nach beinahe einer Stunde Drama war sie gegangen, nicht ohne ihm heftige Vorwürfe zu machen und ihm zu versichern, dass er mit der abgesagten Physio einen großen Fehler mache. Der Hausarzt Freitagmittag sei noch zu verschmerzen, den könne man nachholen. Die Physio nicht. Versäumt sei versäumt.

Nun saß er hier und grübelte. Irgendwie musste er sein Leben wieder in den Griff bekommen. Es lag wie eine schwere Last auf ihm.

Er dachte an Kiras Abschiedsgruß am gestrigen Abend. »Ich komme wieder.« Die Frage war, ob sie es ernst gemeint hatte. Vielleicht hatte sie sich auch lediglich Leonie widersetzen wollen. Deren Verhalten war unmöglich gewesen. Es drängte ihn, sich für seine Schwester zu entschuldigen, und das zeitnah.

Schwerfällig öffnete er auf dem Desktop eine neue Registerkarte, um nach Kira Wagners Telefonnummer zu googeln. Doch ehe er die Seite des örtlichen Telefonbuchs aufrufen konnte, läutete sein Handy. Schon wieder Leonie, die sich sein Verhalten nicht bieten lassen wollte? Angestrengt griff er nach dem Mobiltelefon und sah auf das Display. Die Nummer des Anrufers kannte er nicht. Das war ungewöhnlich, dennoch entspannte er sich ein wenig. Vielleicht hatte sich jemand verwählt.

»Gerber«, meldete er sich.

»Kira Wagner. Hallo, Herr Gerber.«

Ihre Stimme klang schon beinahe vertraut, und für einen Moment, war ihm danach, zu lächeln. Der Moment verging, bevor er ihn wirklich wahrgenommen hatte.

»Frau Wagner. Was für eine Überraschung. Eben wollte ich nach Ihrer Rufnummer googeln.«

»Tatsächlich?« Ein Hauch Verwunderung lag in der Frage.

»Ja. Ich muss mich für Leonie entschuldigen. Sie hat sich absolut indiskutabel benommen.«

»Ich glaube, Ihre Schwester hat ein Problem. Aber deswegen rufe ich nicht an. Ich hatte Ihnen gestern eine Pizza in Aussicht gestellt. Das Angebot wollte ich nicht einfach unter den Tisch fallen lassen. Sind Sie interessiert?«

»Das heißt, Sie würden trotz Leonies wüster Drohungen vorbeikommen?« Die Vorstellung fühlte sich ausgesprochen angenehm an. Ein Gefühl, das er schon lange nicht mehr gehabt hatte.

»Das heißt es.«

»Gut. Vergessen Sie das Mehl nicht.«

»Habe ich schon bereitgelegt. Bis nachher.«

»Bis dann.«

Er legte das Handy beiseite und schloss sämtliche Registerkarten seines Browsers. Es waren viele. Die meisten davon hatte er als Favoriten abgespeichert. Sorgsam schloss er den Schrank, der sein kleines privates Büro beinhaltete, und sah auf die Uhr. Da Kira in Leonies Nachbarschaft wohnte, würde sie etwa eine Viertelstunde brauchen, bis sie bei ihm war.

Und plötzlich glomm ein Funke Freude in ihm, so klein, dass er nicht sicher war, ob er ihn wirklich spürte.

Kira lief mit beschwingten Schritten die fünf Stufen zur Haustür hinunter. Ihren Korb mit den Pizzazutaten trug sie in der Hand.

Ganz nachvollziehen konnte sie es nicht, doch sie freute sich darauf, zu Gerber zu fahren, und Appetit auf die Pizza hatte sie auch. Das eben vereinbarte Treffen fühlte sich ähnlich an wie ein Date. Darüber wollte sie nicht nachdenken. Doch, sie konnte sehr wohl darüber nachdenken. Es war ja ein Date. Ein harmloses und völlig unverbindliches, entstanden aus der Situation heraus. Das war in Ordnung.

Während sie ihren Korb in den Kofferraum stellte, flaute das unerwartete Hochgefühl ab. Sie fuhr zu Gerber, um ihn mit einem gestern angebotenen Abendessen zu versorgen, mehr nicht. Sie würde allein in seiner Küche stehen, und er würde wieder auf seiner Terrasse sitzen und vor sich hin sinnieren, den Blick auf den leeren Swimmingpool gerichtet.

War die Pizza dann fertig, würde sie sich ihren Anteil mit nach Hause nehmen und Gerber allein essen. So wie sie selbst später.

Egal. Allein dass sie sich von Leonies Drohungen nicht abschrecken ließ, fühlte sich gut und richtig an.

Kira drückte auf die Glocke neben der Haustür. Sie hatte fast ein wenig Herzklopfen, doch das kam sicher vom schnellen Laufen. Es war schon wieder halb acht durch und von daher recht spät zum Pizzabacken.

Gerber öffnete, kaum dass sie den Finger von der Glocke genommen hatte.

»Hallo«, sagte er, und der Hauch eines Lächelns umspielte seine Mundwinkel. Oder bildete sie sich das ein? »Sie sind schnell.«

»Na ja.« Kira lachte leise. »Ich musste nur noch den Korb nehmen und zu Ihnen fahren. Hallo, Herr Gerber.«

Er rollte den Stuhl ein Stück nach hinten und ließ sie eintreten. »Wenn Sie nicht allein die Herrschaft über meine Küche haben wollen, schlage ich vor, ich helfe Ihnen. Dann geht es schneller. Ich habe nämlich Hunger«, ließ er sie wissen.

»Das trifft sich gut. Ich auch.«

Erschrocken klappte sie den Mund zu. Das hörte sich an, als

wollte sie zum Essen bleiben. Im Grunde war es so, ohne dass sie es sich erklären konnte.

»Prima. Dann wollen Sie mein Angebot von neulich annehmen und mit mir essen?« Er schien keineswegs konsterniert.

»Wenn das Angebot noch gilt, heute würde ich nicht Nein sagen«, rettete sie sich in eine möglichst sachliche Antwort.

»Es gilt noch. Also bitte, hier entlang. Sie kennen sich ja aus.« Er wies zur Küchentür.

Mit steifen Beinen stakste sie Richtung Küche.

»Noch zwei Minuten, höchstens«, ließ Kira Gerber wissen. Sie hatte die Backofenklappe geöffnet und einen prüfenden Blick auf die Pizza geworfen. Sie drückte die Klappe zu und wandte sich zu ihm um. »Der Boden scheint durch zu sein, und der Käse ist zerlaufen.«

»Es riecht phantastisch. Trinken wir ein Glas Wein dazu? Im Küchenschrank stehen ein paar Flaschen«, schlug Gerber beiläufig vor.

»Wein?«

»Ja. Salat haben wir ja keinen, und irgendwas zu der Pizza kann ich mir gut vorstellen«, erwiderte er.

»Ich muss ja noch fahren«, gab Kira zu bedenken.

»Kein Problem. Ich will Sie zu nichts überreden, schon gar nicht zu Alkohol am Steuer. Dann trinken wir etwas anderes.«

»Ein halbes Glas würde ich nehmen«, stimmte sie nun doch zu.

»Sicher?«

»Ja«, bestätigte sie.

»Gut. Ich kümmere mich um den Wein und die Gläser und Sie sich um das Essen. Es dürfte fertig sein.«

Kira nahm das heiße Blech aus dem Ofen und stellte es auf das Ceran-Kochfeld. Die Pizza schien gelungen. Sie war üppig belegt, dicht mit Käse bestreut, und der Boden war weich, wie sie es mochte. Nicht kross, wie Patrick es bevorzugt hatte. Sie schnitt zwei große Rechtecke ab und platzierte sie auf den Pizzatellern, die Gerber aus einem unteren Schrankfach geholt hatte.

Kira brachte die Teller zum Tisch, wo Gerber bereits Besteck bereitgelegt und zwei Gläser zur Hälfte mit tiefdunklem Rotwein gefüllt hatte.

»Guten Appetit«, wünschte er. Statt zu essen, hob er sein Glas und stieß sacht mit ihr an.

Der Wein schmeckte wunderbar. Aromatisch, fruchtig, nicht zu süß, aber durchaus stark. Sie würde das Glas nicht austrinken.

»Guten Appetit«, erwiderte sie.

Nach den ersten Bissen versicherten sie sich, dass das Essen hervorragend gelungen war, dann versiegte das Gespräch, und sie aßen schweigend.

Das Schweigen machte Kira nervös.

»Was ist?«, fragte Gerber nach einer Weile. »Sie wirken angespannt.«

»Wirklich? Das täuscht«, erwiderte sie rasch.

»Ist es wegen Leonie? Ich glaube nicht, dass sie heute noch einmal hier erscheint.«

»War sie schon hier?«

»Ja. Kurz nach sechs. Sie wollte mich zur Physiotherapie abholen. Ich habe aber sämtliche Termine für diese Woche abgesagt und sie nach Hause geschickt.«

»Wie eigenmächtig von Ihnen«, bemerkte Kira.

Er stieß ein kurzes Lachen aus, das sofort wieder abbrach. Dennoch hatte sie einen Blick auf sein Gesicht erhaschen können. Das Lachen hatte ihm gut gestanden, doch jetzt sah er aus, als hätte er sich etwas erlaubt, was ihm nicht zukam.

»Allerdings«, sagte er ruhig und legte das Besteck quer über den Teller. Er hatte nicht mehr als die Hälfte gegessen. »Ich denke seit gestern ständig über etwas nach, was Sie gesagt haben. Sie sagten, Leonie würde mich abhängig und unselbstständig machen.«

Kira nickte.

»Sie haben recht. Ich bin aber nicht ganz unschuldig an der Situation. Damals, als ich nach Monaten in der Klinik und in der Reha wieder nach Hause gekommen bin, wusste ich absolut nicht, wie es weitergehen sollte. Das hat mit praktischen Dingen schon angefangen. Ich komme keine Treppe mehr rauf oder runter. Leonie und Stefan haben unser ehemaliges Gästezimmer umgeräumt und zu meinem neuen Schlafzimmer gemacht. Leonie hat sich darum gekümmert, dass das angrenzende Bad behindertengerecht umgestaltet wird. Ungerechterweise war ich nicht einmal dankbar dafür. Mir war alles egal, und ehrlich gesagt: Ich hatte keinerlei Lebenswillen mehr.«

»Wie ist es jetzt?«, fragte Kira und hörte ebenfalls auf zu essen.

»Jetzt? Ich weiß es nicht. Ich kann mich mit meiner Situation nicht abfinden. Ich möchte nur noch allein sein. Entschuldigung. Das bezieht sich nicht auf unser Abendessen.«

Gerber war ganz anders als die vergangenen Tage. Er war nicht zynisch und strahlte auch keine Ablehnung aus.

»Ich dachte bis vor einigen Monaten, ich verliere den Verstand. Katja tot, meine Gesundheit ruiniert, ihr Leben vorbei, durch meine Schuld, und meine Zukunft zertrümmert, ohne Chance, dass wieder etwas heil wird.«

Furchen zogen sich durch sein Gesicht, das vorhin noch glatt gewesen war, bis auf die wenigen Fältchen um seine dunkelgrauen Augen. Kira hätte gerne gewusst, weshalb er sich schuldig am Tod seiner Freundin sprach. Doch der Moment war zerbrechlich. Sie würde die Frage ein anderes Mal stellen.

»Leonies permanente Präsenz stresst mich inzwischen ungeheuer. Ich schaffe es aber auch nicht, eine klare Grenze zu ziehen. Jedes Mal, wenn ich es versuche, wirft sie mir Undankbarkeit vor, bekommt tränenreiche Krisen und hält mir vor, ich würde allein nicht mehr das Geringste auf die Reihe bekommen. Im letzten Punkt hat sie nicht ganz unrecht.«

»Und so dulden Sie ihr Engagement weiter?«

»Mehr oder weniger, ja.« Resigniert sah er nach unten, vermutlich auf seine Hände, die unter der Tischplatte lagen.

»Ich denke, Sie könnten allein eine ganze Menge auf die Reihe kriegen«, sagte Kira. Sie griff nach ihrem Glas und nippte daran.

»Besten Dank für Ihre Einschätzung.«

Da war er wieder, der Zynismus, wenn auch verhalten. Kira lächelte.

Gerber sah auf. »Leonie ist schon seit Jahren mit Stefan zusammen. Ein ganz patenter Mann. Als sie mir vor etwa einem Jahr erzählt hat, dass er sich mit einem Bio-Bauernhof selbstständig machen will und sie ihn unterstützen möchte, hatte ich gehofft, sie fährt ihr Engagement für mich herunter. Das war und ist aber nicht so. Sie rennt und hetzt, und irgendwie werde ich das Gefühl nicht los, dass sie sich gerne so abrackert«, fuhr er fort.

Das konnte sein, dachte Kira. Manche Menschen bezogen ihren Wert aus aufopfernder Hilfe, demonstrierten dabei gerne, welche Anstrengung es für sie bedeutete, und erhofften dafür Anerkennung und Bewunderung. Funktionierte das nicht, steigerten sie ihre Bemühungen. Kira verbot sich, das auszusprechen, ehe Gerber ihr wieder unterstellte, dass Psychologie ihr Hobby sei. Überhaupt war ihr zunehmend unwohler dabei, dass er von ihrem Beruf nichts wusste.

»Jetzt kam sie letztes Wochenende damit, dass sie und Stefan heiraten wollten und sie mehr Zeit für sich bräuchte. Im ersten Moment war ich erleichtert. Endlich, dachte ich, zieht sie sich ein wenig zurück. Und dann hat sie mir eine Vertretung präsentiert. Dich. Entschuldigung. Sie.«

Kira überging die versehentlich ausgesprochene vertrauliche Anrede.

»Je mehr ich mich wehre, umso hartnäckiger wird sie.« Nun trank auch er von seinem Wein. »Wir haben lange genug über mich geredet. Erzählen Sie etwas von sich«, bat er.

»Von mir?« Der plötzliche Themenwechsel brachte den Boden unter ihr ins Wanken.

»Ja, warum nicht? Zum Ausgleich, sozusagen.« Achtsam stellte er sein Glas ab.

»Ich bin achtunddreißig Jahre alt, war nie verheiratet, aber lange verlobt. Ich habe keine Kinder. Ich komme aus Oberbayern und bin vor gut zehn Jahren wegen meinem damaligen Freund hierhergekommen. Ich dachte, wir heiraten, aber dann ... hat es sich anders ergeben.« Nun war Kira es, die den Augenkontakt vermied. Stattdessen sah sie auf ihren Teller, auf dem noch reichlich Pizza lag. In ihrem Kopf war plötzlich alles dunkel und leer, und ihr Herz klopfte unangenehm schnell.

»Was ist passiert?« Seine Frage klang sachlich, aber interessiert.

Etwas schnürte ihr die Kehle zu. Unvermittelt war die unerträgliche Verletzung, die Patrick ihr zugefügt hatte, wieder so präsent, als wäre es gestern gewesen. »Er hat unsere Beziehung beendet.« Ihre Stimme drohte zu zittern. Sie spürte seinen Blick und hatte Angst, in Tränen auszubrechen.

»Wie lange ist das her?« Er sprach ganz ruhig und ließ sie nicht aus den Augen.

Sie wäre gerne unter den Tisch gekrochen. »Sechs Jahre«, presste sie hervor und drückte unter der Tischplatte die Handflächen aneinander.

»Es gibt Schmerzen, die bekommt man nicht los. Auch nicht nach Jahren. Manche wahrscheinlich den Rest des Lebens nicht«, sagte Gerber.

Bestürzt merkte Kira, dass ihr eine Träne über die Wange lief. Hastig wischte sie sie mit dem Handrücken ab.

»Ja«, sagte sie nur. Ein weiterer Schluck Wein würde vielleicht die Verkrampfung in ihrer Brust lösen. Aber sie war sicher, ihre Hand würde zittern, wenn sie nach dem Glas griff.

»Ich wüsste gerne, mit welcher Begründung Ihr Freund Ihre Beziehung beendet hat. Aber vielleicht ist jetzt nicht der richtige Moment dafür«, sagte Gerber.

Seine Bereitschaft, dieses Thema nicht zu vertiefen, machte es ihr leichter. Der Drang, hemmungslos zu schluchzen, ließ nach. Sie atmete flach, bis sie sich gefasst hatte. Gerber wartete ab.

»Mich hat die Trennung getroffen wie der Blitz aus heiterem Himmel«, sagte sie und fühlte sich ein wenig ruhiger. »Ich habe überhaupt keine Vorzeichen gemerkt. Eines Tages kam er und sagte, er würde nach Südamerika auswandern. Er wollte dort mit ein paar Freunden eine Kommune gründen und ein Leben führen, ohne soziale Verpflichtungen. Frei sein, losgelöst von allem, was ihn blockieren könnte. Sich selbst versorgen.«

Wieder sah sie ihn vor sich, wie er gelächelt hatte bei diesem Gespräch. Einesteils selbstvergessen, andernteils völlig auf sich und seine Wünsche fokussiert. Wieder fühlte sie, was sie damals gefühlt hatte. Fassungslosigkeit, Unglauben und dazu die unsinnige Erwartung und Hoffnung, er könnte fragen, ob sie bereit wäre, mitzukommen. Was sie niemals getan hätte. Schon der Umzug von Rottach-Egern nach Bayreuth, um in Patricks Nähe zu sein, war das größte Zugeständnis an ihre Liebe gewesen. Doch hätte er gefragt, so hätte sie sich, zumindest für den Moment, weiterhin wie ein Teil seines Lebens fühlen können. Stattdessen hatte er sie schlichtweg abgehakt.

»Das klingt heftig«, sagte Gerber in ihre Erinnerungen hinein.

»Das war es auch.«

Sekundenlang wurde es still zwischen ihnen.

»Er wollte keine Bindungen mehr«, ergänzte sie. Es war wie eine Ohrfeige für sie gewesen, das zu hören.

»Wissen Sie, wohin genau er in Südamerika wollte?«

»Er hat Chile erwähnt. Sicher bin ich nicht. Ich habe nie wieder etwas von ihm gehört.«

Sie war völlig erschöpft. Sie hatte es nie verwunden, das merkte sie in diesem Augenblick ganz deutlich. Im Alltag hatte sie sich mit dem Verlust ihrer Liebe und Patricks schmählichem Verhalten arrangiert, zumindest oberflächlich. Doch nun, wo sie darüber sprach, quälten sie die Verletzungen wieder, dumpf und hartnäckig, brach der Schmerz wieder auf.

»Wenn er mich betrogen hätte, wäre es auch fürchterlich gewesen«, sagte sie. Die Worte kamen für sie selbst unerwartet aus ihrem Mund. »Wenn er sich in eine andere verliebt hätte, hätte es auch furchtbar wehgetan. Aber gegen eine andere Frau hätte ich wenigstens kämpfen können. Wobei ich nicht weiß, ob ich es getan hätte. Aber gegen Südamerika und ein freies Leben hatte ich keine Chance.«

»Ja. Manchmal gibt es keine Chance«, sagte Gerber.

Vorsichtig griff Kira nach ihrem Glas. Ihre Hand zitterte tatsächlich, aber nicht so sehr, wie sie befürchtet hatte. Achtsam trank sie.

»Wollen wir mit dem Rest Wein auf die Terrasse gehen?«, fragte Gerber unvermittelt.

Kira setzte ihr Glas ab. Sie spürte die Feuchtigkeit des Getränks auf ihren Lippen. »Ja, warum nicht«, murmelte sie mit rauer Stimme.

»Nimm du bitte die Gläser«, sagte er. »Ich brauche meine Hände für den Stuhl.«

Kira sah ihn an. Die persönliche Anrede fühlte sich an wie die logische Konsequenz aus dem eben geführten Gespräch. Es war in Ordnung.

»Klar«, sagte sie, ohne aufzustehen. »Ich bin Kira.«

»Felix.«

Er nickte ihr zu und rollte voran aus der Küche. Kira stand auf und nahm die Gläser. Sie war in Versuchung, auch die Flasche mitzunehmen, entschied sich aber dagegen.

Felix rangierte mit einigen Mühen den Rollstuhl über die Schwelle der Terrassentür. Die Sonne war inzwischen untergegangen, das Licht des Tages hatte bereits nachgelassen. Kira folgte ihm langsam.

Felix beugte sich zur Seite, kaum dass er auf der Terrasse stand, und hob eine kleine Laterne auf, die neben der Tür gestanden hatte. Er platzierte sie auf dem Tisch. Innen stand eine dicke weiße Kerze, die offenbar schon einmal gebrannt hatte. Daneben lag ein Päckchen Zündhölzer.

Die Abendluft war noch warm. Von irgendwoher kam der Duft eines Kornfeldes, weich und süß, und ein paar Grillen zirpten.

Kira stellte die Gläser auf den Tisch und setzte sich, Felix entzündete die Kerze.

»Erzähl mir von Oberbayern«, bat er. »Ich war als Kind einige Male dort. Eine herrliche Gegend. Wo genau kommst du her?«

»Aus Rottach-Egern. Das liegt am Tegernsee. Vielleicht hast du davon schon gehört.«

»Ja, am Tegernsee war ich schon«, antwortete er und lenkte damit das Gespräch wieder in die ursprüngliche Richtung. »Ich habe ihn als wunderschön in Erinnerung. Den Blick auf den Malerwinkel, die Kirche bei der Bootsanlegestelle und im Hintergrund die Berge.«

Kira nickte. »Ja, aus genau der Gegend komme ich«, sagte sie.

»Fährst du ab und zu noch hin? Du hast doch sicher Familie dort«, fragte Felix.

»Ich war lange nicht mehr da. Tatsächlich habe ich meinem Onkel Georg aber versprochen, ihn nächstes Wochenende zu besuchen«, sagte Kira. »Er ist der Letzte aus meiner Familie. Ich bin Einzelkind, und meine Eltern sind im Abstand von zwei Jahren gestorben, kurz nachdem ich Patrick kennengelernt hatte.«

Er war damals ein Halt für sie gewesen. Umso schlimmer, dass er sie Jahre später in den Abgrund gestoßen hatte.

»Was ist mit deinen Eltern?«, fragte sie.

»Sie sind nicht mehr am Leben«, antwortete er.

Sie wartete, ob er mehr dazu sagen würde, doch Felix sprach nicht weiter. Vielleicht wollte er nicht darüber reden.

»Wieso ist der Pool eigentlich leer?«, fragte sie.

»Kosten sparen«, erwiderte Felix kurz. Kira sah zu ihm. »Mit der Rohrzuleitung stimmt irgendwas nicht. Vielleicht ist sie verstopft, oder sie hat ein Leck, keine Ahnung. Das Wasser tröpfelt nur noch rein. Außerdem schiebt Leonie Panik, ich könnte mit dem Stuhl aus Versehen reinfahren.«

»Das kannst du auch, wenn kein Wasser drin ist. Wahrscheinlich ist das sogar schlimmer«, entgegnete Kira.

»Ja. Deswegen bedrängt sie mich auch ständig, ich soll ihn zuschütten lassen«, sagte er.

Felix griff nach seinem Glas und prostete ihr zu. Kira tat es ihm gleich. Diesmal fiel der Schluck, den sie trank, um einiges größer aus. Der Wein schmeckte wunderbar, und er tat gut. Er wärmte von innen, und er entspannte sie. Allmählich brach die Dunkelheit herein. Das Licht in der Laterne flackerte. Aus den

Augenwinkeln betrachtete sie Felix, der wieder in seinen Garten sah. Mittlerweile waren von Bäumen und Sträuchern nur noch die Konturen zu erkennen, die sich schwarz gegen die Nacht abhoben.

»Sieh mal. Glühwürmchen«, machte Felix sie auf ein paar Lichtpunkte aufmerksam, die um die Bougainvillea beim Pool schwirrten.

Kira musste lächeln. »Wie schön. Ich habe schon lange keine mehr gesehen.«

Felix trank sein Glas aus. »Würde es dir etwas ausmachen, die Flasche aus der Küche zu holen?«, fragte er.

»Natürlich nicht.«

»Ein Lichtschalter fürs Wohnzimmer ist neben der Terrassentür«, ergänzte er.

Mit einem eigenartigen Gefühl durchquerte Kira den Wohnraum. Die Stimmung zwischen ihnen hatte sich verändert. Das verunsicherte sie. Vielleicht sollte sie nach Hause fahren. Mehr trinken sollte sie jedenfalls nicht.

Felix streckte die Hand nach der Flasche aus, als sie zurück auf die Terrasse kam. Beinahe hätten seine Finger die ihren gestreift, als sie sie ihm reichte. Kira blieb neben dem Tisch stehen.

»Ich denke, ich sollte jetzt fahren«, sagte sie. Ihre Stimme klang heiser. Sie räusperte sich.

»Gut«, erwiderte Felix und schenkte sein Glas halb voll. »Du kannst aber auch noch ein zweites Glas mit mir trinken. Ich habe ein breites Sofa im Wohnzimmer.«

Heiß durchlief es sie. Niemals würde sie bei ihm übernachten. Auch nicht auf dem Sofa. Aber es war angenehm, neben ihm auf der Terrasse zu sitzen.

»Okay. Ich bestelle mir später ein Taxi.« Nein, das ging ja gar nicht. Sie brauchte ihr Auto ja, um morgen pünktlich in ihrer Praxis zu stehen.

»Ein Taxi? Von Creußen nach Bayreuth? Da zahlst du bestimmt vierzig Euro oder mehr. Ein Nachtzuschlag kommt noch dazu. Und irgendwie musst du dein Auto ja morgen auch wieder abholen.«

»Du hast recht. Dann fahre ich jetzt gleich.«

Felix nickte. »Ich bringe dich zur Tür.«

»Lass nur. Ich hole meinen Korb und gehe über den Rasen.«

»Es ist zu dunkel. Nimm die Haustür und zieh sie einfach hinter dir zu. Der Weg zur Gartentür ist beleuchtet«, erwiderte er.

»Ja. Gute Nacht, Felix.« Sie wollte ihn fragen, ob er allein zurechtkam, und verbot es sich.

»Gute Nacht, Kira.«

Ihr Korb stand am Boden, neben der Arbeitsfläche. Knapp die Hälfte ihrer Pizza lag noch auf ihrem Teller. Sie hätte sie gerne mitgenommen, doch jetzt sämtliche Schubladen und Schränke nach einem Stück Alufolie zu durchsuchen, um den Rest ihres Abendessens einzuwickeln, widerstrebte ihr.

Sie ließ die Pizza liegen und verließ das Haus.

Links und rechts des Weges, der zur Gartentür führte, leuchteten solarbetriebene Lampen, die in die steinerne Umrandung eingelassen waren, und wiesen ihr den Weg. Kira nestelte ihren Schlüsselbund aus ihrer Handtasche, schlüpfte durch die Gartentür und trat vom Gehweg auf die Straße. In dem Augenblick entglitt ihr der Schlüsselbund, sie hörte ihn scheppernd auf dem Untergrund auftreffen und sah zu Boden. Der Schreck fuhr ihr von der Kehle bis in den Magen. Unmittelbar vor ihr befand sich das Gitter eines Gullys. Im trüben Licht der Straßenlaterne sah sie nur, dass ihr Schlüssel verschwunden war.

Hastig kramte sie ihr Handy aus der Handtasche, schaltete die Lampenfunktion ein und leuchtete in den Schacht. Da lag er, in einem Auffangkorb, gar nicht mal allzu tief unten, höchstens einen halben Meter. Kira schaltete die Lampenfunktion aus und legte ihr Handy in ihren Einkaufskorb. Da lag es sicher, ehe es als Nächstes durch das Eisengitter fiel. Sie ging in die Hocke und versuchte, die Abdeckung des Gullys hochzuheben. Schon beim ersten Versuch war klar: Sie hatte keine Chance. Das Ding saß unverrückbar an seinem Platz.

Geradezu erschüttert setzte sie sich auf den Gehweg. Was

jetzt? Sie konnte nicht nach Hause fahren, und ein Taxi half ihr jetzt auch nicht weiter, denn am Schlüsselbund befanden sich ja auch Haus- und Wohnungsschlüssel.

Wenn sie nicht die Nacht auf der Straße verbringen wollte, musste sie zurück zu Felix. Sie brauchte irgendetwas, um den elenden Schlüssel wieder nach oben zu ziehen.

Die Stille, die ihn umgab, seit Kira die Haustür hinter sich zugezogen hatte, fühlte sich anders an als sonst. Es war angenehm gewesen, mit ihr erst beim Essen und später auf der Terrasse zu sitzen. Nach einem zweiten Glas Wein war ihm nun auch nicht mehr.

Sonst, wenn er hier draußen saß, hing er seinen Erinnerungen an Katja und seinem Leben vor dem Unfall nach. Jetzt bedauerte er Kiras Entschluss, nach Hause zu fahren.

Sein Handy, das in der Brusttasche seines Hemdes steckte, begann zu vibrieren. Wie schon am frühen Abend, als Kira angerufen hatte, wunderte er sich. Es war nach zehn Uhr. Um die Zeit rief selbst Leonie nicht mehr an. Er erkannte Kiras Nummer, die ihm wegen einer Dopplung der Zahlen Sieben und Drei in der Mitte in Erinnerung geblieben war.

»Ja?«, meldete er sich mit gesenkter Stimme.

»Felix, ich habe Mist gebaut. Sitzt du noch auf der Terrasse?«

»Ja, was ist los?«

»Ich erzähl es dir gleich. Ich wollte dich nur nicht erschrecken, wenn ich über den Rasen zurückkomme.«

»Okay.«

Er drückte das Gespräch weg. Hoffentlich hatte sie nicht gleich beim Losfahren einen Blechschaden verursacht. Sie hatte doch nicht einmal ihr Glas Wein ausgetrunken. Ein Geräusch gehört hatte er aber nicht.

Kira kam über den Rasen und leuchtete sich mit ihrer Handylampe den Weg.

»Hey«, sagte er, als hätten sie sich nicht erst vor wenigen Minuten verabschiedet. »Was ist passiert?«

Kira setzte sich wieder auf den Stuhl, den sie vorhin schon

genutzt hatte. Wenige Sätze später wusste Felix von ihrem Missgeschick.

»Die Dinger sind bleischwer. Einem Schulfreund von mir ist das auch mal passiert, gleich nachdem er den Führerschein hatte. Ich kann dir einen Regenschirm anbieten. Vielleicht bekommst du den Griff durch die Vergitterung und kannst ihn hochziehen«, schlug er vor.

»Ich glaube nicht, dass ich das hinbekomme. Im schlimmsten Fall erwische ich den Schlüssel, und wenn ich ihn auf halber Höhe habe, rutscht er mir weg und fällt neben den Auffangkorb oder was das ist, in die Kanalisation. Dann ist er ganz weg«, klagte Kira.

»Wir können morgen früh bei der Gemeindeverwaltung anrufen. Vielleicht können sie dir helfen«, überlegte Felix.

»Wann machen die auf?«

»Um acht, soweit ich weiß.«

»Das ist viel zu spät. Da muss ich längst auf der Arbeit sein.«

»Ich kann dich fahren, und wenn ich wieder hier bin, kümmere ich mich um deinen Schlüssel.«

Der nächste Schrecken fuhr Kira in den Magen. Wenn sie das Angebot annahm, und ihr blieb schon beinahe nichts anderes übrig, musste sie ihm sagen, wo sie arbeitete. Vor dem Ärztehaus gab es ein großes Praxisschild. Mittig standen ihr Name und ihre Berufsbezeichnung.

»Das ist wirklich aufmerksam von dir«, erwiderte sie langsam. In ihrem Kopf ratterte es ununterbrochen. Es musste doch noch irgendeine andere Lösung geben.

»Mach dir nicht so viele Gedanken«, unterbrach er ihre Überlegungen. »Wir kriegen deinen Schlüssel schon wieder raus.«

»Ja, sicher.« Sie lächelte ihn an. Leicht fiel ihr das nicht.

»Jetzt doch noch ein Glas Wein? Oder möchtest du schlafen gehen?«

»Ich nehme noch ein Glas«, stimmte sie zu.

Felix schenkte ein. Sacht stießen sie die Gläser aneinander und tranken.

»Wenn du vom Sitzhocker den Deckel abnimmst, findest du eine Decke und ein oder zwei Kissen darunter«, informierte er sie und zeigte mit dem Daumen über die Schulter zum Wohnzimmer.

»Danke.«

»Und wenn du dich in den Keller traust, kannst du dir eine Zahnbürste holen. Es gibt unten einen Vorratsraum, da sollte auch Zahnpasta und so weiter sein. Im Waschbecken-Unterschrank im Gäste-WC sind Handtücher«, fuhr er fort. »Wann musst du auf der Arbeit sein?«

»Viertel vor acht am besten.« Sie kam aus der Nummer nicht mehr raus.

»Wo müssen wir hin? Leonie sagte, du arbeitest in einer Praxis?«

»Das ist richtig.« Sie bekam einen bitteren Geschmack auf der Zunge. »Wir müssen nach Meyernberg, in die Bamberger Straße.«

»In Ordnung.«

Ihr Herz klopfte unruhig.

13

Kira brachte kein Auge zu. Inzwischen war es nach Mitternacht. Durch die gläserne Front, die Wohnzimmer und Terrasse trennte, schien das bläuliche Licht eines abnehmenden Monds, umgeben von glitzernden Sternen.

Nach ihrer Rückkehr hatte kein rechtes Gespräch mehr aufkommen wollen. Der Verlust ihres Schlüssels bedrückte und ärgerte sie gleichermaßen. Mittlerweile war ihr sogar der unsinnige Gedanke gekommen, irgendwer könnte ihn im Laufe der Nacht aus dem Gully angeln und ihren Wagen klauen. Das war natürlich Unfug. Es wusste ja niemand außer ihr und Felix von dem abgängigen Schlüssel.

Ihre Sorge, Felix könnte erfahren, was sie beruflich machte, bemühte sie sich kleinzureden. Dass er eine dringend empfohlene Therapie ablehnte, wusste sie nur von Leonie, und deren Worte zweifelte sie inzwischen in weiten Teilen an. Zudem hatte Felix sie bisher nicht nach ihrem Beruf gefragt.

Trotzdem. Kira drehte sich auf die Seite. Bei dem Thema hatte sie ein flaues Gefühl im Bauch. Immerhin, in die Praxis kam sie problemlos. Die Schlüssel dafür befanden sich an einem separaten Schlüsselbund in ihrer Handtasche.

Die Wanduhr beim Kamin tickte beharrlich vor sich hin. Alle halbe Stunde machte sie mit einem leisen Ton auf die Zeit aufmerksam.

Felix lag mit geschlossenen Augen im Bett und wusste jetzt schon, dass ihm eine schlaflose Nacht bevorstand. Zum ersten Mal seit dem Unglück war heute Nacht eine Frau bei ihm im Haus. Nun ja, ganz stimmte das nicht. Anfangs hatte Leonie einige Male hier geschlafen, aber das war etwas anderes.

Er wusste, dass Kira nur notgedrungen geblieben war. Es war ihr auch nicht recht, dass er sie morgen zur Arbeit fahren wollte, das hatte er gemerkt, so zögerlich, wie sie zugestimmt hatte.

Und er fühlte sich hin- und hergerissen. Er fand Kira sympathisch, und er musste an Katja denken. Eine fremde Frau schlief in dem Haus, das sie sich so sehr gewünscht hatte, in dem Wohnzimmer, das sie eingerichtet hatte, und auf dem Sofa, das sie unbedingt hatte haben wollen.

Er wusste, dass er Kira wiedersehen wollte. Doch was wollte sie mit einem Mann wie ihm, der seine Beine nicht mehr gebrauchen konnte? Der keiner Arbeit mehr nachging, Schulden hatte und seit geraumer Zeit zuließ, dass seine Schwester sein Leben bestimmte?

Es war besser, sich diesen Wunsch fernzuhalten. Über diesen Patrick war sie auch noch nicht hinweg.

»Kira?«

Kira fuhr hoch. Im ersten Moment wusste sie nicht, wo sie war. Sie sah das lichtdurchflutete Wohnzimmer, den offenen Kamin im oberen Bereich des Wohnzimmers und Felix, der eben ins Zimmer gerollt kam.

»Felix. Guten Morgen. Wie spät ist es?«

»Halb sieben. Du hast also noch Zeit. Kaffee ist auch fertig, und ich habe ein kleines Frühstück vorbereitet. Kommst du?«

»Ja, gleich. Ich gehe rasch Zähne putzen.«

Die Decke, die sie für die Nacht verwendet hatte, lag am Boden. Sie war hundemüde, und ihr tat jeder Knochen weh. Es war draußen schon hell geworden, als sie endlich eingeschlafen war.

Kira hob die Decke auf.

»Lass alles liegen. Ich mach das später«, sagte Felix.

»Danke«, murmelte sie.

Sie musste fürchterlich aussehen. Die Haare zerzaust, die Kleidung zerknittert, und wenn sie schlecht geschlafen hatte, hatte sie immer dunkle Ringe unter den Augen. So konnte sie sich eigentlich nicht vor ihren Patienten sehen lassen, und vor Felix war es ihr auch unangenehm.

Die Kaminuhr gab einen leisen Ton von sich. Automatisch sah Kira in die Richtung, und plötzlich war sie hellwach.

»Felix«, sagte sie aufgeregt.

»Ja?« Er hatte eben durch die Schiebetür den Raum verlassen wollen und drehte sich noch einmal zu ihr um.

»Das Kaminbesteck! Da ist ein Schürhaken dabei. Mit ihm könnte ich meinen Schlüssel aus dem Gully bekommen!«

»Tatsächlich. Das wäre eine Möglichkeit«, stimmte er zu.

»Darf ich es gleich versuchen?« Sie konnte unmöglich Zähne putzen und Kaffee trinken, ehe sie nicht wusste, ob es funktionierte.

»Nur zu.« Er wandte den Stuhl um und rollte aus dem Raum.

Kira strahlte übers ganze Gesicht, und selbst Felix musste lächeln. Der Schlüsselbund lag auf zwei Bogen Küchenpapier in der Eingangshalle. Sie hatte ihn mit Hilfe des Schürhakens sehr schnell wieder nach oben befördert, unter den hilfreichen Kommandos von zwei Passanten und dem aufgeregten Schnüffeln eines Dackels, der mit seiner Besitzerin eine morgendliche Runde drehte.

»Es war ganz einfach. Meine Güte, ich konnte heute Nacht kaum schlafen wegen dem Dilemma. Ich komme ja ohne den Schlüssel nicht einmal in meine Wohnung, ich kann mich nicht umziehen und … na ja. Das nächste Mal passe ich besser auf.«

»Kaffee?«, fragte Felix.

»Gerne.«

»Nimm dir von den Hörnchen.« Er deutete auf ein randvolles Brotkörbchen in der Mitte des Tisches. »Die habe ich eigentlich immer auf Vorrat. Sie sind ganz schnell aufgebacken.«

Kira griff zu. Sie war derart erleichtert, dass es ihr sogar zweitrangig schien, in welch desolater Optik sie Felix gegenübersaß. Um einen Kamm hatte sie ihn nicht bitten wollen, und in ihrer Handtasche war mal wieder keiner gewesen. Gegen die Augenringe hatte er sicher sowieso nichts im Haus, höchstens von seiner verstorbenen Freundin, und von ihr hätte sie nichts verwenden wollen. So hatte ihre Morgentoilette aus Zähneputzen und ein wenig kaltem Wasser für das Gesicht bestanden.

Sie würde auf jeden Fall bei sich zu Hause rasch anhalten und sich vorzeigbar machen, ehe sie in die Praxis fuhr.

Um kurz vor sieben, nach zwei Hörnchen und zwei Tassen Kaffee, verabschiedete Kira sich.

»Ich muss jetzt los, Felix. Ich danke dir wirklich sehr, für deine Unterstützung und die Übernachtung und das Frühstück.« Sie war sitzen geblieben, während sie sprach.

Felix lächelte. Es stand ihm gut. »Gerne.« Er stieß seinen Stuhl vom Tisch weg, ließ ihn zum Kühlschrank rollen und entnahm ihm eine Plastikdose. »Hier. Pizza für die Mittagspause. Allein bekomme ich das Blech nicht leer.«

»Danke.« Sie wollte nicht aufstehen. War es nicht schlimm für ihn, dass er zu ihr aufsehen musste, sobald sie stand?

»Was ist?«, fragte er.

»Nichts.« Eilig erhob sie sich.

Wortlos rollte Felix voraus zur Haustür. Er öffnete sie für sie, mit einer geschickten geübten Bewegung, und doch glaubte Kira, die Überwindung dahinter zu sehen. Ihm blieb nichts anderes übrig, als im Sitzen nach dem Türgriff zu greifen und mit dem Stuhl nach hinten und zur Seite zu rangieren, damit es gelang. Etwas bewegte sich in ihr, was sie nicht einordnen konnte. Vielleicht eine Mischung aus Anteilnahme und mehr Zuneigung, als sie empfinden wollte, aber auch ein wenig Bedauern, ihn jetzt allein zu lassen.

Trotz des Stuhls, auf den er angewiesen war, war er noch immer ein stattlicher und sehr attraktiver Mann, und doch wirkte er in jenem Moment auch sehr verletzlich. Einer Gefühlsaufwallung folgend beugte sich Kira zu ihm und umarmte ihn. Es hätte eine schnelle Umarmung werden sollen, flüchtig, wie unter guten Bekannten, die einander begrüßten oder verabschiedeten.

Sie spürte Felix' Hand auf ihrem Arm, seine Wange streifte ihre schulterlangen Haare, und unerwartet fühlte sie seine Lippen an ihrem Mundwinkel. Er küsste sie, schnell und leicht. Seine Finger glitten über ihren Arm, und er griff nach ihrer

Hand. Sacht streichelte er sie mit dem Daumen. Sekundenlang ließ sie die kleine Zärtlichkeit zu, ehe sie ihm die Hand entzog.

»Ich muss gehen«, sagte sie mit gesenkter Stimme.

Felix nickte. Er rollte mit seinem Stuhl ein Stück nach hinten. Kira verließ das Haus, zwang sich, ihm zuzulächeln, und zog die Tür von außen zu.

Mit pochendem Herzen eilte sie zu ihrem Wagen. Das ging nicht. Das ging gar nicht.

Seit Patrick hatte es keinen Mann mehr in ihrem Leben gegeben. Eine neue Liebe bedeutete Risiko, Unsicherheit und Angreifbarsein. Seit Jahren verlief ihr Leben in zwar etwas öden, aber ruhigen Bahnen. Kein Wagnis, stattdessen Sicherheit.

Und das war gut so.

Der Tag zog sich endlos in die Länge. Ihre Gedanken drehten sich im Kreis. Nur mühsam gelang es ihr, sich auf ihre Patienten und deren Nöte zu konzentrieren. Immer wieder schlichen sich Felix und der morgendliche Abschied in ihre Gedanken. Es war besser, sie sahen sich nicht wieder.

Um achtzehn Uhr dreißig endlich saß sie an ihrem Schreibtisch, vor sich Berge von unerledigten Schreibarbeiten, und konnte sich nicht dazu durchringen, anzufangen.

Vielleicht sollte sie mit den Berichten für die Hausärzte der Patienten anfangen. Zwei Minuten später brach sie ihre Bemühungen ab. Sie musste ja noch Onkel Georg Bescheid sagen, dass sie am Wochenende kam. Vielleicht sollte sie gleich am Freitagabend zu ihm fahren. Wahrscheinlich war viel Verkehr, und sie würde statt drei Stunden bis Rottach-Egern fünf Stunden brauchen. Aber die letzten beiden Patienten für Freitag hatten abgesagt, beide wegen Erkrankungen. Wenn sie am Donnerstagabend schon ihre Reisetasche packte und sie mit in die Praxis nahm, konnte sie am Freitag um sechzehn Uhr sofort losfahren.

Und sie kam nicht in Versuchung, sich bei Felix zu melden.

14

Felix fuhr seinen Computer herunter. Vor Monaten war er durch Zufall auf eine Seite im Internet gestoßen, deren Inhalt er zunächst nicht weiter hatte verfolgen wollen. Schon allein, weil ihm die in den Raum gestellte Möglichkeit einen Schauer über den Rücken jagte. Doch der Gedanke setzte sich mehr und mehr in ihm fest, ob er es wollte oder nicht. Parallel dazu mahnte er sich zur Vernunft. Das, was er gelesen hatte, war einerseits noch Utopie, der sicher noch unzählige Experimente und Testläufe vorausgingen, und andererseits sowieso Wahnsinn.

Doch in der Medizin waren schon häufig Entwicklungsfortschritte als indiskutabel und vermessen angesehen worden, die sich letzten Endes etabliert und unzähligen Menschen geholfen hatten. Da mochte man nur an die eher zufällige Entdeckung des Wundermittels Penicillin denken.

Trotzdem war eine Behandlung mit einem Medikament etwas völlig anderes als ein Eingriff wie der, der ihm vielleicht weiterhelfen könnte. Doch wenn er fehlschlug, was dann? Schlimmstenfalls war er danach zu gar nichts mehr fähig.

Abgesehen davon fehlten ihm die Mittel. War der Eingriff erst zugelassen, und das schien derzeit noch nicht der Fall zu sein, mochte er ein Vermögen kosten. Als Testperson wollte Felix sich keinesfalls zur Verfügung stellen, zu hoch erschien ihm das Risiko. Oder doch? Wenn er in sich hineinlauschte, ahnte er, dass er in der Hinsicht wankelmütig war, es jedoch noch nicht wahrhaben wollte.

Aber war nicht jeder Gedanke an solch ein Unterfangen Zeit- und Energieverlust? Möglicherweise war er gar nicht geeignet für das Verfahren. Komplett abhaken konnte er die Vision dennoch nicht. Es warf ihn hin und her, und er fand keine Ruhe mehr.

Doch es gab auch noch etwas anders, was ihn beschäftigte.

Der Gefallen, den er an Kira fand.

Das war einerseits im positiven Sinn unglaublich. Er hatte es für völlig ausgeschlossen gehalten, nach Katja noch einmal Gefühle für eine Frau entwickeln zu können. Andererseits waren diese Empfindungen fatal. Nicht nur, weil er ihr nicht bieten konnte, was ein gesunder Mann ihr bieten konnte, sondern auch, weil Kira in Leonie eine erbitterte Widersacherin hatte.

Was das bedeutete, hatte Felix schon einmal erfahren müssen.

Nichtsdestotrotz wollte er sie wiedersehen. Nachdem sie nun schon ein paarmal bei ihm gewesen war, fand er, war es an der Zeit, dass er sie besuchte. Was möglicherweise an den örtlichen Gegebenheiten scheitern mochte. Kira brauchte nur eine Wohnung oberhalb eines Erdgeschosses zu haben, in einem Haus ohne Aufzug, dann ging da nichts. Außerdem konnte er sich schlecht selbst einladen.

Fürs Erste konnte er sie anrufen, was während ihrer Arbeitszeit sicher ungünstig war. Oder er schrieb ihr eine WhatsApp-Nachricht, falls sie den Nachrichtendienst nutzte. Das ließ sich rasch überprüfen.

Sie hatte WhatsApp, wie er kurz darauf feststellte. Jetzt war die Frage, was genau er ihr schreiben wollte. Einfach nur Grüße, um auf sich aufmerksam zu machen? Das war zu dürftig. Ein paar nette Worte, dass er ihre Gesellschaft gestern und heute Morgen genossen hatte? Das war ein bisschen zu viel und zu früh. Oder nicht? Oder sollte er sie zu etwas einladen? Nur zu was? Essen gehen fiel aus. Sie hatten gestern erst bei ihm gegessen, und er wusste auch kein Lokal, in dem er sich für eine Verabredung wohlgefühlt hätte. Zu einem Spaziergang? Wirklich gut gelaufen war der kleine Ausflug in die Wilhelminenaue neulich nicht.

Die Tanzeinlage hatte Kira gefallen, das hatte er gemerkt. Vielleicht tanzte sie gerne. Plötzlich stach es in seinem Bauch. Er war kein begnadeter Tänzer gewesen, aber er hatte auch Spaß daran gehabt. Besser, er dachte nicht darüber nach.

Ungeduldig schüttelte er den Kopf über sich. Er überlegte und verwarf, ohne auf den Punkt zu kommen. Vielleicht sollte er einfach gar nichts tun. Er mochte Kira, und sie schien ihm auch nicht abgeneigt zu sein. Eine entspannte Freundschaft war ja auch etwas Schönes. Dazu brauchte es aber keinen täglichen Kontakt. Er würde ihr in einigen Tagen eine Nachricht schreiben.

Vielleicht konnte er auf die Schnelle die Zuleitung des Pools richten lassen und ihn vor Kiras nächstem Besuch mit Wasser füllen, falls sie bereit war, ihn wieder zu besuchen. Vielleicht konnte er sogar selbst mit ins Wasser, wenn sie ihm ein wenig half. In Rückenlage konnte er sich bestimmt ein wenig treiben lassen.

In ihm rumorte es. Eine neutrale Freundschaft mit Kira genügte ihm nicht. Gereizt fuhr er den Computer wieder hoch.

Statt nach einer Poolbaufirma zu suchen, tippte Felix »Kira Wagner« in die Google-Suchleiste. Warum, hätte er nicht sagen können.

Eine Reihe von Links erschien.

An oberster Stelle stand »Diplom-Psychologin Kira Wagner«. Den unter dem Link stehenden Text konnte er nicht vollständig lesen, ohne die Seite anzuklicken. Nur, dass die Praxis in Meyernberg war und Sprechstunden nur nach Vereinbarung stattfanden. Ungläubig betrachtete Felix den Link. Er wollte die Seite öffnen und sich vergewissern, dass alles ein großer Zufall war. Diese Diplom-Psychologin war sicher nicht identisch mit »seiner« Kira, oder? Das war einfach nicht möglich.

Er wusste jetzt schon, dass er sich etwas vormachte. Ihr Vorname war selten, zumindest in Oberfranken. Sie arbeitete in einer Praxis, und sie hatte gestern gesagt, sie müsse nach Meyernberg zur Arbeit. In die Bamberger Straße. Und er erinnerte sich, dass sie sehr zurückhaltend auf sein Angebot, sie heute zur Arbeit zu fahren, reagiert hatte – um nicht zu sagen, ablehnend.

Felix klickte auf den Link.

Die Webseite war durchaus ansprechend. Er bewegte den Mauszeiger zum Reiter »Über mich«. Die Seite öffnete sich, und mittig lächelte ihm Kira auf einem Porträtfoto zu.

Die Enttäuschung schlug wie eine Woge kalten Wassers über ihm zusammen.

Kira war Psychotherapeutin. Leonie hatte sie zu ihm geschickt, in ebendiesem Wissen, und Kira hatte sich auf das hinterhältige Spiel eingelassen. Er konnte es nicht glauben. Und er war dabei gewesen, sich in sie zu verlieben.

Felix schob seinen Stuhl ein Stück vom Arbeitstisch weg und fuhr sich mit der flachen Hand über das Gesicht. In ihm brach das winzige Stückchen Zuversicht zusammen, das gestern Abend in ihm entstanden war, ohne dass er es verhindern konnte.

War alles nur Show gewesen? Leonies Anruf neulich, dass Kira keine Zeit habe und sie selbst kommen werde. Kira, die dennoch aufgetaucht war und eine ganz andere Version der Geschichte erzählt hatte. Leonies inakzeptabler Auftritt, als sie Kira die Tür gewiesen hatte? Alles, um ihn auf Umwegen zu therapieren?

Das war … abnorm. Haarsträubend. Niederträchtig. Einfach nicht zu fassen.

Tief in seinem Inneren spürte er eine Ungereimtheit bei seinem Verdacht, es könnte ein abgekartetes Unterfangen gewesen sein. Doch er war zu schockiert und zu getroffen, um sich damit zu befassen.

In seiner Kehle saß ein Würgen, als drückte ihm jemand die Luft ab, und sein Herz raste. Er klickte mit zitternden Fingern Kiras Sprechzeiten an. Täglich bis achtzehn Uhr. Dann machte sie um die Zeit wohl Feierabend.

Diesen Schlag der Erkenntnis konnte er nicht schweigend hinnehmen. Er würde sie damit konfrontieren.

Nachdem Kira mit Onkel Georg telefoniert und ihre Ankunft bereits für den Freitagabend angekündigt hatte, beschloss sie, nun doch Feierabend zu machen. Ihr fehlte einfach die Konzentration für die Büroarbeiten.

Sie verließ ihre Praxis, ging die Treppe hinunter und stieß die Tür nach draußen auf, um zu ihrem Auto zu gehen.

Auf dem Parkplatz stand ein Rollstuhlfahrer, kaum zwei Meter vom Eingang des Ärztehauses entfernt, und sah ihr entgegen.

Es war Felix.

Das Entsetzen durchfuhr sie wie von einem scharfen Pfeil getroffen. In Sekundenschnelle durchlief ihr Hirn sämtliche Möglichkeiten, sich aus der Situation zu retten. Freudige Überraschung zeigen, um von vornherein jeglichen Verdacht eines schlechten Gewissens auszuschalten? Verwunderung und Irritation vorgeben, weshalb er hier war? Oder ehrlich und direkt zugeben, dass ihr einfach nicht wohl dabei gewesen war, ihm von ihrem Beruf zu erzählen?

»Okay. Dein Gesicht spricht Bände«, sagte Felix ohne Begrüßung.

Sie hatte ihn zu lange wortlos angestarrt. Es gab nichts zu beschönigen.

»Ich kann das einfach nicht glauben. Warum, Kira? Leonie hat dich auf mich angesetzt, richtig? Weil ich keine Therapie will und sie wieder einmal meint, für mich alles besser zu wissen. Warum hast du das mitgemacht? Hat sie dir erzählt, ich wäre lebensmüde?«

»Felix, bitte. So war das alles nicht.«

So schrecklich, wie sie sich ob seiner Anklagen fühlte, so war es doch auch eine Erleichterung, dass er ihr keine Chance für Ausflüchte ließ.

»Wie war es denn dann?« Er schien verbittert.

»Leonie weiß doch gar nichts von meinem Beruf. Wir kennen uns doch nur flüchtig, weil wir eben Nachbarn sind. Sie kam eines Abends völlig verzweifelt nach Hause, zur selben Zeit wie ich, und wir haben ein paar Worte gewechselt. Dabei hat sie mir von dir erzählt und dass sie sich viel um dich kümmert, aber allmählich mit ihren Kräften am Ende ist. Ich habe ihr angeboten, sie zu unterstützen. Das war alles.«

»Wie selbstlos von dir. Und das soll ich dir glauben?«

»Es ist einfach die Wahrheit.«

»Sie hat dir aber bestimmt erzählt, dass ich, nennen wir es mal, psychisch nicht allzu stabil bin und sie sich gewaltig Sorgen um mich macht und eine Kurzschlusshandlung nicht ausschließt, oder?« Scharf sah er sie an.

»Das eine oder andere hat sie erwähnt«, gab Kira zu.

»Aha. Vorausgesetzt, Leonie wusste wirklich nichts von deinem Beruf: Dann hast du dir etwas beweisen wollen? Du schaffst es, mich im übertragenen Sinn wieder auf die Beine zu stellen? Deswegen deine ganzen Fragen, das Psychogeschwafel von Münchhausen, dein Hinweis, dass ich nach wie vor Fotograf bin. Immer schön das Positive in den Vordergrund stellen, nicht wahr? Und wenn es noch so gering ist. Irgendwas findet sich schon als hoffnungsvoller Aufhänger. Und deine Analysierung von Leonies Verhalten. All das hätte mich stutzig machen müssen. Hat es ja auch. Ich habe dich ja noch gefragt, ob du vom Fach bist. Die Frage hast du nicht beantwortet. Aus gutem Grund, wie ich jetzt weiß.«

Kira schnürte es die Kehle zu. »Ich habe zu viel geredet, das stimmt. Es war nicht meine Absicht, dich zu therapieren.«

»Das kannst du mir nicht erzählen. Du hast mich hintergangen. Warum? Was gibt dir so ein Verhalten?«

Sie war den Tränen nahe. »Du hast keine Ahnung, Felix. Nicht nur du hast Probleme, auch wenn meine sehr gering sind im Gegensatz zu dem, was du ertragen musst«, stieß sie hervor und wusste sofort, sie war übers Ziel hinausgeschossen.

»Ja, besten Dank. Dann wolltest du also deine bescheidenen Probleme an mir abarbeiten?«

Er wurde wieder zynisch, und sie fühlte sich, als würde er ihr die Kleider vom Leib reißen, um sie anschließend zu verhöhnen.

»Du wirst gerade richtig gemein.«

»Es ist besser, wir sehen uns nicht mehr.«

Kira presste die Hand vor den Mund. Ein Schluchzen stieg aus ihrer Kehle empor, und ihr Blick verschleierte sich. Felix rührte sich nicht von der Stelle.

»Ich wollte dich nicht hintergehen«, stieß sie hinter vorgehaltener Hand hervor.

Er gab keine Antwort.

Tränenblind lief sie zu ihrem Wagen, stieg ein, warf ihre Tasche auf den Beifahrersitz und brauchte drei Versuche, ehe sie den Schlüssel ins Zündschloss bekam. Von Schluchzen geschüttelt fuhr sie vom Parkplatz.

Kira lag rücklings auf ihrem Sofa, einen Unterarm über die Augen gelegt. Sie war völlig erschöpft vom Weinen und todunglücklich. Sie hätte nicht sagen können, was das Schlimmste war. Felix' Wut und Enttäuschung, weil er sich hintergangen fühlte. Sein Entschluss, sie nicht mehr wiederzusehen, oder ihr eigenes Versäumnis, ihm doch im passenden Moment von ihrem Beruf zu erzählen. Sogar hinsichtlich Leonie fühlte sie sich gedemütigt. Sie mochte triumphieren, dass Felix sie nun doch in die Wüste geschickt hatte.

Ihr Kopf schmerzte. Kira rappelte sich auf und ging ins Bad. Sie schöpfte sich reichlich kaltes Wasser ins Gesicht. Ohne sich abzutrocknen, betrachtete sie sich im Spiegel. In ihrer jetzigen Verfassung war sie ihren Patienten keine Hilfe, und dass es ihr morgen nennenswert besser ging, war nach den verletzenden Unterstellungen von Felix sowie seinem Entschluss, einander nicht mehr wiederzusehen, nicht zu erwarten.

Sie würde sämtliche Termine für den Rest der Woche absagen, mit dem Hinweis auf eine dringende familiäre Angelegenheit, und schon morgen zu Onkel Georg fahren. Mit der Entscheidung ging es ihr zwar nicht besser, doch sie fühlte sich ein wenig gestärkt.

15

Wie immer, wenn sie von Bayreuth aus zurück in ihre Heimat fuhr, tauchte die Kette der Tegernseer Berge erst kurz vor ihrem Ziel und sehr unvermittelt auf. Und jedes Mal wieder erzeugte der Anblick des Gebirgszuges ein warmes Gefühl in ihr. Sie war zu Hause. Gut drei Stunden hatte sie bis jetzt gebraucht.

Wie sehr ihr die Heimat fehlte, wurde ihr immer dann bewusst, wenn sie auf das Massiv zufuhr.

Wenn sie die Kirchturmspitzen sah, die aus den Ortschaften aufragten, viele zwiebelförmig, manche aber auch spitz zulaufend. Die Häuser, mit ihren meist flach geneigten, weit vorgezogenen Dächern, häufig mit Holzfassaden im Bereich des Dachgeschosses verkleidet. Die hölzernen Balkone, über deren kunstvoll gedrechselten Balustraden sich in den Sommermonaten üppig blühende Geranien in Rot und Rosa ergossen.

All das und noch viel mehr verband sie mit ihrer Heimat, dem Tegernseer Tal.

Das Navi zeigte noch zwanzig Minuten an, bis sie bei Onkel Georg sein würde.

Kira fuhr durch die Ortschaft Gmund am Tegernsee und weiter Richtung Sankt Quirin. Zu ihrer rechten Seite sah sie die in der Sonne glitzernde Wasseroberfläche des Tegernsees durch die Lücken zwischen Wohnhäusern, Gaststätten und reichlich Bäumen und Sträuchern, die Schatten spendeten. Zu gerne hätte sie einfach angehalten und den Anblick genossen. Doch hinter ihr floss der Verkehr, und eine Möglichkeit zum Halten fand sie nicht. Die nächste Ortschaft war Tegernsee, gleichnamig mit dem Gewässer, und danach kam Rottach-Egern. Sie war fast am Ziel.

Es war beinahe achtzehn Uhr. In Rottach-Egern war um diese Zeit viel Betrieb. Fußgänger flanierten oder eilten die Gehwege links und rechts der Fahrbahn entlang. Radfahrer schlängelten sich durch den Verkehr. Manch einer umging das Rotlicht der einen oder anderen Ampel, indem er zwischendurch auf den Bürgersteig auswich, wenn es irgend möglich war.

Kira fuhr langsam. Sie fühlte sich aufgefangen und genoss den Moment, angekommen zu sein, auch wenn ihr wegen Felix schwer ums Herz war.

Zwischen dem Eiscafé Cristallo und der Kristall-Apotheke bog sie in die Sonnenmoosstraße ein.

Georg Sollinger sah den kleinen roten Dacia die Straße entlangfahren, erkannte das Bayreuther Kennzeichnen und atmete auf. Da war sie. Er hatte sich schon wieder Gedanken gemacht. Es waren doch fast dreihundert Kilometer von Bayreuth bis hierher. Da konnte viel passieren. Aber den Zug wollte das Mädel ja nicht nehmen, obwohl er sie vom Bahnhof abgeholt hätte. Darüber hatten sie schon einige Male gesprochen. Inzwischen hatte er es aufgegeben.

Zudem machte er sich, seit sie am Morgen angerufen und ihm gesagt hatte, dass sie heute schon kommen werde, Gedanken. Kira war sehr pflichtbewusst. Dass sie von einem Moment auf den anderen ihre Praxis für ein paar Tage schloss, musste einen Grund haben. Und der Grund war nicht er, da war er sicher. Irgendetwas war vorgefallen. Nachfragen hatte er nicht wollen. Aber vielleicht erzählte sie ihm von sich aus, was sie plagte, wenn sie gemütlich beisammensaßen.

Kira blinkte, bog in die schmale, asphaltierte Zufahrt ein, die zu seinem Anwesen führte, und parkte neben dem Haus. Durch die Seitenscheibe winkte und lächelte sie ihm zu.

»Kira, Mädchen.«

Mit ausgebreiteten Armen blieb Sollinger unter seiner Haustür stehen. Kira, die inzwischen ausgestiegen war, winkte erneut, holte aber zunächst ihre Reisetasche aus dem Kofferraum des Wagens. Sollinger ließ die Arme sinken und wartete.

»Hallo, Onkel Georg.«

Kira stellte ihre Tasche auf den Boden und ließ sich endlich in den Arm nehmen. Im Haus fing der Golden Retriever an zu bellen.

»Wo ist denn Rudi? Warum kommt er nicht raus?«, fragte Kira, ihre Wange noch immer an seine geschmiegt.

»Den habe ich wohl aus Versehen im Wohnzimmer eingesperrt«, antwortete er und drückte sie an sich. »Meine Kleine. Wie schön, dass du hier bist. Es gibt eine zünftige Brotzeit zum Abendessen. Lauter gute Sachen, so wie du sie magst. Ich habe schon alles vorbereitet. Lass mich deine Tasche reinbringen und geh schon hinters Haus, auf die Terrasse. Ich bin gleich bei dir. Und Rudi muss ich rauslassen, sonst verzweifelt der arme Kerl.«

Kira lachte. »Mach das. Ich möchte ihn auch begrüßen.«

Sollinger nickte und eilte ins Haus. Er war ein bisschen nervös. Es war doch eine große Sache, die er ihr antragen wollte. Doch erst einmal mussten sie sich beide stärken.

Onkel Georg hatte eine rot-weiß karierte Tischdecke auf die Platte des roh gezimmerten Holztisches gelegt. Mittig stand ein Korb mit Brotscheiben und zwei Laugenbrezeln. Auf einem großen Holzbrett waren Salami, geräucherter Schinken, Pfefferbeißer und Wiener Würstchen angerichtet. In der Mitte des Brettes stand eine kleine Schale mit dem sogenannten »Obatzten«, einem deftigen bayerischen Brotaufstrich, der hauptsächlich aus Camembert, Frischkäse, Zwiebeln und Paprika bestand. Er hatte zwei Gedecke aufgelegt, Papierservietten dazu und für jeden ein Bierglas. Seitlich des Arrangements stand ein kleiner Strauß blauer Kornblumen, mit Sicherheit selbst gepflückt.

Kira war gerührt von der Mühe, die sich der alte Mann gegeben hatte, und schämte sich, ihn so lange nicht mehr besucht zu haben. Das letzte Mal mochte drei Jahre her sein, ganz sicher war sie nicht.

Rudi rannte ums Haus, beinahe in Schräglage, so eilig hatte er es. Schwanzwedelnd stürzte er sich auf sie, legte Bocksprünge vor Freude hin und rieb immer wieder seinen Kopf an ihren Beinen.

»Rudi, du Guter, Lieber. Ich freue mich auch, dich zu sehen.«

Kira musste lächeln. Sie umarmte, knuddelte und streichelte den Hund, der sich ihr vor Aufregung immer wieder entzog, um gleich darauf erneut seinen Kopf an sie zu schmiegen.

»So, nun ist es genug«, entschied Kira.

Hechelnd ließ Rudi von ihr ab und schnupperte Richtung Tischplatte.

»Ja, von dem Essen möchtest du auch was haben, ich weiß«, sagte Kira. »Mal sehen, wie Onkel Georg darüber denkt.«

Sie setzte sich auf die Baumstammbank, auf der sie schon als Kleinkind herumgeklettert war. Der Duft von Salami und geräuchertem Schinken stieg ihr in die Nase, und verwundert merkte sie, dass sie richtig Hunger hatte.

Die Abendsonne schien über die Felder und tauchte Wiesen und Korn in ihr goldgelbes Licht. Unter dem vorgezogenen Dach des Hauses lag die Terrasse selbst im Schatten. Rudi hatte sich unter den Tisch verzogen.

Georg Sollinger kam, mit zwei Flaschen Bier in der Hand, ums Haus.

»So, mein Mädchen. Trinkst du ein Bier mit? Passt wunderbar zur Brotzeit.«

»Klar.« Kira lächelte zu ihm auf.

Ihr Onkel war ein stattlicher Mann und ging noch immer aufrecht, wie früher, wenn auch seine Schritte schwerer geworden waren. Seine buschigen Haare hatten mit den Jahren eine schlohweiße Farbe angenommen, aber sie wuchsen noch immer dicht. Behäbig setzte der Onkel sich zu ihr und löste die Kronkorken von den Flaschen, wobei die Kohlensäure mit leisem Zischen entwich.

»Prost«, sagte er, nachdem er beide Gläser zur Hälfte gefüllt hatte.

»Prost«, erwiderte Kira. Kühl und würzig rann der Gerstensaft durch ihre Kehle.

»Schön, dass du hier bist.« Er wischte sich die Mundwinkel trocken. »Wie war die Fahrt?«

»Gut. Nur zweimal bin ich in zäh fließenden Verkehr geraten. Es hat aber beide Male nicht lange gedauert«, berichtete Kira.

Sollinger nickte. »Greif zu. Danach reden wir. Oder morgen, wenn du zu müde bist.«

»Ich bin hellwach.« Das war nicht ganz korrekt, doch sie wollte nun wissen, was er auf dem Herzen hatte.

Eine Weile aßen sie schweigend. Rudi hatte seine Schnauze auf die Sitzfläche der Bank gelegt, zwischen Kira und Sollinger. Mit seinen dunklen Augen fixierte er seinen Herrn, der so tat, als merkte er es nicht.

»Nun gib ihm schon was«, sagte Kira. »Machst du ja sonst auch.«

Sollinger brummelte etwas und brach ein Stück Würstchen ab. Rudi schnappte danach und verschluckte es im Ganzen. Sofort richtete sich sein Blick wieder auf Sollinger.

»Bist du schon satt?«, fragte Sollinger, nachdem Kira ihren leeren Teller zurückgeschoben hatte.

»Und wie. Ich platze gleich. Es hat super geschmeckt«, sagte Kira.

»Wie daheim, was?« Er wischte mit einem Stück Laugenstange einen Rest vom Obatzten auf und steckte es in den Mund.

»Kann man so sagen.« Sie lächelte.

Essen und Bier hatten sie ein wenig entspannt, dazu die herrliche Landschaft, in der sie aufgewachsen war. Dennoch lag der Gedanke an Felix wie ein Stein auf ihrer Brust.

»Also, Onkelchen. Was wolltest du mit mir besprechen?«, fragte Kira, um endlich hinter den tatsächlichen Grund für die Verabredung zu kommen.

»Lass mich erst den Tisch abräumen«, erwiderte ihr Onkel.

»Nein.« Kira legte ihre Hand sacht auf seinen Unterarm. »Das machen wir später gemeinsam.« Sie saßen im Schatten, und so warm war es nicht mehr, als dass die Reste zügig kalt gestellt werden mussten.

Umständlich lehnte sich Sollinger zurück. »Gehen wir ums Haus?«, fragte er und sah seine Nichte an.

»Ums Haus?«

»Ja. Ich will dir was zeigen«, bekräftigte er.

Dort war nichts, nur die Landschaft, eine weitläufige Rasenfläche und, ein paar Meter vom Hauseingang entfernt, der alte Brunnen, längst stillgelegt und abgedeckt.

»Na dann, gehen wir ums Haus.«

Schwerfällig erhob er sich, seine Bewegungen waren zunächst ein wenig ungelenk. Nach einigen wenigen Schritten hatte er sich eingelaufen und ging weder übereilt noch zu langsam voran. Kira folgte ihm, begleitet von Rudi.

Vor dem Haus, die Tür im Rücken, blieb Sollinger stehen. Er legte Kira den Arm um die Schulter.

»Siehst du, was ich sehe?«, fragte er mit schwerer Stimme. Er konnte nur das Hotel meinen, das etwa hundert Meter von ihnen entfernt stand, beide Anwesen verbunden durch einen Feldweg.

Plötzlich bekam sie Beklemmungen. Er würde es doch nicht abreißen lassen wollen? Es war ein Stück Kindheit, ein Stück Heimat. Ewig leer stehen konnte es allerdings auch nicht, das war klar.

»Wenn du das Hotel meinst, ja.«

Sie versuchte, entspannt zu klingen. Der Arm des Onkels drückte auf ihre Schultern. Er stützte sich auf sie und schien es nicht zu merken.

»Es bedeutet mir was«, fuhr er fort.

»Ich weiß. Mir auch.«

»Ich will, dass es in der Familie bleibt. Und ich möchte, dass es zu neuem Leben erwacht.«

»Willst du es wieder eröffnen?«

Sie konnte ihre Überraschung kaum verbergen. Lieber Himmel, er war dreiundachtzig Jahre. Es musste sicher viel renoviert werden, außen wie innen. Die Raumausstattung war schon in ihrer Kindheit ein wenig altbacken gewesen.

»So ähnlich.« Er räusperte sich. Endlich nahm er seinen Arm von ihren Schultern. »Kira, Mädchen.« Er wandte sich ihr zu. »Von unserer Familie sind nur noch wir zwei übrig.«

Sie nickte. Es wurde eng in ihrer Brust. Er sprach so ernst.

»Ich bin zu alt. Ich weiß nicht, wie lange ich noch habe. Alles, was mir gehört, gehört eines Tages dir. Das Hotel sollst du jetzt schon bekommen.«

Ein winziges Zucken lief über sein Gesicht. Unverwandt sah er sie an.

»Ich soll das Hotel bekommen? Also, ich meine, jetzt?« Ihr dämmerte etwas. Das konnte er nicht ernst meinen.

»Ja. Du sollst es bekommen. Ich überschreibe es dir.«

»Ah ja.« Das war noch längst nicht alles, sie spürte es.

»Aber ich habe eine Bitte. Eine sehr große Bitte.«

Bang sah sie ihn an.

»Du musst mir versprechen, dass es im Familienbesitz bleibt, auch wenn ich nicht mehr bin. Und ich möchte, dass du es wieder eröffnest.« Er wandte den Blick zu dem Lebenswerk seines Vaters und atmete tief durch. »Und es wäre mir eine große Freude, wenn ich die Neueröffnung erleben dürfte. Das ist mein Wunsch an dich.«

»Onkel Georg.« Ihr lief ein Schauer über den Rücken, so eindringlich hatte er gesprochen.

»Ich weiß, Kira, ich weiß. Ich verlange viel von dir. Du bist schon lange in Bayreuth. Viel zu lange. Es wird Zeit, nach Hause zu kommen und zu deinen Wurzeln zurückzukehren.«

Sie konnte nicht antworten. Wie ernst es ihm war, war unverkennbar.

»Nun hätte ich beinahe gesagt: Überlege es dir. Aber es gibt nichts zu überlegen. Wir haben nur noch uns, Kira-Mädchen. Und meine Uhr ist so gut wie abgelaufen.«

»Onkel Georg, sag so was nicht.« Sie fröstelte.

Rudi hatte sich neben Sollinger gelegt, sein Kopf ruhte auf seinen Pfoten.

»Das ist die Realität. Ich meine, vielleicht habe ich ja noch ein paar Jahre. Ich hoffe es. Ich will doch dabei sein, am Tag der Neueröffnung.« Beinahe schüchtern lächelte er ihr zu.

»Ich bin Psychotherapeutin, Onkel Georg. Ich habe von Hotelwirtschaft keine Ahnung. Und ich habe eine sehr gut gehende Praxis in Bayreuth.«

Wie stellte er sich das vor?

»Ja, ich weiß. Ich habe nie verstanden, weshalb du die Probleme anderer Leute lösen willst. Aber bitte, jedem das Seine. Deine Mutter hatte ja auch ihren eigenen Kopf. Sie hätte bei uns an der Rezeption stehen können, stattdessen geht sie zur Konkurrenz.«

»Weil sie sich in Papa verliebt hatte und in seiner Nähe sein wollte«, erinnerte Kira ihn.

»Ich weiß ja, ich weiß. Ist ja auch längst verjährt. Gib die Praxis auf und komm hierher. Du kannst bei mir wohnen. Das kostet dich keinen Cent. Ich habe Platz genug.«

»Das geht nicht, Onkel Georg.«

Plötzlich war sie einer Panikattacke nahe. Ihr Leben stand auf einer stabilen Säule, zumindest beruflich. Privat war sie gerade wieder gescheitert. Doch das musste er nicht wissen. Nun grub er an den Grundfesten ihres einzigen Halts.

»Doch, das geht. Wenn du ablehnst, fallen die Geier über mich her«, sagte er.

»Wie meinst du das?«

Das Licht des Tages war trübe geworden. Bald würde es dunkel werden.

»Setzen wir uns? Das lange Stehen ist doch unbequem.« Er wies mit dem Daumen zu der Bank neben der Haustür.

Kira nickte und ging voran. Georg Sollinger setzte sich neben sie und stützte die Handflächen auf die Knie.

»Der Erlinger liegt mir schon geraume Weile in den Ohren. Er will es kaufen. Da ist der Abriss sicher. Wahrscheinlich will er mir den nächsten Kuhstall vor die Nase stellen. Es heißt, für ihn laufen die Geschäfte gut, und er kann den Hals nicht voll genug bekommen.«

»Und wer noch?« Er hatte in der Mehrzahl gesprochen.

»Kommen immer wieder Neugierige. Recken die Nasen hoch und versuchen, ins Haus zu sehen. Rütteln an den Türen und so weiter. Da war neulich einer, der hat mich angesprochen, ob ich weiß, ob es zu verkaufen ist und an wen er sich wenden kann.«

»Und das ist keine Option?« Der Gedanke, das Hotel könnte

in fremde Hände gehen, gefiel ihr selbst nicht. Doch die Pläne ihres Onkels widerstrebten ihr ebenso.

»Auf keinen Fall. Ein knallharter Geschäftsmann. Der macht es genauso platt wie der Erlinger. Wahrscheinlich will er ein Luxus-Wellness-Dingsda bauen und die Gegend verschandeln. Kannst du dir so ein modernes Monstrum hier vorstellen? Hier, mittendrin! In unserer wunderbaren Natur? Im Rücken den Wallberg und gegenüber meinem Häuschen? So einen grausigen Bau, mit Glas und Chrom, unsere herrliche Wiese zugepflastert, damit die Großkopferten mit ihren geräuschlosen E-Schlitten mit getönten Scheiben bis vor die Eingangstür fahren können?«

Er hatte sich in Rage geredet. Er schnaufte und drückte die flache Hand auf die Brust. Kira erschrak.

»Onkel Georg? Ist alles in Ordnung?«

»Ja, klar.« Ungeduldig winkte er ab. »Könnte mich nur aufregen. Ich hab den Kerl weggeschickt. Aber ich bin sicher, der kommt wieder«, ergänzte er.

»Hast du ihm gesagt, dass es dir gehört?«

»Ja. War ein Fehler. Aber ich dachte, wenn ich mich nicht zu erkennen gebe, geht der nicht. Jetzt bekomm ich ihn wahrscheinlich nicht mehr los. Aber was soll es, auf irgendeinem Weg hätte er es eh erfahren. Über die Gemeinde oder so.«

Kira sah zu dem verlassenen Hotel. In der hereinbrechenden Dunkelheit waren nur noch die Konturen zu sehen. Hoch über dem Dach stand die helle Sichel des Mondes. Es war kühl geworden. Sie schlang die Arme um sich und drückte die Finger in die Oberarme.

Sie konnte unmöglich in Bayreuth alles aufgeben und den Wünschen ihres Onkels nachkommen. Enttäuschen wollte sie ihn aber auch nicht.

»Lass uns schlafen gehen. Wir reden morgen weiter, ja?«, sagte Sollinger.

»Ja«, stimmte Kira zu.

Eine ruhige Nacht würde sie wohl nicht haben ob dieser Neuigkeiten.

Der Tisch war abgeräumt, und Kira war bereits in ihr Zimmer unter dem Dach gegangen.

Sollinger setzte sich noch einmal auf die Bank vor dem Haus. Rudi lag zu seinen Füßen. Irgendwo zirpten ein paar Grillen.

Dass Kira seinen Plänen ohne Bedenken oder Protest zustimmte, war nicht zu erwarten gewesen. Doch er hegte Hoffnung. Schließlich musste sie sich erst einmal mit der Richtungsänderung in ihrem Leben auseinandersetzen.

Im oberen Flur ging das Licht an, und sein gelber Schein drang durch das schmale Fenster nach außen. Sie war wohl auf dem Weg ins Badezimmer. Sollinger lehnte sich zurück. Es tat gut, dass Kira hier war.

16

Sollinger trug die Thermoskanne mit dem frisch aufgebrühten Kaffee nach draußen auf die Terrasse. Er war seit sechs Uhr auf, wie jeden Morgen. Um sieben Uhr hatte er Brötchen vom Bäcker im Ort geholt.

Der Tisch war gedeckt, Butter, Marmelade und Honig standen bereit, und die Eier waren auch gleich fertig.

Behutsam stellte er die Kanne ab. Sein Entschluss war unumstößlich. Er würde Kira das Hotel überschreiben. Dass es nicht einfach werden würde, hatte er gewusst. Nachdenklich rieb er sich den Nacken. Ging das überhaupt, wenn sie nicht einverstanden war? Darum sollte sich Notar Bergmaier kümmern. Rudi kam schwanzwedelnd um die Hausecke und lenkte ihn ab.

»Guten Morgen, Onkel Georg.«

Dem Hund nach folgte Kira.

Er lächelte ihr zu. »Guten Morgen. Du kommst gerade richtig, die Eier müssten fertig sein. Ich hole sie, dann können wir frühstücken.«

»Du verwöhnst mich«, sagte Kira. »Ich kann die Eier holen.«

»Ja, nur zu. Dann schenk ich schon mal den Kaffee ein.«

Kira war rasch mit den Eiern zurück.

Bedächtig und sorgsam bestrich Sollinger ein Brötchen mit Butter und Erdbeermarmelade. Selbst gekocht, darauf war er stolz.

Er trank von seinem Kaffee. Vielleicht gelang es ihm, gleich heute einen Termin mit Bergmaier zu machen. Eventuell konnte die Überschreibung noch die Tage vorgenommen werden, ehe Kira zurückfuhr.

»Hast du heute was vor?«, fragte er beiläufig.

»Ich will zur Hütte rauf«, erwiderte Kira.

»Zur Hütte?« Überrascht legte er sein Brötchen, von dem er hatte abbeißen wollen, zurück auf seinen Teller.

»Ja. Ich war ewig nicht mehr dort.«

»Du warst ja auch schon ewig nicht mehr hier.« Den Vorwurf konnte er nicht zurückhalten.

»Hm«, machte Kira.

»Was ist denn los, mein Mädchen? Warum bist du gestern schon gekommen? Hat sich einer deiner Patienten … ähm …?«

»Nein! Das wäre ja unvorstellbar.«

»Aber dich plagt was. Ich kenne dich.« Forschend sah er sie an.

»Ich habe jemanden kennengelernt«, gab sie zu und betrachtete ihr Ei.

»Mhm. Und?« Ein Mann also. Vielleicht wollte sie seinetwegen nicht weg von Bayreuth. Sie war ja auch schon wegen eines Mannes weg von hier.

»Es ist was schiefgegangen.«

Das tat ihm zwar grundsätzlich leid, aber sie würde schon wieder jemand anderen kennenlernen.

»Vielleicht wird es wieder«, tröstete er sie dennoch.

»Eher nicht.«

»Komm hierher, lenk dich ab. Bau dir was Neues auf.«

»Das ist alles nicht so einfach, Onkel Georg.«

»Das versteh ich schon. Vielleicht musst du die Neuigkeit auch erst mal sacken lassen.«

»Ich geh auf die Hütte. Kann ich mir eine Brotzeit einpacken?«, fragte Kira.

»Klar. Nimm dir, was du magst. Und sei vorsichtig. Als Frau allein … Das ist nicht gut. Ich würde dich ja begleiten, aber, ehrlich gesagt, die Tour ist mir inzwischen doch zu anstrengend.«

»Ich bin heute Abend wieder zurück.«

»Das hoffe ich.«

Er konnte ja Bergmaier schon mal anrufen und den Termin machen. Falls Kira sich mit Händen und Füßen wehren würde, konnte er ihn verschieben, bis sie zur Vernunft gekommen war.

Über den klar blauen Himmel zogen wenige weiße Wölkchen. Kira hatte sich zu Fuß auf den Weg zur Talstation des Wallbergs gemacht. Vom Haus ihres Onkels aus brauchte sie nur etwa eine halbe Stunde über den schmalen asphaltierten Spazierweg, der direkt dorthin führte. Bedächtig, um von vornherein ihre Kräfte einzuteilen, ging sie voran. Ein kleiner grüner Pfeil mit der Aufschrift »Zur Talstation« wies ortsunkundigen Wanderern den Weg.

Der Onkel hatte ihr einen kleinen Rucksack geliehen, in dem sich Proviant und Getränke befanden, sowie eine Jacke. Oben am Berg würde es kühler sein als im Tal.

Sie hatte einen Aufstieg von gut zwei Stunden vor sich, bis zu der Hütte, die ihr die Eltern vererbt hatten.

Nach etwa der Hälfte der asphaltierten Strecke kreuzte ein Eichhörnchen ihren Weg. Es blieb auf geschätzten zwei Metern Entfernung mitten auf dem Weg stehen, beäugte sie und klaubte ohne jede Furcht ein wenig trockenes Gras zusammen, das verteilt auf dem Asphalt lag. Auch Kira blieb stehen, zog ihr Handy hervor und filmte den kleinen Kameraden, der sie bei seiner Beschäftigung im Auge behielt. Erst als ihnen zwei weitere Spaziergänger entgegenkamen, ergriff das Kerlchen die Flucht und flitzte mit seinem kleinen Halmbüschel in Richtung eines dicken Baumstammes. In Windeseile kletterte es nach oben.

Kira steckte ihr Handy wieder ein. Unter anderen Umständen hätte sie Felix gerne die Aufnahme geschickt, mit Grüßen vom Tegernseer Tal. Doch das ging jetzt nicht mehr.

Felix. Der erste Mann seit Patrick, zu dem sie sich hingezogen fühlte. Wie eigenartig und oft nicht nachvollziehbar die menschliche Psyche sich verhielt. Vor zwei Tagen noch hatte sie sich versichert, dass es besser war, nicht das Wagnis einer neuen Liebe einzugehen, und nun zog es sie mit aller Macht zu Felix.

Erschrocken blieb sie stehen.

Das stimmte doch gar nicht, oder? Sie war lediglich verletzt und todunglücklich, weil er ihr Heimtücke und gemeinsame

Sache mit Leonie unterstellt hatte, oder? Ja, genau. Das war es, und das war schlimm genug.

Sie ging weiter und versuchte, sich auf Onkel Georgs Vorstellungen zu konzentrieren, und dachte darüber nach, wie sie ihm verständlich machen konnte, dass nicht möglich war, was er sich dachte. Doch immer wieder entglitten ihr ihre Gedanken und wanderten zurück zu Felix. Sie beschloss, erst einmal zur Hütte zu wandern. Nachdenken konnte sie oben am Berg auch noch. Bestimmt sogar besser.

Inzwischen hatte sie die Talstation der Wallbergbahn erreicht. Sie blieb stehen und sah den Gondeln zu, die an dicken Stahlseilen und über mächtige Stützpfeiler bedächtig vom Tal zum Gipfel schwebten und wieder zurück.

Rechts von der Talstation führte ein zunächst noch breiter, geschotterter Weg in den Wald hinein, der auf den ersten Metern recht bequem schien. Hier begann der Aufstieg zum Wallberg. Ein Schild wies auf die Wallbergmoosalm hin, die auf knapp tausendzweihundert Metern für die Bergbesucher bereitstand.

Ein weiteres Schild machte auf das Berghotel Altes Wallberghaus aufmerksam. Es lag etwas höher, auf gut tausendfünfhundert Metern.

Kiras Ziel war jedoch weder das eine noch das andere. Auch nicht das an schönen Tagen stets gut besuchte Panoramarestaurant, zu dem die Gondelbahn führte, das aber natürlich auch zu Fuß erreichbar war, wenn man bereit war, je nach Kondition und Tempo knapp drei Stunden bergauf zu wandern.

Mit ruhigen, gleichmäßigen Schritten machte sie sich auf den Weg.

Zweieinhalb Stunden später war sie ihrem Ziel schon sehr nahe gekommen. Der Wald hatte sich gelichtet, und kaum dass sie die letzten Bäume hinter sich gelassen hatte, sah sie die Hütte. Sie lag ein Stück unterhalb der Wallberg-Kapelle Heilig Kreuz in einer Senke.

Kira blieb stehen, um neue Kräfte zu sammeln. Der Aufstieg

war anstrengender gewesen, als sie ihn in Erinnerung hatte. Doch sie war ja auch völlig aus dem Training.

Für einen Moment ließ sie den Anblick der Hütte auf sich wirken, das kleine gedrungene Gebäude mit den ausgeblichenen hölzernen Wänden und dem mit Steinen beschwerten Dach. Auch das war ein Stück Kindheit. Eine schöne Kindheit war es gewesen, voller Liebe, Freude und Zuwendung. Wie glücklich sie sich schätzen konnte, in solcher Geborgenheit aufgewachsen zu sein, war ihr damals nicht bewusst gewesen. Erst mit den Jahren des Heranwachsens und später durch ihren Beruf hatte sie erfahren, dass wahrhaftig nicht jedes Kind mit so viel Liebe und Fürsorge aufwachsen durfte.

Ihr Blick ging weiter, hoch zu der Kapelle. Dort herrschte viel Betrieb. Touristen genossen die Aussicht, es wurden Fotos geschossen, und manch einer betrat das kleine Gotteshaus. Vom Panoramarestaurant aus, von dem sie von ihrer Position nur einen Teil des Daches sehen konnte, kamen viele Wanderer über den direkten Verbindungsweg zur Kapelle.

Kira stieg noch einige Meter den Berg nach oben. Helles Felsgestein, von jahrhundertelanger Witterung geschliffen, ragte an vielen Stellen aus dem hier oben kargen Rasen, dazwischen wuchsen blühende Disteln. Von irgendwoher vernahm sie das sachte Bimmeln der Kuhglocken.

Sie beschloss, noch so weit den Berg hinaufzusteigen, dass sie den Blick auf den Tegernsee genießen konnte, um dann umzukehren und zur Hütte zu gehen. Dieses kurze letzte Stück, das sie bergauf gehen musste, kostete sie Energie, die sie eigentlich nicht mehr hatte. Kira biss die Zähne zusammen. Sie wollte diese letzten Meter noch schaffen. Keuchend blieb sie noch einmal stehen.

Zu ihrer linken Seite, nur wenige Schritte entfernt, machten sich eben zwei Fallschirmspringer für den Absprung bereit. Diese Stelle war sehr beliebt. Einerseits gab es genug Rasenfläche, um die großen Schirme auszubreiten und startklar zu machen, andererseits fiel der Berg wenige Schritte weiter vorne steil ab. Hier war gut Anlauf zu nehmen, um dann abzuheben.

Und von hier aus war der See gut zu sehen.

Einer der Springer breitete eben einen großen roten Schirm aus, der andere war schon damit beschäftigt, sich in sämtliche Gurte und Leinen zu verstricken. Sie wandte sich ab. Zum Teil bewunderte sie die Menschen, die sich diesen Sport zutrauten. Gleichzeitig fürchtete sie immer, Zeuge eines Missgeschicks zu werden, seit sie als Jugendliche einmal das Straucheln und Stolpern eines Fallschirmspringers mitbekommen hatte, der letztendlich unter seinem Schirm begraben worden war. Überlebt hatte er es, soweit sie wusste. Erschreckt hatte es sie dennoch.

Kira ging noch einige Meter weiter, um den Ausblick zu genießen, ohne nebenher das Treiben der Sportler mitzubekommen.

Sie sah über die Wipfel hoher schlanker Tannen ins Tal. Dort unten lag der See, eingebettet in die Hügel der umliegenden Berge. Zwei Ausläufer des Gewässers erstreckten sich seitlich wie verkürzte Arme, als hätte es Anstalten gemacht, sich auszudehnen und einen Teil der Landschaft zu umfangen, ehe es von unzähligen Häusern, die am Ufer erbaut worden waren, daran gehindert wurde.

Kira setzte sich ins Gras, nachdem sie sich vergewissert hatte, dass weder ein Kuhfladen noch eine sonstige Hinterlassenschaft an der entsprechenden Stelle lag. Der Hauch eines frischen Luftzugs kühlte ihren erhitzten Körper. Sie legte ihren Rucksack ab, kramte eine Wasserflasche daraus hervor und trank durstig. Ihr T-Shirt war im Rücken feucht geworden während ihrer Tour. Nun, wo der Rucksack den Bereich nicht mehr schützte, fühlte sich die klamme Nässe unangenehm an.

Sie packte ihre Flasche wieder ein, schulterte den Rucksack und machte sich auf den Weg zu der Hütte. In etwa zwanzig Minuten würde sie dort sein.

Der schmale sandige Pfad, mit feinem Kies durchsetzt, ging in Windungen über etwa hundert Höhenmeter hinunter. Links und rechts blühten Wildblumen, in Gelb, Rot, Lila und Weiß. Gräser streiften die bloße Haut ihrer Beine.

Immer wieder blieb sie stehen, um sich zu vergewissern, dass sie wirklich hier war und dass die Hütte noch stand, still und verlässlich.

Sie würde an der Rückseite des Hauses ankommen. Friedlich ruhte es in der Senke. Die Außenwände brauchten seit Jahren einen neuen Anstrich. Ein kleiner Kamin ragte aus dem Schwerdach. Beruhigt sah sie, dass es der Witterung all die Jahre offenbar standgehalten hatte. Quer über dem Dach, parallel zum First, lagen noch immer die Kanthölzer, auf denen sich die Steine zum Beschweren gleichmäßig verteilten.

Kira näherte sich der Hütte. Die Fensterläden waren geschlossen, so wie sie sie bei ihrem letzten Besuch hinterlassen hatte. Die feinen Steinchen des Pfads knirschten unter ihren Schritten. Einmal geriet sie ins Rutschen auf ihrem Weg bergab. Mit einer seit ihrer Kindheit geübten Gewichtsverlagerung fing sie sich ab.

Nun war sie angekommen. Kira streckte die Hand aus und berührte mit den Fingerspitzen die verblichene Rückwand, um die vertraute Unterkunft zu begrüßen.

Hallo, kleine Hütte, dachte sie, und in ihr zog sich etwas wehmütig zusammen.

So schöne Tage hatte sie hier erlebt.

Mit ihrem Vater hatte sie als kleines Mädchen im Dunst früher Morgenstunden Rehe und ihre Jungen beobachtet, dort drüben, am Waldrand. Einmal war auch ein stolzer Hirsch dabei gewesen, mit einem mächtigen Geweih. Sie hatten ganz leise sein müssen, um die Tiere nicht zu erschrecken.

Mit ihrer Mutter hatte sie wilde Heidelbeeren gesammelt, die sie später am Tag mit gezuckerter Milch verzehrt hatten. Es hatte köstlich geschmeckt.

Und zwischen beiden Eltern hatte sie abends vor der Hütte gesessen, dicht an sie gekuschelt, und hatte den Geschichten gelauscht, die sie ihr erzählt hatten, von schlauen Füchsen, flinken Hasen und tollpatschigen Bärenkindern, die in den Wäldern wohnten und spannende Abenteuer erlebten. Die Hütte mochte den Geschichten ebenso gelauscht haben.

Sacht strich sie über das Holz.

»Geht es dir gut?«, fragte sie im Stillen. »Ist etwas vorgefallen, während ich nicht hier war?«

Ein Spreißel pikte in ihren Finger. Kira zog die Hand zurück und betrachtete die Stelle. Vorsichtig zog sie den kleinen Holzsplitter aus der Haut. Der kindliche Gedanke, das Häuschen wollte ihr mit dem Splitter einen Vorwurf machen, weil sie so lange nicht mehr hier gewesen war, ging ihr durch den Kopf.

Genug der Sentimentalitäten. Sie schüttelte die Vorstellung ab und ging um das kleine Gebäude herum zur Eingangstür.

Überrascht blieb sie stehen. Auf der Bank neben der Haustür saß ein Mann, wohl Anfang vierzig, in kniekurzer Hose und mit Wanderstiefeln an den Füßen. Neben ihm stand ein stattlicher Rucksack. Sein Blick schien über die Landschaft zu schweifen.

»Hallo«, sagte Kira, um sich bemerkbar zu machen.

Er wandte ihr den Blick zu und lächelte.

»Hallo.« Er taxierte sie, jedoch auf freundliche Weise. »Möchten Sie sich auch setzen?«, fragte er und wuchtete seinen Rucksack an die Schmalseite der Bank.

»Eigentlich wollte ich …« Es widerstrebte ihr, ihm zu sagen, dass Bank und Hütte ihr gehörten.

»Ja? Einkehren? Das hätten Sie besser oben im Panoramalokal gemacht. Hier gibt es jedenfalls nichts, was man nicht selbst dabeihat.«

»Panoramarestaurant«, korrigierte sie ihn.

Er schmunzelte. »Ich kann Ihnen aber ein Salamibrot anbieten und etwas Wasser, damit Sie bei Kräften bleiben.«

»Vielen Dank, nicht nötig. Ich habe alles dabei, was ich brauche. Ich wollte auch nicht einkehren. Die Hütte gehört mir.« Im Grunde konnte es ihr egal sein, ob er das erfuhr oder nicht.

»Ach was. Dann bin ich hier quasi der Eindringling.« Er machte Anstalten, aufzustehen.

»Bleiben Sie ruhig sitzen.«

So wirklich recht war es ihr nicht. Sie wäre sich aber sehr unfreundlich vorgekommen, hätte sie ihn gehen lassen. Auf der Bank neben ihm lag eine offene Plastikdose, mit belegten Broten und Obst gefüllt. Er war wohl selbst noch nicht lange hier.

Sie nahm ihren Rucksack ab und holte aus der kleinen vorderen Tasche ihren Schlüsselbund. An dem hing auch der Schlüssel für die Hütte. Sie wollte einen Blick hineinwerfen, ob alles noch so war, wie sie es hinterlassen hatte.

Der schlichte Bartschlüssel ging nur widerborstig ins Schloss, drehen lassen mochte er sich auch nicht.

»Klemmt er? Kann ich Ihnen helfen?«, erkundigte sich ihr Gast.

»Wenn Sie mir garantieren können, dass er nicht abbricht, bitte, nur zu.«

Der Mann legte sein Brot beiseite, wischte ein paar Krümel an der Hose ab und kam zu ihr. Sie roch den Hauch eines Aftershaves, und sein bloßer Unterarm, auf dessen gebräunter Haut sich feine dunkle Härchen abhoben, streifte ihren. Kira trat einen Schritt beiseite. Der Mann fasste den rostigen Türgriff, hob ihn ein wenig an und drehte mit Nachdruck den Schlüssel. Ehe Kira dazukam, sich über die Bestimmtheit, mit der er vorging, zu erschrecken, knackte es, und die Tür ging auf. Abgestandene, staubige Luft drang ihnen entgegen.

»Danke«, sagte Kira. »Ist der Schlüssel noch ganz?«

Das sorgte sie durchaus. Sie konnte doch das Hüttchen nicht offen stehen lassen, wenn sie sich auf den Rückweg machte.

»Ja, aber das gesamte Schloss wackelt. Ich habe leider nichts dabei, um Erste Hilfe zu leisten. Oder gibt es im Haus einen Schraubenzieher?«

»Ehrlich gesagt, ich habe keine Ahnung.«

»Falls Sie was finden, lege ich gerne Hand an.«

Er lächelte ihr zu, und sie wurde verlegen. So wie er sie ansah, hätte man eine Zweideutigkeit hinter seinem Ausspruch vermuten können.

»Noah Richter«, sagte er unvermittelt und hielt ihr die Hand hin.

»Kira Wagner.«

»Freut mich.« Er setzte sich wieder auf die Bank und griff nach seinem Brot.

Kira betrat das Haus.

Im durch die Tür hereinfallenden Tageslicht erkannte sie die Umrisse der kargen Einrichtung. Den kleinen alten Herd, der mit Holz geschürt werden musste und der an kalten Tagen Wärme spendete. Das einfache Regal, in dem das Nötigste an Geschirr und Kochutensilien stand. Auf halber Höhe gab es eine Schublade, in der Besteck lag. Den schlichten grob gezimmerten Holztisch mit den drei Stühlen, auf denen noch die verschlissenen Sitzkissen lagen, die ihre Mutter vor Jahrzehnten genäht hatte. Aus dem gleichen Stoff wie die Kissen, rot-weiß kariert, hatte sie schmale Vorhangschals genäht, die ihr Vater an einfache Stangen seitlich der Fenster gehängt hatte.

Kira öffnete die Fensterflügel und ließ die Nachmittagssonne ins Haus.

Sie wandte sich dem Regal zu und zog die Schublade auf, auf der Suche nach einem Schraubenzieher, und schloss sie sofort wieder. Werkzeug lag keines darinnen.

Es gab nur noch einen weiteren Raum in der Hütte. Eine Schlafkammer, in der ein großes Doppelbett stand, eine Wäschetruhe und ein weiteres Bett, in dem sie in ihrer Kindheit geschlafen hatte, wenn die Eltern über Nacht oder gar über ein Wochenende hier oben hatten bleiben wollen. Auch hier öffnete sie das Fenster.

Ein Bad gab es nicht. In einem winzigen Anbau hinter dem Haus befand sich ein Toilettenhäuschen, nach simpelster Methode. Schon als Kind hatte sie es nicht benutzen wollen.

Wasser zum Waschen und zum Kochen hatten sie aus dem Baumstammbrunnen geholt, der ein Stück weiter bergab neben dem Wanderpfad stand.

Kira beschloss, sich zu ihrem Gast zu setzen. Allzu lange würde er hoffentlich nicht bleiben. Sie wollte allein sein und in Ruhe nachdenken, wie sie Onkel Georg von einer Neueröffnung des Hotels abbringen konnte, ohne ihn allzu sehr vor den Kopf zu stoßen. Sie mochte ihren Beruf, ihre Praxis lief gut, und bei der Vorstellung, zurück nach Rottach-Egern zu kommen, um das Leben zu leben, das der Onkel sich vorstellte, sträubte sich alles in ihr.

Sie trat vors Haus. Noah Richter packte eben die Reste seiner Brotzeit zusammen.

»Nun hatte ich die vermessene Hoffnung, dass Sie mir einen Kaffee anbieten«, sagte er und schmunzelte.

Kira lächelte leicht. »Das würde ich glatt tun, aber hier oben gibt es nichts, was man nicht mitbringt«, griff sie seine Worte von vorhin auf. »Und Kaffee habe ich keinen dabei. Und hätte ich welchen dabei, müsste ich den Ofen in der Küche anschüren und Wasser vom Brunnen holen, um ihn zu kochen.«

»Ein sehr ursprüngliches Leben. Ich glaube, das könnte mir gefallen. Es ist herrlich hier.«

»Ja, eine wundervolle Gegend«, stimmte sie zu und setzte sich zu ihm, in größtmöglichem Abstand. »Für den Kaffee müssen Sie also zum Panoramarestaurant.« Sie wies mit dem Daumen über die Schulter. »Dort kommt er dann auch ruckzuck aus irgendeinem Automaten. Aromafrisch oder wie das heißt.«

»Vielleicht mache ich das«, erwiderte er. »Kommen Sie mit?«

»Auf keinen Fall.« Sie erschrak. Es hatte viel rüder geklungen als gewollt.

Richter ging auf ihren Ton nicht ein. »Was ist jetzt mit dem Schraubenzieher?«, fragte er stattdessen.

»Leider gar nichts. Ich habe keinen.«

»Nicht gut. Schlimmstenfalls müssen Sie die Hütte später offen lassen, wenn Sie gehen. Sie gehen doch wieder? Oder wollen Sie in der Einsamkeit übernachten?« Aufmerksam sah er sie an.

»Ich habe nicht die Absicht.«

»Dann bin ich beruhigt. Denken Sie an den kleinen Helfer, wenn Sie das nächste Mal kommen. Sie müssen nur die Schrauben festziehen.«

»Das bekomme ich hin.« Sie mochte seine Stimme. Sie klang weich und melodisch. Trotzdem wäre sie gerne allein gewesen.

»Dann könnte ich mich jetzt auf den Weg machen.«

Er lehnte sich zurück, verschränkte die Arme vor der Brust und streckte die Beine von sich. Sie waren muskulös und zart gebräunt, und auch auf ihnen sah sie feine dunkle Härchen.

»Das sieht aber nicht so aus«, erwiderte sie.

»Eigentlich will ich auch gar nicht gehen«, gab er zurück und sah geradeaus.

»Weil es Ihnen hier so gut gefällt?«, fragte sie. Na super. Auf die Weise wurde es nichts mit dem Alleinsein.

»Auch.«

»Was noch?«

»Weil ich nicht die leiseste Ahnung habe, wie es bei Ihnen ankommt, wenn ich Sie um ein Wiedersehen bitte, lasse ich es lieber. Ich weiß ja auch gar nicht, ob Sie nicht vielleicht verheiratet sind oder so. Einen Ring tragen Sie nicht, aber das hat heutzutage keinerlei Aussagekraft mehr. Deswegen wollte ich Sie um Ihre Telefonnummer bitten. Das wäre immerhin ein Anfang.«

»Was?« Mit wachsender Verblüffung hatte Kira zugehört. Sie stieß ein kurzes Lachen aus.

»Da gibt es gar nichts zu lachen. Ich meine das sehr ernst«, bemerkte er und klang gekränkt.

»Sie sind ja ein Draufgänger.«

»Das ist nur meine Notlage. Wenn ich jetzt gehe, sehen wir uns wahrscheinlich nie wieder. Das wäre sehr bedauerlich, zumindest für mich. Und für Sie auch, weil Sie gar nicht wissen, was Ihnen entgeht.«

»Und Sie sind sehr von sich überzeugt«, ergänzte sie, leicht amüsiert.

Er seufzte. »Das sieht nur so aus. Bekomme ich jetzt Ihre Telefonnummer?« Er sah zu ihr.

Kira erwiderte seinen Blick. Seine Augen waren tiefbraun und seine Haare dunkel, wie die von Felix. Er hatte ein sehr ansprechendes Gesicht.

»Nein, Noah. Tut mir leid«, antwortete sie ruhig. Ihr wurde bewusst, dass sie ihn mit dem Vornamen angesprochen hatte. Sie ignorierte es.

»Zu schade. Ich habe es befürchtet. Es gibt jemanden, der auf Sie wartet. Warum ist er nicht dabei?«

Die Frage ging zu weit.

»Entschuldigung. Das geht mich nichts an. Wissen Sie was? Ich gebe Ihnen meine Nummer und hoffe, dass Sie sich melden. Zum Beispiel, wenn Sie die Tür doch nicht gerichtet bekommen oder in einer hilfsbedürftigen Lage sind.«

Er öffnete seinen Rucksack und entnahm einer innen liegenden Tasche ein zerknittertes Papiertaschentuch und einen Kugelschreiber. Sorgfältig und in gut lesbaren Zahlen notierte er eine Handynummer.

»Hier.« Er schob ihr das Taschentuch über die Bank zu. »Nicht benutzen. Also, das Taschentuch. Die Nummer schon.«

Kira sah auf das Taschentuch, ohne es zu nehmen, und dann wieder zu Noah.

»Sie haben eine schöne Stimme. Sie sollten singen.« Die Worte waren draußen, ehe sie nachgedacht hatte.

»Singen?« Jetzt lachte er. Es war ein warmherziges, sympathisches Lachen.

»Ich meine das ganz ernst«, griff sie wieder seine Worte auf.

»Wissen Sie was? Früher habe ich das gemacht. Ich hatte sogar eine Band und bin mit zwei Freunden auf Sommerfesten und so weiter aufgetreten. Es hat total Spaß gemacht. Aber das ist lange her.«

»Wirklich?«, fragte sie verblüfft.

»Ja. Die Leute haben dazu getanzt und wollten Zugaben. Es war eine schöne Zeit.«

»Warum haben Sie aufgehört?« So ging er nie. Sie hätte die Frage nicht stellen sollen.

»Weil jeder von uns dreien einen anderen Lebensweg eingeschlagen hat«, antwortete er, nun ernster geworden. Unerwartet stand er nun doch auf, griff nach seinem Rucksack und schulterte ihn.

»Gehen Sie nicht zu spät ins Tal«, sagte er. »Auf Wiedersehen, schöne Frau.« Er nickte ihr zu und machte sich an den Abstieg.

Kira sah ihm nach. Seine Bewegungen waren gleichmäßig.

Mit sicheren Schritten ging er den schmalen Pfad hinunter, der sich ins Tal schlängelte.

Sie nahm das Taschentuch mit seiner Telefonnummer und steckte es in ihre Hosentasche. Sie konnte es an der Talstation entsorgen.

17

Seit Stunden wartete Sollinger auf den Rückruf von Bergmaier. Heute Vormittag, gleich nachdem Kira das Haus verlassen hatte, hatte er im Notariat angerufen und dringend gebeten, so rasch als möglich mit ihm persönlich reden zu dürfen. Seine Sekretärin hatte freundlich ins Telefon geflötet, der Notar sei in einer Besprechung, und ihm versichert, er werde zurückrufen, so rasch es ging.

Mehr als fünf Stunden wartete er nun schon. So lange konnte doch eine Besprechung gar nicht dauern. Unter »rasch« verstand er etwas anderes.

Sein Telefon schellte in dem Moment, als er die vier Eier in die Pfanne geschlagen hatte, die er sich als frühes Abendessen vorstellte. Verärgert schob er die Pfanne beiseite und ging an den Apparat.

»Sollinger«, rief er resolut in den Hörer.

»Grüße Sie, Herr Sollinger. Burger hier, vom Notariat Bergmaier. Der Herr Bergmaier hat jetzt Zeit für Sie. Einen Moment bitte«, zwitscherte die Sekretärin.

Sollinger gab keine Antwort, straffte die Schultern und machte ein grimmiges Gesicht. Wie ihn das nervte, dieses betont fröhliche Getue.

»Bergmaier«, vernahm er die gestresst klingende Stimme des Notars.

»Hallo, Herr Bergmaier. Hier ist Sollinger. Es geht um Folgendes …« Umständlich setzte sich Sollinger auf den gepolsterten Hocker der Telefonbank, während er sprach. Er bemühte sich, dem Notar sein Anliegen so detailliert wie möglich zu beschreiben. »Geht das?«, stellte er abschließend die wichtige Frage.

»Ich fasse noch mal zusammen«, umging der Notar zunächst die Antwort. »Sie möchten also Ihrer Nichte das stillgelegte Hotel Sollinger samt Grundstück überschreiben, obwohl diese damit nicht einverstanden ist?«

»Na ja, sie zögert noch«, bestätigte er widerwillig die Aussage. »Aber sie erbt es ja so oder so eines Tages.«

»Eine Erbschaft kann man auch ablehnen«, informierte Bergmaier ihn emotionslos.

Der Schrecken fuhr Sollinger wie ein Hieb in den Magen. Das war ihm nicht neu, doch den Gedanken hatte er bisher absolut nicht in Erwägung gezogen. »Das würde sie nie tun«, behauptete er aufs Geratewohl.

»Das sei nun dahingestellt, nachdem sie das Hotel ja nicht will. Diese Übereignung, die Sie angedacht haben, entspricht einer Schenkung. Auf eine solche sind Steuern zu zahlen und vermutlich nicht wenige. Es ist ja ein schönes, großes Objekt in wunderbarer Lage.«

»Es gibt einiges, was gerichtet werden muss«, gab Sollinger zu bedenken.

»Das lassen wir dahingestellt«, wiederholte der Notar. »Jedenfalls richtet sich der Freibetrag, der bei einer Schenkung anfällt, je nach Grad der Familienzugehörigkeit. Für Ihre Nichte ist der solche eher gering. Von allem, was darüber hinausgeht, da will der Fiskus was abhaben. Da kommt ein ganzer Batzen auf Ihre Nichte zu. Wenn sie das ablehnt …« Er ließ den Satz offen.

Sollinger fühlte kalten Schweiß aus allen Poren brechen. Eben stürzte sein Vorhaben zusammen.

»Aber kann man denn da nichts tun?« Er hatte sich schon lange nicht mehr so hilflos gefühlt.

»Wegen der Schenkungssteuer? Nun ja. Sie könnten sie übernehmen, wenn Ihre Nichte nicht solvent ist. Letzten Endes kommt das wahrscheinlich sogar günstiger.«

»Das habe ich nicht gemeint. Ich meinte, kann ich ihr das Hotel nicht trotzdem schenken?«

»Nein. Sie muss schon einverstanden sein«, erwiderte Bergmaier erbarmungslos.

»Was mach ich denn dann? Das Hotel hat mein Vater aufgebaut. Es soll in der Familie bleiben, und es soll wieder eröffnet werden.« Er jammerte, doch im Moment war ihm das egal. Mit solch einer kompromisslosen Vernichtung seiner Pläne hatte er nicht gerechnet.

»Sie können Ihre Nichte überzeugen«, ließ Bergmaier ihn wissen.

Damit war ihm absolut nicht geholfen. Sollinger stützte einen Ellbogen aufs Knie und den Kopf in die Hand. Er war nicht bereit, das Telefonat so zu beenden. Ihm schwamm davon, was er in den vergangenen Monaten voller Freude erhofft und was in seiner Phantasie immer größere Ausmaße angenommen hatte.

»Sie können ja einen Termin bei mir ausmachen, und wir besprechen persönlich die Möglichkeiten«, lenkte Bergmaier ein.

Sollinger spürte die Stiche in der Brust, die ihn immer öfter quälten. Er richtete sich zu gerader Haltung auf. »Nein. Bereiten Sie die Papiere für die Schenkung vor.« Irgendwie würde er sie überzeugen. Irgendwie. »Können wir morgen zur Unterschrift kommen?«

»Aber ich bitte Sie, lieber Herr Sollinger. So schnell geht das alles nicht. Ich brauche diverse Informationen, etliche Unterlagen sind erforderlich.«

»Was für Unterlagen?«

»Nun, unter anderem brauche ich einen Eigentumsnachweis von Ihnen, den letzten Grundsteuerbescheid, einen Grundbuchauszug, einen Energieeffizienzausweis –«

»Schon gut, schon gut.« Er hatte es sich nicht so kompliziert vorgestellt. »Wann können wir einen Termin machen?«, fragte er.

»Also …«, sprach Bergmaier gedehnt, und Sollinger hörte das Rascheln von Papier. »Wenn ich in meinen Kalender sehe: Die nächsten zwei Wochen geht nichts. Dann habe ich zwei Wochen Urlaub. Danach können wir sehen. Machen Sie den Termin mit Frau Burger. Rufen Sie morgen noch mal an, sie ist jetzt sicher schon im Feierabend.«

Sollinger hätte am liebsten den Hörer an die Wand geworfen. Nur mühsam gelang es ihm, die Form der Höflichkeit zu wahren, als er sich von Bergmaier verabschiedete. Auf seine Eier hatte er auch keine Lust mehr.

Sollinger saß auf seiner Bank vor dem Haus, als Kira zurückkam. Er schaffte es nicht, ihr zuzulächeln. Allzu schwer lastete ihm auf der Seele, dass die Dinge nicht liefen wie gewünscht.

Kira stellte ihren Rucksack neben der Bank ab und setzte sich zu ihm, nachdem sie sich begrüßt hatten.

»Wie war es auf der Hütte?«, fragte er und sehnte sich nach seiner Pfeife. Die lag jedoch drinnen, im Wohnzimmer auf dem Tisch.

»Schön. Nur das Türschloss wackelt. Ich hätte einen Schraubenzieher gebraucht, um die Schrauben nachzuziehen.«

»Hm«, machte Sollinger. Übereilten Handlungsbedarf sah er nicht. In dem Hüttchen befand sich nichts Wertvolles, und wenn jemand gewaltsam hätte eindringen wollen, hätten ihn auch festgezogene Schrauben wohl nicht aufgehalten.

»Alles in Ordnung?« Kira musterte ihn. »Wo ist Rudi?«

»Innen. Fressen. Hab gerade seinen Napf gefüllt.«

»Du bist enttäuscht«, brachte Kira es auf den Punkt. »Wegen gestern. Weil ich nicht so reagiert habe, wie du es dir gewünscht hast.«

Sollinger lehnte sich auf der Bank zurück, den Blick auf sein Hotel gerichtet. »Na ja«, sagte er gedehnt. »Dass du nicht Hurra schreien wirst, dachte ich mir schon. Ist ja ein rechter Unterschied zwischen deinen Psychogesprächen und der Hotelwirtschaft. Aber hier ist deine Heimat. In dem Hotel hat deine Mutter ihre Ausbildung zur Hotelfachfrau gemacht. Es ist dein Erbe, früher oder später.«

Kira gab keine Antwort.

»Mein Vater hat beim Bau mitgeholfen, Stein für Stein«, insistierte Sollinger weiter. »Es ist jetzt seit zwei Generationen in der Familie. Du wärst die dritte Generation. Es muss dir doch was wert sein?«

Er wandte ihr den Blick zu. Kira sah auf ihre Füße.

»Ist es ja auch. Ich kann mir aber nicht vorstellen, es wieder zu eröffnen, mit allem Drum und Dran, und die Leitung zu übernehmen.«

»Gut. Vielleicht brauchst du eine Weile, um dich an den Gedanken zu gewöhnen. Dann lass dir mit der Renovierung und Wiedereröffnung Zeit. Aber lehne es nicht ab. Ich bitte dich.«

Kira verschränkte die Arme vor der Brust.

Wie sehr erinnerte ihn seine Nichte in diesem Moment an seine achtzehn Jahre jüngere Schwester. Auch sie hatte stets die Arme vor der Brust verschränkt, wenn sie auf Distanz ging.

»Ich habe heute mit Bergmaier gesprochen«, fuhr er fort und sah nun wieder in die Landschaft. »Ohne deine Zustimmung kann ich dir das Hotel nicht übereignen. Schenken. Er nannte es eine Schenkung. Falls du dir wegen der Steuer Sorgen machst, die übernehme ich.«

»Es kommt alles so plötzlich, Onkel Georg. Es geht viel zu schnell«, erwiderte Kira.

»Du kannst dich ja langsam an den Gedanken gewöhnen. Bergmaier hat frühestens in vier Wochen Zeit, den Vertrag vorzubereiten.«

Für ihn dauerte es zu lange.

»Für dich ist alles beschlossene Sache. Wie ich darüber denke, ignorierst du«, antwortete Kira.

»Nein. Aber es gibt nur noch uns beide, und meine Tage sind gezählt, das ist nun mal so. Es würde mir das Herz zerreißen, käme das Hotel in fremde Hände oder würde abgerissen.«

Rudi kam aus dem Haus und schleckte sich genüsslich über die Schnauze. Er sah Kira, kam schwanzwedelnd zu ihr und stupste im Vorbeigehen gegen Sollingers Knie. Er strich dem Hund über den Rücken.

»Ich habe noch eine Bitte. Rudi ist erst fünf Jahre alt. Kann sein, er überlebt mich. Er braucht ein liebevolles Zuhause. Bitte kümmere dich um ihn. Bei dir weiß ich ihn gut aufgehoben.«

»Du sprichst, als wüsstest du etwas, was du mir nicht sagst. Bist du gesund, Onkel Georg?« Ernst sah Kira ihn an.

Kurz erwiderte er ihren Blick, dann wandte er ihn zu dem Hotel. »So gesund, wie man in meinem Alter nur sein kann.«

Kira stieg die schmale Stiege in das Zimmer hoch, das sie immer bewohnte, wenn sie bei ihrem Onkel war. Die Holzstufen knarzten unter ihren Schritten. Sie fühlte sich schwer und traurig. Sie war hierhergefahren, um ihrem Kummer in Bayreuth zu entfliehen, und nun war ihr elender als zuvor.

Sie betrat den Raum mit der Dachschräge. Dicke Holzbalken zogen sich an der Decke entlang. Durch zwei kleine Sprossenfenster gegenüber der Zimmertür konnte sie einige Häuser von Rottach-Egern sehen. Sie setzte sich auf ihr Bett, dessen Decke und Kissen der Onkel mit einer mit gelben Streublümchen gemusterten Garnitur überzogen hatte, und ließ sich rücklings darauf fallen.

Sich um Rudi zu kümmern war ein Versprechen, das sie vergleichsweise problemlos hatte geben können, sah man davon ab, dass mit Übernahme des Hundes entweder eine starke gesundheitliche Beeinträchtigung des Onkels verbunden war oder, im schlimmsten Fall, sein Ableben, und darüber wollte sie nicht nachdenken.

Gleichzeitig plagte sie die Sorge um ihn. Sein plötzliches Bestreben, seine Belange zu regeln, lastete ihr auf der Seele.

Ein Geräusch aus ihrem Rucksack, den sie neben der Zimmertür abgestellt hatte, holte sie aus ihren Grübeleien. Sie hatte eine Nachricht bekommen. Augenblicklich ging ihr Puls nach oben. Sie schwang die Beine über die Bettkante, durchquerte rasch das Zimmer und holte ihr Handy.

Die Nachricht war von Felix. Kiras Herz schlug bis in die Kehle, sie zitterte, und ihre Hände wurden kalt. Mit bebenden Fingern rief sie die Nachricht auf.

Hallo, Kira, las sie. *Ich bin übers Ziel hinausgeschossen, und dafür will ich mich entschuldigen. Ich war so wütend und enttäuscht, als ich von deinem Beruf erfahren habe, dass ich falsche Schlüsse gezogen habe. Kannst du dir vorstellen, dass wir uns noch einmal treffen? Morgen zum Beispiel? Gruß Felix*

Grenzenlose Erleichterung, gepaart mit jubelähnlichen Glücksgefühlen, erfasste sie. Sekunden darauf fielen diese überschießenden Empfindungen zu einem kleinen Häufchen Hoffnung zusammen. So froh sie war, dass er sich meldete und entschuldigt hatte, ein Stachel saß.

Kira setzte sich mit ihrem Telefon aufs Bett. Es drängte sie, gleich am anderen Morgen ihre Sachen zu packen, zurück nach Bayreuth zu fahren und Felix zu sehen. Vernünftig war das nicht, fand sie. Sie war mit Onkel Georg noch längst nicht einig. Er hoffte inbrünstig auf ihre Zustimmung, und sie wagte nicht, klar auszusprechen, was sie längst wusste. Dass sie seine Bitte nicht erfüllen konnte, weil sie sich als Hotelinhaberin am völlig falschen Platz fühlen würde. Zudem hatte sie in Bayreuth längst viel mehr Wurzeln geschlagen, als sie in den letzten Jahren gemerkt hatte, auch wenn diese Wurzeln in erster Linie beruflicher Natur waren. Aber jetzt merkte sie es, bei der Vorstellung, zurück nach Rottach-Egern zu ziehen. Oder spielte Felix eine größere Rolle, als ihr bewusst war? Obwohl sie sich noch kaum kannten? Wenn sie ehrlich mit sich selbst war, hatte sie nicht seit der Szene neulich Abend gehofft, dass er sich melden und einlenken würde?

Darüber konnte sie ein anderes Mal nachdenken. Kira tippte eine Antwort.

Hallo, Felix, ich bin bei meinem Onkel in Oberbayern und fahre morgen zurück. Wir könnten uns am frühen Abend treffen. Gruß Kira

Sie schickte die Nachricht ab, und ihr Puls schlug wie verrückt. Sie schob das Handy unter die Decke, legte sich wieder rücklings aufs Bett und legte einen Arm über die Augen. Sie hatte zu schnell geantwortet. Sie hätte ihn noch ein wenig warten lassen sollen. Und gleichzeitig dehnte sich jede Minute, die zwischen jetzt und dem Treffen morgen lag, schier endlos.

»Du willst heute schon wieder fahren?« Entgeistert sah Sollinger seine Nichte an.

»Ja.« Es war so unangenehm, zumal er ihr blass vorkam und übernächtigt aussah.

»Aber warum denn? Das Wochenende fängt doch erst an.«

»Es tut mir leid, Onkel Georg. Ich komme wieder, ganz bald.«

Sosehr sie das Wiedersehen mit Felix ersehnte, sie fühlte sich ihrem Onkel gegenüber schlecht. Wenn sie fuhr, saß er wieder in seiner Einsamkeit, ohne Ansprache und ausschließlich in der Gesellschaft von Rudi. Und mit seiner aussichtslosen Hoffnung, dass sie seine Pläne umsetzte.

»Es ist noch nichts geklärt, Kira. Ich hatte gehofft … Aber das weißt du ja. Also, warum jetzt so abrupt?« Sein Blick war ernst.

»Es ist nicht das, was du denkst.«

Georg Sollinger lächelte müde. »Was denke ich denn?«

»Dass ich nicht will und lieber gehe, ehe wir weiter darüber reden.«

»Irrtum, Kira-Mädchen. Ich denke, der Mann hat sich bei dir gemeldet, mit dem was schiefgegangen ist.«

Ihre Wangen wurden warm, und sie hoffte, dass er es nicht bemerkte. »Ich komme bald wieder«, wich sie aus.

»Und dann?«, fragte er.

»Reden wir noch mal.«

Sie hätte ihm so gerne Hoffnung gemacht. Alles in ihr legte sich quer. Georg Sollinger nickte nur.

Kira sah in den Rückspiegel. Gleich würden die Berge ihrem Blick entschwunden sein. Dafür war sie wahrscheinlich in gut drei Stunden wieder in Bayreuth. Sie und Felix hatten gestern noch ein paar Nachrichten getauscht. Er hatte angeboten, zu ihr zu kommen, doch in Anbetracht des Hochparterres, in dem sie wohnte, hatte sie den Gegenvorschlag eines Spaziergangs gemacht. Er hatte sich zögerlich einverstanden erklärt. Nun waren sie für achtzehn Uhr verabredet, erneut in der Wilhelminenaue. Diesmal würden sie sich dort treffen.

Kira dachte an Leonies hysterische Furcht, Felix könnte eine Autofahrt dafür nutzen, seiner damaligen Freundin zu folgen. Felix mochte eine Reihe von Problemen haben, doch als suizidgefährdet sah sie ihn nicht an. Hier vertraute sie ihrem Urteilsvermögen und ihrer Berufserfahrung.

Ihre Gedanken gingen zu ihrem Onkel zurück. Sie sah ihn vor sich, wie er vor seinem Haus gestanden und ihr nachgewunken hatte, neben sich den Hund. In ihr zog sich etwas zusammen, vor Mitleid und Schuldgefühl. Er hatte sie mit so viel Hoffnung und Freude empfangen, und sie wies sein Geschenk zurück und damit auch ihn, weil sie sich ihr Leben anders vorstellte. In seinen Augen mochte das undankbar sein und selbstsüchtig. Vor allem aber hatte sie ihn enttäuscht. Das quälte sie am meisten. Vielleicht konnten sie sich auf einen Kompromiss einigen. Sie nahm die Schenkung an, doch die ersehnte Wiedereröffnung blieb fürs Erste aus? Dort vorne war die Auffahrt zur Autobahn. Kira setzte den Blinker, bog ab, fuhr auf die Beschleunigungsspur, steigerte die Geschwindigkeit und fädelte sich, nach einem Kontrollblick in den Rückspiegel, in den fließenden Verkehr ein. Eins nach dem anderen. Heute wollte sie sich auf Felix konzentrieren.

18

Felix wartete neben der Bank am Haupteingang des Parks. Er hatte überlegt, Kira eine Aufmerksamkeit mitzubringen, und sich dagegen entschieden. Egal, was es hätte sein können, es wäre zu banal gewesen als Geste der Entschuldigung für seine heftig vorgebrachten Unterstellungen.

Sie hatte nicht gewollt, dass er zu ihr kam. Wohnte sie im x-ten Stock ohne Aufzug? Oder war sie nur einverstanden, ein abschließendes Gespräch auf neutralem Boden zu führen? Wahrscheinlich war sie nach seinen erbitterten nicht angebrachten Vorwürfen nicht mehr bereit, überhaupt Kontakt zu halten, und sei er auch nur freundschaftlicher Art. An mehr mochte er ohnehin nicht mehr denken.

Ihm blieb nur, zu hoffen, dass sie seine ehrliche Reue akzeptierte und den Kontaktabbruch, der seine Entscheidung gewesen war, als hinfällig ansah, wenn er sie darum bat.

Er versuchte, sich nicht erneut zum Parkplatz umzudrehen, der hinter ihm lag. Es waren schon mehrere rote Autos darauf gefahren, aber es war kein Dacia dabei gewesen. Es war auch zu früh, zehn Minuten vor der vereinbarten Zeit.

Felix hörte Schritte über den Kies kommen und wandte nun doch den Kopf. Kira war hier, und sie lächelte. Ganz leicht nur.

»Hallo, Felix.« Ehe er antworten konnte, setzte sie sich auf die Bank.

»Kira, hallo. Ich danke dir, dass du gekommen bist.« Er räusperte sich. Er war nervös, und er wusste nichts, um sein Verhalten von neulich zu erklären. Obwohl er endlos darüber nachgedacht hatte.

»Geht es dir besser?«, fragte sie und faltete locker die Hände über den Knien.

»Besser?« Die Frage irritierte ihn.

»Ja. Du warst bei unserer letzten … Begegnung vollkommen außer dir.«

»Sehr human ausgedrückt. Ich war zynisch, ich war gemein, und ich habe dir unterstellt, mit Leonie gemeinsame Sache gemacht zu haben, um mich quasi hinterrücks zu therapieren.«

»So reagiert der Mensch manchmal, wenn er mit etwas konfrontiert wird, was er nicht erwartet hat und was für ihn unerträglich ist«, erwiderte sie.

»Jetzt spricht wieder die Therapeutin«, bemerkte Felix.

Ihr ruhiges, sicheres Auftreten irritierte ihn. Bei seinen Unterstellungen vor ein paar Tagen war sie schockiert und verletzt gewesen und schließlich in Tränen ausgebrochen. Jetzt hielt sie freundliche Distanz. Sie schien sich gefangen zu haben, aber auf eine Weise, die es ihm schwer, wenn nicht gar unmöglich, machte, wieder zu der vertrauten Basis zurückzufinden.

»Ich *bin* Therapeutin, Felix. Das ist nicht nur mein Beruf, sondern auch ein Teil von mir. Trotzdem hat das, was du vermutet hast, in keiner Weise zugetroffen«, antwortete sie.

»Ja, ich weiß. Wenn ich nachgedacht hätte, hätte ich nicht so die Nerven verloren. Welchen Grund hätte Leonie, mir durch die Hintertür eine Therapeutin zu schicken? Damit riskiert sie doch, dass es mir besser geht und sie ihre aufopfernde Rolle nicht mehr wahrnehmen kann.« Bitterkeit hatte sich in seinen Ton geschlichen.

Kira lächelte wieder, gab aber keine Antwort.

»Wie auch immer. Ich habe es ja schon geschrieben. Ich bin völlig übers Ziel hinausgeschossen, weil ich so wütend und enttäuscht war, als ich von deinem Beruf erfahren habe. Es tut mir unendlich leid.«

»Woher wusstest du überhaupt davon?«

»Ich habe dich gegoogelt«, gestand er, so unangenehm es ihm auch war.

»Tatsächlich.« Sie klang nicht überrascht.

»Ja. Eigentlich wollte ich … eine Telefonnummer suchen. Aber dann habe ich deinen Namen in die Google-Leiste eingegeben. Einfach so.« Es war peinlich, und es wurde nicht besser.

»Du hast schon auch ein bisschen recht«, sagte Kira überraschenderweise, ohne seine Aussage zu kommentieren.

»Womit?«

»Dass ich dir verschwiegen habe, womit ich mein Geld verdiene. Leonie hat mir gegenüber behauptet, du lehnst jede professionelle Hilfe ab. Ab dem Moment war mir nicht ganz wohl, wegen meinem Beruf.« Sie sprach ohne den Funken eines schlechten Gewissens in der Stimme. »Leonie wusste aber nicht, dass ich Therapeutin bin. Das hatte ich nie erwähnt. Und ich wollte ihr ein bisschen helfen, weil ich mit meiner Freizeit nichts anzufangen weiß. Ich dachte, ich komme als eine Art Haushaltshilfe zu dir und von meiner Arbeit musst du nichts wissen.«

»Was meinst du damit, dass du mit deiner Freizeit nichts anzufangen weißt? Hast du keine Hobbys, keine Freunde?«

»Ich habe mich nach der Trennung von Patrick nur noch auf meine Arbeit konzentriert«, wich sie aus.

»Also keine Freunde?«, hakte er nach und ahnte plötzlich, wie verletzlich und möglicherweise einsam sie war, hinter der Fassade der berufserfahrenen tüchtigen Therapeutin.

»Patrick und ich hatten ein paar gemeinsame Freunde. Alles Paare. Da wird eine plötzlich alleinstehende Frau nicht so gerne gesehen. Eine Weile hatte ich gehofft, Leonie könnte eine Freundin werden. Aber es hat sich nicht ergeben. So wie ich sie jetzt kennengelernt habe, wäre das auch nichts geworden.«

»Was ist mit Hobbys?«

Kira lachte leise. Es klang alles andere als fröhlich. »Mein Hobby war Tanzen.«

Tanzen. Ausgerechnet. Sekundenlang wurde es still zwischen ihnen.

»Entschuldige, das war unsensibel«, sagte Kira, ohne ihn anzusehen.

»Es war vermutlich einfach nur die Wahrheit. Und die wollte ich ja wissen«, antwortete er ruhig. »Aber wieso ›war‹?«

»Es fehlt am Tanzpartner«, gab sie knapp Auskunft. »Früher habe ich auch gerne gekocht und gebacken. Aber nach der Arbeit habe ich dazu kaum mehr Lust«, fuhr sie fort.

»Da lernt man ja erfahrungsgemäß auch keine Leute kennen«, erwiderte Felix.

»Richtig. Ich dachte aber, du hättest nach meinen Hobbys gefragt und nicht danach, was ich unternehme, um Leute kennenzulernen.«

»Eins zu null für dich«, antwortete er. »Warum wolltest du heute nicht, dass ich zu dir komme?«, fragte er.

»Weil ich im Hochparterre wohne. Fünf Stufen ohne Aufzug«, erklärte sie.

Er war ein bisschen erleichtert. »Ich dachte, du willst nicht, dass ich zu dir komme, wegen Distanzhalten und so«, sagte er.

Kira gab keine Antwort. Vielleicht war ihr das Hochparterre auch gerade recht gekommen.

»Ich will nicht, dass mein Leben so bleibt, wie es ist«, fuhr er fort, und ein Zittern durchlief ihn.

»Was meinst du?«

Felix' Miene war angespannt.

»Ich bin ein Krüppel, Kira. Ich will wieder laufen und mich bewegen können, wie vor dem Unfall.«

Seine Hände umklammerten seine Knie. Ob er die Knie spürte? War er komplett querschnittgelähmt oder inkomplett? Es gab da Unterschiede, das wusste sie von einem Patienten, der vor vielen Jahren zu ihr gekommen war, weil seine Frau nach einem Kopfsprung in ein unbekanntes Gewässer ebenfalls gelähmt war und er sich schuldig gefühlt hatte.

»Gibt es denn Möglichkeiten?«, fragte sie vorsichtig.

»Ich habe etwas gelesen, im Internet. Ich will und muss wieder arbeiten. Und dazu muss ich raus aus diesem Stuhl! Die Tage in diesem Ding hier sind endlos.« Er neigte den Kopf seitlich, als wollte er auf den Rollstuhl deuten. »Es dauert nicht mehr lange, und die Bank setzt mir die Pistole auf die Brust, wegen der Kreditrückzahlung. Ich kann nicht zahlen! Wovon denn?«

»Was steht denn im Internet?«

»Es ist etwas ... ganz Neues. Es ist auch noch nicht wirklich ausgereift. Aber vielleicht ist es das bald. Dann könnte es eine Chance sein. Ich weiß nur nicht, wie ich dahinkomme.«

»Ich verstehe kein Wort. Kannst du etwas genauer werden?«

»Ich muss dazu nach Amerika.«

Sie hatte keine Ahnung, worauf er hinauswollte. Er wollte sich mitteilen und bekam die Kurve nicht.

»Wie gesagt, es ist etwas ganz Neues und auch noch nicht ausreichend erprobt worden. Aber der letzte Artikel, den ich dazu gefunden habe, ist auch schon ein paar Monate alt. Vielleicht gibt es inzwischen mehr Erfahrungswerte.«

»Vielleicht ist es zu früh, um darüber nachzudenken, wenn *es* noch nicht ausreichend getestet wurde«, sagte sie.

»Ich kann nicht warten. Meine Schulden wachsen und wachsen. Die Bank kassiert mein Haus, wenn ich nicht bald wieder zahlungsfähig bin. Also rückzahlungsfähig. Außerdem müsste ich Umbauten vornehmen, sonst habe ich nämlich nichts mehr davon. Ich komme seit zwei Jahren über keine Treppe mehr, in der Küche sitze ich schräg an der Arbeitsfläche oder am Herd, weil nichts behindertengerecht ist. Die Waschbecken sind überall zu hoch angebracht. Ich schlafe im Gästezimmer. Ich habe schon beinahe vergessen, wie es im oberen Stockwerk und im Keller aussieht.«

Kira wartete ab. Er kämpfte mit sich, das spürte sie, und das sagte ihr ihre Berufserfahrung. Er schaffte es nicht, auszusprechen, was er eigentlich sagen wollte.

»Ich habe eine Frau kennengelernt.«

Seine Worte kamen schier aus dem Nichts und trafen sie wie ein Hieb in den Magen. Ihr Mund schien plötzlich voller Sand, ihr wurde kalt und schlecht.

»Ich mag sie sehr. Ich glaube sogar, dass ich mich in sie verliebt habe.«

Ihr Nacken begann zu schmerzen, so sehr spannte sie die Muskeln an, um Haltung zu bewahren. Wie war das möglich? Und wie konnte er ihr das antun? Wann und wo hatte er eine Frau kennengelernt? Sie hatten sich doch nur zwei Tage nicht gesehen, und laut Leonie saß Felix ständig allein zu Hause.

Das Internet. Ein neuer Hieb traf ihre Seele. Wahrscheinlich saß er ständig am Computer. Sie hatte ihn ja selbst schon davor angetroffen, und nun konnte sie sich auch erinnern, dass er sie aus dem Zimmer geschickt hatte, um den Computer herunterzufahren. Sie hatte nicht sehen sollen, welche Seiten er geöffnet hatte.

Ihre Hände wurden eiskalt, trotz des milden Abends.

»Ich bin ein Krüppel, Kira«, wiederholte er. »Ich weiß nicht, ob sie sich eine Beziehung mit einem Mann wie mir überhaupt vorstellen kann.«

Ein harter Druck saß in ihrem Hals.

»Jetzt sag doch was«, bat er.

»Was soll ich denn sagen?« Sie wunderte sich, dass sie überhaupt sprechen konnte. Hatte er sie deshalb sehen wollen? Um seine Probleme anzusprechen und sich bei ihr Rat und Unterstützung zu holen, hinsichtlich einer neuen Beziehung? Nun vielleicht gerade, *weil* sie Therapeutin war? Warum hatte er neulich versucht, sie zu küssen, wenn er doch schon anderweitig Kontakte geknüpft hatte? Oder war der neue Kontakt erst in den letzten Tagen zustande gekommen?

»Ob du dir vorstellen kannst, einen Mann wie mich besser kennenzulernen.« Er hatte die Stimme gesenkt.

»Was?« Noch immer begriff sie nicht wirklich, was er meinte.

»Es war doch eine klare Frage«, fuhr er fort.

»Du hast von mir gesprochen?« Sie konnte es nicht glauben und wagte nicht, den Funken ungläubige Seligkeit groß werden zu lassen, der tief in ihr glomm.

»Von wem denn sonst?«

Ihr Herz schlug bis in die Kehle.

Wortlos griff sie nach seiner Hand und drückte sie. Felix erwiderte den Druck.

»Ist das jetzt ein Ja oder ein Nein?«, fragte er leise.

»Natürlich kann ich mir das vorstellen«, flüsterte Kira.

Ihr war schwindelig vor Glück, und doch hatte sie auch Angst vor der Zukunft. Nicht weil Felix im Rollstuhl saß und damit haderte. Vielmehr weil eine neue Liebe auch ein Risiko barg und verletzlich machte. Patricks Gesicht schob sich in ihre Erinnerung. Kira wandte sich Felix zu und lächelte ihn an. Er hob die freie Hand und strich ihr behutsam mit dem Daumen über die Wange.

»Ich würde dich gerne küssen«, sagte er mit rauer Stimme. »Ich möchte dabei aber nicht aus dem Stuhl kippen. Würdest du mir entgegenkommen?«

»Immer wieder gerne«, murmelte Kira und beugte sich zu ihm.

19

»Ich weiß immer noch nicht, was du im Internet gelesen hast«, sagte Kira.

Sie hielten einander an den Händen. Die Abendsonne war dabei, unterzugehen, und allmählich wurde es kühl. Sie hatte keine Jacke dabei, und auch Felix trug zu seiner Jeans nur ein leichtes T-Shirt.

Er löste seine Finger von ihren, griff mit einer fahrigen Bewegung in die Brusttasche seines Hemdes und zog sein Mobiltelefon heraus.

»Ich schicke dir einen Link. Dann kannst du nachlesen, wovon ich rede«, sagte er. Er tippte und wischte auf dem Display herum.

»Okay.«

Aus irgendeinem Grund bekam er nicht ausgesprochen, was ihn beschäftigte. Aus ihrer Tasche, die neben ihr auf der Bank lag, tönte ein leises »Pling«.

»Lies«, bat er.

Kira öffnete die Tasche, nahm ihr Telefon heraus und öffnete den Link. Ungläubig und zunehmend schockiert las sie den Text und ließ schließlich das Handy auf ihren Schoß sinken.

»Felix, das ist Wahnsinn. Das ziehst du doch nicht wirklich in Betracht?« Sie fröstelte, was nicht mehr ausschließlich der abendlichen Kühle zuzuschreiben war.

»Doch, Kira. Ich sagte doch, ich will nicht auf dieses Ding hier angewiesen sein.«

»Aber soweit ich hier lese, wurde das Verfahren bisher noch gar nicht an Menschen getestet«, hielt sie dagegen. Es war unvorstellbar.

»Es wird aber so weit kommen. Da bin ich sicher. Und hier setzt mein Problem an.« Eindringlich sah er sie an.

»Das wäre?« Sie musste sich räuspern.

»In einem weiteren Artikel, den ich dir gerne noch schicken kann, werden Patienten mit Wirbelsäulenverletzungen gesucht.«

Ihr lief ein Schauer über den Rücken.

»Als Testpersonen, falls die Gesundheitsbehörde in Amerika einverstanden ist«, ergänzte er.

»Du willst dich ernsthaft für Versuche zur Verfügung stellen?« Ihr Innerstes zog sich zusammen vor Entsetzen.

»Was soll ich denn machen, Kira? Ich gehe davon aus, dass ich als Testperson lediglich den Flug nach Amerika zahlen muss und die restliche Anreise bis zur Klinik oder wo immer das stattfindet. Ist das Verfahren erst einmal zugelassen, werde ich die Operation zahlen müssen. Und das wird unerschwinglich.«

»Felix.« Ihr fehlten die Worte.

»Ich habe gegoogelt, was Behandlungen in den USA kosten können. Da sind schnell Tausende oder Zehntausende Dollar weg. Ich stehe mit dem Rücken an der Wand. Das Geld hätte ich nicht einmal, wenn ich mein Haus verkaufe. Von dem ist ja noch kaum etwas abbezahlt. Die Bank würde jeden Erlös einkassieren.« Er klang verzweifelt und sprach immer schneller.

»Aber du kannst dich doch nicht auf solch einen Versuch einlassen, Felix. Was ist, wenn etwas schiefgeht?« Sie hatte das Gefühl, sich zwischen ihn und seine Pläne werfen zu müssen, um ihn zu schützen.

»Meinst du denn nicht, dass ich nicht selbst auch schon x-mal darüber nachgedacht habe? Als ich das erste Mal davon gelesen habe, fand ich es auch keine Überlegung wert. Aber mit der Zeit ... Die Alternative ist, mein Leben bleibt, wie es jetzt ist.«

Oder er ruinierte sich mit dem Eingriff einen weiteren Teil seiner Gesundheit. Es war ihr so fern, so fremd, so utopisch, was er in Erwägung zog.

»Kira.« Er legte seine Hand auf ihre. »Ich wollte mich dir nur mitteilen. Noch habe ich nichts entschieden.«

»Aber es beschäftigt dich. Du ziehst es in Erwägung«, erwiderte sie. Jetzt war ihr wirklich kalt. Schlimmstenfalls veränderte sich seine Persönlichkeit durch den Eingriff. Oder er riskierte gar sein Leben.

»Ja«, gab er zu.

»Mir ist kalt. Ich möchte nach Hause.«

Felix zog seine Hand von ihrer zurück. »Gut. Sehen wir uns morgen?«

»Ja. Lass uns vormittags schreiben oder telefonieren«, sagte Kira.

Sie stand auf, beugte sich zu ihm und küsste ihn. Felix legte seine Hand in ihren Nacken und erwiderte den Kuss, zärtlich und intensiv.

»Bis morgen«, verabschiedete er sich.

»Bis morgen.«

Sie spürte seinen Blick im Rücken, während sie zu ihrem Auto ging. Eigentlich hätten sie zusammen zum Parkplatz gehen können. Wahrscheinlich stand sein Wagen auch hier irgendwo. Sicher feststellen konnte sie das nicht, sie wusste ja noch nicht, was für ein Auto er fuhr.

Kira lag in ihrem Bett und sah in die Dunkelheit. Sie fand keine Ruhe. Die Seligkeit, dass Felix ihr seine Gefühle eingestanden hatte sowie seine Sorge, ob sie sich vorstellen konnte, dass aus ihnen ein Paar wurde, hatten Gesellschaft von übermächtiger Angst bekommen. Der Eingriff, den Felix überlegte vornehmen zu lassen, war ihrer Meinung nach mehr als nur riskant.

Sie gehörte nicht zu denjenigen, die Neuerungen, gleich welcher Art, begeistert und aufgeschlossen gegenüberstanden. Sie setzte auf Vorsicht und Erfahrungswerte. Zumindest Letztere gab es bei dem Forschungsprojekt ja noch gar nicht.

Doch wie sollte sie verhindern, dass Felix aktiv wurde, weitere Informationen sammelte, Kontakte nach Amerika knüpfte und sich letzten Endes entschied, die Operation vornehmen zu lassen? An seinen Verstand zu appellieren war vermutlich nutzlos. Zu groß waren der Druck und der Wunsch, seine Beine wieder nutzen zu können. In seiner Lage klammerte er sich an jeden Strohhalm.

Unvermittelt sah Kira das Hotel Sollinger vor sich. Ruckartig setzte sie sich auf. Es mochte ein Vermögen wert sein, in der

Lage in Rottach-Egern. Ihr Puls beschleunigte sich. Noch ehe sie den Gedanken fassen konnte, der ihr durch den Kopf wirbelte, wusste sie, dass sie weder umsetzen konnte noch durfte, was ihr blitzartig eingefallen war. Davor stand Onkel Georg mit seinen Vorstellungen. Erschöpft von sämtlichen Überlegungen und Ängsten legte sie sich wieder hin.

Die Nacht dehnte sich endlos in die Länge. Ab und an döste sie ein, um Minuten darauf wieder in die Höhe zu fahren. Gegen fünf Uhr drang erstes trübes Tageslicht durch die Spalte der Jalousien.

Sie stand auf und ging in die Küche, um sich einen Kaffee aufzubrühen. Ihr tat jeder Knochen im Leib weh, als wäre sie krank oder hätte nach ungewohntem, exzessivem Sport heftigen Muskelkater.

Während der Kaffeeautomat ratterte, öffnete sie das Küchenfenster, um die Morgenluft hereinzulassen. Sie war noch kühl und frisch, und sie tat gut.

Kira zog ihren Kaffeebecher unter den Düsen des Automaten hervor, gab Milch und Zucker zu dem aromatisch duftenden Gebräu und nippte daran. Nach ein paar Schlucken spürte sie, wie die ersten Lebensgeister ihre Gliederschmerzen vertrieben und sie wacher machten, und sie fasste einen Entschluss. Sie wollte zumindest versuchen, Felix aufzuhalten.

Ihr Handy lag im Schlafzimmer, auf dem Nachtschrank. Sie holte es, lehnte sich an die Arbeitsfläche in der Küche und schrieb ihm eine Nachricht.

Guten Morgen, mein Schatz, tippte sie und überlegte. War die Anrede übertrieben? Doch gestern waren sie sich einig gewesen, einander besser kennenzulernen. Sie beschloss, den Text stehen zu lassen. Er fühlte sich richtig an.

Ich habe sehr viel nachgedacht, und ich möchte dich von Herzen bitten, noch abzuwarten. Wir finden eine Lösung. Nachdenklich las sie über ihre Worte und löschte den zweiten Satz wieder. Hier stellte sie etwas in den Raum, was aussichtslos war. Onkel Georg hielt eisern die Hand über das Familienerbe. Sie konnte es auch nicht beleihen und einen Kredit aufnehmen, denn obwohl sie gut verdiente, fürchtete sie, ihn in der erforderlichen Größenordnung nicht zurückzahlen zu können. Ganz abgesehen davon, dass sie ihren Onkel damit vermutlich an den Rand eines Herzinfarktes bringen würde.

Ihre Ersparnisse, die so üppig nicht waren, mochten für eine Operation in Amerika ebenfalls vorne und hinten nicht reichen.

Sie legte ihr Handy auf die Arbeitsfläche, ohne die Nachricht abzuschicken, und erschrak fürchterlich, als das Mobiltelefon mit einem »Pling« und einer Vibration, die sich auf der Arbeitsfläche sehr laut anhörte, den Eingang einer Mitteilung meldete. Sie kam von Felix.

Guten Morgen. Du bist ja schon wach. Alles in Ordnung?, schrieb er.

Sie zögerte. Sie konnte ihre Nachricht jetzt noch abschicken. Oder sie löschte sie und schrieb nur, dass sie zeitig aufgewacht war. Oder sie rief ihn an.

Ihr Handy läutete. Es war Felix. Sie nahm das Gespräch an.

»Hey, guten Morgen«, sagte sie und musste lächeln. »Kannst du Gedanken lesen?«

»Guten Morgen. Eigentlich nicht, warum?«

»Weil ich eben überlegt hatte, dich anzurufen«, informierte sie ihn. Es tat gut, ihn zu hören.

»Ich habe miserabel geschlafen und wollte dir eine Nachricht schreiben. Da habe ich gesehen, dass du in dem Moment mir schreibst. Es kam aber nichts«, sagte er.

»Ja, das stimmt. Ich hab's nicht abgeschickt. Ich konnte auch nicht schlafen.«

»Ich habe dir gestern ziemlich zugesetzt mit meinen Überlegungen«, sagte er ernst.

»Ja«, erwiderte sie nur.

»Kira, ich habe die ganze Nacht nachgedacht. Ich werde es nicht machen. Der Plan ist eine Nummer zu groß für mich. Das wollte ich dir sagen.«

Sie lauschte seinen Worten nach. Dachte er um, weil er gemerkt hatte, wie schockiert sie war? Wenn das der Grund war, würde er es ihr mit Sicherheit irgendwann vorhalten.

»Felix, ich möchte nicht, dass du meinetwegen von einer Hoffnung, die dir real erscheint, Abschied nimmst.«

»Unseretwegen«, korrigierte er sie. »Jede Operation beinhaltet ein Risiko. Jede. Wie hoch das Risiko bei solch einer Operation sein mag, darüber will ich gar nicht nachdenken. Nein, das ist nicht richtig. Ich habe darüber nachgedacht, immer wieder.«

»Aber du bist der Ansicht, die Forschung ist so weit vorangeschritten, dass eine reelle Chance besteht, dass du wieder laufen kannst?«, vergewisserte sie sich.

»Das schon, ja. Trotzdem. Der Stuhl ist wohl mein Schicksal, vielleicht auch meine Strafe. Ich werde ihn annehmen.«

»Deine Strafe? Wie meinst du das?«

Sie nahm ihren Kaffee, spürte durch die Tassenwand, dass er noch einen Rest Wärme enthielt, und setzte sich auf einen der Küchenstühle. Ihr war flau im Magen.

»Lass uns darüber ein anderes Mal reden, bitte. Ich wollte dir noch etwas erzählen. Vor zwei Wochen hat mich mein ehemaliger Vorgesetzter angerufen, aus dem Reisebüro. Ich könnte dort als eine Art Verkaufsberater arbeiten. Es wäre immerhin ein Anfang.«

»Das klingt gut.« Sie hörte selbst, wie wenig überzeugt sie klang.

»Ich habe ihm gesagt, dass ich es mir überlegen werde. Im Grunde wollte ich nur nicht sofort Nein sagen. Wir sind immer gut miteinander ausgekommen«, fuhr Felix fort. »Aber jetzt ...« Er ließ den Satz offen.

Kira schwieg. War das auch der Grund für den Operationsgedanken gewesen? Dass sich »aber jetzt« etwas zum Besseren wenden musste?

»Das Reisebüro liegt ebenerdig, die Eingangstür ist ziemlich breit, so eine zweiflügelige Schiebetür, die automatisch aufgeht. Die Innenräume sind auch großzügig. Dort komme ich zurecht«, erklärte er ihr. »Ich könnte in vier Wochen anfangen.«

»Was wird mit deinem Haus?« Er würde auf seinem neuen

Posten wohl kaum genug verdienen, um seine Schulden abzutragen.

»Ich mache einen Termin mit der Bank aus. Der Leiter der Kreditabteilung ist ein Kindergartenfreund von mir. Er hat damals, nach dem Unfall, dafür gesorgt, dass die Kreditrückzahlungen über Gebühr lange ausgesetzt wurden. Vielleicht kann ich die Laufzeit verlängern lassen und die Raten herunterschrauben.«

Er sprach ruhig und vernünftig; was er sagte, klang durchdacht. Und doch meinte sie durchzuhören, dass er niedergeschlagen war.

»Felix?«

»Ja?«

»Du musst tun, was dir wichtig ist, und nicht das, wovon du denkst, dass ich es gutheißen würde.« Es fiel ihr unendlich schwer, ihm das zu sagen.

»Bis vor einiger Zeit war mir mein Leben nichts mehr wert, Kira. Ich denke, es gibt mich nur noch, weil mich eine Mischung aus Entschlusslosigkeit und Feigheit vom Handeln abgehalten hat. Dann habe ich dich kennengelernt, und jetzt hätte ich gerne wieder eine Zukunft. Die soll, so paradox es klingt, auf soliden Beinen stehen.«

Es schnürte ihr die Kehle zu.

»Du hast gestern gesagt: ›Was ist, wenn etwas schiefgeht?‹ Ich möchte nichts riskieren«, ergänzte er.

Ein Zittern durchlief sie. »Weiß Leonie von deinen Plänen?« Seine Schwester war ihr plötzlich wieder eingefallen. Tatsächlich hatte Leonie in den letzten Tagen für Kira an Bedeutung verloren.

»Sie weiß von nichts. Nicht von meinen Überlegungen zu der Operation, nicht von der Stelle im Reisebüro und auch nicht von dem Gespräch, das ich mit der Bank führen will. Und von uns beiden schon gar nicht.«

Beim letzten Punkt seiner Aufzählung dachte sie, dass ihr das nicht gefiel. Wollte Felix ihre Beziehung, die ja noch gar keine richtige war, Leonie so lange wie möglich verschweigen?

»Sie war übrigens gestern hier, während wir im Park waren«, sagte er.

»Ach, du liebe Zeit«, entfuhr es Kira.

»Sie hat mir eine Nachricht geschrieben, ganz oldschool auf einen Notizzettel. Sie hätte über eine Stunde auf mich gewartet, dann aber zu Stefan gemusst. Auf klar ausgesprochene Vorwürfe hat sie diesmal verzichtet.«

»Hast du dich bei ihr gemeldet?«

»Ja. Ich habe ihr gestern noch eine WhatsApp-Nachricht geschickt, dass ich spazieren gefahren bin und wieder zu Hause wäre.«

Dass sie sich getroffen hatten, hatte er nicht erwähnt. Es hätte ja auch ein neutrales Treffen sein können. Wieder spürte sie einen kleinen Stachel.

»Ich hätte heute Morgen gerne Waffeln zum Frühstück. Ich kann gut Waffeln backen. Möchtest du auch welche?« Seine Stimme klang sanft, und Hoffnung auf ihre Zustimmung schwang darin.

»Gerne«, sagte sie. Ihr wurde ein wenig leichter.

»Gut. Hoffentlich hast du Eier daheim, die du mitbringen kannst? Mehl ist noch da, von der Pizza neulich. Es sei denn, du hast den Rest wieder mitgenommen.«

»Habe ich nicht.« Sie musste lächeln.

»Ein Glück. Milch und Zucker habe ich und Puderzucker auch. Sagen wir, in einer Stunde? Passt das für dich?«

»Ja, das passt.«

»Schön. Ich freu mich auf dich«, verabschiedete er sich. Kira überlegte, ob sie einen Kuss ins Telefon hauchen sollte. Schon die Vorstellung machte sie verlegen.

»Ich freu mich auch auf dich«, erwiderte sie und beendete das Gespräch.

Ihr Kaffee war kalt geworden. Aufwärmen wollte sie ihn nicht mehr. Bei Felix gab es sicher frischen.

Sie lagen an Felix' leerem Pool, auf den weiß lackierten Liegestühlen mit den roten Polstern, die Kira auf Felix' Bitte hin dicht nebeneinandergeschoben hatte, und ließen sich von der Vormittagssonne wärmen.

»Ich lasse die Zuleitung richten«, sagte Felix und deutete zum Pool. »Dann kannst du bei nächster Gelegenheit ins Wasser.«

Kira lächelte ihm zu. »Woher weißt du, dass ich mir das gerade vorgestellt habe?«

Felix lachte leise. »Ich habe deinen sehnsüchtigen Blick gesehen.«

Auch Kira lachte. Ohne zu antworten, hielt sie ihm ihre Hand hin. Felix nahm sie und verschränkte seine Finger mit ihren. Sie legte den Kopf zurück, schloss die Augen und genoss es, an seiner Seite zu sein. Sie dachte an die unzähligen Wochenenden, die sie, seit Patrick gegangen war, allein verbracht hatte. Trüb und grau erschienen sie ihr in der Erinnerung, wie wolkenverhangen.

Sie spürte eine Bewegung neben sich, öffnete die Augen und sah, dass Felix sich halb aufgerichtet hatte, auf einen Ellbogen gestützt. Liebevoll betrachtete er sie. Die dunklen Locken umrahmten sein Gesicht, und wieder einmal dachte sie, wie außerordentlich gut er aussah. Vor seinem Unfall hatte es sicher viele Frauen gegeben, die zu einer Verabredung mit ihm nicht Nein gesagt hätten.

Felix schob seine Finger in ihre Haare und zog ihren Kopf behutsam in seine Richtung. Kira kam ihm entgegen. Er küsste sie, zärtlich zuerst, dann leidenschaftlich und fordernd. Hingebungsvoll erwiderte sie den Kuss. Ihr Körper reagierte, und sie wurde unsicher. Wie viel Nähe war möglich, mit der Einschränkung, die Felix hatte? Er löste seine Lippen von ihren, blieb jedoch ganz dicht mit seinem Mund an ihrem Gesicht.

»Würdest du zu mir rüberkommen?«, fragte er leise, und sein Atem strich über ihre Wange.

Die Liegestühle waren schmal. Sie würden sehr eng beieinander sein. Kira nickte nur.

Dicht an dicht lagen sie beisammen. Die linke Armlehne des Liegestuhls drückte gegen ihren Rücken. Sie spürte Felix' Arm, seine Hüfte, seinen Oberschenkel und die Wärme seines

Körpers durch die Kleidung. Mit einer Drehung des Oberkörpers wandte er sich ihr zu. Aus den Augenwinkeln nahm sie wahr, dass er sein rechtes Bein mit einem Handgriff in eine Position brachte, die ihm eine Seitenlage mit dem ganzen Körper möglich machte. Er küsste sie wieder, seine rechte Hand strich behutsam über ihren Bauch, glitt unter ihr T-Shirt und streichelte sanft ihre nackte Haut. Langsam bewegte er die Hand höher, zu ihren Brüsten. Er tastete über die vollen Rundungen, am Rand ihres spitzenbesetzten BHs entlang. Kira schmiegte sich an ihn. Seine Lippen berührten ihre Mundwinkel, ihren Hals, bewegten sich zu ihren Ohren und hinunter, bis zu ihrem Dekolleté. Kira streichelte seinen Arm und seinen Rücken, erwiderte seine Zärtlichkeiten und wagte sich nicht weiter als bis zu seinen Hüften.

Felix ließ von ihr ab und legte sich wieder neben sie, eine Hand auf ihrer.

»Ein bisschen was geht«, sagte er unerwartet. Seine Stimme klang heiser. »Nicht so wie früher. Ich weiß auch nie, wie lange.«

Kira drückte stumm seine Hand. Sie sehnte sich danach, ihn ganz und gar zu spüren, und wagte doch nicht, aktiv zu werden oder Fragen zu stellen.

»Lassen wir uns Zeit«, bat er.

»Natürlich«, versprach Kira leise. Ihr Körper verlangte etwas anderes.

Die Sonne stand hoch am Himmel, und sie hatten ihre Plätze vom Rand des Pools zur schattigen Terrasse gewechselt.

»Erstens«, begann Felix, »habe ich Hunger.«

Kira lachte. »Es sind noch zwei Waffeln vom Frühstück übrig. Sie waren wunderbar, ich sagte es, glaube ich, schon«, erwiderte sie.

»Sagtest du.« Er grinste und sah plötzlich jungenhaft und fröhlich aus.

Sie wäre gerne von ihrem Platz aufgestanden, um ihn in den Arm zu nehmen, ihm durch die Haare zu streicheln und seinen Kopf an ihre Brust zu drücken.

»Und zweitens?«, fragte sie stattdessen.

»Möchte ich gerne was mit dir unternehmen.«

»Dachtest du an etwas Bestimmtes?«

»Wenn ich ehrlich bin, ja.«

»Lass hören.«

»Ich möchte Schloss Colmdorf besuchen und dort mit dir etwas essen.«

»Schloss Colmdorf?«, wiederholte sie überrascht.

»Ja. Sagt dir das nichts?«

»Doch, natürlich. Du meinst diesen ehemaligen markgräflichen Landsitz, der an der Königsallee in Bayreuth liegt. Ich glaube, den gibt es schon ein paar hundert Jahre. Letztes Jahr wurde dort ein Schlosscafé eröffnet. Ich fahre täglich dran vorbei, wenn ich zur Arbeit muss oder nach Hause komme.«

»Und? Was hältst du davon?« Erwartungsvoll sah er sie an.

»Gerne. Ich finde den vorgelagerten Park wunderschön und habe selbst schon daran gedacht, dort einmal hinzugehen. Soweit ich weiß, gibt es aber nur Kaffee und Kuchen dort.«

»Gar nicht. Es gibt auch einen Biergartenbereich und Brotzeiten, und genau nach einer solchen wäre mir jetzt«, versicherte Felix.

»Bist du sicher?«

»Absolut. Ich sehe das jede Woche bei Facebook. Sie haben Geräuchertes, Presssack, Wiener, Göttinger, Käseplatten und manchmal auch Bratwürste oder Weißwürste.«

Kira musste lachen, so begeistert klang er. »Du bist viel auf Facebook?«, fragte sie.

Felix zuckte mit den Schultern. »Seit es mir mein Leben zerlegt hat, zumindest oft. Könnte sein, das ändert sich jetzt.«

»Dann fahren wir jetzt also nach Bayreuth«, sagte Kira.

»Genau. Ich fahre«, erwiderte er.

Für einen Augenblick war sie verblüfft. Obwohl sie ja wusste, dass er trotz seiner Einschränkung Auto fahren konnte und durfte, hatte sie nicht damit gerechnet, dass er diesen Part übernehmen wollte.

Im Grunde unterschied sich der Wagen von Felix, ein silbergrauer Audi, nur in einigen wenigen, aber für ihn wichtigen Details von anderen Fahrzeugen. Zum Lenken verwendete er einen Knauf, der auf das Lenkrad montiert war, zum Gasgeben und Bremsen einen Hebel seitlich des Sitzes, den er als Handgas bezeichnete.

Die Tür hinter dem Fahrersitz war zu einer Art Schiebetür umgebaut worden, die er mit einer Fernbedienung öffnen und schließen konnte. Mit einem elektronisch gesteuerten Greifarm, der ebenfalls hinter dem Fahrersitz befestigt war, konnte er den zuvor zusammengeklappten Stuhl einladen.

Felix fuhr ruhig und sicher. Kira musste an seinen Unfall mit dem Motorrad denken und dass sie noch immer nicht wusste, was genau damals passiert war. Sie wusste nur, dass er sich die Schuld an dem Unglück gab.

Eine gute Viertelstunde nachdem sie aufgebrochen waren, hatten sie Schloss Colmdorf erreicht. Felix setzte den Blinker, um auf den geschotterten Parkplatz einzubiegen, der eigens für die Gäste des Schlosscafés geschaffen worden war.

Kira sah, dass kein einziger Parkplatz mehr frei war und die ersten Autofahrer auf dem Parkplatz wendeten, um wieder herauszufahren.

»Hier ist keine Lücke mehr frei«, bemerkte Felix. »Wir parken in der Seitenstraße.«

Kira fragte sich, ob sie überhaupt noch einen Platz bekamen, wenn so viel los war. Von der Straße aus konnte sie zum Café- und Biergartenbereich des Schlosses sehen. Viele Gäste tummelten sich dort.

Langsam kamen die Autos vor ihnen wieder in Bewegung. Erneut setzte Felix den Blinker und bog nach rechts ab, in eine schmale Seitenstraße, die wie das Schloss »Colmdorf« hieß. Er fuhr an der niedrigen Schlossmauer entlang, die das Grundstück an der Straßenseite begrenzte, bis vor zu dem zweiflügeligen, kunstvoll geschmiedeten Tor, durch das man ebenfalls zu dem Gartencafé kam.

»So«, bemerkte er zufrieden und parkte dicht an der Mauer. »Hier stehen wir super. Ich hoffe, du kannst noch aussteigen.«

Kira sah aus dem Seitenfenster. »Gerade noch so«, erwiderte sie, öffnete die Tür und schlängelte sich vorsichtig aus dem Wagen, bemüht, mit der Autotür nicht an die Mauer zu stoßen. Sie ging um das Fahrzeug und wartete, bis Felix seinen Rollstuhl ausgeladen und sich hineingesetzt hatte. Ihre Hilfe wagte sie nicht anzubieten. Er machte auch nicht den Eindruck, als brauchte er sie. Jeder Handgriff wirkte geübt und geschmeidig.

»Wir können«, informierte er sie und schloss mit der Fernbedienung des Zündschlüssels seinen Wagen.

Es waren nur wenige Schritte von ihrem Parkplatz zu dem zweiflügeligen Tor.

Der Boden des Café- und Biergartenbereiches war mit feinem hellem Kies belegt. Kira rechnete damit, dass Felix mit seinem Stuhl Schwierigkeiten bekommen würde, darüber zu fahren. Doch er bewegte das Gefährt sehr entschlossen und zielstrebig voran, wenngleich sie auch bemerkte, dass er ein wenig mehr Kraft brauchte als auf dem Asphalt der Straße.

Sie bekamen den letzten freien Tisch, der unter einem der großen eckigen Sonnenschirme stand, die unmittelbar vor dem Schloss aufgestellt waren.

»Wie edel die Schirme aussehen«, sagte Kira leise zu Felix.

»Du meinst, weil die Bespannung schwarz ist? Oder wegen der Größe?«, fragte er.

»Beides«, erwiderte sie. Kira rückte die umstehenden Stühle zusammen, sodass Felix mit seinem Rollstuhl gut an den Tisch kam.

»Es ist Selbstbedienung«, stellte sie fest, mit einem Blick auf den Ausgabebereich für Essen und Getränke.

»Ja. Würdest du mir etwas mitbringen?«, bat Felix.

»Sicher. Was möchtest du?« Die Bitte zu erfüllen war ein Leichtes. Sie war geradezu erleichtert, etwas für ihn tun zu können.

»Ich hätte gerne eine Portion Göttinger und dazu eine Apfelschorle«, bat er und zog seinen Geldbeutel aus der hinteren Hosentasche. »Bitte nimm du dir auch, was du möchtest, und zahle es von meinem Geld«, fuhr er fort.

»Danke«, erwiderte Kira verlegen.

Die Brotzeit schmeckte wunderbar. Kira hatte sich für ein Paar Wiener Würstchen und ebenfalls für eine Apfelschorle entschieden.

Während sie aßen, bewunderte sie die herrliche Anlage. Ihr gefielen die niedrige alte Mauer, mit der das großzügige Grundstück eingefasst war, die Balustraden, die weiße Bestuhlung und die Tische des Außenbereiches, die ganz dem Barockstil nachempfunden waren.

»Ich habe den Eindruck, es gefällt dir hier«, sagte Felix, schmunzelte und trank von seiner Apfelschorle.

»Absolut«, stimmte sie zu.

»Felix?«, wurde ihr Gespräch von einer männlichen Stimme unterbrochen.

Nahezu gleichzeitig sahen sie hoch. Ein großer, hagerer Mann kam zwischen den Tischen hindurch auf sie zu. Erstaunt, aber auch freudig lächelte er sie an.

»Stefan.« Auch Felix lächelte. Der Mann blieb vor ihrem Tisch stehen.

»Ich freue mich ja so, dich zu sehen. Damit hätte ich nie gerechnet«, sagte der Mann.

»Kira, das ist Stefan, der Freund von Leonie. Stefan, das ist Kira.«

Ein Hauch Enttäuschung glitt wie ein kühler Luftzug über sie. Er hatte sie nicht als seine Freundin vorgestellt. Gleichzeitig versuchte sie, die fehlende Erläuterung nicht schwerzunehmen. So weit waren sie doch noch gar nicht, oder doch?

»Kira? Deine Pflegerin?«

Prüfend sah Stefan sie an, und zu ihrer beherrschten Enttäuschung kam ein Gefühl des Unwohlseins. »Seine Pflegerin«. Wie sich das anhörte.

»Nein, nein. Kira und ich …«, begann Felix.

»Schon gut.« Stefan winkte ab. »So genau will ich es gar nicht wissen.«

»Wo ist Leonie?« Suchend sah Felix sich um.

Über Stefans Gesicht ging ein Zucken. Der Mann war ein wenig älter, als Kira sich Leonies Freund vorgestellt hatte. Sie schätzte ihn auf etwa fünfzig Jahre.

»Sag bitte nicht, sie hat es dir nicht gesagt«, sagte Stefan. Er legte eine Hand auf die Lehne von einem der freien Stühle am Tisch, als wollte er sich darauf stützen.

»Was gesagt? Bist du allein hier? Setz dich doch«, forderte Felix ihn auf. Die Stuhlbeine knirschten durch den Kies, als Stefan die Sitzgelegenheit zurückzog und sich langsam darauf niederließ.

Stefan sah zu Kira.

»Es ist okay«, sagte Felix nur.

Stefan nickte und wandte seinen Blick wieder Felix zu. »Es ist aus zwischen uns. Schon beinahe einen Monat«, informierte er ihn.

Kira überlief ein Frösteln.

»Was? Kein Wort hat sie gesagt. Im Gegenteil, sie …« Felix brach ab.

»Was hat sie gesagt?«, fragte Stefan.

»Sie hat mir erst vor Kurzem erzählt, ihr wolltet heiraten«, fuhr Felix fort. Er sah erschüttert aus.

Stefan stieß ein unfrohes Lachen aus. »Heiraten? Ich hätte schon gerne geheiratet, wenn es gut mit uns gelaufen wäre. Ich habe ihr ja schon vor Jahren einen Antrag gemacht. Damals, kurz bevor das da passiert ist.« Er deutete mit einer Kopfbewegung zu dem Rollstuhl. »Sie hat auch Ja gesagt. Aber dann, nach dem Unfall, hat sie mich vertröstet, immer wieder. Sie war ja auch immer seltener bei mir, hat immer behauptet, du würdest sie brauchen. Ich habe das auch alles verstanden, aber irgendwann … Ich habe sie vor die Wahl gestellt. Entweder wir heiraten jetzt endlich und ziehen zusammen, oder es ist aus.«

Felix war blass geworden. »Das kann doch nicht wahr sein«,

würgte er hervor und legte sein Besteck weg, das er noch immer in den Händen gehalten hatte.

»Doch. Vor vier Wochen hatten wir richtig Stress. Wir waren verabredet, und sie hat wieder einmal in letzter Sekunde eine Nachricht geschrieben, dass es bei ihr später werden würde, deinetwegen. Sie war dann um kurz vor zehn am Abend bei mir. Kurz vor zehn! Felix, ich arbeite einen großen Teil vom Tag in der freien Natur und leiste körperliche Arbeit, die nicht immer leicht ist. Um die Uhrzeit bin ich einfach fertig, müde, will nur noch ins Bett. Ich habe Leonie an dem Abend gesagt, dass es so nicht weitergehen kann. Ich hatte oft das Gefühl, sie ist eher mit dir zusammen als mit mir.« Er lachte bitter. »Sie hat darauf bestanden, dass sie sich um dich kümmern müsste, dass sie als deine Schwester eine Verantwortung hätte und jetzt sowieso, nach dem Unglück. Was soll ich sagen? Sie war keinen Millimeter bereit, nachzugeben. Am anderen Tag habe ich Schluss gemacht.«

»Es tut mir so leid, Stefan. Das wusste ich nicht«, sagte Felix. Er war grau im Gesicht.

»Schon gut. Ich bin sicher, es lag nicht an dir. Wenn ich dich so sehe, habe ich auch nicht den Eindruck, dass Leonie mir die Wahrheit gesagt hat. Jedenfalls kam sie vor ungefähr zwei Wochen und wollte sich mit mir versöhnen. Sie hat mir erzählt, sie hätte dir eine Pflegerin vermittelt und ab jetzt würde alles besser werden. Deswegen dachte ich, dass Sie diese Pflegerin sind«, sagte er und sah beim letzten Satz Kira an.

Sie nickte nur. Stefan aufzuklären, wie sie und Felix sich kennengelernt hatten, war seine Angelegenheit.

»Ich muss zugeben, kurzfristig war ich wankelmütig. Aber nur kurz. Ich kann und will nicht zurück, Felix. Ich kenne Leonie jetzt schon lange und gut. Sie hat sich in den letzten beiden Jahren derart hineingefressen in die Überzeugung, sich um dich und dein Leben kümmern zu müssen, sie wird das nicht aufgeben.«

Er warf Kira einen Blick zu, den sie nicht einordnen konnte, und stand schwerfällig auf.

»So, genug jetzt der unerfreulichen Geschichten. Wir telefonieren mal, Felix, okay? Komm auch gerne mal vorbei, ich zeig dir den Hof, wenn du magst. Ist schon viel geschafft.«

»Klar, gerne«, stimmte Felix zu.

Kira hatte den Eindruck, er war mit seinen Gedanken absolut nicht bei dem Hof seines Beinahe-Schwagers.

Stefan nickte ihnen zu und ging über den langen Weg zum Parkplatz davon.

»Das kann doch nicht sein«, sagte Felix und sah Kira an, als könnte sie ihm Leonies Verhalten erklären. Sie wagte nicht, den Rest ihres Würstchens zu essen.

»Ich kann mir das nur so vorstellen, dass Stefan ihrem Versöhnungswunsch an dem Freitag eine Absage erteilt hat, als wir uns zufällig auf dem Gehweg getroffen haben. Sie war ja fix und fertig, das war deutlich«, sagte Kira und dachte zurück an die Begegnung. »Später, in meiner Wohnung, hat sie mir dann von Stefans Hochzeitswunsch erzählt und es so dargestellt, als wäre der noch aktuell. Sie konnte die Trennung nicht akzeptieren«, ergänzte sie. »Und dann habe ich ihr vorgeschlagen, sie bei deiner Betreuung zu unterstützen.«

»Das hat sie angenommen und gehofft, wenn sie jetzt mehr Zeit hat, würde Stefan wieder mit ihr zusammen sein wollen«, spann Felix die Überlegung weiter. Allmählich bekam er wieder ein wenig Farbe im Gesicht. Er legte seine Hand auf ihre. »Vielleicht sollten wir ein anderes Mal wieder hierherkommen?«, fragte er.

»Einverstanden«, antwortete Kira. Nach Essen war ihr jetzt auch nicht mehr.

Kira legte den Sicherheitsgurt an, und Felix startete den Wagen, als ihr Handy läutete. Sie beugte sich nach vorne und kramte es aus ihrer Handtasche, die im Fußraum des Beifahrersitzes stand. Die Rufnummer war unterdrückt. Rasch nahm sie das Gespräch an.

»Onkel Georg?«, fragte sie und sah zu Felix, der sich auf die Straße konzentrierte.

»Kira, ja, ich bin's. Woher weißt du das?« Ihr Onkel sprach behäbig.

»Weil du immer mit unterdrückter Nummer anrufst. Und jetzt habe ich mich extra beeilt, das Gespräch anzunehmen, ehe du wieder auflegst«, sagte sie. »Ich bin jedenfalls unterwegs. Wir können aber trotzdem kurz sprechen«, sagte sie und sah wieder zu Felix, der ihren Blick jedoch nicht erwiderte.

»Ich wollte auch nur wissen, ob du gut nach Bayreuth gekommen bist«, behauptete ihr Onkel.

»Bin ich.« Er hätte sie deswegen gestern schon anrufen können oder heute Morgen. Er wollte etwas anderes, und Kira wusste auch, was.

»Und ich wollte fragen, wann wir den Rest klären. Also, weil du so schnell abgereist bist, konnten wir ja nicht zu einem ... ähm ... Ergebnis kommen«, ergänzte er.

»Unter der Woche kann ich nicht, Onkel Georg, das weißt du doch. Vielleicht am Wochenende.« Sie konnte nicht ständig zwischen Bayreuth und Rottach-Egern pendeln.

»Letzte Woche bist du auch unter der Woche gekommen«, erinnerte er sie.

»Ja, weil ich ein paar Termine ... verschieben konnte.« Diesmal vermied sie den Blick zu Felix.

»Und die Woche geht das nicht?«

»Nein, die Woche nicht.«

Und das kommende Wochenende hätte sie gerne mit Felix verbracht, auch wenn sie noch nicht wusste, wie er darüber dachte. Theoretisch konnten sie auch am Telefon klären, was dem Onkel auf der Seele lag und ihr ja inzwischen auch. Aber nicht, während Felix danebensaß. Sie brauchte Ruhe und Konzentration, um dem betagten Mann, der ihr am Herzen lag, einfühlsam klarzumachen, dass sie seine Wünsche nicht umsetzen konnte und wollte. Auch wenn es ihr furchtbar leidtat, weil sie damit seine Träume zerstörte.

»Dann am Wochenende, ja? Am Freitag, gleich nach der Arbeit?«, bat er.

»Ich weiß noch nicht, ob ich da Zeit habe«, wich sie aus.

»Kira-Mädchen, versuche es. Bitte. Mir sitzen der Erlinger und der Geier im Genick. Wenn ich denen sagen kann, dass ich über das Hotel keine Befugnisse mehr habe, habe ich hoffentlich meine Ruhe.«

»Welcher Geier?«

Ihr Onkel hatte sich verändert. Bis vor ein paar Jahren hätte er jeden ungebetenen Besucher von seinem Land gejagt, der ihm auf den Leib rückte, oder unerbittlich Klartext mit Erlinger gesprochen. War er kraftlos geworden mit der Zeit, ohne dass sie es bemerkt hatte? Es klang, als wollte er sich hinter ihr verstecken, um vor Erlinger und dem sogenannten »Geier« seine Ruhe zu haben.

»Na, der Halunke, der mit dem schwarzen Mercedes, der schon ein paarmal hier war. Der will es kaufen. Von dem hab ich dir erzählt. Er war sogar schon bei der Gemeinde und hat nachgefragt, und die Geltschig, die alte Ratsche, hat ihm alles gesagt, was er wissen wollte. Kurz darauf war er wieder hier.«

»Was hat er nachgefragt?«

»Na, ob das überhaupt zulässig ist, dass Hotel und Gelände quasi brachliegen, und seit wann und so weiter.« Die Empörung war ihm anzuhören.

Auf diese Information einzugehen kostete Zeit, und mittlerweile dauerte ihr das Telefonat ohnehin zu lange. Sie hatten schon die Hälfte der Strecke bis nach Creußen hinter sich gebracht.

»Onkel Georg, ich rufe dich morgen Abend zurück, ja?«, versuchte sie, das Gespräch zu beenden.

»Wann denn morgen Abend?«

»So gegen sieben«, schlug sie vor. Um siebzehn Uhr hatte sie den letzten Termin. Wenn sie pünktlich fertig wurde, konnte sie um kurz vor achtzehn Uhr die Tür hinter dem Patienten schließen, und bis neunzehn Uhr war sie zu Hause.

»Ja, gut.« Er klang nicht zufrieden. »Vergiss es aber nicht«, mahnte er.

»Hab ich das schon mal?«, erwiderte Kira und bekam sofort ein schlechtes Gewissen. So selten, wie sie sich in den letzten zwei oder drei Jahren bei ihm gemeldet hatte, lag der Gedanke seinerseits nahe.

»Schon gut. Bis morgen, Kira-Mädchen.«

»Bis morgen, Onkel Georg.« Sie beendete das Telefonat und steckte ihr Handy zurück in die Tasche.

»Das war mein Onkel«, fühlte sie sich verpflichtet, Felix zu informieren.

»Das dachte ich mir schon«, erwiderte er.

Kira wartete, dass er Fragen stellte, doch Felix stellte keine Fragen. Das Schweigen im Wagen machte sie nervös.

»Er möchte, dass ich ihn noch mal besuche, und zwar möglichst bald«, erklärte sie.

»Du warst doch erst bei ihm«, wandte Felix ein.

»Ja, aber ich bin schneller wieder abgereist, als er dachte«, gab sie zu und hoffte nun, er würde auch jetzt keine Fragen stellen.

»Hat er ein Problem?«

»Ich glaube, er ist einsam. Er ist dreiundachtzig Jahre alt und lebt schon lange allein. Das heißt, nicht ganz allein. Er hat Rudi, seinen Hund. Einen Golden Retriever. Ein echt lieber Kerl.«

»Aber keinen Menschen, mit dem er reden kann«, sagte Felix.

»Ja, das ist wahr. Und ich war in den letzten Jahren auch nachlässig. Wir haben gelegentlich telefoniert. Besucht hatte ich ihn schon eine ganze Weile nicht mehr, bis er sich vor einer knappen Woche gemeldet hatte.«

»Fahr wieder zu ihm, Kira. Es scheint ihm wichtig zu sein.«

Sie rang mit sich. Hinzufahren bedeutete, sich endgültig der leidigen Angelegenheit zu stellen und weniger Zeit mit Felix zu haben. Es vor sich herzuschieben löste das Problem nicht und belastete sie.

»Ja, vielleicht sollte ich das tun«, stimmte sie widerstrebend zu.

20

Felix saß neben Kiras Wagen und hielt durch das geöffnete Fenster ihre Hand. Aufmerksam sah er sie an. Hatte sie noch die Energie, an diesem Freitagabend die Strecke nach Rottach-Egern zu bewältigen?

»Gute Fahrt, Kira«, sagte er und drückte ihre Hand.

»Danke, ich schreibe dir, sobald ich angekommen bin«, antwortete sie.

»Willst du nicht doch lieber morgen erst fahren?«, erkundigte er sich.

»Nein. Wenn ich gut durchkomme, bin ich gegen neun Uhr bei Onkel Georg. Ich werde morgen den ganzen Tag mit ihm verbringen und Sonntag früh beizeiten zurückfahren. Dann komme ich als Erstes zu dir.«

»Gut.« Er lächelte ihr zu.

Kira reckte den Kopf aus dem Fenster, so weit es ging. Felix ließ ihre Hand los und stemmte sich auf den Armlehnen des Stuhls ein wenig hoch, um sie zu küssen.

»Bis bald«, verabschiedete sie sich.

Er nickte und rollte mit dem Stuhl ein Stück nach hinten, nachdem er sich vergewissert hatte, dass er auf der ruhigen Anwohnerstraße vor seinem Haus niemandem in die Quere kam.

Kira ließ den Motor an, winkte ihm noch einmal zu und fuhr los. Auch Felix hob winkend die Hand, bis sie um die Biegung der Straße verschwunden war.

Allein dass sie wegfuhr, löste eine große Leere in ihm aus, ungeachtet dessen, dass er sie zu der Fahrt zu ihrem Onkel auch noch motiviert hatte.

Er rangierte seinen Rollstuhl über die Bordsteinabsenkung, die zur Zufahrt seines Grundstücks führte. In den letzten Tagen hatten sie sich jeden Abend gesehen. Es machte ihm immer mehr zu schaffen, dass Kira grundsätzlich zu ihm kommen musste, da für ihn die Stufen zu ihrer Hochparterrewohnung ein unüberwindliches Hindernis darstellten. Er hätte auch gerne gewusst, wie sie wohnte.

Ein weiteres Hindernis war die Nachbarschaft zu Leonie. Ihr wollte er ungern begegnen, schon gleich nicht, wenn er Kira besuchen wollte.

In der vergangenen Woche hatte seine Schwester zweimal angerufen, mehrere WhatsApp-Nachrichten geschrieben und war an einem späten Nachmittag unangekündigt vor der Tür gestanden. Überraschenderweise hatte sie sogar geklingelt und nicht versucht, einfach das Haus zu betreten. Den Schlüssel hatte er aber ohnehin gegengesteckt gehabt.

Auf ihre Anrufe hatte er mit höflicher Distanz reagiert, sodass sich die Gespräche auf Small-Talk-Ebene bewegten und auch nicht lange dauerten. Auch ihre WhatsApp-Nachrichten hatte er zurückhaltend beantwortet.

Mit ihrem Erscheinen ohne Absprache hatte er durchaus gerechnet und sich vorgenommen, sie dann, von Angesicht zu Angesicht, auf die verheimlichte Trennung von Stefan anzusprechen. Doch der Augenblick war denkbar ungünstig gewesen, weil er Kira nur wenig später erwartet hatte. So hatte er es eilig gehabt, Leonie wieder zu verabschieden. Während er damit gerechnet hatte, dass sie sein Anliegen, wieder zu gehen, in gewohnter Manier ignorieren würde, hatte sie tatsächlich nach einer Viertelstunde das Haus wieder verlassen. Zuvor jedoch hatte sie die Küche, den Kühlschrank, sein Schlafzimmer und sein Badezimmer inspiziert, ohne die jeweiligen Zustände, die seiner Meinung nach weitgehend okay waren, zu kommentieren.

Mit Leonie wollte er morgen reden. Die Feindseligkeit und Verbitterung, die sie ausstrahlte, machten ihm trotz allem zu schaffen. Auch wollte er wissen, warum sie die Hochzeit mit Stefan vorgegeben hatte, obgleich sie zu dem Zeitpunkt schon getrennt gewesen waren.

Er überlegte, ob er auch mit Stefan reden wollte. Vielleicht wäre die Beziehung der beiden nicht kaputtgegangen, wenn er seiner Schwester ein paar Grenzen gesetzt hätte.

21

Kira wurde von einem Sonnenstrahl geweckt, der durch die rot-weiß karierten Vorhänge drängte. Sie blinzelte und sah auf die Uhr. Halb acht. Schon so spät.

Rasch stand sie auf. Onkel Georg wartete bestimmt schon mit dem Frühstück. Sie verließ ihr Zimmer und ging über den Flur in das kleine Bad, das sich nebenan befand. Sie war erst nach zweiundzwanzig Uhr am Vorabend angekommen. Durch den Wochenendverkehr und ein paar Staus hatte sich die Fahrt in die Länge gezogen. Sie war völlig erschöpft gewesen und bereits eine halbe Stunde nach ihrer Ankunft schlafen gegangen.

Jetzt fühlte sie sich wieder wach und in der Lage, mit ihrem Onkel über das ungeklärte Thema zu sprechen. Nach wie vor lag es ihr gewaltig im Magen.

Der Onkel lächelte ihr zu, als sie eine Viertelstunde später vor das Haus trat. Er saß auf seiner Bank, seine Pfeife lag neben ihm, und Rudi, der durch den Gartenbereich geschnüffelt hatte, kam schwanzwedelnd zu ihr, um sie zu begrüßen.

»Guten Morgen, mein Mädchen«, sagte der alte Herr freundlich. »Kaffee? Frühstück?«

»Guten Morgen, Onkel Georg. Für den Moment würde mir ein Kaffee reichen.«

Der Onkel machte Anstalten, aufzustehen.

»Bleib ruhig sitzen, ich hole ihn mir selbst. Magst du auch einen?«

»Nein, danke. Ich hatte schon zwei Tassen.« Er griff nach seiner Pfeife und schob das Mundstück zwischen die Lippen.

Mit ihrem Kaffee setzte sich Kira kurz darauf zu ihm. Der Morgen war noch kühl, auch wenn die Bank vor dem Haus schon ein paar Sonnenstrahlen abbekam. Vor ihnen ruhte das Hotel, still und abwartend, in der Morgensonne. Kira hatte plötzlich das Gefühl, nicht nur der Onkel wartete auf ihre Antwort, sondern auch das Haus schien von ihr wissen zu wollen, wie es mit ihm weiterging.

»Onkel Georg, ich muss dir was sagen.« Plötzlich war ganz klar, was sie aussprechen musste.

»Das habe ich mir schon gedacht«, antwortete er ruhig.

»Der Mann, von dem ich dir neulich erzählt habe …«, begann sie, ohne auf seine Bemerkung zu antworten.

»Ihr habt euch wieder vertragen, und seinetwegen willst du in Bayreuth bleiben«, ergänzte Onkel Georg.

»Ich mag ihn sehr, da hast du recht. Ich wollte dir aber etwas anderes erzählen. Felix, so heißt er, sitzt seit einem Unfall vor zwei Jahren im Rollstuhl. Bei diesem Unfall hat er auch seine Freundin verloren.«

»Das ist tragisch.« Ihr Onkel zog seine kalte Pfeife zwischen den Lippen hervor, behielt sie in der Hand und legte diese auf seinen Oberschenkel.

»Ja. Felix kann seither nicht mehr in seinen Berufen arbeiten, er hat ein Haus, das er abbezahlen muss, und er meint, eine Möglichkeit gefunden zu haben, dass er vielleicht wieder laufen kann.«

Ihr Herz begann, wie auf Hochtouren zu pumpen. Ihr Onkel ließ seinen Blick über die Landschaft schweifen.

»Es ist nur so, dass die Möglichkeit im Moment noch erforscht wird. Felix hatte den unglaublichen Gedanken, sich als Testperson zur Verfügung zu stellen.«

Sie bekam kaum noch Luft. Während sie ihrem Onkel von Felix' unvorstellbarem Vorhaben erzählte, wurde ihr bewusst, wie sehr sie das Thema belastete, auch wenn sie es in den letzten Tagen verdrängt hatte. Schließlich hatte Felix behauptet, kein Risiko eingehen zu wollen.

»Was für eine Möglichkeit? Für was genau will er sich zur Verfügung stellen?«

»Er will sich einen Computerchip ins Gehirn einsetzen lassen, der die unterbrochenen Nervenbahnen wieder überbrückt.«

Es schnürte ihr die Kehle zu, und ein heftiges Zittern durchlief sie. Beinahe wäre sie in Tränen ausgebrochen. Vorsichtig stellte sie ihren Kaffee auf die Bank. Sie schob beiseite, dass Felix angeblich von dem Gedanken an den Eingriff Abschied genommen hatte. Vermutlich war diese Entscheidung nur dem Moment geschuldet gewesen, weil sie ihr Entsetzen nicht hatte verbergen können. Wahrscheinlich kam er auf das Thema über kurz oder lang wieder zurück.

»Ach«, machte Onkel Georg und betrachtete weiterhin die Landschaft. »Wenn da mal nicht mehr kaputtgeht, als jetzt schon ist.«

Das Zittern ihrer Glieder wurde stärker, und ihre Augen füllten sich mit Tränen. Sie musste aufpassen, dass sie den Kaffee nicht von der Bank stieß. »Das ist es ja«, stieß sie hervor. Ein schmerzhaftes Schluchzen entfuhr ihrer Kehle.

Der Onkel legte begütigend seine Hand auf ihr Knie und drückte es sacht.

Kira trocknete sich die Augen und fing sich wieder. »Davor habe ich Angst«, fuhr sie fort. »Schreckliche Angst. Offenbar ist die Forschung schon recht weit vorangeschritten. Es sollen Versuche an Freiwilligen vorgenommen werden, die querschnittgelähmt sind.«

»Kannst du ihm das nicht ausreden?« Er zog seine Hand zurück.

»Für den Moment hat Felix entschieden, sein Schicksal zu akzeptieren. Ich fürchte aber, das bleibt nicht so. Das Problem ist die Finanzierung. Wenn er sich als Testperson zur Verfügung stellt, so geht er davon aus, dass ihn zumindest die Operation nichts kostet. Flug und so natürlich schon. Er müsste dazu nach Amerika. Für den Fall, dass das Verfahren erfolgreich ist und er die offizielle Zulassung abwartet, kann er den Eingriff aber nicht finanzieren.« Ihr war kalt und schlecht, und sie zitterte immer noch.

Ihr Onkel nestelte eine Schachtel Zündhölzer aus der Brusttasche seines Hemds und entzündete bedächtig seine Pfeife.

»Wenn du deine Einwilligung geben würdest, dass ich das Hotel verkaufe, könnte ich ihn finanziell unterstützen, sobald die Operation zugelassen ist.« Nun war es draußen, was sie hatte sagen wollen. Das unkontrollierte Zittern ebbte ab und wich großer Erschöpfung.

»Niemals, Kira«, antwortete er ruhig.

Kira senkte den Blick auf ihre Knie, ohne etwas wahrzunehmen. Es war völlig klar gewesen. Dennoch hatte sie es versuchen wollen.

Ihr Onkel setzte sich gerade, den Rücken nicht länger an die Bank gelehnt. »Wie lange und wie gut kennst du diesen Mann?«, fragte er.

Glutheiß durchlief es sie. »Etwa zwei Wochen.« Sie konnte die Worte kaum aussprechen.

Onkel Georg zog an seiner Pfeife. »Also im Grunde gar nicht.«

Protest war aussichtslos. Wäre sie jetzt eine ihrer Patientinnen gewesen, hätte sie diese Wahrheit zwar nicht ausgesprochen, aber doch wäre es das Erste gewesen, was ihr aufgefallen wäre.

»Ich verstehe dein Problem, Kira. Du hast dich in diesen … Felix verliebt. Wahrscheinlich hat es dich das erste Mal seit Patrick so richtig erwischt. Du willst etwas für ihn tun, je mehr und je größer, umso besser. Und ich denke, du wünschst dir ein ganz normales Leben mit ihm, falls es gut mit euch läuft. Was man nach der kurzen Zeit noch gar nicht überblicken kann.«

Sie konnte nicht antworten. Ihre Augen brannten.

»Nur mal angenommen, ich hätte jetzt zugestimmt, was ich ganz klar nicht tun werde: Wie hast du dir das vorgestellt? Ich übergebe dir das Hotel, ganz egal, wie man das rechtlich nennen würde. Schenkung oder was auch immer. Du suchst einen Käufer, der möglichst viel bereit ist zu zahlen, wobei der ja schon in den Startlöchern steht – und ich rede nicht von Erlinger. Und wenn du das Geld hast, bietest du es diesem Felix an, damit er sich zu gegebener Zeit auf das riskante Unterfangen einlässt? Ich kenne ja den Mann nicht, und du kennst ihn auch noch nicht wirklich. Meinst du, er würde das annehmen? Kann er es dir je zurückzahlen? Wäre er bereit dazu, und wenn ja, wovon? Du hast eben erwähnt, er hätte Schulden.«

»So eine Überschreibung und ein Verkauf brauchen ihre Zeit. Vielleicht ist die Operation bis dahin zugelassen«, erwiderte sie.

»Das war nicht meine Frage«, gab er zurück.

»Ich weiß. Deine Fragen kann ich dir nicht beantworten. Du hast recht, ich will für Felix da sein. Und ich will vermeiden, dass er ein unüberschaubares Risiko eingeht.«

Ihr Onkel zog an seiner Pfeife und stieß langsam den Rauch aus.

»Wenn die Operation erst einmal zugelassen ist, wird das Risiko sich in Grenzen halten«, fuhr sie fort.

»Mag sein«, erwiderte ihr Onkel.

»Mit dem Geld könnte ich Felix einen Grund bieten, dass er sich nicht als Testperson zur Verfügung stellt«, hielt Kira matt dagegen.

»Kann ich alles verstehen. Trotzdem: Nein.«

»Du bist unglaublich hart, Onkel Georg.« Es schnürte ihr den Brustkorb zusammen.

»Kira, ich habe dich zu mir gebeten, weil ich dir etwas übergeben wollte, was mir sehr viel wert ist. Dass es nicht einfach werden würde, war mir schon klar. Schon deshalb, weil ich gerne hätte, dass das Hotel zu neuem Leben erwacht, ehe meines vorbei ist. Du bist Therapeutin und hast in Bayreuth offenbar mehr Wurzeln geschlagen, als ich gedacht habe. Nach der Trennung von Patrick dachte ich, du kommst über kurz oder lang wieder nach Hause.«

»Ich hatte doch damals schon die Praxis eröffnet«, erwiderte sie schwach. Ansonsten wäre sie womöglich wirklich wieder zurückgekommen.

»Ja, ich weiß. So eine Praxis muss sich ja erst bewähren. Ich dachte, du überlegst es dir mit der Zeit. Wie auch immer. Ich merke, wir kommen nicht zusammen. Ich muss mich von meinen Träumen verabschieden. Du erbst eines Tages alles, was ich habe. Es gibt ja sonst niemanden. Ich betrachte das Thema als beendet.«

In ihr brannte und tobte es, und gleichzeitig hätte sie am liebsten aufgeschrien und das Ruder herumgerissen, um ihrem

Onkel doch noch seinen sehnlichsten Wunsch zu erfüllen, zu dem in ihr alles Nein sagte.

»Und wenn es weder Erlinger noch der andere bekommt, der es unbedingt will? Wenn es jemand aus der Gegend kaufen und neu eröffnen würde?« Ein winziges Fünkchen Hoffnung, der Onkel könnte diesen neuen Einfall nicht sofort zurückweisen, trieb sie, die Möglichkeit anzusprechen.

»Erlinger, der Geizkragen, will mich ohnehin übertölpeln. Nur der andere, der ist bereit, gut zu zahlen. Deswegen kommt es trotzdem nicht in Frage. Stutzig macht es mich aber auch. Was hat der vor? Liegt vielleicht eine Goldader unter dem Haus, von der wir nichts wissen?«

Ihr Onkel schnaubte. Ein Motorengeräusch näherte sich. Seitlich vom Grundstück neben dem Bretterzaun, der den Garten zur Straße hin begrenzte, hielt ein schwarzer Mercedes mit getönten Scheiben.

»Wenn man vom Halunken spricht. Da kommt er.«

Kira sah zur Straße. Der Mann, der mit entspannter Lässigkeit aus dem Auto stieg, kam ihr bekannt vor.

Rudi, der schon geraume Weile unter der Bank lag, schob seinen Kopf zwischen den Beinen von Kira und Sollinger durch. Er schnupperte in die Richtung des Ankömmlings und kroch halb unter der Bank hervor. Kira spürte einen Luftzug an ihren Waden, und der Schwanz des Hundes berührte in gleichmäßigen Schwüngen ihre Beine.

»Rudi, du bleibst hier«, sagte ihr Onkel.

Rudi gehorchte, wedelte aber weiter, wenn auch langsamer.

Der Mann näherte sich ihnen. Kira legte die Hand auf die rechte Tasche ihrer Jeans. Sie war leer. Dennoch konnte sie sich augenblicklich erinnern, dass sie das Taschentuch, auf das er ihr vergangenes Wochenende seine Telefonnummer notiert hatte, vergessen hatte wegzuwerfen. Nur trug sie heute eine andere Hose.

»Guten Morgen, Herr Sollinger«, sagte Noah Richter und wandte gleich darauf Kira seinen Blick zu. »Das nenne ich eine Überraschung. Leider habe ich tagelang vergeblich darauf gewartet, dass Sie sich melden. Darf ich fragen, in welcher Verbindung Sie zueinander stehen?« Er sah zwischen ihr und ihrem Onkel hin und her.

»Sie dürfen gar nichts fragen«, knurrte Onkel Georg, der die Begrüßung nicht erwidert hatte. »Was wollen Sie schon wieder hier? Und woher kennen Sie meine …? Woher kennen Sie Kira?«

Noah Richter schob die Sonnenbrille zurecht, die er in den Haaren trug. »Ich hatte das Vergnügen, Kira letztes Wochenende auf einer Bergwanderung kennenzulernen. Konnten Sie das Türschloss schon richten?«, fragte er.

Onkel Georg erhob sich, ehe Kira antworten konnte.

»Wenn Sie meinen, dass Sie über meine Nichte zum Ziel kommen, haben Sie sich gewaltig überschätzt. Was immer Sie zum x-ten Mal hergetrieben hat, Sie hätten sich den Weg sparen können. Ich verkaufe nicht. Und wenn Sie vor meinem Grundstück campieren und mit aufgestellten Schildern um den Erwerb betteln. Ich lasse mich nicht umstimmen.«

Er wandte Richter den Rücken zu und stapfte ins Haus. Rudi sah seinem Herrn nach und legte sich zögerlich wieder unter die Bank.

Richter lächelte Kira zu. »Nun schauen Sie nicht so. Ihr Onkel und ich sind nicht im Streit miteinander, wir sind nur nicht einer Meinung. Ich würde dieses herrliche Objekt gerne kaufen, er lehnt es ab.« Er machte eine Handbewegung zu dem Hotel. »Heute bin ich noch einmal gekommen, um mein Angebot ein wenig zu erhöhen.«

»Vergessen Sie es. Selbst wenn Sie ihm alles Geld der Welt bieten, er wird sich weigern, zu verkaufen. Das Haus ist seit Generationen in der Familie.«

Sie sollte ihn wegschicken. Sicher saß oder stand der Onkel in der Küche und lauschte. Das Küchenfenster hinter ihr war in Kippstellung.

»Es gibt sicher noch andere *Objekte*, die Sie erwerben können.«

»Ich möchte das hier. Die Lage ist ein Traum, die Grundstücksgröße perfekt. Trinken Sie einen Kaffee mit mir? Im Ort?«

»Natürlich nicht.« Wie unverfroren. Er versuchte eindeutig, sie gegen ihren Onkel zu beeinflussen.

»Schade. Vielleicht sollte ich Ihnen und Ihrem Onkel erzählen, warum ich das Hotel haben möchte. Vielleicht denken Sie dann anders über einen Verkauf.«

»Warum haben Sie es ihm nicht schon längst erzählt?«

»Er will es nicht wissen. Entweder er schneidet mir rigoros das Wort ab, oder er schickt mich weg, oder er lässt mich stehen.«

Das passte zu Onkel Georg, wenn er richtig wütend war.

»Immer noch keinen Kaffee?«, wiederholte Richter seinen Vorschlag.

»Nein. Und Sie sollten jetzt wirklich gehen und Ihr Kaufinteresse ad acta legen.«

Es war besser, sich nicht länger mit ihm zu unterhalten. Zudem wühlte in ihr der Kummer, den betagten Onkel unglücklich gemacht zu haben. Wiedergutmachen konnte sie das nicht. Sie würde definitiv weiter in ihrem Beruf arbeiten, und nach Rottach-Egern zurück wollte sie auch nicht, sosehr sie ihre Heimat liebte. In Bayreuth wartete Felix.

Richter ging zu seinem Wagen. Kira nahm ihren längst kalt gewordenen Kaffee und ging ins Haus, gefolgt von Rudi. Der Hund tappte in Richtung Wohnzimmer.

Der Onkel saß tatsächlich in der Küche am Tisch, die Ellbogen auf die Tischplatte gestützt, und starrte vor sich hin.

»Onkel Georg.« Sie setzte sich zu ihm und legte ihre Hand auf seinen Arm. »Es tut mir leid. Ich kann nicht mein Leben an einem Platz verbringen, der nicht meiner ist.«

»Dein Platz ist hier. In den Bergen, in deiner Heimat.«

Er verstand es nicht, weil er es nicht verstehen wollte.

»Ja. Ich meinte das jetzt auch mehr beruflich.«

»Du musst dich nicht entschuldigen. Das Thema ist durch. Ich wusste nicht, dass du den Kerl kennst.«

Er legte nicht wie sonst seine Hand auf ihre, wenn er eine

Entschuldigung akzeptierte oder bereit war, ihre Sichtweise zu verstehen.

»Ich kenne ihn doch gar nicht. Er saß letztes Wochenende oben an der Hütte, als ich ankam, und hat Rast gemacht. Wir haben ein paar Worte gewechselt. Der Schlüssel hat geklemmt, und er hat mir beim Aufsperren geholfen. Das war alles. Ich wusste nicht, dass er dein Kaufinteressent ist.«

»Davon hast du mir nichts erzählt. Und *mein* Kaufinteressent ist er auch nicht.« Störrisch sah der alte Mann auf die Tischplatte.

»Von dem wackeligen Schloss hab ich dir schon erzählt«, korrigierte sie ihn, obgleich ihr klar war, dass es ihm darum nicht ging.

»Der Kerl hat Interesse an dir«, sagte Onkel Georg mit finsterer Miene.

Kira dachte an das vergessene Papiertaschentuch mit der Telefonnummer.

»Selbst wenn. Ich habe keines an ihm.«

»Wie auch immer. Wenn du frühstücken willst: Du weißt ja, wo alles ist. Und dann fahr zu deinem neuen Freund, damit sich deine Entscheidung wenigstens lohnt.«

Kira bekam einen Druck in der Kehle. Sie zog ihre Hand von seinem Arm. Ihr Onkel hatte die Schultern hochgezogen und den Kopf gesenkt, den Blick nach wie vor auf die Tischplatte gerichtet. Er tat ihr unendlich leid, und gleichzeitig war sie erschüttert, weil er sie wegschickte. Das hatte er noch nie getan.

»Meine Entscheidung hat nichts mit Felix zu tun.« Sie war den Tränen nahe.

»Doch. Du weißt es nur nicht. Der Typ hat dir von Anfang an im Kopf rumgespukt.« Onkel Georg drückte die Faust auf die Brust und atmete scharf ein.

»Onkel Georg, was ist?« Augenblicklich packte sie die Angst um den alten Herrn.

»Nix!«, fuhr er sie an. »Und jetzt lass mich. Ich will allein sein.«

Kira hatte ihre Reisetasche in ihren Wagen gepackt und schlug die Kofferraumklappe zu. Rudi schnüffelte um ihre Beine herum und stupste sie mehrfach gegen den Oberschenkel. Sie streichelte den Hund und ging zu ihrem Onkel, der unter seiner Haustür stand.

»Onkel Georg, ich will nicht, dass wir im Streit auseinandergehen«, sagte sie. Sie fühlte sich innerlich schwer, traurig und hilflos. Einzig der Gedanke an Felix tat gut. In ein paar Stunden würde sie ihn wiedersehen, schneller als gedacht.

Er hob unerwartet die Hand und strich ihr über den Arm. Dabei verzog er keine Miene. »Fahr vorsichtig. Schreib mir, wenn du in Bayreuth bist.«

»Mach ich.« Ein winziges bisschen wurde ihr leichter. Zögerlich hob sie die Arme und legte sie um den Onkel. Sollinger ließ die Arme hängen. Gerade als sie sich niedergedrückt von ihm lösen wollte, nahm er sie doch noch in den Arm. Kurz drückte er sie an sich.

»Komm mal wieder«, bat er. »Dann sprechen wir nicht über das Hotel und machen uns einfach nur ein paar schöne Tage.«

»Versprochen, Onkel Georg.« Sie reckte sich auf die Zehenspitzen und gab ihm einen Kuss auf die raue Wange.

»Nun fahr«, sagte er und entließ sie aus seiner Umarmung.

Sollinger sah Kira nach, bis ihr Auto seinem Blick entschwunden war. Dann ging er mit schweren Schritten ins Haus und zum Telefon. Das Notariat Bergmaier war heute am Samstag natürlich nicht besetzt. Aber der Anrufbeantworter war immer in Bereitschaft.

Die Nummer hatte er auf einem Notizzettel vermerkt, der unter dem Apparat klemmte. Sorgsam tippte er die Zahlenfolge ein. Nach dem zweiten Läuten sprang der Anrufbeantworter an. Er wartete ab, bis das junge Fräulein Burger die Ansage heruntergezwitschert hatte und ihn dazu aufforderte, sein Anliegen – langsam und deutlich, wie sie betonte – aufzusprechen.

Sollinger räusperte sich. »Hallo, Herr Bergmaier, hier spricht Georg Sollinger. Es geht um Folgendes …«

Nachdem er vorgebracht hatte, was ihm wichtig war, legte er bedächtig den Hörer auf. Mehr konnte er nicht tun. Rudi kam zu ihm, legte seine Schnauze auf sein Bein und sah aus seinen dunklen Augen zu ihm hoch. Sollinger streichelte dem Hund über den Kopf.

»Mein guter Junge«, murmelte er. Sacht fing der Golden Retriever an zu wedeln. »Danke, dass du bei mir bist«, sagte Sollinger leise.

Oder hatte er die letzten Worte nur gedacht? Er beugte sich vor und umarmte das Tier, spürte die Wärme des Hundes und sein seidiges Fell. Rudi ließ es sich gefallen.

Noah Richter warf einen Blick in den Spiegel, der im Flur neben dem Garderobenschrank hing. Er trug zur Jeans ein helles Hemd, sorgsam geplättet, und er war gestern beim Friseur gewesen. Früher hatte sein Vater großen Wert darauf gelegt, dass man an besonderen Tagen gut zurechtgemacht war. Respekt vor dem Anlass hatte er das genannt. Ob es ihm heute noch wichtig war, wusste Noah nicht.

Er nahm das kleine Päckchen, das neben dem Autoschlüssel auf dem mahagonifarbenen Schuhschrank lag. Er hatte es in schlichtes blaues Geschenkpapier eingewickelt und eine gelbe Schleife darumgebunden.

Er verließ seine Wohnung. Sein Ziel war das Seniorenheim Villa Alpenhof, das am Rand der Ortschaft Bad Wiessee lag.

Etwa eine Stunde würde er mit dem Wagen brauchen, bis er dort war. Nicht wirklich schnell zu erreichen, doch die Villa Alpenhof war das schönste und beste Seniorenheim gewesen, das er für seinen Vater hatte finden können.

Eine gute Stunde später parkte er vor dem Heim. Die schneeweiße Fassade des Hauses reflektierte im Licht der Sonne. Ein gepflegter Park mit asphaltierten schmalen Wegen zwischen Blumenrabatten bot den betagten Bewohnern, von denen viele nicht mehr gut zu Fuß waren, die Möglichkeit zu kleinen Spaziergängen, auch mit dem Rollator, oder Fahrten mit dem Rollstuhl. Gegenüber der Villa Alpenhof glitzerte der Tegernsee. Noah stieg aus seinem Wagen und ließ den Blick über die herrliche Landschaft schweifen und die Berge. Er meinte unter anderem den Riederstein zu erkennen, den Fockenstein zu sehen und den Hirschberg. Ganz sicher war er nicht. Mit den Namen der Massive war er nie so sattelfest gewesen, wie sein Vater es sich gewünscht hatte.

Umso mehr würde sich sein alter Herr hoffentlich über sein Geschenk freuen.

Noah verließ den Parkplatz und betrat die Eingangshalle des Seniorenstifts.

Schwester Renate kam ihm entgegen, ein Tablett in der Hand, und sah ihn freundlich an.

»Hallo, Herr Richter. Ihr Vater sitzt im Garten. Es ist so ein schöner Tag«, sagte sie und wies zu einer breiten Glastür, die der Eingangstür gegenüberlag.

»Hallo, Schwester Renate. Vielen Dank. Wie geht es ihm denn heute?«

»Oh, ich meine, ganz gut.« Sie nickte ihm zu, durchquerte die Eingangshalle und verschwand in einem der Flure, die davon abgingen.

Noah trat nach draußen. Er sah seinen Vater in einem Relaxstuhl mit Kippfunktion sitzen, unter einem Sonnenschirm und mit einer leichten Decke über den Beinen. Der alte Mann hielt die Augen geschlossen. Behutsam ging Noah zu ihm.

»Hallo, Papa«, begrüßte er ihn leise.

Hermann Richter schlug die Augen auf. »Noah, mein Junge.« Er lächelte ihm zu und bemühte sich, den Stuhl in sitzende Position zu bringen.

»Warte, ich helfe dir«, sagte Noah. Mit einem behutsamen Griff richtete er die Rückenlehne gerade. »Alles Liebe zum Geburtstag, Papa«, sagte er und reichte ihm das Päckchen.

»Danke, mein Sohn, danke.« Mit zittriger Hand nahm Hermann Richter sein Geschenk entgegen. »Fünfundachtzig Jahre. Ich hätte nie gedacht, dass ich so alt werde«, fuhr er fort.

»In fünf Jahren feiern wir deinen Neunzigsten«, erwiderte Noah und schickte ein leichtes Lachen hinterher. Gleichzeitig wurde es schwer in seiner Brust. Sein Vater war so alt und gebrechlich geworden. Die Schultern waren eingesunken, das Haar so licht, dass die Kopfhaut darunter hervorschimmerte. Es konnte schnell gehen, mit dem Abschied.

Hermann Richter lachte. »Das ist noch nicht gesagt. Was ist da drin?« Er wackelte mit dem Päckchen.

»Mach es auf«, sagte Noah und setzte sich ihm gegenüber. Ihm lief unerwartet die Nase, und er sah verschwommen. Das sollte sein Vater nicht merken.

Hermann Richter löste die Schleife und entfernte das Papier. Er hielt ein kleines Fotoalbum in der Hand. »Was ist das denn? Familienbilder?«, fragte er erstaunt, und für Sekunden ging es Noah durch den Kopf, dass er sein Geschenk mit einigen Fotos von seiner Mutter, dem Vater und ihm noch hätte aufwerten können. Fotos aus der Zeit, als sie noch zu dritt gewesen waren.

»So etwas Ähnliches«, entgegnete er.

Hermann Richter schlug das Album auf. »Nein. Das ist ja Siebenhütten!« Er blätterte um. »Und die Aueralm.«

Noah lächelte. Von seinem Platz aus sah er die beiden Fotos, die vor einigen Tagen auf der Alm entstanden waren. Auf einem war er selbst zu sehen, wie er vor dem Gebäude stand. Für das hatte er einen Wanderer gebeten, eine Aufnahme von ihm zu machen. Auf dem anderen war die Alm inmitten der herrlichen Bergwelt aufgenommen, wie sie sich, umgeben von sattgrünen Wiesen, in die Landschaft schmiegte.

»Junge!«, sagte Hermann Richter. »Wie schön. Was für wunderbare Aufnahmen.« Er hob den Blick und sah seinen Sohn an. »Du warst dort«, stellte er fest.

»Ja, dort und auch noch an einigen anderen Orten, von denen ich weiß, wie sehr du sie liebst.«

Hermann Richter fuhr sich mit dem Zeigefinger unter der Nase entlang. »Wie schön. Wie wunderbar. Es ist beinahe so, als wäre ich selbst wieder dort. Warst du auch am Rottachfall?«

»Blätter weiter, dann siehst du es.«

Hermann Richter tat wie ihm geheißen. Auf den nächsten Fotos war der Wasserfall zu sehen, wie er über die felsigen Bergwände ins Tal stürzte, teils stufenartig, teils senkrecht hinunter. Behutsam glitten die Finger des alten Mannes über die Bilder. »Ich glaube fast, ich höre das Wasser«, sagte er leise.

Noah sah zur Seite und blinzelte. Es fehlte gerade noch, dass er die Fassung verlor. Es war gelungen. Er hatte ihn erreicht, er hatte ihm etwas in die Hände gegeben, was ihn glücklich machte. Gute Erinnerungen.

»Und hier, die Tegernseer Hütte. Unglaublich. Unglaublich, mein Junge. Es fühlt sich an, als wäre ich dort.« Auch jetzt wieder tastete er über das Bild. Hinter der Hütte erhoben sich felsige Gipfel mit abgerundeter Spitze. Ein winziges Gipfelkreuz war mittig zu sehen. »Roß- und Buchstein«, murmelte der alte Mann ergriffen. Unverwandt betrachtete er die Aufnahmen, völlig versunken in die Vergangenheit.

»Ganz hoch zum Gipfel bin ich nicht gegangen«, sagte Noah und räusperte sich.

»Du warst dort. Und jetzt bin ich dort«, sagte Hermann Richter leise. Er blätterte um zur letzten Seite. »Die Egerner Bucht«, fuhr er fort und lächelte. »Mit der Kirche Sankt Laurentius. Dort haben deine Mutter und ich geheiratet.«

»Ich weiß«, erwiderte Noah und lächelte ebenfalls.

Noch einmal sah sein Vater die Fotos an, von der ersten bis zur letzten Aufnahme. Behutsam schloss er das Album. »Danke, mein Junge. Was für ein wundervolles Geschenk«, sagte er und streckte die Hand aus.

Noah ergriff sie und drückte sie. Die Freude seines Vaters gab ihm Kraft. Er dachte an Sollinger. Er würde nicht aufgeben. Vielleicht gelang ihm ja doch noch, was er sich zum Ziel gesetzt hatte. Er hätte seinem Vater so gerne gesagt, dass das Hotel in seinen Händen war.

22

Kira umarmte Felix. Allmählich gewöhnte sie sich daran, dass sie sich dafür zu ihm hinunterbeugen musste. Seine frisch rasierte Wange schmiegte sich an ihre. Sie schnupperte den Hauch eines Aftershaves und spürte, wie weich seine Haare waren. Es tat gut, wieder bei ihm zu sein. Sie richtete sich auf und ließ dabei ihre Hände über seine Arme gleiten.

»Schön, dass du wieder hier bist«, sagte Felix und lächelte sie an. Auf seinen Oberschenkeln lag eine kleine rote Rose. Vorsichtig griff er danach und reichte sie Kira. »Für dich.«

»Wie lieb von dir, danke«, sagte sie und küsste ihn.

Felix legte eine Hand in ihren Nacken und erwiderte den Kuss mit einer Leidenschaft, die sie überraschte.

»Ist alles in Ordnung?« Aufmerksam sah er sie an, nachdem sie sich behutsam voneinander gelöst hatten, und hielt weiterhin ihre Hand. »Ich dachte, du bleibst bis morgen, damit sich die Fahrt lohnt.«

»Ja, das dachte ich auch«, gab Kira zu.

Es half nichts, sie musste Felix zumindest von den Plänen des Onkels erzählen, wenn sie ihn an ihrem Leben teilhaben lassen wollte. Von ihrer Hoffnung, dem alten Herrn doch den Verkauf des Hotels abzuringen, damit sie ihn im Fall des Falles finanziell unterstützen konnte, was letzten Endes zum Eklat geführt hatte, musste sie ja nichts erwähnen.

»Gab es Ärger?«

»Wir waren uns nicht ganz einig, das stimmt.«

Felix streichelte mit dem Daumen ihren Handrücken.

»Lass uns ins Haus gehen«, bat Kira. Flüchtig dachte sie, dass sie von »Gehen« gesprochen hatte, was auf ihn ja nicht zutreffen konnte. Doch vielleicht sollte sie sich nicht ständig wegen ihrer Wortwahl Gedanken machen. Wie hätte sie es auch besser formulieren können, ohne explizit auf seine Einschränkung hinzuweisen. »Ich würde gerne die Rose ins Wasser stellen, und dann erzähle ich dir alles.« Das war schon wieder nicht korrekt. »Alles« konnte und wollte sie nicht erzählen.

»Gut. Vasen sind in einem Küchenschrank, rechts, in der Mitte oben. Ach, egal. Ich zeige es dir einfach«, sagte Felix.

Kira ging vor ihm ins Haus und in die Küche. Felix folgte ihr und zeigte ihr den Schrank, in dem die Vasen standen. Sie nahm eine kleine, flaschenförmige heraus, die von der Größe her gut zu der Rose passte.

»Wo hast du die Rose her?«, fragte sie, während sie Wasser in das Gefäß füllte. Es war keine gekaufte, das sah sie an der Form der Blume.

»Hinten im Garten, an einer Stelle, die man von der Terrasse aus nicht sieht, wächst ein Rosenbusch«, sagte Felix.

Seine Stimme klang so nahe, als stünde er direkt hinter ihr. Sie hörte sich auch ein wenig rau an, und er hatte nicht allzu laut gesprochen. Kira spürte, wie er seine Hände auf ihre Hüften legte und seine Knie ihre Beine berührten. Das Wasser, das sie in die Vase gefüllt hatte, schwappte über und rann über ihre Finger. Felix schob ihr T-Shirt ein Stück nach oben, sein warmer Atem streifte ihre Wirbelsäule, und seine Lippen berührten ihre nackte Haut. Ein wohliger Schauer durchlief sie. Sacht küsste er Wirbel für Wirbel, bis es seine sitzende Position nicht zuließ, dass er noch höher kam. Mit sanftem Druck bedeutete er ihr, sich auf seine Beine zu setzen. Kira stellte die Vase beiseite. Ob er spürte, dass ihr Gewicht nun auf seinen Oberschenkeln lag? Felix' Hände glitten unter ihr T-Shirt, er öffnete ihren BH und umschloss ihre Brüste mit beiden Händen. Kira erschauerte. Sie sehnte sich nach mehr und wagte auch diesmal nicht, selbst aktiv zu werden.

»Dreh dich zu mir«, bat Felix, mit heiserer Stimme.

Sie setzte sich quer auf seine Beine, so gut es ging. Die Armlehnen des Stuhls waren im Weg. Felix streifte ihr das T-Shirt über den Kopf und den BH über die Schultern. Er liebkoste ihre Brüste, streichelte ihren flachen Bauch und ließ eine Hand zu ihrem Knie gleiten. Bedächtig schob er seine Finger unter den Saum ihres Rocks, bis nach oben zu ihrem Höschen. Kira suchte Felix' Mund und küsste ihn voller Verlangen.

»Wir gehen in mein Zimmer«, raunte er plötzlich und versuchte, den Stuhl zu wenden.

Ihr Bein war dem großen Rad im Weg, seine Finger kitzelten ihr Knie, und plötzlich musste sie kichern.

Felix grinste. »Du wirst aufstehen und selbst laufen müssen, meine Schöne.«

Kira schmunzelte, kletterte von seinem Schoß, griff nach ihrem BH und ihrem T-Shirt und hielt sich Letzteres vor die Brust. Sie lief voran, raus aus der Küche, über den Flur und durch die Eingangshalle und öffnete die Tür zu seinem Schlafzimmer. Verblüfft sah sie, dass gründlich aufgeräumt war, und sogar das Bett schien frisch bezogen. War es Zufall, oder hatte er sich auf diesen Moment vorbereitet?

Felix rangierte seinen Stuhl neben das Bett. »Komm her«, bat er.

Ihre Knie zitterten plötzlich. Sie setzte sich auf die Bettkante.

»Du musst schon nach hinten rutschen, bis an die Wand. Viel Platz haben wir nicht. Aber den brauchen wir auch nicht.«

Kira tat, worum er sie gebeten hatte. Mit einer Mischung aus Beklemmung und Sehnsucht wartete sie, bis er sich vom Stuhl ins Bett gehievt hatte, wollte weder wegsehen noch hinsehen.

Felix streifte seine Kleidung ab und legte sich auf den Rücken. Er war schnell und geschickt darin, sich auszuziehen, auch wenn die Hose ihm für einen Moment Schwierigkeiten machte. Er hatte einen schönen, ebenmäßigen Körper, lediglich die Muskulatur seiner Beine war sehr geschwächt. Wortlos streckte er die Arme nach ihr aus. Kira schmiegte sich hinein. Sie küssten und streichelten sich, sie spürte seine Hände und seine warme Haut überall und wagte sich auch jetzt nicht weiter als bis zu seinen Hüften. Er schob ihr Höschen bis zu ihren Knien, den Rest erledigte sie selbst. Sie genoss seine Nähe, wollte immer mehr davon und rang sowohl mit Furcht als auch mit Verlangen. Sorgsam hielt sie Abstand zu seinem Becken.

Felix schlang die Arme um sie, so fest, dass sie ihren Oberkörper kaum mehr bewegen konnte. Seine Beine berührten ihre, und sie bemerkte eine Reaktion seines Körpers, auf die sie nicht zu hoffen gewagt hatte.

»Du hast Angst«, flüsterte er in ihr Ohr. Sein Atem kitzelte sie.

Ihr Herz pochte heftig gegen ihre Rippen. Er musste es fühlen, so wie sie noch etwas anderes fühlte. Und doch bemühte sie sich nach wie vor, ihm ab der Körpermitte nicht zu nahe zu kommen.

»Ja«, erwiderte sie leise.

»Ich auch«, gab er zu. »Ich spüre auch nicht mehr so viel wie früher, aber immer noch genug. Und jetzt will ich dich spüren. Hilf mir ein bisschen. Mach, was du auch machen würdest, wenn ich keine Einschränkungen hätte.«

In Kira löste sich ein kleiner Knoten. Sie hatte noch immer Bedenken und Hemmungen, doch es war, als liefen beide ein Stück weit davon. Langsam richtete sie sich auf, küsste seinen Mund, seine Brust und seinen Bauch, ehe sie sich, ganz langsam und vorsichtig, auf ihn setzte.

Wortlos lagen sie aneinandergeschmiegt. Felix hatte wieder einen Arm um ihre Schultern gelegt, Kiras rechtes Bein lag über seinen. Die Finger ihrer rechten Hand waren mit denen seiner linken Hand verschränkt. Ihre Wange lag auf seiner Brust. Tief atmete sie den Duft seiner Haut ein. Er roch nach Wärme und Geborgenheit, nach Zärtlichkeit und Sinnlichkeit. Kira schloss die Augen, um seinen Duft und das Zusammensein noch intensiver zu genießen.

Es war ein wunderbarer Moment der Nähe gewesen, den sie geteilt hatten. Nicht ganz so, wie sie es kannte, und es war auch sehr schnell gegangen. Und doch war es so viel mehr gewesen, als sie erwartet hatte.

Sie fühlte sich wohl und entspannt, wie lange nicht mehr, und merkte, wie sie müde wurde.

»Es wäre schön, wenn du heute Nacht bei mir bleiben könntest«, hörte sie Felix leise sagen und öffnete mühsam die Augen.

Hatte er gemerkt, dass sie beinahe eingeschlafen wäre?

»Aber es würde sehr unbequem für dich werden«, fuhr er fort. »Ich kümmere mich um einen Treppenlift. Dann kann ich die obere Etage wieder nutzen, und wenn du bei mir übernachten möchtest – falls du das möchtest –, haben wir jede Menge Platz.«

»Das wäre wunderbar«, stimmte sie zu und registrierte gleichzeitig, dass er ihr Zusammensein für heute wohl zeitnah beenden wollte.

»Wie spät ist es?«, fragte sie. Sie hatte jedes Zeitgefühl verloren.

Felix wandte den Blick zum Nachtschrank. »Gleich halb acht«, sagte er.

»Dann fahre ich jetzt wohl besser nach Hause.«

Felix nickte nur. Sie ahnte, dass er jetzt allein sein wollte, um sich nicht vor ihr wieder anziehen und in den Stuhl setzen zu müssen. Sicher wollte er auch ins Bad, doch auch das wohl erst, wenn er allein war.

Sie kletterte über ihn drüber und küsste ihn währenddessen. Sie würde zu Hause duschen.

»Sag, mein Schatz, hattest du unser heutiges Zusammensein geplant?«, fragte sie, während sie ihre Kleidung einsammelte und sich anzog.

»Ja und nein. Warum fragst du?« Er richtete den Oberkörper auf und stützte sein Gewicht auf die Ellbogen.

»Weil du aufgeräumt hast, und das Bett ist auch frisch bezogen.« Sie schloss ihren BH.

Felix grinste. »Ich sehe mich durchschaut. Ordnung schaffen war echt notwendig, und ich gebe zu, ich wollte vorbereitet sein, wenn es der Moment zulässt.«

»Als ich das erste Mal bei dir war, war das ganze Erdgeschoss picobello aufgeräumt und sauber. Nur in deinem Zimmer … na ja. Hat Leonie sich geweigert, bei dir klar Schiff zu machen?«

»Von wegen. Anfangs hat sie sich schon auch darum gekümmert, doch mit der Zeit ist mir ihr Engagement einfach zu viel geworden. Es war einer der wenigen Punkte, wo ich eine klare Grenze gezogen habe. Mein Zimmer und das Bad mache ich selbst.« Er legte sich wieder hin. »Ich habe sie einmal erwischt, wie sie an meinem Computer war. Angeblich hatte sie ihn nur herunterfahren wollen, aber ich habe gesehen, dass sie den Verlauf offen hatte. Sie wollte also wissen, womit ich mich beschäftige, wenn sie nicht da ist. Das war mir echt zu viel. Ich habe ihr gesagt, dass ich mich um mein Schlafzimmer und das Bad selbst kümmere. Das hat ihr natürlich nicht gepasst. Erst als ich gesagt habe, ich würde notfalls das Zimmer abschließen, hat sie nachgegeben. Einen Passwortschutz habe ich zusätzlich eingerichtet.«

Kira war fertig mit Anziehen und setzte sich noch einmal zu ihm auf die Bettkante. Sie schob ihre Hand in seine.

Ich liebe dich, dachte sie unvermittelt. Diese Erkenntnis überrollte sie förmlich und löste ein so intensives Gefühl der Nähe und des Angekommenseins in ihr aus, dass es ihr das Atmen schwer machte.

»Ich komme allein besser zurecht, als wenn Leonie ständig um mich herumfuhrwerkt«, fuhr er fort. »Wenn sie im Haus ist, fühle ich mich regelrecht handlungsunfähig. Oder so, als ob ich mich vor ihr beweisen müsste, wenn ich irgendetwas machen will. Und wenn sie nicht da ist, denke ich bei vielen Dingen, ich lasse es liegen. Sie kommt sowieso und arbeitet nach.«

»Zum Beispiel?«

»Oh, ich habe mich am Staubsaugen versucht, weil mir eine Tüte mit Haferflocken heruntergefallen war. Ich war natürlich nicht gründlich genug gewesen. Einmal wollte ich bügeln. Katja hat immer hier im Gästezimmer gebügelt. Als Stefan und Leonie das Zimmer für mich eingerichtet haben, hat Leonie Bügelbrett und Bügeleisen ins Wohnzimmer geschafft, damit sie mir Gesellschaft leisten kann, während sie die Wäsche gemacht hat. Jedenfalls ist sie dazugekommen, als ich die Hälfte schon fertig hatte. Sie hat überall etwas zum Nachbessern gefunden, womit ich mir die Mühe hätte sparen können, und ab da alles in den Keller geschafft.«

Wo er nicht rankam, wegen der Treppe. Leonie wollte unersetzlich sein.

»Ich könnte noch so einiges aufzählen. Aber das führt ja zu nichts. Ich will auch nicht schlecht über sie reden. In den ersten Wochen und Monaten war sie mir schon eine Hilfe.«

»Wie habt ihr euch jetzt geeinigt? Wie oft kommt sie noch?«, erkundigte sich Kira.

Und vor allem: Wann kam sie? Nachdem sie und Leonie sich seit Tagen nicht mehr begegnet waren, sorgte Felix wohl dafür, dass das nicht passierte. In Aichig hatte sie sie auch nicht mehr gesehen, seit dem Abend, an dem Leonie sie erst aus Felix' Haus hatte werfen wollen und später noch einmal bei ihr geläutet hatte.

»Ich wollte mit ihr reden, wegen der geplatzten Verlobung mit Stefan, und habe sie angerufen. Als ich ihr erzählt habe, dass wir Stefan getroffen haben, hat sie das Gespräch abgebrochen und behauptet, sie hätte jetzt keine Zeit und würde sich melden. Das hat sie aber nicht. Ich habe es noch einmal versucht, da ist sie nicht ans Telefon, und auf eine WhatsApp-Nachricht hat sie auch nicht reagiert.«

»Sie will sich dem, was du erfahren hast, nicht stellen«, sagte Kira.

»Ja.«

»Wann war sie zuletzt hier?«

»Ich glaube, es ist über eine Woche her. Ich bin nicht sicher.«

»Machst du dir Sorgen?«, fragte Kira.

»Ich weiß es nicht. Ich denke, sie kommt mit der Situation nicht klar.«

Dass Leonie gar nicht mehr kam und auch nicht bereit war, mit Felix zu telefonieren oder Nachrichten auszutauschen, beunruhigte Kira dennoch.

Letzten Endes waren sie Geschwister und hatten wohl auch nur noch einander. Oder gab es noch mehr Verwandtschaft? Darüber wusste sie noch gar nichts. Doch jetzt schien ihr nicht der passende Moment, um nachzufragen.

Für ein paar Kleinigkeiten brauchte Felix sicher Hilfe. Für die Wäsche zum Beispiel. Die Waschmaschine stand ja offenbar im Keller. Wenn sie sich dafür anbot, noch dazu in diesem frühen

Stadium ihrer Beziehung, lief sie Gefahr, dass er sie auf Leonies Platz sah. Das waren sicher nicht die besten Voraussetzungen.

»Wenn sie mich weiterhin ignoriert, fahre ich zu ihr«, sagte Felix.

»Zu ihr? Leonie müsste im ersten Stock wohnen, soweit ich weiß. Einen Aufzug gibt es nicht«, wandte Kira ein.

»Den brauche ich nicht. Es reicht, wenn ich vor dem Haus stehe und ihr schreibe, sie soll aus dem Fenster sehen. Dann kommt sie runter, da bin ich sicher.«

Kira nickte. Sie sah auf die Uhr auf dem Nachtschrank. Inzwischen war es beinahe halb neun. Sie beugte sich vor und küsste Felix.

»Ich gehe jetzt. Schreiben wir später noch mal?«, bat sie.

»Sicher.« Er drückte ihre Hand.

Kira setzte sich hinter das Steuer ihres Wagens. Das Zusammensein mit Felix klang in ihr nach. Nun, wo sie wusste, dass sie auch diesen Teil ihrer Beziehung leben und genießen konnten, gestand sie sich ein, dass sie den Gedanken an erfüllte körperliche Nähe bisher verdrängt hatte und nun umso erleichterter und glücklicher war.

Mitten in dieses wohlige Gefühl hinein schob sich die Erinnerung an Onkel Georg und daran, dass sie Felix nun doch nichts von den Unstimmigkeiten erzählt hatte. Das würde sie gleich morgen nachholen. Und sie würde den Onkel noch einmal anrufen, sowie sie zu Hause war.

23

Beunruhigt legte Kira den Hörer auf. Nun hatte sie zum dritten Mal bei ihrem Onkel angerufen, und er ging nicht ans Telefon. Warum nicht? Wollte er nicht mit ihr sprechen? Sein Apparat besaß kein Display, aber es gab sicher kaum jemanden außer ihr, der ihn anrief. Inzwischen war es neun Uhr. Drehte er eine abendliche Runde mit Rudi? Kira setzte sich auf die Kante ihres Sofas. Sie wusste nicht einmal, ob er abends oder sonst wann mit dem Hund ging. Als sie bei ihm gewesen war, jedenfalls nicht. Aber das konnte auch nur wegen ihres Besuchs so gewesen sein.

Sie stützte die Ellbogen auf die Knie und den Kopf in die Hände. Sie wusste eigentlich kaum mehr etwas über ihren Onkel. Nicht über seinen Tagesablauf und auch nicht über sonstige Kontakte, so dürftig sie auch sein mochten. Was, wenn es ihm nicht gut ging? Wenn er zum Beispiel gestürzt war? Wer würde das mitbekommen und wann?

Sie stand vom Sofa auf, ging in die Küche und holte sich ein Glas Wasser. Danach rief sie ihn zum vierten Mal an. Auch diesmal ging er nicht an den Apparat. Plötzlich überlief es sie kalt. Sie sah den Onkel lang hingestreckt im Flur liegen, wie einen gefällten Baum, völlig reglos. Ein aufgeregter, hilfloser Rudi lief um ihn herum, schnupperte an ihm und stupste ihn und konnte doch nichts ausrichten. Kira presste die Handflächen aneinander. Sie musste einen Nachbarn bitten, nach ihm zu sehen.

Nur wen? Sie kannte doch gar niemanden mehr. Fieberhaft versuchte sie, sich an Namen zu erinnern. Es hatte eine Familie Obermaier ganz in der Nähe des Onkels gewohnt, schräg gegenüber auf der anderen Straßenseite. Vielleicht wohnten die Leute noch dort. Selbst wenn sie keinen nennenswerten Kontakt mit ihm pflegten, so konnte sie doch bitten, dass jemand bei ihm nach dem Rechten sah.

Kira holte ihr Handy und gab in die Suchleiste des örtlichen

Telefonbuchs den Namen Obermaier ein und die Ortschaft Rottach-Egern. Mehrere Einträge erschienen. An erster Stelle stand die Rufnummer von Lisbeth und Hubert Obermaier, wohnhaft in der Sonnenmoosstraße. Das passte. Kira sah auf die Uhr. Jetzt war es halb zehn. Eigentlich zu spät, um Leute anzurufen, die sie mittlerweile gar nicht mehr kannte. Und doch war es unmöglich, bis zum nächsten Morgen abzuwarten. Da konnte es schon zu spät sein.

Sie wählte über das Festnetztelefon die Nummer.

Nach dem dritten Läuten wurde abgehoben.

»Obermaier«, drang die hellwache Stimme einer vermutlich älteren Frau durch die Leitung.

»Frau Obermaier, guten Abend. Mein Name ist Kira Wagner. Es tut mir furchtbar leid, dass ich Sie so spät störe, aber …« So knapp wie möglich schilderte sie, was ihr auf der Seele lag. »Ich weiß, es ist spät. Aber würden Sie mir den Gefallen tun und drüben nach dem Rechten sehen, soweit möglich? Also klingeln, durchs Fenster gucken oder so was?«

Am anderen Ende der Leitung blieb es still.

In Kira zog sich etwas zusammen.

»Frau Obermaier? Ich würde es wirklich gerne selbst tun, aber wie gesagt, ich wohne in Bayreuth. Ich brauche über drei Stunden, bis ich in Rottach-Egern wäre«, insistierte sie.

»Sie sind die Tochter von Marie und Matthias Wagner?«, vergewisserte sich Frau Obermaier.

»Ja.« Sie wurde ungeduldig.

»Dann sind Sie die Nichte von Sollinger?«

Das hatte sie ihr alles schon erzählt. Aus dem Hintergrund drang eine männliche Stimme. Es raschelte, und plötzlich war ein Mann am Telefon.

»Hallo? Spreche ich mit Frau Wagner? Hubert Obermaier, guten Abend.« Er klang resolut.

»Ja«, wiederholte sie ergeben.

»Ich muss Ihnen die bedauerliche Mitteilung machen, dass Ihr Onkel am frühen Abend verstorben ist.«

Kira kauerte auf ihrem Sofa und umklammerte ihre an den Oberkörper gezogenen Beine. In ihrem Kopf dröhnten Obermaiers Worte. Ihr war kalt, ihr war schlecht, und sie fühlte sich völlig handlungsunfähig. Der Boden war unter ihr eingebrochen.

Am späten Nachmittag hatte Rudi begonnen, ohne Ende zu bellen. Hubert Obermaier sowie einige weitere Nachbarn hatten sich Gedanken gemacht. Von Rudi war ansonsten nie viel zu hören. Schließlich war Obermaier zusammen mit einem weiteren Nachbarn, Peter Schmitz, zu Sollingers Anwesen rübergegangen.

Durch ein Fenster hinten am Haus hatten sie den alten Mann in seinem Wohnzimmer am Boden liegen sehen. Neben ihm saß Rudi und bellte zum Erbarmen. Schmitz hatte kurzen Prozess gemacht und mit einem Stein das Wohnzimmerfenster eingeschlagen, um ins Haus zu kommen, während Obermaier einen Notarzt verständigt hatte, der eine knappe Viertelstunde darauf in Begleitung eines Rettungswagens vor Ort gewesen war.

Der Notarzt hatte nur noch den Tod des alten Mannes feststellen können. Laut Obermaier war ihr Onkel kurz darauf von einem Bestattungsunternehmen abgeholt worden.

Sie zitterte am ganzen Körper. Das war doch nicht möglich! Heute Morgen noch hatten sie beisammengesessen. Er war ihr rüstig erschienen, stark, trotz der Enttäuschung, die sie ihm bereitet hatte. Ja, es hatte einen kurzen Moment gegeben, der ihr Sorge bereitet hatte. Der Moment, als er seine Faust gegen die Brust gedrückt hatte, als plagte ihn ein spontan aufgetretener Schmerz. Doch seine rüde, abweisende Reaktion auf ihr Nachfragen hatte sie verstummen lassen. War ihr Onkel krank gewesen? Vielleicht schon geraume Zeit? Hatte er deswegen seine Belange ordnen wollen?

Auf ihrem Handy, das neben ihr auf dem Wohnzimmertisch lag, ging eine Nachricht ein: *Gute Nacht, Liebes. Ich freue mich, dich morgen wiederzusehen. Kuss Felix*

Mit zitternder Hand nahm Kira das Handy, rief Felix' eingespeicherte Nummer auf und drückte auf »Anrufen«.

Er nahm das Gespräch sofort an.
»Hey«, hörte sie ihn freudig und liebevoll sagen.
»Felix.« Sie schluchzte auf.
»Kira, was ist passiert?« Er klang alarmiert.
»Felix, Onkel Georg. Er ist tot.« Nun wurde sie so von Schluchzen geschüttelt, dass ihre Zähne aufeinanderschlugen und sie kaum noch das Handy ans Ohr halten konnte.

Felix presste die Handflächen aneinander. *Das* ertrug er nicht. Er wollte zu Kira, ihr zur Seite stehen und für sie da sein in ihrer Not. Und es ging nicht. Er saß hier fest, in seinem Stuhl. Natürlich, er konnte zu ihr fahren. Aber damit hatte es sich dann auch schon. Fünf Stufen bis zum Hochparterre, über die kam er nicht drüber. Selbst wenn er es geschafft hätte, sich rückwärts und im Sitzen mit den Händen Stufe für Stufe hochzustemmen, er hätte zuerst aus dem Stuhl und auf die unterste Stufe gemusst. Schon allein daran scheiterte er.
In wildem Aufbegehren ballte er die Fäuste und presste sie gegen die Schläfen, bis es schmerzte. Erschöpft ließ er die Hände wieder sinken.
Er konnte sich ein Taxi bestellen und darum bitten, dass jemand kam, der bereit war, ihm bei Kira aus dem Stuhl und auf die Stufen zu helfen und ihm den Stuhl hinterherzutragen. Welch eine Demütigung wegen fünf Stufen. Dazu das Risiko, von Leonie gesehen zu werden.
Doch Kira in ihrem Schock und ihrer Trauer allein zu lassen war indiskutabel.
Mit zornigen Schüben bugsierte er seinen Stuhl zu seinem Computerschrank. Er fuhr den Rechner hoch und googelte nach Taxiunternehmen. Bei zweien stieß er mit seinem Anliegen sofort auf Zurückweisung. Beim dritten hatte er Erfolg.
»Das kriegen wir hin, Herr Gerber. Mein Neffe ist auch Rollstuhlfahrer, ich kenne die Probleme. Ich komm selbst«, ließ ihn der Taxiunternehmer wissen. »Bin in zwanzig Minuten bei Ihnen.«

Kira lag zusammengekrümmt auf ihrem Sofa. Ihr Kopf schmerzte zum Zerspringen, ihr Gesicht fühlte sich heiß und verquollen an, und ihre Augen brannten. Es war unfassbar. Wenn sie die Kraft gehabt hätte, wäre sie noch jetzt, mitten in der Nacht, nach Rottach-Egern gefahren, obgleich sie nicht wusste, was sie dort hätte ausrichten können. Aber sie wäre in der Nähe ihres Onkels gewesen.

Rudi! Wie der Blitz durchfuhr sie der Gedanke an den Hund. Wo war er? Man hatte ihn doch sicher nicht allein in Onkel Georgs Haus gelassen. Hatte man den armen Kerl etwa in ein Tierheim gebracht? Sie hatte ihrem Onkel versprochen, dass sie sich um das Tier kümmerte, im Fall der Fälle. Dass der Fall überhaupt eintrat und nun auch noch so schnell, hatte sie nicht erwartet.

Kira quälte sich vom Sofa hoch. Egal, wie spät es war, sie musste noch einmal bei Obermaier anrufen.

Diesmal war gleich er selbst am Apparat, klang jedoch sehr verschlafen. »Der Hund ist bei Schmitz«, ließ er sie brummig wissen. »Der hat auch 'nen Schlüssel zum Haus Ihres Onkels. Ich gebe Ihnen die Telefonnummer. Dann können Sie morgen bei ihm anrufen.«

Sie notierte sich die Nummer. Über den Schlüssel hatte sie noch gar nicht nachgedacht. Ob sie die Auskunft, dass Rudi nicht im Tierheim, sondern bei einem Nachbarn war, beruhigen sollte, wusste sie nicht. Sie kannte Schmitz ja nicht.

Starr saß sie auf ihrem Sofa. Aus der Küche tickte leise und gleichmäßig die Wanduhr, die neben ihrem Geschirrregal hing. In das Ticken hinein schellte es an der Wohnungstür. Ungläubig griff sie nach ihrem Handy und schaltete das Display ein. Halb elf. Wer war das? Etwa Leonie? Wie war sie ins Haus gekommen? Die Tür unten war immer geschlossen. Nun ja, fast immer. Sie fühlte sich nicht in der Verfassung, irgendwem gegenüberzutreten.

Es schellte erneut.

Schwerfällig stemmte Kira sich vom Sofa hoch, um durch den Türspion zu sehen.

Was sie sah, war ein dunkler Haarschopf, und hinter diesem stand ein kräftiger Mann. Das war doch nicht möglich. Felix?

Sie ignorierte ihr lädiertes Aussehen, öffnete die Wohnungstür und dachte im selben Moment, dass es besser gewesen wäre, die Sperrkette vorzulegen.

Vor ihrer Wohnungstür erblickte sie Felix, in seinem Stuhl.

»Kira«, sagte er nur und streckte die Hand nach ihr aus.

Umgehend fing sie an zu schluchzen.

Sie konnte es noch immer nicht glauben, dass er bei ihr war. Er saß neben ihr, auf dem Sofa, auf das er es ohne ihre Hilfe, durch bloßes Hinüberrutschen, geschafft hatte. Zurück in den Stuhl mochte es schwieriger werden, denn die Sitzfläche des Sofas war niedriger als die des Rollstuhls.

»Es tut mir unendlich leid, Kira«, sagte er und hielt ihre Hand.

»Ich fasse es nicht, was du möglich gemacht hast, um zu mir zu kommen«, sagte sie leise.

»Ich hätte es zu Hause einfach nicht ausgehalten.«

Sie nickte nur.

»Als du heute Nachmittag zu mir gekommen bist, hast du gesagt, es hätte Unstimmigkeiten zwischen dir und deinem Onkel gegeben. Ich weiß noch gar nicht, was gewesen ist. Magst du es mir erzählen? Oder jetzt lieber nicht?«

Kira atmete mühsam ein. »Doch. Doch, ich erzähle es dir jetzt.«

Sie versuchte, sich auf das Nötigste zu beschränken. Felix erfuhr von der Bitte ihres Onkels, ihn wieder einmal zu besuchen, weil er etwas Wichtiges mit ihr besprechen wollte, und seinem Gedanken, ihr das Hotel, das sie nach seinem Ableben erben würde, vorab zu überschreiben, und dass mit der Übereignung sein Wunsch verbunden war, sie möge zurück nach Rottach-Egern kommen und es wieder eröffnen.

»Ein Hotel?« Verwundert sah Felix sie an. »Du bist doch Therapeutin.«

»Ja. Eben«, erwiderte sie. »Er hat das einfach ausgeblendet und gehofft, ich wäre einverstanden.«

»Dein Onkel hat also das Hotel bewirtschaftet und irgendwann stillgelegt?«, fragte er nach.

»Ja. Vor gut zehn Jahren, da war er dreiundsiebzig, hat er es geschlossen. Es ist ihm alles zu viel geworden. Es hätte damals schon vieles renoviert werden müssen, gutes Personal war schwierig zu bekommen, und immer wieder gab es Gäste, die das Haar in der Suppe gesucht haben. Und wenn sie sich über eine Türschwelle aufgeregt haben, die irgendwo gestört hat.« Sie stockte kurz und beschloss dann, ihren Fauxpas zu übergehen. »Er wollte sich zur Ruhe setzen«, fuhr sie fort. »Ich glaube, er hat es bald darauf bereut. Ihm hat sein Lebensinhalt gefehlt. Onkel Georg war nie verheiratet und hatte auch keine Kinder. Er hatte nur Rudi. Den muss ich unbedingt holen. Im Moment ist er bei einem Nachbarn, den ich gar nicht kenne.«

Felix nickte. »Hat dein Onkel das Hotel aufgebaut?«

Kira schüttelte den Kopf. »Nein, das war sein Vater, mein Großvater Richard Sollinger. Er hat das Grundstück, auf dem es steht, wiederum von seinem Vater zur Hochzeit geschenkt bekommen und darauf das Hotel errichtet. Es war von Anfang an der reinste Magnet für Urlauber. Zumindest hat Onkel Georg das immer erzählt. Sein Vater war auch immer vor Ort, hat jeden Gast persönlich begrüßt und verabschiedet und sich um jeden Sonderwunsch gekümmert. Er soll ein fröhlicher, freundlicher Mann gewesen sein, bis seine Frau von einem Traktor überfahren wurde. Damals war Onkel Georg vier Jahre alt. Sie hat es nicht überlebt.« Kira lief ein Frösteln über Arme und Rücken in der Erinnerung an die Erzählungen ihres Onkels. Sie glaubte, bei jeder Sprechpause, die sie machte, seine Stimme zu hören.

»Wie furchtbar«, sagte Felix leise.

»Ja, das muss es gewesen sein. Danach soll Richard Sollinger sich verändert haben. Still und wortkarg soll er geworden sein. Er hat sehr fleißig weitergearbeitet, sich aber von den Gästen zurückgezogen. Ich glaube, Onkel Georg ist mehr unter den Augen vom Personal groß geworden, als dass sein Vater sich um ihn gekümmert hat. Nur auf seine Bergtouren hat er ihn mitgenommen, das hat er oft erzählt.«

So geschockt sie war und so wenig sie glauben konnte, dass ihr Onkel nicht mehr am Leben war, es tat doch gut, Felix von ihm zu erzählen. Es war ein wenig so, als wäre Onkel Georg dadurch noch hier.

»Mein Onkel war achtzehn Jahre, da hat sein Vater noch einmal eine Frau kennengelernt, die er nach kurzer Zeit geheiratet hat. Meine Oma Waltraud, die Mutter meiner Mutter Marie. Onkel Georg war ganz vernarrt in seine kleine Schwester. Er hat zu der Zeit schon viel im Hotel mitgearbeitet. Mama war zwanzig Jahre alt, da hat ihr Vater sich endgültig aus dem Hotelgewerbe zurückgezogen und das Haus Onkel Georg übergeben. Er hat vieles mit der Zeit umgestaltet, er hat angebaut und modernisiert. Ich glaube, das Hotel war mehr sein Leben als das seines Vaters. Er hat sich völlig damit identifiziert. Und dann komme ich und lehne sein Lebenswerk ab.« Sie zog die Beine an den Bauch und schlang die Arme darum.

»Du sprichst immer von ›Richard Sollinger‹. Er war doch dein Großvater, oder habe ich etwas falsch verstanden?«, fragte Felix.

»Nein, nein. Du hast schon recht. Ich habe ihn aber nie kennengelernt. Er ist kurz nach meiner Geburt gestorben. Dadurch ist er mir irgendwie fremd geblieben.«

Felix nickte. »Du hast also deinem Onkel gesagt, dass du sein Hotel nicht willst?«, erkundigte er sich.

»Nein, so war das nicht. Ich habe ihm nur gesagt, dass ich nicht nach Rottach-Egern zurückkommen und es neu eröffnen will. Was faktisch natürlich das Gleiche ist. Aber ich habe einen ganz anderen Beruf und vom Hotelgewerbe keine Ahnung. Das wollte er nicht akzeptieren. Ich frage mich die ganze Zeit, ob er krank war. Er hat mich geradezu bedrängt, seine Wünsche umzusetzen, und das so schnell wie möglich.«

»Es klingt beinahe so«, stimmte Felix ihr zu.

»Ich würde es einfach gerne wissen. Es könnte ja sein, dass ihn mein Nein so aufgeregt hat, dass er … daran gestorben ist. Ich meine, dass er vielleicht einen Herzinfarkt oder Schlaganfall bekommen hat.« Der Gedanke war unerträglich. Sie sah sich mit dem Onkel auf der Bank vor seinem Haus sitzen. Der alte Mann war verbittert und enttäuscht gewesen ob ihrer Absage, und dann war auch noch Richter aufgetaucht. Richter. Von dem wusste Felix noch gar nichts.

»Vielleicht kannst du bei seinem Arzt nachfragen, ob es eine Vorerkrankung gab? Er hatte doch bestimmt einen«, schlug Felix vor. »Vielleicht hilft dir das weiter?«

»Ich weiß nicht, ob mir das weiterhilft. Wenn er Ja sagt, heißt das ja nicht, dass ich schuldlos bin. Ich weiß, wie sehr ich ihn enttäuscht habe. Aber vielleicht hast du recht. Ich glaube, das mache ich. Er war bei einem Dr. Schmälich oder Schmeling oder so ähnlich. Das finde ich raus.«

Sie war völlig erschöpft, und mittlerweile wollten ihr beinahe im Sitzen die Augen zufallen. Ob Felix hierbleiben wollte? Es wäre schön, neben ihm einschlafen zu können. Doch kam er in ihrem Bad zurecht? Brauchte er irgendetwas für die Nacht, womit sie nicht aushelfen konnte?

»Du musst ins Bett und schlafen, Kira«, sagte Felix sanft. »Ich rufe den Taxifahrer wieder an.«

»Okay. Schade, aber okay. Danke, dass du gekommen bist«, murmelte sie und schmiegte sich an seine Seite. »Ich sage sämtlichen Patienten für die kommende Woche ab«, ergänzte sie. »Ich muss Rudi holen, und bestimmt muss ich mich auch um die Beerdigung kümmern. Ist ja sonst keiner da.«

Ihr fielen die Augen zu. Felix küsste sie sanft auf die Schläfe. Sie spürte noch, wie er Anstalten machte, sich vom Sofa in den Rollstuhl zu hieven, dann war sie auch schon eingeschlafen.

Die Kopfschmerzen waren nicht besser geworden, und ihr Nacken war auch völlig verspannt von der Übernachtung auf dem Sofa. Mit zwei Gläsern Wasser, zwei großen Tassen Kaffee und einer Kopfschmerztablette versuchte Kira, aller Missliebigkeiten Herr zu werden.

Während sie ihren Kaffee trank, dachte sie an Felix, und ein warmes, dankbares Gefühl klang in ihr nach, weil er diese Mühsal auf sich genommen hatte, um bei ihr zu sein. Nachdem auch die zweite Tasse Kaffee leer war, begann sie, ihre gesamten Termine für die kommenden beiden Wochen abzusagen. Hier und da stieß sie auf pikierte Reaktionen, weil sie am Sonntag störte, doch die meisten Patienten zeigten Verständnis und Mitgefühl, als sie von einem Trauerfall in der Familie sprach, der ihre zeitnahe Absage notwendig machte. Sie notierte sich alle jene Patienten, die sie nicht erreichte, um es im Laufe des Tages von Rottach-Egern aus noch einmal zu probieren.

Bei Schmitz, der sich um Rudi kümmerte und den Hausschlüssel hatte, rief sie vergeblich an, um sich zu bedanken und ihm ihre Ankunft mitzuteilen. Auch bei ihm würde sie es später wieder versuchen.

Anschließend packte sie zum dritten Mal in kurzer Zeit eine Reisetasche und rief Felix an, um ihm zu sagen, dass sie erneut in die Berge fuhr, um sich um die notwendigen Formalitäten zu kümmern und Rudi abzuholen.

Es tröstete sie, Felix' Stimme zu hören, die inzwischen so vertraut war, und während des Gespräches ließen ihre Kopfschmerzen nach.

Eine halbe Stunde später saß sie in ihrem Wagen, die Hände am Steuer, und fühlte sich nicht in der Lage, den Motor anzulassen. Die letzten beiden Male, als sie nach Rottach-Egern gefahren war, hatte Onkel Georg auf sie gewartet. Mit einem vorbereiteten Gästezimmer, mit Abendessen und Frühstück und dem Wunsch und Willen, Zeit mit ihr zu teilen. Er würde nie wieder auf sie warten. Dieses Wissen drückte ihr die Luft ab und lähmte sie. An ihren Gliedern schien Blei zu hängen. Wie sollte sie die Fahrt schaffen im Wissen, dass der Onkel diesmal nicht unter seiner Tür stehen würde, um sie zu empfangen? Kira drückte die Handballen an die Schläfen.

Aber Rudi wartete. Rudi, die friedfertige, treue Seele, die ihren Herrn und ihr Zuhause verloren hatte. Kira startete den Wagen.

24

Mit klopfendem Herzen und einem Zittern von Kopf bis Fuß parkte Kira wie üblich neben dem Haus und blieb im Wagen sitzen. War sie in Bayreuth bei Sonnenschein und angenehmen Temperaturen von etwa zwanzig Grad losgefahren, so stand sie nun in strömendem Regen. Der Himmel war grau in grau, Wolken verschluckten die Gipfel der Berge, als hingen sie daran fest, und das Wasser rann in Bächen über die Windschutzscheibe.

Böse war sie nicht wegen des Wetters. Es passte zu ihrer Verfassung, und es hinderte sie daran, auszusteigen.

Sie wandte den Kopf nach links, wo das Hotel stand. Durch den Schleier des Regens war es nur verschwommen zu erkennen. Wie sollte es jetzt weitergehen? Nun war sie, viel früher als gedacht, doch in der Pflicht, eine Entscheidung zu treffen. Natürlich konnte sie auch alles so belassen, wie es war. Und was sollte sie mit Onkel Georgs Privathaus machen? Leer stehen lassen oder auch verkaufen, so wie sie seinerzeit das Haus ihrer Eltern verkauft hatte? Im Nachhinein hatte sie es so manches Mal bereut.

Es war alles zu viel, und die Situation war zu neu. Sie konnte unmöglich alles jetzt und gleichzeitig entscheiden. Sie nahm ihr Handy, das auf dem Beifahrersitz lag, und schrieb Felix eine Nachricht, dass sie gut angekommen war. Die Nachricht ging durch, doch er ging nicht online. Sie legte das Handy wieder auf den Sitz.

Der Regen ließ nach. Es zog sie ins Haus, als wäre sie ihrem Onkel dort am nächsten, und irgendetwas hielt sie im Auto fest. Hier war sie sicher. Jedenfalls sicherer, als wenn sie sein Anwesen betrat, seine Zimmer sah, seine Küche, den Platz, an dem er wahrscheinlich gelegen hatte, als Schmitz und Obermaier ihn gefunden hatten.

Sie musste zuerst zu Schmitz, den Schlüssel holen, damit sie überhaupt ins Haus kam. Und zu Rudi, der sicher völlig durcheinander war und seinen Herrn vermisste. Kira stieg aus dem Auto und schlug die Tür zu. Sie würde Schmitz nicht mehr anrufen, sondern einfach bei ihm klingeln. Obermaier hatte gesagt, er sei ein Nachbar. Also musste er hier irgendwo wohnen.

Sie fröstelte in ihrem dunkelblauen Hemdblusenkleid, das in Bayreuth genau richtig gewesen war. Auf der Straße hatten sich große Pfützen gebildet, in einem unachtsamen Moment trat sie in eine, und augenblicklich waren ihre blauen Mokassins völlig durchweicht. Kira ignorierte es. Sie hatte genug zum Umziehen dabei, und dass ihr kalt war, war auch egal. Es war im Augenblick fast alles egal, nur Felix nicht. Und Rudi.

Nur ein paar Häuser an der Sonnenmoosstraße entlang stand an einem Briefkasten, der an einem Bretterzaun hing, »P. und F. Schmitz«. Kira drückte auf die Glocke an der Säule neben der Gartenpforte. Aus dem Inneren des Hauses bellte ein Hund, der Vorhang hinter einem Fenster neben der Haustür bewegte sich, und kurz darauf ging die Haustür auf. Ein blonder Mann stand im Rahmen, hinter ihm sah sie Rudi, der sich an ihm vorbeischob und auf sie zulief.

»Rudi.« Kira öffnete die Gartentür, ehe sie sich vorgestellt hatte, und streichelte den Hund, der sich um ihre Beine schmiegte und dabei ein eigenartiges Jaulen von sich gab, wie sie es noch nie von ihm gehört hatte. Er jammerte, er klagte, äußerte sein Leid und seine Trauer. Er erzählte ihr, was geschehen war. Kira beugte sich zu ihm, umarmte ihn und drückte ihr Gesicht in sein weiches Fell. Erneut kamen ihr die Tränen. Rudi schleckte ihr übers Ohr und jaulte wieder.

»Ich nehme an, Sie sind die Nichte von Sollinger?«, sagte der blonde Mann, der mittlerweile zu ihnen gekommen war.

Kira richtete sich auf und trocknete sich die Augen. Er sah nett aus und mochte etwa in ihrem Alter sein.

»Ja. Kira Wagner.« Sie hielt ihm die Hand hin. Er drückte sie, kurz und fest.

»Peter Schmitz. Wollen Sie den Hund mitnehmen? Er frisst nicht und sitzt ununterbrochen im Hausflur und bewacht sozusagen die Tür.«

»Ja, ich nehme ihn mit. Ich habe es meinem Onkel versprochen, dass ich mich um ihn kümmere, falls er … mal nicht kann.«

»In Ordnung. Hier, der Schlüssel zum Haus. Ich dachte, den nehme ich mit. Ich habe die Jalousie im Wohnzimmer heruntergelassen, weil ich das Fenster einschlagen musste. Ich weiß nicht, ob die Versicherung das übernimmt.«

»Schon gut. Das ist das Geringste. Ich danke Ihnen für alles, was Sie getan haben.«

»Gerne. Was wird denn jetzt aus dem Haus?«

»Das weiß ich noch nicht.«

Schmitz nestelte in der Brusttasche seines Poloshirts und zog eine zerknitterte Visitenkarte hervor.

»Hier, meine Nummer. Falls Sie Unterstützung brauchen.«

Kira warf einen Blick auf die Karte. *Schmitz – Immobilien – An- und Verkauf*, las sie und wurde augenblicklich ärgerlich.

Ihr Onkel mochte vor vielleicht zwanzig Stunden seinen letzten Atemzug getan haben, und schon stand jemand auf der Matte, der ein Geschäft witterte. Sie musste an Erlinger und Richter denken, die ihrem Onkel ebenfalls zugesetzt hatten, und konnte plötzlich nachvollziehen, wie sehr ihn das unter Stress gebracht hatte. Sie gab Schmitz die Karte zurück.

»Sollte es so weit kommen, weiß ich, wo ich Sie finden kann. Ich nehme Rudi jetzt mit. Danke noch mal, dass Sie sich um ihn gekümmert haben.«

Schmitz schien nicht verärgert. Er nickte nur und steckte seine lädierte Visitenkarte wieder ein.

»Ich hole noch rasch Rudis Sachen. Den Napf und so weiter«, sagte er und wandte sich zum Haus.

Rudi hielt sich dicht an Kiras Seite, während sie zurück zu Sollingers Anwesen gingen.

Langsam schob sie den Schlüssel ins Schloss, voller Angst, wie es ihr dabei gehen würde, allein das Haus des Onkels zu betreten, in dem Wissen, dass er nie wieder hier sein würde. Rudi schlüpfte durch die Tür, sowie sie offen war.

Links im Flur hingen die Jacken ihres Onkels an den Haken

der Garderobenleiste, darunter standen, ordentlich aufgereiht, drei Paar Schuhe. Der Flur weitete sich nach etwa zwei Metern zu einem Eingangsbereich. Hier stand ein Ohrensessel aus braunem abgewetztem Leder, auf dem Georg Sollinger häufig seine Schuhe gewechselt hatte. Gegenüber stand eine Telefonbank mit Telefon, grau gepolsterter Sitzfläche, Notizblock und Kugelschreiber und einem Telefonbuch. Der Anrufbeantworter blinkte. Sie würde ihn später abhören.

Rudi schlich mit gesenktem Kopf zum Wohnzimmer, dessen Tür offen stand. Es war düster in dem Raum, da von zwei Fenstern eines durch die Jalousie verschlossen war. Kira folgte dem Hund. Abgesehen von den Scherben, die am Boden nahe dem kaputten Fenster lagen, sah alles aus wie immer. Rudi legte sich neben dem Sofa auf den Boden und gab wieder einen kläglichen Ton von sich.

»Es tut mir so leid, mein Kleiner«, sagte Kira mit heiserer Stimme. »Es tut mir so leid. Ich lasse dich nicht allein. Ich nehme dich mit nach Bayreuth, versprochen.« Aber dort hatte sie nur eine Wohnung mit Balkon und ihre Praxis. Rudi musste mit in die Praxis. Sie konnte ihn unmöglich den ganzen Tag allein lassen.

Kira ging in die Küche, wo sie das letzte Mal mit ihrem Onkel beisammengesessen hatte. Neben dem Spülbecken standen zwei Kaffeebecher, ein Teller und eine kleine Schüssel, alles benutzt.

Sie hätte sich gerne an den Tisch gesetzt, doch irgendetwas hielt sie davon ab. Das Haus war so verlassen, und gleichzeitig schien es ihr, als atmeten die Wände noch die Anwesenheit ihres verstorbenen Bewohners aus. Kira drehte sich auf dem Absatz um und floh förmlich aus der Küche. Hier konnte sie heute Nacht nicht bleiben. Auf keinen Fall. Sie würde sich ein Hotelzimmer nehmen.

Nein. Das ging nicht, wegen Rudi. Er sollte zumindest vorübergehend noch seine vertraute Umgebung haben. Sie musste hierbleiben.

Der Anrufbeantworter in der Eingangshalle blinkte immer

noch. Kira setzte sich auf die Telefonbank, streifte endlich die unangenehm nassen Schuhe ab und rief die Nachricht auf.

»Hallo, Herr Sollinger, Jutta Schmeling hier. Die Laborergebnisse sind da. Bitte machen Sie am Montag einen Termin zur Sprechstunde aus, damit wir die Werte besprechen können.« Das Gerät piepte und schaltete sich aus.

Wieder hämmerte ihr Herz gegen die Rippen. Die Laborergebnisse. Er musste ein gesundheitliches Problem gehabt haben, von dem er ihr nichts erzählt hatte. Wenn die Ärztin sagte, es seien die Werte zu besprechen, dann hieß das ja wohl, dass etwas nicht in Ordnung war, oder? Heute war Sonntag, und sie konnte sie nicht zurückrufen. Wobei noch gar nicht sicher war, ob sie Auskunft bekam. Aber zurückrufen würde sie, auf jeden Fall.

Und jetzt? Es gab nichts, was sie tun konnte. Weder mit Dr. Schmeling reden noch sich um die Bestattung kümmern, und das Fenster sollte wohl auch gerichtet werden. Sie war überstürzt losgefahren, und nun saß sie hier, ihren Erinnerungen und Schuldgefühlen ausgeliefert.

Rudis Pfoten schlurften über das Parkett im Wohnzimmer. Der Hund kam zu ihr und legte sich neben sie. Nein, sie war nicht überstürzt gefahren. Das Tier brauchte einen vertrauten Menschen. Sie streichelte ihm über den Kopf. Vielleicht sollte sie einen Spaziergang mit ihm machen. An der Garderobe hing eine lederne Hundeleine und unter der Hundeleine ein Schlüsselbund, mit einem Anhänger in Edelweißform und wohl auch aus Leder. Er wirkte abgegriffen. Daran befanden sich die Schlüssel zum Hotel.

Kira verließ mit Rudi an der Leine das Grundstück ihres Onkels, das jetzt wohl das ihre war. Darüber wollte sie nicht nachdenken. Es regnete nicht mehr, die Luft war kühl. Sie hatte eine Strickjacke übergezogen und die Schuhe gewechselt, die wahrscheinlich zwei Tage brauchen würden, ehe sie wieder trocken waren. Eventuell konnte sie sie mit ein wenig Zeitungspapier ausstopfen, das zog die Feuchtigkeit raus.

Felix hatte ihre Nachricht zwischenzeitlich gelesen und mit einem Kuss-Smiley beantwortet. Das fand sie ein wenig dürftig, über ein paar Zeilen Text hätte sie sich gefreut. Aber möglicherweise gehörte er zu den Menschen, die nicht gerne über WhatsApp kommunizierten.

Sie wandte sich nach rechts und ging über den schmalen asphaltierten Fußweg Richtung Wallbergbahn, Talstation. Rudi lief neben ihr her, dicht an ihrer Seite, als wollte er darauf achten, dass sie nicht plötzlich wieder verschwand. Nur gelegentlich schnupperte er am Wegrand oder erledigte seine Notwendigkeiten.

Nach einer knappen halben Stunde waren sie an der Bahn. Bedächtig machte sie sich an den Aufstieg zum Wallberg. Sie wollte nicht nach oben. Für eine Bergwanderung war sie nicht ausgerüstet, außerdem war der Weg nass und auf der Route, die sie gerne nahm, nach dem Regen zu gefährlich. Sie würde nicht länger als etwa eine halbe Stunde weiterlaufen und dann umkehren.

Dem Hund schien es auf dem Weg zu gefallen. Er wurde lebhafter und lief nun ein paar Schritte voraus, soweit es die Leine zuließ. Frei laufen lassen mochte sie ihn nicht. Sie hatte keine Ahnung, ob und wie gut er auf ein paar Kommandos reagierte. Nicht auszudenken, er würde davonlaufen.

Anderthalb Stunden später betraten sie und Rudi wieder das Haus des Onkels. Der Spaziergang hatte gutgetan, auch wenn sie währenddessen permanent an den alten Mann hatte denken müssen. Jetzt hatte sie Hunger, und ihr fiel ein, dass sie heute noch gar nichts gegessen hatte. Rudi brauchte auch Futter. Sie erinnerte sich, dass Schmitz gesagt hatte, er wolle nichts fressen.

Sie füllte seinen Napf, der in der Küche stand, mit Trockenfutter und gab ihm frisches Wasser dazu. Bedächtig fing das Tier an zu fressen. Na bitte. Er brauchte Zuwendung und einen vertrauten Menschen.

Was sie jetzt essen wollte, wusste sie nicht. Es widerstrebte ihr, an die Vorräte ihres Onkels zu gehen, auch wenn diese Einstellung keinen Sinn ergab. Essen zu gehen kam auch nicht in Frage. Blieb, sich etwas zu holen oder zu bestellen. Und auch das gefiel ihr nicht.

Widerstrebend öffnete sie den Kühlschrank. Sie fand Eier, Speck, Butter, eine Packung Schnittbrot, etwas Käse, ein paar Becher Joghurt.

Sie machte sich ein Käsebrot, brühte sich einen Tee auf und setzte sich mit beidem auf die Terrasse.

»Guten Abend, Frau Wagner«, hörte sie eine männliche Stimme.

Sie erschrak so, dass sie beinahe ihr Brot hätte fallen lassen, und wandte den Blick zur Seite. Noah Richter stand an der Hausecke.

»Herr Richter. Was wollen Sie hier?« Sie legte ihr Brot zurück auf den Teller.

»Mein Beileid aussprechen.« Er kam näher und blieb eine Armlänge vom Tisch entfernt stehen.

»Danke. Woher wissen Sie, was passiert ist?«

Es störte sie, dass er hier war, und es störte sie, dass sie zu ihm aufsehen musste. Beinahe hatte sie das Gefühl, ihr Onkel stünde an der anderen Seite des Tisches und bedeutete ihr, ihn umgehend wegzuschicken.

»Ich habe gestern Abend noch einen Spaziergang gemacht und den Notarzt und den Wagen eines Bestattungsinstitutes hier beim Haus gesehen. Ein paar Nachbarn waren auch da, und eine ältere Dame war recht mitteilsam.«

Sie hätte es sich denken können. Hier kannte jeder jeden, und wenn etwas passiert war, wussten es gleich alle. Wahrscheinlich kam Erlinger die Tage auch noch vorbei.

Rudi trottete um die Hausecke und leckte sich dabei mehrfach die Schnauze. Sein Futter schien ihm geschmeckt zu haben. Er ging zu Richter, schnupperte an seinem Bein, stupste ihn sacht und wedelte. Richter strich ihm über den Kopf. Wie treulos, dachte Kira und wunderte sich, dass sie sich nicht wirklich empören konnte.

»Und jetzt habe ich Ihren Wagen vor dem Haus parken sehen«, ergänzte er.

Sie gab keine Antwort.

»Darf ich mich setzen?«, fragte Richter.

Lieber Himmel, nein. Onkel Georg stand immer noch an der anderen Seite des Tisches und verfolgte, wie sie sich Richter gegenüber verhielt.

»Wozu? Wollen Sie mir jetzt Ihr Angebot unterbreiten? Mein Onkel hat es mehrfach abgelehnt. Ich schließe mich dem an.«

»Vielleicht würden Sie anders darüber denken, wenn Sie wüssten, was ich vorhabe«, entgegnete er.

»Keineswegs. Es war meinem Onkel sehr wichtig, dass das Hotel in der Familie bleibt.«

Richter schob die Hände hinter den Rücken. Rudi trollte sich unter den Tisch und legte sich vor ihre Füße.

»Es ehrt Sie, dass Sie den Wunsch Ihres Onkels respektieren wollen«, sagte er.

»Ich will nicht nur, ich werde es auch tun«, erwiderte sie.

»Was haben Sie vor? Wenn ich richtig kombiniere, sind Sie aus Bayreuth. Das sind doch ein paar Kilometer. Was machen Sie mit Ihrem Erbe?«

Er war impertinent, stellte Fragen, die ihm nicht zustanden. Trotzdem konnte sie sich nicht so darüber aufregen, wie sie es von sich erwartet hätte. Aber das mochte der Situation geschuldet sein. Der Schock über Onkel Georgs plötzlichen Tod saß tief.

»Ich glaube nicht, dass ich Ihnen dazu etwas sagen muss«, antwortete sie nur.

»Ja, das ist richtig. Es war vielleicht auch nicht gut, dass ich gleich heute mit Ihnen reden wollte. Ich wusste ja auch gar nicht, dass Sie hier sind. Ich habe nur Ihr Auto stehen sehen und wollte kondolieren.«

»Sie sollten jetzt gehen.«

Ihr Tee wurde kalt, und der Onkel war enttäuscht von ihr, weil sie sich überhaupt so lange mit Richter unterhielt. Sie hatte ihn mit ihrer Absage zu seinen Lebzeiten schon genug enttäuscht.

»Wenn Sie die Dinge so lassen, wie sie seit Jahren sind, dann stehen hier ab jetzt zwei Häuser leer. Das ist nicht gut.«

»Was soll denn das?« Nun wurde sie doch ärgerlich.

»Es gibt immer wieder Gesindel.«

»Es reicht jetzt. Gehen Sie.« Für einen Moment hatte sie den Wunsch, ihm ihren Tee ins Gesicht zu schütten.

Sollinger in ihrer Phantasie schien zu schmunzeln.

»Natürlich. Wir hören voneinander«, sagte Richter.

Er drehte sich um und ging mit wiegenden Schritten um die Hausecke, den Rücken sehr gerade. Sie packte der Drang, ihm die Tasse hinterherzuwerfen.

Aus dem Haus klang das Läuten ihres Handys.

»Felix, wie schön.« Beim Klang seiner Stimme wurde sie ruhiger.

»Wie geht es dir, Liebes?«

»Nicht so besonders, wenn ich ehrlich bin. Es ist ein furchtbares Gefühl, hier zu sein und zu wissen, dass mein Onkel nicht mehr zurückkommt. Ich fühle mich wie ein Eindringling in seinem Haus.« Mit dem Handy am Ohr ging sie wieder nach draußen und setzte sich auf ihren Platz auf der Terrasse.

»Das verstehe ich. Es tut mir leid, Kira. Es wird sicher eine Weile dauern, bis du dich gefangen hast«, sagte er tröstend.

»Ja, wahrscheinlich.« Sie fing an, ihr Käsebrot zu zerkrümeln.

»Was hast du heute gemacht?«, fragte Felix.

»Nicht viel. Ich habe erst Rudi abgeholt, und dann bin ich mit ihm spazieren gegangen. Jetzt sitze ich mit einem Käsebrot auf der Terrasse. Und du?«

»Ich habe endlich mit Leonie sprechen können. Sie hat tatsächlich von sich aus angerufen. Sie hat letzte Nacht vom Fenster ihrer Wohnung aus gesehen, dass ich mit einem Taxi zu dir gefahren bin. Sie muss wohl gedacht haben, ich will zu ihr, weil sie nicht wie versprochen zurückruft, und hat eine ganze Weile vergeblich in ihrer Wohnung gewartet, dass ich mich melde. Ich habe ihr aber nicht erzählt, warum ich bei dir war.«

Das war gut so. Ihre privaten Belange gingen Leonie nichts an.

»Hast du sie gefragt, warum sie die Trennung von Stefan verschwiegen hat?«

»Ja. Aber sie wollte mir dazu nichts sagen und ist beinahe rabiat geworden, weil ich ihr erzählt habe, was Stefan uns erzählt hat. In zwei Wochen fange ich im Reisebüro an.«

Der Themenwechsel kam abrupt. Kira setzte sich aufrechter auf die Bank.

»Doch schon? Du sagtest doch, in vier Wochen.«

»Ja. Gestern früh hat mich Heiner Gebmann angerufen, mein ehemaliger Chef, und hat gefragt, ob ich bereit wäre, eher zu kommen. Ich habe Ja gesagt.«

»Wie geht es dir damit?«, erkundigte sie sich.

»Das war die Therapeutenfrage«, gab Felix zurück.

Sie hätte gerne auf die Antwort hin gelacht oder wenigstens gelächelt, doch es ging nicht.

»Ja, du hast recht. Entschuldige.«

»Ich weiß es ehrlich gesagt nicht. Es ist der Versuch, wieder selbstständiger zu werden. Die erste Zeit arbeite ich drei Tage die Woche, halbtags. Mich erschlägt schon beinahe der Gedanke. Aber ich kann ja nicht nur zu Hause sitzen und auf ein Wunder warten, das nicht geschieht. Das habe ich lange genug getan. Bei der Bank habe ich auch einen Termin, nächste Woche. Den hatte ich schon am Freitag ausgemacht, ich hatte nur vergessen, es dir zu erzählen.«

Er war aktiv, und das war ein gutes Zeichen. Von der Wahnsinnsoperation sagte er nichts mehr, und sie wagte nicht, an das Thema zu rühren. Eine schwere Last senkte sich auf ihre Schultern. Sie besaß jetzt zwei Häuser, auf Grundstücken, die sicher sehr viel Geld wert waren. Unvermögend mochte Onkel Georg auch nicht gewesen sein, immerhin hatte er sogar die Schenkungssteuer übernehmen wollen. Alles in allem war sie wahrscheinlich nun eine finanziell reiche Frau. Mit dem Geld würde sie Felix helfen können. Was der Onkel entschieden abgelehnt hatte. Letzten Endes hatte er sich aber hauptsächlich gegen den Verkauf des Hotels ausgesprochen, oder? Von seinem übrigen Besitz war nie die Rede gewesen.

Heißes Schamgefühl durchlief sie, und am liebsten hätte sie sich für den Gedanken, der wie von allein über sie hergefallen war, geohrfeigt. Onkel Georg war nicht nur gegen den Verkauf des Hotels gewesen, sondern auch dagegen, dass sie Felix finanziell unterstützte. Das hatte er klar gesagt. Mit dieser Bürde musste sie zurechtkommen.

»Du bist so still, Liebes«, sagte Felix sanft.

»Ja, ich merke es schon selbst. Ich komme gerade überhaupt nicht zurecht.«

»Es braucht Zeit.«

Das war die Wahrheit, aber auch eine Floskel. Von einem Moment zum anderen wollte sie das Gespräch beenden. Felix konnte ihr nicht helfen. Im Gegenteil, er war ein Teil des Problems, sosehr sie ihn auch liebte.

»Du hast recht. Lass uns morgen wieder telefonieren«, bat sie.

»Gerne. Schlaf gut, mein Schatz.«

»Du auch.«

Sie legte das Telefon vor sich auf den Tisch. Sie mochte weder das bröselige Käsebrot essen noch den wahrscheinlich kalten Tee trinken. Sie wollte zurück in ihr altes Leben. In die Sicherheit ihrer Praxis und zu den Gesprächen mit ihren Patienten. In ihre einsame Wohnung nicht unbedingt. Aber vielleicht zu Felix, ehe Onkel Georg sie und die Welt verlassen hatte.

25

Kira wurde vom Läuten des Telefons geweckt. Für einen Augenblick lag sie reglos unter der Bettdecke und versuchte, das Geräusch einzuordnen. Sie hatte am Abend zuvor sehr lange nicht einschlafen können, und jetzt hatte sie Mühe, in der Realität anzukommen und ihre Gedanken zu sortieren.

Das Läuten kam aus dem Erdgeschoss, vom Festnetzanschluss. Sie warf die Decke zurück und eilte auf nackten Füßen hinunter.

»Wagner, bei Sollinger«, meldete sie sich außer Atem.

»Notariat Bergmaier, Burger am Apparat, guten Morgen. Einen Augenblick, ich verbinde«, hörte sie eine junge Frau, die in leichtem Singsangton sprach.

Ehe Kira noch etwas sagen konnte, knackte es in der Leitung.

»Bergmaier. Guten Morgen, Herr Sollinger. Sie hatten am Samstag auf Band gesprochen, wegen der Klausel, die Sie in Ihr Testament setzen lassen wollen. Ich möchte noch einmal genau nachfragen. Bei unserem letzten Telefonat haben wir über –«

»Moment, warten Sie«, fiel Kira ihm ins Wort.

Augenblicklich wurde es still in der Leitung.

»Sie sprechen nicht mit Georg Sollinger, sondern mit Kira Wagner, seiner Nichte.«

»Was? Wie zum Kuckuck …? Ich wollte mit Ihrem Onkel sprechen.«

»Mein Onkel ist am Samstag verstorben.«

Wieder wurde es still in der Leitung. Bergmaier räusperte sich. »Das tut mir sehr leid. Mein Beileid, Frau Wagner.«

»Danke. Worum genau geht es bei dieser Klausel?«

»Ich … ähm … also, wenn Ihr Herr Onkel verstorben ist, dann sehen wir uns ja zur Testamentseröffnung. Dann können wir uns unterhalten.«

»Das ist wann?«

»Nun, ich denke, in vier bis fünf Wochen. Eher fünf.«

»So lange will ich nicht warten. Von welcher Klausel haben Sie gesprochen?« Ihr Herz hämmerte, und sie war jetzt hellwach.

»Liebe Frau Wagner, am Telefon … Ich meine, solche Themen sind doch diskret zu behandeln. Mein Terminkalender ist randvoll, und Urlaub habe ich demnächst auch noch. Ich würde schon bitten –«

»Herr Bergmaier, ich habe eben meinen Onkel verloren. Den letzten Verwandten, den ich noch hatte. Nun rufen Sie an, erzählen was von einer Klausel, die er in sein Testament einbinden lassen wollte, und wollen mir jetzt nicht sagen, was er vorhatte. Das ist nicht Ihr Ernst.«

Bergmaier stieß einen tiefen Seufzer aus. »Nun gut. Nachdem Herr Sollinger ohnehin nicht mehr unter uns weilt. Sie sind seine Erbin. Ihnen dürfte ja bekannt sein, dass er Ihnen sein Hotel vorab per Schenkung übergeben wollte, was hinfällig war, weil Sie seinen Wünschen nicht nachkommen wollten. Er war wohl in Sorge, Sie könnten sein Hab und Gut, und hier spreche ich insbesondere von dem Hotel, nach seinem Ableben veräußern. Hier wollte er vorsorgen. Er hat mir am Samstag auf den Anrufbeantworter gesprochen und mir mitgeteilt, ich möchte zeitnah eine Ergänzung zum Testament vornehmen, dass das Hotel die kommenden fünfzehn Jahre nicht verkauft werden darf.«

Kira setzte sich auf die Telefonbank. Ihre Füße waren eiskalt.

»Frau Wagner? Sind Sie noch dran?«

»Ja. Danke für die Auskunft.« Kira beendete das Telefonat. Ihr Kopf schien völlig leer.

Sie zog Schuhe und Jacke an, nahm den Schlüssel mit dem Edelweißanhänger vom Haken.

»Rudi? Ich geh rüber, ins Hotel. Magst du mitkommen?«

Der Hund lag auf seinem Kissen im Wohnzimmer, den Kopf zwischen den Pfoten, und sah sie aufmerksam an, ohne sich zu rühren.

»Nicht? Gut. Dann bleibst du hier und bewachst das Haus.«

Als sei er einverstanden, schnaufte der Hund einmal tief durch und legte sich auf die Seite.

Kira verließ das Haus. Schräg gegenüber, in etwa hundert

Metern Entfernung, stand das Hotel. Beide Häuser waren durch einen Feldweg verbunden, in dessen Mitte Gräser und Wildblumen wucherten. Die Morgensonne schien. Noch war es kühl, und auf dem Grünstreifen sowie auf den Wiesen neben dem Weg schimmerte die Feuchtigkeit des gestrigen Regens.

Beklommen und mit langsamen Schritten ging sie zu dem stillen Gebäude, das sich ruhig und wie abwartend, was nun mit ihm geschehen sollte, vor dem Wallberg erhob.

Und wieder hatte sie das Gefühl, der Onkel wäre in ihrer Nähe. Ihr war, als würde er sie begleiten, zwei oder drei Schritte seitlich hinter ihr. Kira atmete flach.

Es waren nur noch wenige Meter bis zum Haus.

Seitlich davon gab es eine großzügige Terrasse. Durch die Fugen der Steinplatten wucherten Grashalme und Löwenzahn, der mit seinen kräftig gelben Blüten die Bienen anlockte.

Zur zweiflügeligen Eingangstür aus dunklem Holz führten drei steinerne Stufen. In die Tür selbst waren kunstvolle Blumenranken und Ornamente geschnitzt. Die Witterung hatte dem Holz zugesetzt, hier und da blätterte die Farbe ab.

Kira schob den Schlüssel in das Schloss, das aussah, als wäre es aus rostigem Eisen gefertigt. In ihrer Erinnerung hatte es schon immer so ausgesehen, ebenso der darüberliegende tennisballgroße Türknauf, dessen Oberfläche sich so glatt in ihre Handfläche schmiegte, als würde er täglich mehrfach genutzt. Ohne jeglichen Widerstand ließ sich der Schlüssel drehen. Bedächtig drückte Kira die Tür auf. Die Luft, die ihr entgegenschlug, roch staubig und abgestanden, als wäre viele Jahre kein Fenster mehr geöffnet worden. Wahrscheinlich war es so.

Hinter ihr drängte die Morgensonne ins Haus und durchflutete den Eingangsbereich. Kira stand still und ließ auf sich wirken, was sie sah.

Zu ihrer linken Seite befand sich der Tresen der Rezeption, dahinter an der Wand waren die vielen kleinen Fächer eines großen Regals mit kleinen Haken. An den meisten davon hingen auch jetzt noch die Schlüssel zu den Gästezimmern. In die Fächer hatte das Personal Nachrichten für die Gäste gelegt. Das mochten Anrufe von deren Angehörigen gewesen sein, während sie selbst auf Wanderschaft gewesen waren, oder Post, die sie sich hatten nachsenden lassen.

Neben der Rezeption führte eine geschwungene Treppe in die oberen Stockwerke. Die Stufen waren mit einer roten Auslegeware belegt, die stellenweise abgetreten war.

Rechts vom Eingangsbereich gab es einen schmalen bogenförmigen Durchgang zu dem sogenannten Kaminzimmer, das den Gästen als eine Art Aufenthaltsraum gedient hatte. Seinen Namen hatte es von dem offenen gemauerten Kamin, um den sich kleine Sitzgruppen mit tiefen altmodischen Sesseln und niedrigen Tischen gruppierten.

Geradeaus, durch einen sehr viel breiteren, jedoch ebenfalls bogenförmigen Durchgang, kam man in den Speisesaal. Tische und Stühle standen noch bereit, als warteten sie darauf, wieder gebraucht zu werden. Auf den Tischen lagen roséfarbene Unterdecken, darüber weiße spitzengesäumte Tischdecken, und auf dem honigfarbenen Parkettboden verteilten sich große bunt gemusterte Teppiche, die Perserteppichen nachempfunden waren.

Die gesamte Einrichtung mutete rustikal an. Vieles war nicht mehr zeitgemäß, wie zum Beispiel die Teppiche im Speisesaal. Die Kanten bedeuteten Stolperstellen, und fiel etwas herunter, war der Teppich mit großer Wahrscheinlichkeit verschmutzt, wenn nicht gar ruiniert.

Hinter dem Speisesaal befand sich die Küche, und durch eine breite zweiflügelige Glastür konnte man hinaus auf die Terrasse.

Kira wandte sich zur Treppe und ging nach oben ins erste Stockwerk. Über einen Gang kam man zu den Gästezimmern. Einige waren zugesperrt. Sie hätte an der Rezeption die dazugehörigen Schlüssel suchen können, doch sie hatte nicht die Absicht, in jeden Raum zu sehen. Nur in ein oder zwei, um sich zu erinnern.

Das vorletzte Zimmer im ersten Stock war nicht verschlossen. Es handelte sich um ein Einzelzimmer. Auf den Türen eines Bauernschranks sah sie eine ländliche Zeichnung. Ein Bauer trieb zwei Pferde an, die seinen mechanischen Mähdrescher über ein goldgelbes Feld zogen. Das dazugehörige Bad war verhältnismäßig groß, mit weißen Kacheln, die über und über mit rosa Blütenranken bemalt waren. In das weiße Waschbecken war links eine Vertiefung eingelassen, die als Ablage für ein Stück Seife gedacht war. Auch so etwas hatte sie schon sehr lange nicht mehr gesehen.

Kira verließ das Zimmer, ging wieder nach unten und betrat den Speiseraum. Sie setzte sich an einen der Tische und erinnerte sich, wie sie als Kind im Winter hier gespielt hatte, wenn das Hotel zwei Wochen Betriebsferien gemacht hatte. Sie war zwischen den Tischen herumgerannt und hatte mit einer Kindergartenfreundin, an deren Namen sie sich nicht mehr erinnern konnte, Fangen gespielt. Oder sie waren um die Wette um die Tischbeine gekrochen. Das Ziel war gewesen, wer als Erster bei der rechteckigen Fläche am Ende des Speisesaals angekommen war, auf der keine Teppiche lagen. Dieser Platz war stets frei gehalten worden. Am Wochenende spielten dort kleinere Bands aus der Umgebung zum Tanz auf.

Kira erhob sich von ihrem Platz. Wahrscheinlich hätte sie den ganzen Tag in dem alten Gebäude zubringen können, wenn sie jede Ecke und jeden Winkel inspizieren wollte. Doch das brachte sie nicht weiter.

Um das Hotel wieder zum Leben zu erwecken, würde sie ihren Beruf aufgeben und vermutlich sogar zurück nach Rottach-Egern ziehen müssen. Und sie hatte keine Ahnung, wie sie es würde angehen müssen.

Es tut mir so leid, Onkel Georg, dachte sie und meinte, ihn unter der Tür zum Speisezimmer stehen zu sehen. Ich kann das einfach nicht.

Kira wählte die Nummer von Dr. Jutta Schmeling.

»Praxis Dr. Schmeling, hallo«, meldete sich eine Frauenstimme.

»Hallo«, erwiderte Kira. »Mein Name ist Kira Wagner. Ich bin die Nichte von Herrn Georg Sollinger. Ich würde gerne mit Frau Dr. Schmeling sprechen«, sagte sie.

»Die Frau Doktor ist noch in der Sprechstunde. Wenn ein Notfall vorliegt, sollten Sie –«

»Nein, kein Notfall«, unterbrach Kira sie und bekam einen Druck auf der Brust. »Mein Onkel ist am Samstag verstorben. Die Frau Doktor hatte ihm eine Nachricht auf den Anrufbeantworter gesprochen. Deswegen wollte ich mit ihr telefonieren.«

»Mein Beileid«, sagte die Angestellte. Sehr anteilnehmend klang es nicht. »Ich richte es ihr aus. Sie wird Sie zurückrufen. Sind Sie unter dem Anschluss von Herrn Sollinger erreichbar?«

»Ich gebe Ihnen meine Handynummer. Ich bin gelegentlich unterwegs«, antwortete Kira.

»Ja, in Ordnung.«

Eine Minute später beendeten sie das Gespräch. Als Nächstes musste sie noch beim Bestatter anrufen. Dann wollte sie ihre Patienten kontaktieren, die sie bisher noch nicht erreicht hatte, danach einen Spaziergang mit Rudi machen und am frühen Abend mit Felix telefonieren.

Kira ließ den Ruf klingeln und zählte langsam mit. Felix ging nicht ans Telefon. Nun hatte sie es schon zum zweiten Mal vergeblich versucht, und allmählich geriet sie in Sorge. Sie musste an ihren Onkel denken, den sie am Samstag auch nicht erreicht hatte und der dann … Sie versuchte, ihre Ängste auszubremsen. Vielleicht war Leonie bei ihm, und er wollte jetzt nicht ans Telefon gehen. Vielleicht war er im Bad und hörte es gar nicht. Vielleicht saß er auf der Terrasse, und das Mobiltelefon hing irgendwo im Haus am Ladekabel, und er bekam ihre Anrufe nicht mit. Oder er hatte einen Arzt- oder Physiotermin? Darüber hatten sie nicht mehr gesprochen, doch irgendwann mochten diese Termine wieder anstehen.

Er besaß auch ein Festnetztelefon, das stand bei ihm im Wohnzimmer. Die Rufnummer hatte sie nicht bei sich. Aber wenn er im Telefonbuch eingetragen war, ließ sich das herausfinden. Sie rief die entsprechende Suchfunktion im Internet ihres Handys auf. Ein Felix Gerber war nicht eingetragen.

Ein grauer Wagen fuhr langsam die Sonnenmoosstraße entlang, so langsam, als suchte der Fahrer oder die Fahrerin etwas. Kira stand von ihrem Platz auf der Terrasse auf und ging ins Haus. Sie würde jetzt Rudi füttern und sich etwas zu trinken holen und dann Felix eine Nachricht schreiben. Sicher rief er sie zeitnah zurück.

Ein Motorengeräusch näherte sich. Es hörte sich an, als würde jemand direkt vor das Haus fahren. Am Ende schon wieder Richter? Rudi spitzte kurz die Ohren und fraß dann gierig weiter. So entspannt der Hund sonst war, beim Fressen hatte er es eilig. Der Motor wurde abgestellt.

Kira schenkte sich ein Glas Eistee ein und ging damit wieder nach draußen. Eine Autotür klappte. Sie stellte ihr Glas ab und ging ums Haus. Fassungslos hob sie die Hand an den Mund.

Felix war gekommen.

»Felix. Ich fasse es nicht.«

Sie beugte sich zu ihm, um ihn zu küssen. Felix erwiderte den Kuss.

»Hallo, Liebes«, sagte er, nachdem sie sich wieder aufgerichtet hatte. »Lass mich erst mal aussteigen.«

Rudi trabte um die Hausecke und eilte auf den Besucher zu.

»Ja, wer bist denn du?« Felix hielt dem Hund die Hand hin, damit er ihn beschnuppern konnte.

Rudi begann zu wedeln und ließ sich den Kopf kraulen.

»Er ist wirklich ein Lieber und ein Hübscher dazu«, sagte Felix lächelnd zu Kira, die noch immer ungläubig neben ihm und seinem Auto stand.

»Das ist er. Wie hast du mich gefunden?«

Sie konnte es nicht glauben. Vor zwei Tagen war er mit einem Taxi und mit Hilfe des Taxifahrers zu ihr in die Wohnung gekommen, und nun war er ihr hierher gefolgt.

»Das war nicht schwierig. Du hast neulich den Namen deines Großvaters erwähnt, Richard Sollinger. Daraus habe ich geschlussfolgert, dass dein Onkel Georg den gleichen Nachnamen hatte, und ich habe seine Adresse im örtlichen Telefonbuch im Internet gefunden. Ich hatte kurz überlegt, ob ich dir Bescheid sage, dass ich kommen möchte. Aber dann dachte ich, du machst dir vielleicht Sorgen, wegen der weiten Strecke.«

»Das hätte ich allerdings«, gab sie zu. Sie trat ein paar Schritte nach hinten, um Platz für den Rollstuhl zu machen.

»Ich habe es zu Hause einfach nicht ausgehalten«, gestand Felix. »Ich sitze da doch nur rum, und du bist hier ganz allein und kannst zusehen, wie du mit allem zurechtkommst.«

»Ich freue mich unheimlich, dass du da bist«, sagte Kira.

Felix lächelte und setzte sich in seinen Stuhl.

Kira griff nach seiner Hand und drückte sie. »Lass uns hinters Haus gehen, da ist die Terrasse.«

Felix folgte ihr, Rudi eilte voraus.

»Magst du was trinken?«, fragte Kira. »Wasser, Eistee, Kaffee?«

»Um die Uhrzeit lieber keinen Kaffee mehr, sonst kann ich nicht schlafen. Ein Wasser reicht völlig«, sagte Felix.

»Ich hole es dir.«

Sie wagte nicht, ihn ins Haus zu bitten. Über die Terrasse gab es keinen Zugang, und zur Haustür führten zwei Stufen. Die Tür war schmal, es war gar nicht gesagt, dass der Stuhl durchpasste. Sosehr sie sich freute, dass er gekommen war, es plagten sie doch auch augenblicklich unzählige Sorgen.

Selbst wenn es gelang, dass Felix irgendwie ins Haus kam, das betagte Sofa im Wohnzimmer war absolut nicht für eine Übernachtung geeignet, und sowohl ihr Zimmer als auch das von Onkel Georg waren nur über eine steile Treppe zu erreichen. Im Grunde konnte er gar nicht bei ihr übernachten. Nun war er stundenlang gefahren und hatte kein Dach über dem Kopf. Diese Erkenntnis war schrecklich, und wider besseres Wissen fühlte sie sich schuldig.

Mit einem Glas und einer Flasche Wasser ging sie wieder zu ihm.

»Erzähl mir von deinem Tag«, bat Felix, während sie einschenkte.

»Ich war mit Rudi spazieren«, begann sie mit dem unspektakulärsten Teil ihres Tages. Der Hund lag wieder unter dem

Tisch auf der Terrasse. »Und ich habe mit dem Inhaber des Bestattungsinstituts gesprochen, der Onkel Georg abgeholt hat. Der Obermaier, das ist der, der ihn zusammen mit dem Schmitz gefunden hat, hat mir gesagt, welches Institut es war. Ich habe ihn angerufen und nachgefragt.«

»Weißt du schon, wann die Beerdigung sein wird?«, fragte Felix.

»Am Freitag.« Sie hatte Angst vor dem Abschied, Angst vor der Trauerfeier, Angst vor dem Moment, wo der Sarg hinabgelassen wurde. »Außerdem habe ich mit Onkel Georgs Ärztin telefoniert. Sie hatte ihm auf Band gesprochen, er sollte einen Termin in der Praxis ausmachen, wegen der Blutwerte.«

»Und?« Aufmerksam sah er sie an.

»Ich habe sie nicht sofort erreicht, aber sie hat mich zurückgerufen. Es sieht so aus, als hätte er schon einmal einen Herzinfarkt gehabt. Das sieht man an einem Blutwert. Troponin oder so ähnlich, hat sie gesagt. Deswegen wollte sie mit ihm sprechen. Möglicherweise hatte er einen zweiten Herzinfarkt, letzten Samstag. Also, das sage jetzt ich, nicht die Ärztin.« Ein Zittern durchlief sie. »Ich habe Angst, dass ich schuld bin, Felix. Dass er sich meinetwegen so aufgeregt hat, dass …«

Felix legte ihr die Hand auf den Arm. »Quäl dich nicht so, Kira. Was hättest du tun sollen? Ja zu seinen Wünschen sagen, mit denen du dich völlig überfordert gefühlt hast? Einen Platz einnehmen, der nicht deiner ist, damit dein Onkel glücklich geworden wäre? Wahrscheinlich wärst du über kurz oder lang wütend und unglücklich geworden. Das hätte er gemerkt und sich damit auch nicht gut gefühlt. Dazu kommt, dass viele ältere Menschen die Ansichten der nachfolgenden Generationen nicht akzeptieren wollen. Vielleicht hättest du vieles anders gemacht, als er es sich vorgestellt hatte.«

»Ja, das kann schon sein«, stimmte sie müde zu. »Trotzdem. Es geht mir entsetzlich mit dem Gedanken.«

»Ginge es dir besser, wenn du die genaue Todesursache kennen würdest?« Er sprach ruhig und sachlich.

»Ich weiß es nicht. Vielleicht. Wenn es kein Herzinfarkt gewesen wäre, dann vielleicht. Den bekommt man doch wegen großer Aufregung, oder nicht?« Bang sah sie ihn an.

»Das nimmt man allgemein an. Ob es wirklich so ist, kann ich dir nicht sagen. Ich habe schon mal von ein paar Risikofaktoren gehört wie Rauchen, Bluthochdruck, Übergewicht und so weiter. War er übergewichtig?«

»Nein, gar nicht. Aber geraucht hat er schon.«

Eine Weile wurde es still zwischen ihnen.

»Kannst du untersuchen lassen, woran er gestorben ist?«, fragte Felix schließlich.

»Vielleicht, ich weiß es nicht. Aber ich möchte das nicht. Er war dreiundachtzig Jahre. Er soll seinen Frieden haben.« Sie hatte selbst schon daran gedacht, bei der Hausärztin nachzufragen, ob es eine Möglichkeit gab, die genaue Ursache herauszufinden. Doch das lief vermutlich auf eine Obduktion hinaus, falls diese überhaupt in solch einem Fall vorgenommen wurde. Dagegen wehrte sich alles in ihr.

»Du wirst hierbleiben, bis er bestattet ist, nicht wahr?«, fragte Felix.

Kira nickte. »Ja. Ich bin in letzter Zeit die Strecke etliche Male gefahren. Ich bin ziemlich erledigt, und es bringt ja auch nichts, ständig hin- und herzuhetzen. Ich habe sämtliche Termine für die kommenden zwei Wochen abgesagt. Ich muss ein paar Entscheidungen treffen.«

»Wegen dem Hotel, vermute ich«, sagte Felix.

»Ja. Das und wegen dem Haus hier.« Vielleicht sollte sie das Privathaus vermieten? Schon bei dem Gedanken zog es ihr den Magen zusammen. Oder doch verkaufen? Vielleicht würde das Geld reichen, um Felix zu helfen. Der Gedanke war ihr schon einmal durch den Kopf gegangen. Zu seinem privaten Besitz hatte Onkel Georg zu ihr nie etwas gesagt.

Allein die Überlegung fühlte sich schäbig an, so als umginge sie seine Wünsche. Doch wie viel wogen seine Wünsche gegen Felix' Gesundheit? Aber vielleicht wurde die Operation ja ohnehin nie zugelassen. Auch mit dem Gedanken ging es ihr nicht besser.

»Kann ich mir das Hotel mal ansehen? Ich meine, nur von außen«, bat Felix.

»Natürlich.« Kira stand auf. »Wir müssen nur ums Haus gehen. Es führt ein Feldweg direkt von hier nach dort.«

Sie ging voran.

»Das ist es.« Kira zeigte über den Verbindungsweg.

»Ein sehr schönes Anwesen, das sieht man jetzt noch«, sagte Felix, nachdem er es eine Weile betrachtet hatte.

»Ja«, erwiderte Kira nur.

»Weißt du schon, was du tun wirst?«, fragte er.

»Ich kann es nicht verkaufen, falls du das meinst. Ich kann einfach nicht. Es ist nicht nur, weil er mir immer wieder gesagt hat, dass er das nicht will. Ich ...« Sie rang nach Luft.

»Ja?«

Er sah zu ihr hoch. Das fühlte sich nicht gut an. Sie wollte zu ihm aufsehen. Doch daran würde sie sich gewöhnen müssen. Es kostete sie unglaubliche Überwindung, Felix zu antworten.

»Als ich am Samstag gefahren bin, hat Onkel Georg beim Notar auf den Anrufbeantworter gesprochen. Er wollte in sein Testament eine Klausel einbringen lassen, dass ich das Hotel die nächsten fünfzehn Jahre nicht verkaufen darf. Es kam jetzt nicht mehr dazu, aber ...« Sie ballte die Fäuste.

»Du möchtest nicht gegen seinen Willen handeln«, ergänzte Felix.

Stumm nickte sie und schämte sich gleichsam in Grund und Boden.

Für Sekunden wurde es still zwischen ihnen. Felix legte behutsam seine Hand auf ihre.

»Es ist ein wunderbarer Abend«, sagte er ruhig, und sein Blick ging zu der Kette der Tegernseer Berge, die sich gegen den rötlichen Himmel erhoben, an dem die Abendsonne ihre letzten Strahlen für diesen Tag aussandte.

»Ja«, murmelte Kira, auf deren Brust die Last lag, die Onkel Georg ihr hinterlassen hatte.

»Ich war lange nicht mehr am See«, fuhr Felix fort und löste damit ein Stück weit ihre Beklemmung.

»Möchtest du hin?« Sie sah ihn fragend an. Es war ja nicht weit.

»Gern«, sagte er nur. Ihr Blick ging unter den Tisch, wo der Golden Retriever lag und döste.

»Nehmen wir ihn mit?«, fragte Felix, als hätte er ihre Gedanken gelesen.

Das war nicht so einfach. Sie brauchte eine Box für den Hund oder einen Anschnallgurt, damit er im Auto sicher saß. Sie hatte weder das eine noch das andere. Bestimmt hatte Onkel Georg irgendwo irgendwas. Vermutlich in seinem Auto. Der Schlüssel für den Wagen mochte an der Garderobe hängen. Für heute war ihr das alles zu viel, und bald würde die Sonne untergehen.

»Heute nicht«, entschied sie. »Ich bringe ihn ins Haus.«

»Gut. Ich fahre«, entschied Felix. »Und du zeigst mir den Weg.« Kira lächelte und nickte. Sie war dankbar, dass sie nichts weiter tun musste, als ihn zu begleiten.

Felix parkte in einer Seitenstraße nur wenige Meter vom Seeufer entfernt. Sie wartete neben dem Wagen, bis er den Platz vom Fahrersitz in den Rollstuhl gewechselt hatte, ohne ihre Unterstützung anzubieten. Felix' Handgriffe beim Ausladen des Stuhls und Wechsel des Sitzplatzes waren routiniert und sicher.

»Wohin genau möchtest du?«, fragte sie, als er startklar war.

»Völlig egal.« Er lächelte ihr zu. »Nur an den See und den Sonnenuntergang genießen, zusammen mit dir.«

Es wurde eng in ihrer Kehle. Unvermittelt musste sie an die letzten Worte ihres Onkels denken. »… dann machen wir uns einfach ein paar schöne Tage …« Es war nicht mehr dazu gekommen. Man musste jede Sekunde des Lebens nutzen. Felix sah sie aufmerksam an. Kira lächelte ihm durch einen Schleier von Tränen zu, legte ihre Hand auf seine Schulter und genoss seine Wärme.

»Komm«, sagte er leise. »Dort vorne sieht es wunderbar aus. Wir setzen uns auf eine Bank.« Sie folgte seinem Blick, sah den schmalen gepflegten Rasenstreifen, der die Straße von der Promenade des Seeufers trennte, und die Blumenrabatten, die in verschwenderischer Pracht zwischen in lockerem Abstand stehenden Bäumen blühten. Dahinter glitzerte der See. Felix brachte den Stuhl in Bewegung. Sie überquerten die Straße. Gleich die erste Bank am Ufer des Sees war frei. Kira setzte sich, und Felix rangierte seinen Rollstuhl dicht an ihre Seite. Der Abend war wunderbar mild, die Luft duftete nach Blüten und Wärme und Sommer. Kira lauschte auf das leise, kaum hörbare Plätschern der winzigen Wellen, die sacht ans Ufer glitten. In der Ferne stand ein Segelboot auf dem Wasser, reglos, als könnte es sich nicht entscheiden, in welche Richtung sein Weg gehen sollte.

Felix nahm ihre Hand. »Vermisst du deine Heimat?«, fragte er ruhig.

Sekundenlang dachte sie nach.

»Ich weiß nicht«, antwortete sie schließlich. »Im Moment fühle ich mich … wie entwurzelt. Ich weiß nicht, wie alles weitergehen soll.« Sie horchte ihren Worten nach.

Ja, sie fühlte sich entwurzelt. Felix hielt noch immer ihre Hand. Das tat gut, es gab ihr Halt, zumindest für den Moment. Und doch spielte Felix eine große Rolle bei ihrer Orientierungslosigkeit.

»Ich liebe dich«, sagte er leise und für sie völlig unerwartet.

Kira saß reglos auf ihrem Platz, ungläubig, ob er das eben wirklich gesagt hatte. In ihr begann etwas zu flattern. Sie spürte sehnsüchtiges Herzklopfen und eine Glückseligkeit, die für den Moment ihre Trauer zur Seite rückte und an die sie kaum zu glauben wagte. Obgleich alles in ihr danach verlangte, seine Liebeserklärung zu erwidern, bekam sie sie nicht ausgesprochen.

Felix hob ihre Hand an seinen Mund und küsste sacht jeden einzelnen Finger. »Ganz egal, wofür du dich entscheidest«, fuhr er mit gesenkter Stimme fort, »ich kann mir vorstellen, an deiner Seite zu sein, wenn du das auch möchtest.«

Kira wandte ihm den Blick zu. In ihr quoll etwas über vor Liebe und Zärtlichkeit. »Ich danke dir«, flüsterte sie, beugte sich vor und küsste ihn.

Felix erwiderte den Kuss mit aller Leidenschaft. Sie schmiegte sich an ihn, so gut es die Gegebenheiten zuließen, legte ihre Wange an seine und genoss es, dass er seine Finger mit ihren verschränkte. Sacht rieben winzige Barthaare gegen ihr Gesicht. Eine ganze Weile saßen sie so beisammen. Am Horizont versank langsam der glutrote Ball der Sonne.

Felix löste seine Finger aus ihren, wandte ihr das Gesicht zu und strich sanft ein paar ihrer Haarsträhnen zurück. »Ich bringe dich jetzt wieder nach Hause«, sagte er leise. »Und dann fahre ich auch weiter.«

»Was? Wohin?« Erschrocken sah sie ihn an.

»Nicht nach Creußen, das schaffe ich heute nicht mehr«, beruhigte er sie. »Ich habe in Bad Wiessee ein barrierefreies Hotel gefunden und für eine Nacht ein Zimmer gebucht. Wenn du möchtest, sehen wir uns morgen wieder, ehe ich zurückfahre. Länger bleiben kann ich nicht, weil ich den Termin mit der Bank habe.«

»Gut.« Bad Wiessee war nicht weit. Es lag ebenfalls am Tegernsee, nur etwa zehn Minuten mit dem Auto von Rottach-Egern entfernt. Kira beugte sich zu ihm und küsste ihn.

Zärtlich erwiderte er den Kuss.

»Ich habe mir schon Gedanken gemacht, wegen einem Schlafplatz für dich. Schon allein zur Haustür muss man über zwei Stufen, und innen gibt es im Erdgeschoss keine Möglichkeit. Nur ein altes, unbequemes Sofa, und die Treppe nach oben ist steil.«

Felix streichelte ihren Arm. »Mach dir keine Sorgen. Ich schreibe dir noch mal, wenn ich im Hotel bin.«

»Gerne. Dann lass uns jetzt fahren.«

26

Hermann Richter saß tief über seine Teetasse gebeugt. Mit zittriger Hand führte er sie zum Mund und trank vorsichtig. Porzellan und Teelöffel klapperten, als er die Tasse wieder absetzte.

»Hast du schon was unternommen?«, fragte er seinen Sohn, der ihm gegenüber am Tisch saß.

Der nickte. »Ich habe es mir angesehen«, erwiderte er.

»Und?« Der alte Mann hob den Kopf. Seine mageren Schultern stachen unter der dünnen hellbraunen Strickjacke hervor. Sie war sorgsam zugeknöpft, darunter trug er ein helles, kariertes Hemd. Seine Augen waren gerötet, und über seine Nase zogen sich feine rote Äderchen.

»Es ist perfekt«, antwortete sein Sohn.

Hermann Richter nickte zustimmend. »Wirst du noch mehr unternehmen?«, fragte er.

»Ja, auf jeden Fall. Ich tue, was ich kann, versprochen.«

»Bist mein Junge. Ich weiß, dass ich mich auf dich verlassen kann«, sagte der alte Mann.

Noah Richter schnürte es die Kehle zu. Wie zerbrechlich er geworden war. Er beugte sich über den Tisch und legte seine Hand auf die knotigen Finger des Vaters.

»Eine Garantie kann ich dir nicht geben«, sagte er, so ruhig er konnte. Er hätte ihn so gerne glücklich gesehen.

»Das weiß ich doch«, erwiderte Hermann Richter, lächelte ihm zu und drückte mit dem Daumen seine Hand. »Schon dass du es versuchst, macht mir Hoffnung und Freude.«

Noahs Gedanken gingen zu Kira Wagner. Er hatte einen Fehler gemacht, sofort bei ihr vorzusprechen, noch kaum dass der Sollinger das Zeitliche gesegnet hatte. Das war ungeschickt und pietätlos gewesen, wenn auch nicht seine Absicht. Eigentlich hatte er nur kondolieren und ein wenig präsent sein wollen. Doch als Sollingers Nichte gleich mit dem unergiebigen Thema angefangen hatte, war er eingestiegen. Das hätte er nicht tun sollen.

Schwester Ulrike betrat den Aufenthaltsraum des Seniorenheims Villa Alpenhof und kam zu ihnen.

»Herr Richter? Sie sollten sich jetzt wieder hinlegen«, sagte sie und zog den Rollator heran, der neben dem Tisch stand.

»Ja, wenn Sie meinen«, brummelte der alte Mann und wischte ein paar Kekskrümel von seiner Jacke.

Schwester Ulrike nahm ihn sacht am Arm und half ihm beim Aufstehen. Die Beine von Hermann Richter zitterten. Er umfasste die Griffe des Rollators.

»Ich komme bald wieder, Papa«, verabschiedete sich sein Sohn und erhob sich.

»Bis bald, mein Junge.« Der Vater lächelte ihm zu.

Noah Richter legte den Arm um die knochigen Schultern des alten Mannes und drückte ihn kurz an sich.

27

Rudi lief Felix schwanzwedelnd entgegen. Kira wartete bei der Hausecke, während Felix den Fahrersitz über das Transferbrett verließ und sich in seinen Rollstuhl setzte.

»Hallo, Rudi«, begrüßte er ihn freundlich und streichelte den Hund.

»Guten Morgen, mein Schatz«, sagte Kira und kam zu Felix, nachdem er die Wagentür geschlossen hatte. Sie beugte sich vor und küsste ihn.

»Guten Morgen, Liebes. Gut geschlafen?«

»Es ging so.« Sie lächelte ihn an. Ihr ging so vieles durch den Kopf, sie kam nicht wirklich zur Ruhe. »Und du?«

»Ach, na ja.« Felix lachte, eher resigniert als fröhlich. »Auch nicht so berauschend. Das Bett war nicht sehr bequem und alles ungewohnt. Ich bin wohl in den letzten beiden Jahren unflexibel geworden. Früher war ich oft unterwegs, und da hat mir ein Hotelzimmer auch nichts ausgemacht.«

»Ich nehme an, du hast schon gefrühstückt?«, erkundigte sich Kira.

»Ja, gut und reichlich. Du hoffentlich auch?«

»Sicher.« Nur zwei große Tassen Kaffee. Sie hatte einfach keinen Appetit.

»Was hast du heute vor?«, fuhr Felix fort.

Rudi legte sich mit einem tiefen Schnaufer zu seinen Füßen vor den Rollstuhl.

»Tatsächlich nichts«, gab Kira zu. Dieses Gefühl war ihr von vielen einsamen Wochenenden vertraut. Sie hatte alles in die Wege geleitet, was erforderlich war. Nur das Fenster im Wohnzimmer brauchte noch eine neue Scheibe. Sie konnte es sich selbst nicht erklären, doch die Reparatur mochte sie nicht angehen. »Einen Spaziergang mit Rudi werde ich wieder machen«, ergänzte sie.

»Das trifft sich gut. Ich würde gerne mit dir einen kleinen Ausflug unternehmen«, sagte Felix. »Da kann er mit.«

»Einen Ausflug?« Kira hatte genug davon, an der Hausecke zu stehen. Sie ging die wenigen Schritte zur Haustür und setzte sich auf die Bank daneben.

Felix bugsierte seinen Stuhl zu ihr. »Ja. Ich habe heute Morgen im Internet nach Möglichkeiten gesucht, die auch für Rollstuhlfahrer geeignet sind. Es soll einen schönen Rundweg um den Schliersee geben. Der ist etwa zwanzig Kilometer von hier.«

»Ich weiß, ich kenne ihn.« Die Idee war nicht verkehrt.

»Es soll dort auch ein paar Restaurants geben. Ich lade dich zum Mittagessen ein«, ergänzte er.

»Wie lieb von dir.« Kira lächelte ihn an.

»Soweit ich weiß, dürfen Hunde nur gesichert im Auto mitfahren, also angegurtet oder so. Hat dein Onkel da was für ihn?«, fragte Felix.

»Bestimmt hat er so was. Vielleicht auch eine Transportbox. Ich sehe mal in seinen Wagen.« Darüber hatte sie ja gestern Abend schon nachgedacht.

Kira ging ins Haus. Sie fand den Autoschlüssel in der Schublade der Telefonbank.

Der Wagen des Onkels, ein Jeep älteren Baujahres, stand unter einem Carport, seitlich vom Haus. Einen Hundegurt fand sie nicht, aber im Kofferraum befand sich eine große Transportbox. Die half ihnen nichts. Sie war zu groß, sowohl für Felix' Auto als auch für ihren Dacia. Entweder sie riskierten es, den Hund ohne Sicherung mitzunehmen, wobei ihr nicht wohl war, oder aus dem Ausflug zu dritt wurde nichts. Ohne Rudi zu fahren kam nicht in Frage. Der Hund hatte sich in den letzten Tagen mehr und mehr an sie angeschlossen und ließ sie lediglich abends, wenn sie die Treppe nach oben stieg, um ins Bett zu gehen, aus den Augen.

Sie ging zurück zu Felix, der in Gesellschaft von Rudi vor dem Haus wartete und dem Hund gerade ein Stöckchen warf, welches das Tier freudig apportierte.

Felix schmunzelte, als sie zu ihm kam. »Er hat mir den Stock gebracht und auf das Bein gelegt.«

Kira lächelte. »Unglaublich. Mit mir hat er bisher gar nicht spielen wollen. Ich bin allerdings selbst auch nicht auf die Idee gekommen.«

»Er braucht Beschäftigung«, sagte Felix und warf erneut den Stock, den Rudi eben gebracht hatte. »Hast du einen Gurt für ihn gefunden?«

»Leider nein.« Sie setzte sich wieder auf die Bank. »Es gibt in Onkel Georgs Wagen eine Riesenbox für ihn. Die passt weder in deinen noch in meinen Wagen.«

»Dann müssen wir das Auto von deinem Onkel nehmen.« Er warf dem Hund wieder den Stock, wobei er weit ausholte. Rudi jagte mit freudigen Sprüngen hinterher.

»Es ist ein Jeep«, erwiderte sie, und es setzte ihr zu, als wäre es ihre Schuld.

Die Sitze im Jeep waren zu hoch angebracht, als dass er mit seinem Transferbrett hineingekommen wäre. Felix gab keine Antwort. Sie war sicher, er fühlte sich wie vor einer Mauer an unüberwindlichen Hindernissen. Er hatte eine gute Idee gehabt, und nun scheiterte diese an Hürden, die er nicht erwartet hatte und die zudem nicht beseitigt werden konnten.

»Ich fahre«, sagte sie kurz entschlossen. »Rudi kommt einfach auf die Rückbank. Es wird schon gut gehen.« Wenn sie angehalten wurden oder sonst etwas schiefging, war wenigstens sie in der Verantwortung, nicht Felix.

»Vielleicht ist auf der Strecke ein Tierbedarfshandel. Dann könnten wir dort noch einen Gurt für ihn kaufen«, sagte er nur.

Die Wahrscheinlichkeit erschien ihr gering.

»Ja«, sagte sie nur. »Ich hole meinen Autoschlüssel.«

Während der ersten Minuten der Fahrt war Felix so still, dass Kira das Atmen schwerfiel. Die entspannte Stimmung, mit der er vorhin bei ihr angekommen war, war verflogen, ebenso seine Fröhlichkeit, während er mit Rudi gespielt hatte. Rudi saß auf der Rückbank und sah aus dem Fenster. Bislang verhielt er sich vorbildlich, und von außen war vermutlich auch nicht zu erkennen, dass er nicht gesichert war.

Kira plagte sich mit bedrückenden Gedanken. War Felix

so ruhig, weil er akzeptieren musste, auf dem Beifahrersitz zu sitzen, obgleich er gerne gefahren wäre? Hatte dieses kleine, doch eher banale Hindernis eben bewirkt, dass ihm wieder diese utopische, aus ihrer Sicht an Größenwahnsinn grenzende Operation durch den Kopf ging?

Hinter ihnen näherte sich ein röhrendes Geräusch. Kira warf einen Blick in den Rückspiegel. Ein Motorradfahrer kam in hohem Tempo die Straße entlang. Felix sah über die Schulter. Der Fahrer zog nach links und setzte mit ungebremster Geschwindigkeit zum Überholen an. Kira sah einen Lkw entgegenkommen. Sie bremste ab, versuchte, nach rechts auszuweichen, um den wahnsinnigen Biker durchzulassen. Der Lkw-Fahrer hupte und setzte die Lichthupe ein. Der Motorradfahrer kam auf gleicher Höhe wie Kira ins Schlingern, schaffte es noch, die Lücke zwischen ihr und dem Gegenverkehr zu nutzen, verlor die Kontrolle über die schwere Maschine und schlitterte über die Straße.

Mit einer endgültigen Bremsung gelang es Kira, etwa dreißig Meter vor der Unfallstelle zum Stehen zu kommen. Rudi war von der Rückbank gerutscht und saß nun hinter dem Beifahrersitz. Hechelnd kroch er wieder auf seinen Platz. Felix war wachsbleich. Seine Hände umkrampften den Sicherheitsgurt vor seiner Brust.

»Felix, ist alles in Ordnung?«

So geschockt sie selbst auch war, ihm und Rudi galten ihre ersten Gedanken. Felix gab keine Antwort. Blanke Panik stand ihm ins Gesicht geschrieben. Rasch sah Kira zu Rudi. Mit dem Hund schien alles in Ordnung zu sein. Auch der Lkw-Fahrer hatte angehalten. Er kletterte aus dem Führerhaus und rannte zu dem Motorradfahrer, der ein gutes Stück neben seiner zertrümmerten Maschine auf der Straße lag. Weitere Autos, sowohl von hinten als auch über den Gegenverkehr, stauten sich mittlerweile auf der Fahrbahn.

»Felix?«

Kira legte ihre Hand auf seine. Sie war eiskalt und feucht. Lieber Himmel, hatte er einen Schock? Ein Unfall mit dem

Motorrad hatte ihn in den Rollstuhl gebracht und seine damalige Freundin das Leben gekostet. Dieser entsetzliche Moment eben mochte das reinste Déjà-vu für ihn gewesen sein.

Felix räusperte sich.

»Alles gut«, murmelte er und war kaum zu verstehen.

Sie fuhren wieder zurück nach Rottach-Egern. Mit ungelenken Bewegungen und unsicheren Handgriffen kämpfte sich Felix aus Kiras Wagen in den Stuhl. Rudi saß neben dem Dacia und wartete, als wollte er ihm zu Hilfe eilen, wenn er nicht mehr zurechtkam.

Nachdem der Rettungsdienst und zwei Einsatzfahrzeuge der Polizei gekommen waren und sie, Felix und der Lkw-Fahrer als Zeugen befragt worden und sämtliche Personalien aufgenommen worden waren, hatten sie fahren dürfen.

Dass Rudi ungesichert im Auto gesessen hatte, war niemandem aufgefallen. Der verunglückte Motorradfahrer war ins Krankenhaus gebracht worden.

Endlich saß Felix in seinem Stuhl. Kira sah ihm Schwäche und Entsetzen an, gleichsam wirkte seine Miene wie versteinert.

»Kann ich irgendetwas für dich tun?«, fragte Kira, die sich wieder einmal recht hilflos seinen Nöten gegenüber fühlte.

Felix schüttelte den Kopf.

»Gut. Dann gehen wir auf die Terrasse«, erwiderte sie.

»Ich sollte fahren«, entgegnete Felix und deutete mit einer leichten Kopfbewegung zu seinem Auto.

»Jetzt? Auf keinen Fall. Du musst dich erst wieder beruhigen.«

»Beruhigen? Das geht nicht, Kira. Es war, als müsste ich alles noch einmal erleben«, stieß er hervor.

Kira stand sekundenlang still neben seinem Stuhl. Dann packte sie die Griffe desselben. »Wir gehen auf die Terrasse. Ich schiebe dich. Dann hole ich uns etwas zu trinken, und du erzählst mir, was damals passiert ist«, sagte sie ruhig. Noch während sie sprach, dachte sie, dass sie das nicht hätte sagen dürfen. Felix sollte sich ihr mitteilen, wenn er bereit dazu war. Nicht auf ihr Drängen hin.

Er gab keine Antwort.

Kira stellte zwei Gläser Sprudelwasser auf den Baumstammtisch, in denen ein paar Eiswürfel schwammen.

»Es tut mir leid, Felix. Du musst mir natürlich nichts erzählen, was du nicht willst«, entschuldigte sie sich.

Felix fuhr sich mit der flachen Hand über das Gesicht. Schmerz und Gram schienen darin eingegraben und ließen ihn plötzlich zehn Jahre älter aussehen.

»Doch. Ich erzähle es dir. Ich wollte dieses Motorrad haben. Ich glaube, ich wollte es aus Trotz haben. Leonie war nämlich strikt dagegen, und Katja war auch nicht begeistert. Für Katja hätte ich vielleicht umgedacht, aber Leonie … Sie wollte mir schon immer sagen, was ich zu tun und zu lassen hätte. Nicht, dass ich mich danach gerichtet hätte, aber genervt hat es mich mit den Jahren immer mehr.« Seine Augen glänzten fiebrig, und seine Wangen, bis eben noch wachsbleich, bekamen rote Flecken. »Ich hatte den Motorradführerschein schon ein paar Jahre, aber keine Übung mehr.«

Kira löste den Griff, mit dem sie das Wasserglas umfasst gehalten hatte, und ließ ihre Hand unter den Tisch gleiten. Ihre Hände wurden auch ohne das mit Eiswürfeln gekühlte Getränk kalt, und während Felix sprach, wurde es nicht besser.

»Wir sind in die Fränkische Schweiz gefahren. Es war ein schöner sonniger Sonntag. Katja wollte lieber das Auto nehmen. Sie hat es nicht gesagt, aber ich weiß es. Ich wollte auf die Maschine. Ich war stolz auf das elende Ding. Was ich mit Sicherheit sagen kann, ist, dass ich nicht so bescheuert gefahren bin wie der Biker vorhin. Aber in der Kurve kam der Ölfleck. Und es ging bergab. Wir sind über die Leitplanke geflogen. Danach weiß ich nichts mehr.«

Er atmete schwer, und Kira fröstelte. Er sah in die Ferne und schien doch nichts wahrzunehmen.

»Als ich wieder aufgewacht bin, lag ich im Krankenhaus.

Katja hat den Unfall nicht überlebt, und ich ...«, er hob mit einer hilflosen Geste die Hände, »... sitze seither im Rollstuhl.«

Von irgendwoher kam der Duft von frisch gemähtem Rasen. Ein kleines Flugzeug zog mit einem Brummen über den Himmel.

»Das ist furchtbar und tut mir unendlich leid«, sagte Kira voller Anteilnahme. Es musste ihn schier um den Verstand gebracht haben.

»Leonie hat geheult ohne Ende, als sie mich das erste Mal in der Klinik besucht hat. In mir war alles kalt und tot. So tot wie Katja. Ich wollte nur irgendwie raus aus dem Krankenbett und mich aus dem Fenster stürzen, um ihr zu folgen. Ich kann mich nicht erinnern, dass ich zu Leonie etwas Derartiges gesagt haben soll. Aber aus irgendwas hat sie den Schluss gezogen, dass mir mein Leben nichts mehr wert ist. Womit sie zum damaligen Zeitpunkt recht hatte.«

Sie hätte ihn gerne gefragt, wie er es geschafft hatte, durchzuhalten. Oder hatte Leonie mit Argusaugen über ihn gewacht? Vierundzwanzig Stunden am Tag? Das konnte kein Mensch leisten.

»Ich war zu feige, Kira. Ich hätte einige Möglichkeiten gehabt, Katja zu folgen. Aber ich war zu feige.«

Vorsichtig griff Kira nach ihrem Wasserglas. Die Eiswürfel hatten sich fast komplett aufgelöst, und es war randvoll. Wasser lief über ihre Finger.

»Als ich nach der Klinik und der Reha wieder nach Hause durfte, hat Leonie sich mit vollem Elan in mein Leben geworfen, und ich hatte keine Kraft, sie aufzuhalten. Für mich hat es sich angefühlt, als wäre sie froh, endlich am Ziel zu sein. Katja war fort, und sie konnte wieder *die* Frau in meinem Leben sein.«

Er sprach kraftlos.

»Leonie war schrecklich eifersüchtig auf Katja«, fuhr Felix fort. Er senkte den Blick auf seine Hände. »Das war sie schon immer, sowie ich eine Freundin hatte. Schon in der Teenagerzeit. Sie hatte an jeder was auszusetzen und ist meinen Freundinnen beinahe feindselig begegnet.«

»Warum denn das?« Erstaunt sah Kira zu Felix, der jetzt den Blick hob.

Er zuckte mit den Schultern. »Ich weiß es nicht, Kira. Wir sind einige Male deswegen ziemlich in Streit geraten. Mit den Jahren hat sie sich damit arrangiert, dass es immer mal wieder eine Frau in meinem Leben gab. Die meisten meiner Beziehungen waren nur vorübergehend. Es war einfach nicht die Richtige dabei. Leonie war immer recht zufrieden, wenn ich wieder Single war. Dann kam Katja, und mit ihr war es ... ganz anders. Wir wollten zusammenbleiben. Das stand sehr schnell fest. Leonie war wie zerfressen vor Eifersucht. Katja hat das ganz ruhig ausgesessen und sich nie provozieren lassen.«

»Was meinst du damit?« Das Bild, das sie von Leonie hatte, wurde immer unangenehmer. Was war sie für eine Frau? Offenbar glaubte sie, eine Art Anrecht auf ihren Bruder zu haben.

»Sie hat Katja prophezeit, dass es mit uns nicht gut gehen würde. Ich hätte schon reihenweise Frauen verschlissen, hätte ein Bindungsproblem und so weiter.«

»Hattest du ein Bindungsproblem?« Die Worte waren ihr entschlüpft, ehe sie darüber nachdenken konnte.

Felix zog die Mundwinkel auseinander, als versuchte er zu schmunzeln. »Ich war ungefähr fünfzehn Jahre, da habe ich gemerkt, dass die Mädels durchaus Interesse an mir hatten. Das hat mich anfangs überfordert. Ich war noch ein Kind, auch wenn ich nicht mehr so aussah. Später hat es mir schon gefallen. Aber ein Bindungsproblem hatte ich nie.«

Kira schwieg.

»Leonie und ich sind in dieselbe Schule gegangen. Sie ist ja nur zwei Jahre jünger als ich. Anfangs, glaube ich, war sie stolz, dass die Mädels mir nachsahen und versuchten, auf sich aufmerksam zu machen. Schließlich war ich *ihr* Bruder. Sie hatte den anderen also etwas voraus. Das hat sich geändert, als plötzlich die ersten Mädchen mir gefielen. Da ist ihr Stolz in Eifersucht umgeschlagen. Ich habe ja mit meinen Freundinnen auch gerne etwas unternommen. Dass ich sie da nicht immer mit dabeihaben wollte, hat sie richtig wütend gemacht.«

Leonie hatte aus irgendwelchen Gründen den reinsten Besitzanspruch an ihren Bruder. Kira wurde plötzlich klar, dass sie jetzt die Zielscheibe seiner Schwester sein würde. Bisher hatte sie geglaubt, Leonie sei nur zornig und aufgebracht, weil sie ihr die Schuld an dem Teil von Felix' Selbstständigkeit zuschrieb, von dem sie zuvor nichts mitbekommen hatte.

»Als Leonie bei Katja mit ihren Unterstellungen nichts bewirken konnte und ich ihr zudem einen Heiratsantrag gemacht hatte, ist sie ihr gegenüber aggressiv geworden. Damals muss ihre Hoffnung geplatzt sein, dass sich auch diese Beziehung auflöst. Sie hat Katja vorgehalten, sich auf meine Kosten ein schönes Leben machen zu wollen. Haus mit Swimmingpool und so weiter. Das war eine absolut ungerechtfertigte Unterstellung. Ich wollte eine gemeinsame Zukunft mit Katja, und ich wollte ihr etwas bieten. Wir haben gemeinsam ein Haus gesucht. Von dem in Creußen war sie begeistert, aber sie hatte auch Bedenken. Es ist groß, und es war nicht billig, aber ich habe gut verdient, und der Zinssatz für den Kredit war moderat. Ich war so verliebt und glücklich, ich hatte das Gefühl, es gibt nichts, was mich aufhalten kann. Ich habe das Haus gekauft und sie an dem Tag damit überrascht, als wir das Aufgebot bestellt hatten. Wir sind ein paar Wochen darauf eingezogen, ein halbes Jahr später wollten wir heiraten. Dazu ist es nicht mehr gekommen.«

Es drängte sie, ihm noch einmal ihr Bedauern auszusprechen, für das, was er hatte durchmachen müssen. Doch was halfen ihm ständige Beileidsbekundungen und in Worte gefasste Anteilnahme? Doch wohl nichts. Und Leonie war ihr, nach dem, was Felix eben erzählt hatte, beinahe unheimlich. Wie konnte sie derart auf ihren Bruder fixiert sein, dass sie seine Beziehungen zu zerstören versuchte? Sie war doch lange Jahre mit ihrem Stefan zusammen gewesen und von daher nicht allein.

»Liebes, ich fahre jetzt nach Hause. Ich habe dir nun genug Übles erzählt.«

»Felix, ich mache mir Sorgen. Du siehst nicht so aus, als hättest du jetzt die Aufmerksamkeit für die Fahrt«, versuchte sie, ihn aufzuhalten. »Kannst du nicht noch eine Nacht hierbleiben?«

»Ich will es nicht, Kira. Ich möchte jetzt nach Hause. Morgen Nachmittag habe ich den Termin in der Bank. Auf den will ich mich morgen früh vorbereiten.«

»Gut.« Sie würde keine ruhige Minute haben, ehe er ihr nicht von Creußen aus eine Nachricht geschickt hatte, dass er gut angekommen war.

Nachdem Felix gefahren war, beschloss Kira, mit Rudi den Spaziergang zu machen, den sie eigentlich zu dritt hatten machen wollen. Diesmal, so entschied sie sich, würde sie mit ihm zum Tegernsee laufen, und zwar von Onkel Georgs Haustür aus.

Sie nahm den Golden Retriever an die Leine und machte sich auf den Weg. Sie war die Strecke lange nicht mehr gegangen, schätzte aber, dass sie bis zum See etwa eine halbe Stunde brauchen würde.

Rudi schnupperte hier und da, und Kira ließ ihm die Zeit, sodass sie erst nach fünfundvierzig Minuten am Ziel waren.

Das Wasser glitzerte durch die nahe am Ufer wachsenden Bäume. Kira blieb stehen, um den vertrauten, so lange entbehrten Anblick zu genießen.

Sie bewunderte die herrlichen gepflegten Blumenrabatten, die seitlich der Seepromenade angepflanzt waren. Auch durch die Lücken zwischen den Häusern konnte sie den Tegernsee sehen, der in sachten kleinen Wellen ans Ufer schwappte.

Was für ein wundervolles Fleckchen die Gegend hier war. So herrlich friedlich, als gäbe es nichts Schlimmes auf der Welt. Ihr war schwer und leicht zugleich ums Herz, und sie wunderte sich, dass diese widersprüchlichen Empfindungen gleichzeitig in ihr waren. Rudi stupste sie sacht an den Oberschenkel, als wollte er sich in Erinnerung bringen und gleichsam fragen, warum sie beide hier stehen blieben, in jener Nebenstraße, die direkt zum See führte.

Kira streichelte ihm über den Kopf. »Du hast recht, lass uns weitergehen«, sagte sie leise.

Zufrieden setzte sich der Hund in Bewegung. Sie überquerten die Seestraße und liefen über die Promenade am Wasser entlang, vorbei an der Kirche St. Laurentius, vorbei am berühmten Malerwinkel und schließlich vorbei am Seehotel Überfahrt, das gar nicht mehr so aussah wie in ihrer Kindheit.

Wieder blieb Kira stehen.

Schmuck und gediegen war es damals gewesen und hatte zurückhaltende Eleganz im Charme des Alpenlandes ausgestrahlt. Um das Jahr 2000 herum war es neu erbaut worden, und nun dominierten Chrom und Glas. Rein optisch, so fand Kira, passte es absolut nicht in die idyllische Landschaft um den Tegernsee.

Die elegante Fassade und das großzügige Rondell vor dem stattlichen Gebäude, auf dem gelegentlich luxuriöse Fahrzeuge vorfuhren, damit die Gäste gleich am Haupteingang aussteigen konnten, ließen keinen Zweifel daran, dass eine Buchung in dem Seehotel nicht für den kleinen oder mittleren Geldbeutel geeignet war.

Wie jedes Mal, wenn sie vor dem modernen Komplex stand, sehnte sie sich das gediegene, behagliche Hotel herbei, das früher an gleicher Stelle gestanden hatte. Unvermittelt musste sie an ihren Onkel denken, der sich ebenfalls die alten Zeiten zurückgewünscht hatte. Sie schob den Gedanken beiseite und lief weiter.

Sie kam an der Anlegestelle für den Dampfer vorbei, mit dem man große oder kleine Rundfahrten über den See machen konnte. Nur wenige Schritte entfernt stand, am Ufer des Sees, die große schwere Glocke, die sie als Kind fasziniert hatte. »Die Friedensglocke« nannte man sie oder auch »Die Egerner«. Sie wurde an besonderen Tagen geläutet. Zum Seefest, zum Kirchweihsonntag, zum Erntedankfest und zu vielen weiteren bedeutsamen Anlässen. Nun war es nicht mehr weit bis zu der kleinen Badebucht. Ihr gegenüber konnte man links in eine schmale Straße einbiegen. Dort würde sie umkehren.

Kira lief weiter. Spaziergänger kamen ihr entgegen, ein Angler stand reglos am Wasser und hoffte darauf, einen Fang zu machen.

Sie hatte die Badebucht erreicht. Plötzlich wusste sie, dass sie nicht sofort umkehren würde. Stattdessen würde sie noch in die Straße gegenüber gehen. Kira bog ab. Noch zwanzig oder dreißig Meter, dann war sie da, wo sie hinwollte. Ob alles noch so war wie früher?

Vor dem Haus, zu dem es sie zog, blieb sie stehen, und ohne dass sie Rudi dazu aufgefordert hatte, setzte er sich und blickte in die gleiche Richtung wie sie. Dort stand es, ihr Elternhaus. Es war ihr vertraut wie früher und längst unerreichbar.

Am Küchenfenster hingen jetzt andere Gardinen. Am Balkon, der einen Anstrich gebraucht hätte, waren die Blumenkästen leer, und die Tanne vor dem Haus war weg. Ein ausgeblichenes hellblaues Bobbycar stand im Garten, an einer Wäschespinne, die ihre besten Tage längst hinter sich hatte, hingen ein paar Kleidungsstücke. Eine honigfarbene Katze strich ums Haus, machte einen Buckel und fauchte, als sie Rudi sah. Rudi blieb unbeeindruckt sitzen, und die Katze huschte in den hinteren Teil des Gartens.

Sie hatte es damals zu schnell verkauft. Ihr war alles über den Kopf gewachsen. Sie hatte aber auch einen Teil des Geldes gut brauchen können, um sich den Kassensitz für ihre Praxis in Bayreuth kaufen zu können und die Räume einzurichten. Und nun drohte ihr wieder alles über den Kopf zu wachsen.

Kira wandte sich um und ging mit Rudi zurück zu Onkel Georgs Haus.

28

Kira wuchtete eine prall gefüllte Einkaufstüte auf den Küchentisch. Rudi, der artig zu Hause gewartet hatte, bis sie zurück war, tänzelte um sie herum, stupste mit der Schnauze gegen ihre Hüfte und schnupperte nach den Besorgungen. Sie nahm die kleine Papiertüte vom Metzger heraus und gab dem Hund ein Stückchen vom Schinken, nach dem er gierig schnappte.

»Rudi, du musst kauen und genießen«, mahnte Kira.

Er hatte seinen Anteil im Ganzen verschlungen. Rudi wedelte artig und sah sie erwartungsvoll an.

»Na, okay. Ein Stückchen noch«, gab Kira sich geschlagen.

Rudi fing den Schinken aus der Luft und schluckte ihn auch diesmal im Ganzen.

»Jetzt reicht es. Ich will auch noch was davon haben«, informierte sie den Hund und begann, ihre Einkäufe auszupacken, die zwingend notwendig gewesen waren. Brot, Eier, Nudeln und Tomaten, zwei Paprika und eine Zucchini, um sich eine Gemüsepfanne zu machen, zwei Tafeln Schokolade und die Besorgung vom Metzger, bei dem sie außer Schinken auch noch Gelbwurst und zwei Paar Wiener gekauft hatte. So bevorratet würde sie bis zum Wochenende hinkommen, und dann wollte sie wieder zurück nach Bayreuth fahren.

Für Rudi stand genug Trocken- und Dosenfutter in Onkel Georgs Speisekammer sowie eine Packung Leckerchen. Sie durfte nicht vergessen, alles mitzunehmen, ebenso wie sein Schlafkissen. Auch hatte sie in der Speisekammer an einem Haken einen Hundegurt fürs Auto gefunden. Aus ihrer Sicht hing er dort völlig fehl am Platz, zumal der Stiel des Putzwedels, den der Onkel ebenfalls dort aufbewahrt hatte, so davorstand, dass man den Gurt nicht gleich bemerkte.

Kira schloss den Kühlschrank. Jetzt war alles verstaut.

»Wuff«, machte Rudi, als spräche er mit sich selbst, und sah dann zu Kira. Bedächtig schwang er seinen Schweif hin und her.

»Ja, mein Junge? Was möchtest du mir sagen?«, fragte sie.

Rudi sagte nichts, drehte sich aber um und trabte zur Haustür.

Sie folgte ihm. Er setzte sich und sah sie an. In dem Moment klopfte es an die Tür.

»Aha, Besuch«, murmelte Kira und lugte durch das Flurfenster.

Eine ältere Dame stand draußen, neben einem cremefarbenen Fahrrad. Über dem Arm trug sie einen Korb. Kira öffnete, und Rudi schlüpfte an ihr vorbei und begrüßte die Frau schwanzwedelnd.

»Ja, hallo, Rudi«, sagte sie freundlich, streichelte ihn und wandte sofort wieder ihre Aufmerksamkeit Kira zu. »Guten Tag. Ist Herr Sollinger nicht da?«

»Guten Tag. Nein, er ist nicht da.« Aus irgendwelchen Gründen brachte sie die Wahrheit nicht heraus. »Wer sind Sie, und worum geht es?«

»Ach, Entschuldigung. Grete Moosbach. Ich wollte einfach mal wieder hereinsehen. Ich war jetzt ein paar Wochen bei meiner Tochter in Bad Füssing. Und wer sind Sie?«

»Kira Wagner, seine Nichte.«

»Seine Nichte! Du liebe Güte, eben dachte ich ... Ach, egal. Wann kommt er denn wieder?«

Kira räusperte sich. »Er kommt nicht wieder. Er ist ... vor ein paar Tagen ...«

»Nein!« Grete Moosbach schlug eine Hand vor den Mund. Mit weit aufgerissenen Augen sah sie Kira an. »Das ist nicht wahr.«

»Doch. Leider.« Unvermittelt fühlte sie sich wieder so entsetzlich hilflos wie in jenem Moment, als sie selbst von seinem Tod erfahren hatte.

»Lieber Himmel.« Grete Moosbach nahm die Hand vom Mund, machte einen Schritt auf die Bank zu, strauchelte und fing sich ab, indem sie sich an die Hausmauer stützte.

Erschrocken kam Kira ihr nach. Die alte Dame setzte sich und stellte ihren Korb neben sich.

»Wann genau war das? Woran ist er denn …? Ich meine, ich habe so oft zu ihm gesagt, er soll die Raucherei lassen und sich auch mal gesünder ernähren.«

Kira setzte sich neben sie. »Letzten Samstag. Woran genau, weiß ich nicht. Er war dreiundachtzig Jahre.« Sie musterte die Besucherin, die im gleichen Alter sein mochte, und dachte, dass der Hinweis unsensibel gewesen war.

»Er war doch noch so fit. Na ja, nur das Herz, das hat ihm schon manchmal Ärger gemacht. Immer diese Beschwerden in der Brust. Erzählt hat er mir davon nichts, aber immer mal die Hand auf den Brustkorb gepresst. Also irgendwas war da.« Sie schüttelte unglücklich den Kopf. »Hier.« Sie deutete auf ihren Korb. »Das Bier hab ich ihm mitgebracht. Haslinger Hofbier. Das gibt's nur dort. Also beim Haslinger Hof.« Sie nestelte ein Taschentuch aus ihrer Rocktasche und putzte sich die Nase.

»Waren Sie gut befreundet?« Der Onkel hatte nie von einer Grete Moosbach gesprochen. Aber sie hatten ja auch nicht mehr viel Kontakt gehabt, wann hätte er das tun sollen.

»Ach Gottchen, was heißt das, ›gut befreundet‹? Wir kannten uns doch noch aus der Schulzeit. Vor ein paar Jahren bin ich zurück nach Rottach-Egern gezogen, als mein Wilfried verstorben war. Und beim Einkaufen habe ich Georg wiedergetroffen. Wir haben ab und an telefoniert oder uns auf eine kleine Plauderei getroffen. Aber dass er jetzt … Also damit hätte ich nie gerechnet.«

»Es tut mir leid, Frau Moosbach«, sagte Kira niedergeschlagen.

»Nicht doch. Mir tut es leid, Kindchen. Er war doch Ihr Onkel. Er hat immer so nett von Ihnen gesprochen.«

»Er hat von mir gesprochen?« Ihr wurde flau im Magen.

»Ja, ja. Immer mal wieder.« Betrübt sah Grete Moosbach zu Boden, zu ihrem Korb, in dem zwei Flaschen von ihrem Mitbringsel lagen.

»Was hat er denn gesprochen?« Wieder musste sie sich räuspern.

»Ach, so dies und das. Er hatte Hoffnung, dass Sie nach

Rottach-Egern zurückkommen, vielleicht einen Teil von Ihrem Erbe vor der Zeit antreten. Das Hotel, wissen Sie.«

Kira nickte.

»Und sein Haus, das sollten Sie auch haben. Damit Sie in der Heimat eine Anlaufstelle haben. Sonst hätten Sie ja hier nichts mehr, hat er gesagt. Ich kann es gar nicht glauben, dass ich ihn nie wiedersehe.« Grete Moosbachs Schultern sanken noch tiefer.

Der Gedanke, vielleicht zumindest das Privathaus des Onkels zu verkaufen, zerplatzte.

»Wann ist denn die Beerdigung? Oder war die gar schon?« Sie hob den Kopf und sah Kira aus geröteten Augen an.

»Am Freitag«, presste Kira heraus.

»Ich geh jetzt wieder. Ich lasse Ihnen das Bier da. Es schüttelt die Flaschen auf dem Rad so rum, das tut nicht gut.« Sie packte die beiden Bierflaschen aus und stellte sie auf das Sims des Küchenfensters hinter der Bank. »Vielleicht sieht man sich mal wieder, falls Sie nun doch zurückkommen.«

Sie nahm ihr Rad und schob es über die Zufahrt zur Straße, ohne sich zu verabschieden. Kira sah ihr nach. Eine kräftige kleine Frau, durchaus sympathisch, mit braunen Löckchen, die sicher gefärbt waren. Vielleicht war Onkel Georg doch nicht ganz so einsam gewesen, wie es ihr beständig durch den Kopf ging.

Kira setzte sich mit ihrem Handy und einer der Bierflaschen, die Grete Moosbach mitgebracht hatte, auf die Terrasse. Es war früher Abend. Felix hatte ihr gestern, kurz nachdem sie mit Rudi von einem Abendspaziergang zurückgekommen war, geschrieben, dass er gut in Creußen angekommen war, aber zu erschöpft sei, um noch zu telefonieren. Das hatte sie zwar verstehen können, bedrückt hatte es sie dennoch. Ein paar Worte zu wechseln, wenn man sich so nahestand wie sie beide, mochte doch möglich sein. Bedrängen hatte sie ihn nicht wollen. Heute über den Tag hatten sie auch nur einige wenige Textnachrichten ausgetauscht.

Jetzt wollte sie ihn anrufen, um zu hören, wie es ihm ging und wie der Termin mit der Bank gelaufen war.

Kira öffnete das Bier. Es war angenehm kühl, nachdem sie es heute Mittag gleich in den Kühlschrank gestellt hatte. Sie wählte Felix' Nummer.

Der Ruf ging hin, doch Felix meldete sich nicht. Gerade als sie auflegen wollte, nahm er das Gespräch an.

»Hallo, Liebes.« Seine Stimme klang weich und zärtlich, und Erleichterung durchflutete sie. Er schien sich von dem gestrigen Vorfall mit dem verunglückten Motorradfahrer erholt zu haben. »Wie geht es dir?«

Kira lächelte. »Das wollte ich dich fragen. Bei mir passt es schon, soweit unter den Umständen möglich. Wie lief es bei der Bank?«

»Der Termin ist geplatzt. Der Leiter der Kreditabteilung hat sich eine Sommergrippe eingefangen und ist bis auf Weiteres krankgeschrieben. Wir machen einen neuen Termin aus, sowie er wieder gesund ist.«

Er sprach ruhig und leichthin. Zu leichthin. Trotzdem beschloss sie, nicht nachzuforschen.

»Und wie war die Rückfahrt gestern?«, erkundigte sie sich.

»Ganz in Ordnung. Für morgen hat Leonie ihren Besuch angekündigt«, ließ er sie wissen.

Du liebe Güte. Ob sie wusste, dass er ihretwegen nach Rottach-Egern gefahren war? Wusste sie überhaupt mittlerweile, dass sie am Tegernsee war und warum? Wollte sie den Moment nutzen, um Felix gegen sie zu beeinflussen, wie sie es bei Katja und allen anderen Frauen davor versucht hatte?

»Mach dir keine Sorgen«, sagte Felix sanft. »Sie wird das Erdgeschoss inspizieren, ob sie irgendwelche Mängel findet, und das wird sie auch. Je nachdem, was sie zu reklamieren hat, lasse ich sie etwas tun oder auch nicht. Nach spätestens einer Stunde schicke ich sie nach Hause. Jetzt erzähl mir von dir. Was hast du gestern und heute gemacht?«

Die Wäsche musste bestimmt gemacht werden. Die Maschine stand ja unten im Keller. Doch dazu wollte und musste sie nichts sagen.

Kira berichtete von ihrem gestrigen Spaziergang mit Rudi,

von ihrem heutigen Einkauf und dem Besuch von Grete Moosbach. Dass die alte Dame sie darüber informiert hatte, dass Sollinger sich sein Privathaus als Anlaufstelle für sie in Rottach-Egern vorgestellt hatte, ließ sie weg. Mittlerweile hatte sie das Gefühl, wiederholt vor Felix zu verteidigen, warum sie nichts von ihrem Erbe verkaufen wollte. Sie konnte nicht einschätzen, ob er nachvollziehen konnte, dass sie sich quasi moralisch an die Wünsche des Onkels gebunden fühlte, auch wenn es rechtlich gesehen wahrscheinlich keine Verpflichtung gab, die Häuser zu behalten. Endgültig würde sie das erst bei der Testamentseröffnung erfahren.

»Wann kommst du zurück?«, fragte Felix.

»Am Wochenende. Mit Rudi. Darf ich ihn mit zu dir nehmen, wenn ich dich besuche?«

»Ja, klar.« Felix lachte leise. »Wir finden bestimmt einen Stock im Garten, den ich für ihn werfen kann.«

»Ich bringe auch sein Spielzeug mit. Hier liegen ein Ball und so eine Art Ring herum und eine bunte gedrehte Schnur. Sie sieht aus wie ein kurzes Stück Seil mit einem Knoten an jedem Ende.«

»Wunderbar. Wir können ordentlich im Garten herumtoben«, erwiderte er und lachte wieder.

Ein warmes, zärtliches Gefühl durchlief sie, und plötzlich sehnte sie sich so sehr nach ihm und seiner Nähe, dass sie am liebsten nach Creußen gefahren wäre. Umgehend. Aber das hätte über drei Stunden gedauert, und ein halbes Bier hatte sie auch schon getrunken. Sie vertrug wenig Alkohol, allein das war Grund genug, sich jetzt nicht mehr hinter das Steuer zu setzen.

»Ich freue mich auf dich«, sagte sie mit gesenkter Stimme.

»Ich freue mich auch auf dich«, erwiderte Felix liebevoll. »Und eine kleine Überraschung habe ich auch für dich. Eine ganz kleine nur, aber ich denke, sie wird dir gefallen.«

Unvermittelt kribbelte es freudig in ihrem Bauch. »Was ist es denn?«, fragte sie und fühlte sich wie ein Kind vor dem Geburtstag.

»Das verrate ich nicht.« Felix lachte.
»Schade.« Sie schmunzelte.
Im nächsten Moment fiel ihre plötzliche gute Laune in sich zusammen. Sie saß hier, auf der Terrasse des Onkels, um den sie sich die letzten Jahre nicht mehr wirklich gekümmert hatte, besaß jetzt wahrscheinlich alles, was ihm gehört hatte, trank sein Bier, und sein Hund lag zu ihren Füßen. Und sie schäkerte mit ihrem Freund, während Onkel Georg …
Genug jetzt, versuchte sie, ihre selbstquälerischen Gedanken zu stoppen.
»Du erfährst es ja dann am Wochenende«, versicherte Felix.
»Ich komme, so schnell ich kann«, sagte Kira.
»Nicht schneller, als ungefährlich ist, hörst du?« Eindringlich drang seine Stimme an ihr Ohr.
»Versprochen«, erwiderte Kira.

Die Trauerfeier war vorüber, und der Sarg mit seinem Gesteck aus gelben Rosen war in die Tiefe gelassen worden.
In ungläubigem Schmerz hatte Kira das Prozedere verfolgt, einerseits in dem Wissen, dass sie die einzige und nächste Angehörige ihres Onkels war, andererseits in dem Gefühl, in etlichem Abstand zum Geschehen zu stehen und von außen alles zu beobachten.
Der Pfarrer reichte ihr die Hand und sprach tröstende Worte, die sie kaum verstand, weil ihr Kopf damit beschäftigt war, zu begreifen, dass Georg Sollinger nun wirklich unter der Erde lag.
Weitere Trauergäste kondolierten. Viele kannte sie gar nicht. Grete Moosbach war darunter, Obermaier und Schmitz, ein älterer Mann, der sich als Werner Huber, der Briefträger, vorstellte, wobei ihr einfiel, dass sie den Postkasten des Onkels die letzten Tage nicht geleert hatte. Aber vielleicht war auch gar keine Post gekommen.
Als sie endlich allein war, trat sie noch einmal an das noch offene Grab, um sich still von dem Onkel zu verabschieden. Sie hätte ihm gerne noch etwas zu seinen Wünschen gesagt, die

er an sie gehabt hatte, doch es gab nichts mehr zu sagen, auch jetzt nicht.

Kira wandte sich ab und verließ den Friedhof. Vor dem Tor standen noch immer einige der Trauergäste. Sie spürte verstohlene Blicke und schnappte Getuschel auf. Sie wollte nur noch weg.

Es war siebzehn Uhr, als sie ihren Wagen vor Onkel Georgs Haus abstellte. Eigentlich konnte sie jetzt ihre und Rudis Sachen packen und zurück nach Bayreuth fahren oder besser gleich nach Creußen. Eigentlich. Doch sie war unendlich müde. Die Beerdigung hatte ihr nicht nur psychisch zugesetzt, sie hatte sie auch körperlich erschöpft, womit sie nicht gerechnet hatte. Zum Einpacken würde sie bestimmt eine Stunde brauchen. Hunger hatte sie auch. Vor halb sieben war sie sicher nicht startklar. Dann noch die Fahrt, dazu das erhöhte Verkehrsaufkommen, wie üblich an den Freitagen.

Sie legte den Kopf gegen die Nackenstütze. Vielleicht sollte sie doch erst morgen fahren. Sie konnte etwas essen, eine halbe Stunde mit Rudi spazieren gehen, anschließend das zweite Haslinger Hofbier trinken und zeitig ins Bett gehen, um morgen ausgeruht nach Hause zu fahren. Sie musste nur Felix Bescheid geben.

Kira saß auf der Terrasse. Der Regen rauschte in Strömen vom Himmel. Völlig unerwartet für sie waren dunkle Wolken aufgezogen, während sie mit dem Hund gegangen war, und kurz danach hatte der Himmel seine Schleusen geöffnet. Sie waren beide pitschnass geworden und zügig nach Hause gelaufen. Rudi hatte der Regen offenbar nichts ausgemacht, doch er schien Spaß daran gehabt zu haben, dass sie ein Stückchen gerannt waren.

Beim Haus des Onkels angekommen, hatte sie als Erstes den Hund gründlich trocken gerieben, damit er sich nicht erkältete. Auch das hatte ihm gefallen, wie er durch Schwanzwedeln und mehrfaches Reiben seines Kopfes an ihr gezeigt hatte.

Nachdem sie sich auch umgezogen hatte, war sie mit dem

Bier auf die Terrasse gegangen. Hier saß sie nun, geschützt vom vorgezogenen Dach, und sah kaum mehr die Landschaft, die in tief hängenden Wolken verborgen war.

Drei Versuche, Felix anzurufen, um ihm mitzuteilen, dass sie erst morgen kommen werde, waren gescheitert. Er ging wieder nicht ans Telefon. Mittlerweile nahm sie das etwas gelassener hin. Im Gegensatz zu ihr hatte er wohl sein Handy nicht ständig in Griff- und Hörweite.

Kira trank einen Schluck von dem Bier. Es schmeckte wirklich sehr gut. Grete Moosbach war also in Bad Füssing gewesen. Der Ort sagte ihr durchaus etwas. Dort gab es ein Hotel, den »Haslinger Hof«, der jede Woche viele Tanzveranstaltungen in mehreren großzügigen Räumen anbot. Sie hatte seinerzeit mit Patrick dorthin fahren wollen. Es hatte sich nicht ergeben, und in den Jahren, in denen sie allein gewesen war, hatte sie es nicht in Erwägung gezogen.

Nun gab es Felix in ihrem Leben, und sie würde wohl nicht wieder tanzen. Kurz dachte sie an den missglückten Versuch, in die Tanzbar Harmonie zu gehen, und schob rasch die Erinnerung beiseite. Stattdessen rief sie Felix zum vierten Mal an. Mittlerweile wurde sie doch unruhig. Jetzt war es gleich neun Uhr. Ausgegangen war er sicher nicht. War Leonie schon wieder bei ihm? Bei ihrem gestrigen Telefonat, das sie am frühen Abend geführt hatten, hatte er sich zu ihrem Besuch verhalten geäußert. Sie war durchaus bei ihm gewesen, wie vereinbart, und angeblich waren sie auch nicht in Streit geraten. Über die Trennung von Stefan hatte sie nach wie vor nicht reden wollen.

Wenn sie es jetzt bedachte, hatte sie bei dem Gespräch das Gefühl gehabt, dass Felix ihr etwas verschwieg. Doch sie hatte ständig an die bevorstehende Beerdigung denken müssen und nicht weiter nachgefragt. Jetzt bedauerte sie das.

Kira trank ihren letzten Schluck Bier. Sie war schrecklich müde und wollte nur noch schlafen. Sie schrieb Felix eine Nachricht, dass sie doch erst morgen kommen werde, weil sie zu erschöpft sei, und dass sie ihn mehrfach versucht habe anzurufen.

Sie schickte eine Gute-Nacht-Nachricht hinterher und einen Kuss-Smiley dazu und beschloss, sofort ins Bett zu gehen.

Ehe sie eine Viertelstunde später das Licht ausmachte, überlegte sie, ihr Handy komplett auszuschalten. Nur für den Fall, dass Felix zwar sah, dass sie einige Male angerufen hatte, aber ihre Nachricht nicht sofort las und dann versuchte, sie zurückzurufen. Sie entschied sich dagegen. Sie wollte lieber erreichbar sein. Sekunden später war sie eingeschlafen.

Kira wachte von einem Augenblick zum anderen auf und fühlte sich wie angeknipst. Sie war hellwach und wusste nicht, warum. Irgendetwas beunruhigte sie, und zwar ziemlich. Durch die rot-weiß karierten Vorhänge vor den kleinen Sprossenfenstern drängte sich Tageslicht.

Felix. Sie hatte ihn gestern nicht erreicht. Rasch griff sie nach ihrem Handy, das auf dem Nachtschrank lag, und im nächsten Augenblick pochte ihr Herz hart gegen die Rippen. Er hatte ihre Nachricht nicht gelesen und auch nicht versucht, sie zurückzurufen. Ruckartig setzte sie sich senkrecht. Es war halb sieben.

Ohne Rücksicht auf die frühe Stunde probierte sie erneut, ihn zu erreichen. Auch diesmal ging er nicht ans Handy. Ein Zittern durchlief sie. Ihr erster Gedanke war, Leonie zu verständigen. Es war Samstag, und am Samstag arbeitete sie nicht. Alles in ihr legte sich quer bei der Vorstellung, seine Schwester zu informieren. Felix war sicher auch nicht erfreut, wenn Leonie einen Grund hatte, ihn aufzusuchen.

Sie musste umgehend nach Creußen und nachsehen, was passiert war. Die Frage, *ob* etwas passiert war, stellte sich nicht. Seit sie und Felix zusammen waren, waren sie nie ohne einen Gute-Nacht-Gruß schlafen gegangen.

Sie krampfte die Hände zusammen. Doch, sie musste Leonie verständigen. Felix würde es ihr nachsehen, sobald sich alles, im besten Fall eher harmlos, aufgeklärt hatte. Eine hartnäckige, leise Stimme flüsterte ihr zu, dass Felix' Schweigen nicht harmlos war. Sie versuchte, sie zu ignorieren.

Leonies Handynummer war noch im Speicher. Sie drückte

auf Anrufen. Leonie ging nicht ran. Kira brach den Ruf ab. Es war dumm von ihr gewesen, ihre Nummer nicht zuvor zu unterdrücken. Wenn Leonie gesehen hatte, dass sie es war, die angerufen hatte, so ging sie wahrscheinlich absichtlich nicht ran. Gleichwohl wusste sie gar nicht, wie man die eigene Nummer unterdrückte. Sie hätte sich erst informieren müssen, über Google oder die Handyeinstellungen. Sie beschloss, über den Festnetzanschluss des Onkels einen neuen Versuch zu machen.

Leonie nahm auch diesen Anruf nicht an. Herrschaftszeiten! Wie eine Plage hatte sie sich in das Leben ihres Bruders gedrängt, und nun, wo sie wirklich gebraucht wurde, war sie nicht erreichbar.

Am liebsten wäre Kira noch in ihrem kurzen Nachthemdchen in ihr Auto gesprungen und mit Vollgas nach Creußen gerast. Doch das ging nicht so einfach und so schnell. Rudi musste mit und zuvor nach draußen, und sie musste noch einige Sachen packen. Sie überlegte fieberhaft. Hätte sie nur die Namen von ein oder zwei Nachbarn gewusst, so hätte sie dort anrufen können. Aber für Felix' Nachbarn hatte sie sich nie interessiert. Ihr wollte einfach nichts einfallen. Sie konnte höchstens noch die Polizei informieren, und das schien ihr bei aller Furcht um ihn doch zu viel. Wobei gar nicht gesagt war, dass die Beamten in so einem Fall tätig wurden. Das Einzige, was sie ihnen sagen konnte, war, dass sie seit gestern Abend ihren Freund nicht erreichte. So was kam immer wieder vor, da sahen die Hüter von Gesetz und Ordnung mit Sicherheit keinen Handlungsbedarf. Und auch, dass Felix im Rollstuhl saß, würde sie kaum in Bewegung bringen.

Ihr blieb nichts anderes übrig, als ihre Sachen zu packen und loszufahren. Vielleicht meldete er sich ja doch noch. Oder Leonie.

29

Kira hatte in aller Eile eine Tasse Kaffee im Stehen getrunken und war durchs Haus gerannt, um ihre Sachen zusammenzusammeln.

Zwischendurch hatte sie Rudi zur Eile angetrieben, im Garten seine Notwendigkeiten zu erledigen. Für einen Spaziergang, und war er noch so kurz, hatte sie jetzt weder Zeit noch Nerven. Hetzen hatte der Hund sich nicht lassen, jedoch durchaus wahrgenommen, dass sie ungeduldig war und vorwärtsdrängte. So hatte er ihr immerhin den Gefallen getan, auf die erste Aufforderung hin ins Auto zu springen. Nun saß er verdutzt auf der Rückbank und sah aus dem Fenster, diesmal mit dem Hundegurt gesichert.

Kira startete ihren Wagen. Ihr Handy steckte in der Halterung am Armaturenbrett. So konnten ihr kein Anruf und keine Nachricht entgehen.

Sie war fest entschlossen, es im Blick zu behalten. Vielleicht bekam sie auf halber Strecke Entwarnung. Vielleicht hatte Felix nur sein Handy verlegt oder verloren. Er hätte sie auf Onkel Georgs Festnetz anrufen können, um sie zu informieren, wisperte eine kleine Stimme in ihr, die sie nicht hören wollte. Und Leonie? Die würde sich nicht melden. Rief sie aus Neugier bei Onkel Georg zurück, dessen Nummer sie ja nicht kannte, so bekam Kira das jetzt auch nicht mehr mit.

Es war knapp vor dreizehn Uhr, als sie in Creußen eintraf. Bis auf zwei kurze Pausen, damit Rudi sich kurz bewegen und erleichtern konnte, war sie durchgefahren.

Hatte in Rottach-Egern noch die Sonne geschienen, war es hier in Creußen trüb und kühl, und nichts erinnerte an sonnige Junitage. Sie beschloss, den Hund für die nächsten Minuten im Auto zu lassen. Zuerst musste sie klingeln, ums Haus laufen, falls Felix nicht aufmachte, und wenn dann nichts geschah, eben doch bei der Polizei um Unterstützung bitten.

»Sei artig, Rudi, bitte.« Eigentlich erwartete sie von ihm nichts anderes.

Rudi hatte sich bäuchlings auf der Rückbank langgelegt.

»Ich bin gleich wieder da«, versprach sie ihm. Er blinzelte und drehte den Kopf auf die Seite.

Kira rannte förmlich zum Haus. Sie läutete, viel nachdrücklicher, als sie gewollt hatte, und nichts geschah. Sie eilte ums Haus, zur Terrasse, alle Gedanken darauf fixiert, dass er dort saß und ihr zulächelte. Die Terrasse war verwaist, nur ein benutztes Glas stand auf dem Tisch. Ihr Blick ging zum Pool, und ihr Herz machte einen Satz. Er war voller Wasser. Ihr Puls ging nach oben. War das die Überraschung, von der Felix gesprochen hatte? Vermutlich ja.

Von panischen Gedanken getrieben eilte sie zum Beckenrand, obgleich sie schon auf die Entfernung gesehen hatte, dass sich nichts und niemand im Wasser befand.

Mit schnellen Schritten lief sie zur Terrasse und stellte fest, dass die Tür nicht richtig geschlossen war. Für jemanden, der es nicht darauf anlegte, ins Haus zu kommen, mochte es gar nicht auffallen, doch sie hatte daran gezogen, und sie glitt auf.

Kira rannte durch das Erdgeschoss, in jeden Raum, und rief dabei Felix' Namen. Er war nicht da.

Mit wild klopfendem Herzen verharrte sie in der Eingangshalle. Nach oben zu gehen ergab nicht nur keinen Sinn, sie hätte es auch als Vertrauensbruch angesehen. Mit dem Keller verhielt es sich nicht anders. Gleichwohl spukte ihr die Furcht im Kopf herum, er könnte die Treppe hinuntergestürzt sein. Doch er hatte wohl kaum versucht, mit dem Stuhl hinunterzukommen. Oder … hatte er …? Lieber Himmel.

Wie mit einem glutheißen Messer durchfuhr es sie. Hatte er absichtlich etwas getan, was sein Leben beenden konnte? Hatte Leonie mit ihren Suizidbefürchtungen recht gehabt? Aber es war doch alles gut gewesen zwischen ihnen. Felix hatte Pläne gehabt. Er wollte wieder arbeiten, er hatte den Pool herrichten lassen. Ihre Gedanken stockten. Mit zitternden Knien setzte sie sich auf die unterste Treppenstufe.

Er hatte den Unfall mit dem Motorradfahrer mitansehen müssen. Er hatte von Katja erzählt und von Leonies Eifersucht. Das Gespräch mit der Bank hatte nicht stattfinden können.

War noch mehr passiert? Irgendwas, was sie nicht mitbekommen hatte?

Leonie. Sie war bei ihm gewesen, und er hatte nicht wirklich mit der Sprache herausgerückt, worüber sie sich unterhalten hatten.

War sein wackliger Boden, auf dem er versucht hatte, neuen Halt zu finden, unter ihm eingebrochen?

Kira sprang auf. Die Garage! Sie musste in die Garage sehen. Vielleicht hatte er ...

Sekunden später stand sie davor. Um das Rolltor zu öffnen, brauchte es die Fernbedienung, von der sie nicht wusste, wo sie sie suchen sollte. Doch es gab ein Seitenfenster. Sie schirmte die Augen mit der Hand ab und sah hinein. Die Garage war leer. Die erste Erleichterung, dass er nicht in einem Wagen saß, dessen Motor und dessen Abgase ihn ins Jenseits und zu Katja befördert hatten, verpuffte.

Er konnte auch mit dem Auto versucht haben, seinem Leben ein Ende zu setzen, auf irgendeiner Strecke. Mit Vollgas gegen einen Betonpfeiler oder einen Baum.

Kira rang nach Luft. Er konnte auch einen unverschuldeten Unfall gehabt haben. Dass sie daran bisher noch nicht gedacht hatte! Sie musste im Klinikum anrufen, vielleicht auch in der Klinik Hohe Warte. Die waren auf Querschnittgelähmte spezialisiert. Aber ein Unfall musste ja nicht unbedingt etwas mit seiner Lähmung zu tun haben. In ihrem Kopf ging es drunter und drüber.

Kira rannte zurück ins Haus.

Zwanzig Minuten später wusste sie, dass im Klinikum seit gestern etliche Notfälle unterschiedlicher Ursache eingeliefert worden waren, doch Felix war nicht dabei. Auch in der Hohen Warte befand er sich nicht.

Nun blieb nur noch die Polizei.

Kiras Herz schlug bis zum Hals. Felix als vermisst zu melden machte sein Verschwinden noch bedrohlicher als ohnehin schon. Die mit der Zeit immer geringere Hoffnung, es könnte sich alles aufklären und völlig harmlos sein, zerrann mit ihrem Vorhaben, die Polizei einzubeziehen.

Mit bebenden Fingern gab sie in ihr Handy die Rufnummer der Polizeistation in Bayreuth ein, die sie gegoogelt hatte.

»Ich kann Ihre Vermisstenmeldung schon aufnehmen, aber für Creußen sind eigentlich die Kollegen in Pegnitz zuständig«, ließ sie der Beamte wissen, mit dem sie über die Zentrale verbunden worden war, nachdem sie ihm in wenigen Sätzen gesagt hatte, worum es ging. »Ich gebe Ihnen die Rufnummer«, fuhr der Mann fort, ehe sie etwas geantwortet hatte.

Hektisch sah Kira sich in Felix' Wohnzimmer um, von dem aus sie telefonierte. Nirgends lagen Zettel oder Stift. »Moment«, bat sie den Polizeibeamten. »Bitte«, setzte sie hinzu und eilte in Felix' Schlafzimmer, zu dem Computerschrank. Tatsächlich fand sie dort das Gesuchte. Sie kritzelte die Zahlenfolge, die er ihr diktierte, auf einen Zettel, bedankte sich und beendete das Telefonat.

Ehe sie die genannte Nummer wählte, zog sie sich den Stuhl, der beim Fenster stand, vor den Computerschrank und setzte sich. Sie betrachtete den schwarzen Bildschirm, die Tastatur, auf die Felix sicher sehr oft seine Finger gelegt hatte, und die Notizzettel, die lose aufeinandergestapelt lagen, nicht allzu ordentlich. Ein Zettel lugte hervor, auf dessen unterem Rand kleingedruckt stand: *Hotel Zum Buchner, Bad Wiessee*, mit Anschrift und Telefonnummer. Kira zog den Zettel hervor. Auf ihm notiert stand eine Zahlenfolge, mit der sie nichts anfangen konnte.

Sie legte den Zettel wieder beiseite und rief bei der Polizeiinspektion in Pegnitz an. Kaum eine Minute später hatte sie endlich eine Beamtin am Apparat, die sich zuständig erklärte. Eilig brachte sie ihr Anliegen hervor, verhaspelte sich mehrfach und hatte letztendlich das Gefühl, nur chaotische, unzusammenhängende Informationen hervorgestoßen zu haben, mit denen die Polizei sicher nichts anfangen konnte.

»Nun beruhigen Sie sich, Frau Wagner. Seit wann, sagten Sie, ist Ihr Lebensgefährte verschwunden?«, fragte die Beamtin, als Kira schließlich hilflos in ihrem Redeschwall innehielt.

»Seit gestern Abend.« Plötzlich sank etwas in ihr zusammen. Wie hörte sich das denn an? Seit gestern Abend. Das waren noch keine vierundzwanzig Stunden. »Also ich meine, ich hatte ihm versprochen, dass ich am Freitagabend noch nach Hause komme. Dann war ich aber zu müde und habe mehrfach versucht, ihn anzurufen, er ist aber nicht ans Telefon gegangen.« Mühsam versuchte sie, chronologisch zu berichten und vor allem Überzeugungsarbeit zu leisten, dass ihr Anliegen wirklich sehr wichtig war.

»Von wo aus wollten Sie nach Hause kommen?«, fragte die Beamtin ruhig.

»Ich war in Rottach-Egern, am Tegernsee. Mein Onkel ist verstorben, und ich war unter anderem wegen der Beerdigung dort. Die war gestern Nachmittag. Im Anschluss wollte ich eigentlich sofort nach Bayreuth fahren, also eigentlich nach Creußen. Da wohnt Felix. Ich wohne in Bayreuth.«

»Ihr Freund hat Sie also erwartet, ist aber nicht ans Telefon gegangen, als Sie ihm Bescheid sagen wollten, dass Sie doch erst am nächsten Tag kommen würden«, fasste die Polizistin zusammen.

»Genau.« Kira war erleichtert, dass zumindest dieser Teil ihrer Informationen richtig angekommen war.

»Und seither haben Sie ihn nirgends mehr erreicht, und zu Hause ist er auch nicht?«, fuhr die Frau fort.

»Genau«, wiederholte Kira und fühlte sich entsetzlich schwach.

»Hatten Sie Streit?«

»Nein.«

Sie war geradezu empört und musste doch daran denken, was möglicherweise zwischen ihnen stand. Ihr Erbe, seine Einschränkungen, sein fehlendes Einkommen, während sie beruflich fest im Sattel saß. Das waren Konstellationen, die eine Beziehung sehr belasten konnten. Und nun besaß sie auch noch ein imposantes Hotel in bester Lage sowie Onkel Georgs Privathaus, vielleicht nicht gerade fernab von Oberfranken, aber doch etwa drei Autostunden weit weg. Objekte, die sie aus moralischen Gründen nicht aus den Händen geben wollte. Aber gestritten hatten sie nicht.

»Frau Wagner?«, fragte die Beamtin.

»Ja?« Sie konnte kaum mehr klar denken.

»Ich fragte eben, ob Sie schon bei Bekannten, Freunden oder Familienangehörigen nachgefragt haben, ob die etwas wissen?«, wiederholte die Frau.

»Nein. Ich … also, soweit ich weiß, hat Felix nur einen sehr kleinen Bekanntenkreis.« Sie wusste kaum etwas von seinem Umfeld.

»Soweit Sie wissen?«, legte die Beamtin den Finger in die wunde Stelle.

»Ja. Wir sind noch nicht so lange zusammen.« Ihre Basis, Felix' Verschwinden zur Vermisstenangelegenheit zu machen, wurde immer brüchiger.

»Darf ich fragen, wie lange Sie schon zusammen sind?«

»Etwa zwei Wochen.« Ihr Mund wurde staubtrocken.

»Kennen Sie jemand von seiner Familie?«

Allmählich hatte sie das Gefühl, sie stünde im Fokus der Polizistin, nicht Felix.

»Ja, er hat eine Schwester. Die kenne ich«, überwand sie sich, diese Auskunft zu geben.

»Haben Sie bei ihr schon nachgefragt?«

»Nein.«

»Das sollten Sie auf jeden Fall zeitnah nachholen.«

»Ja, sicher. Es ist nur so, die beiden sind nicht in bestem Einverständnis.« Konnte sie sich nicht etwas schlichter ausdrücken?

»Was meinen Sie damit?«

»Seit dem Unfall, seit Felix im Rollstuhl sitzt …«

»Ihr Freund sitzt im Rollstuhl?« Die Beamtin schien ihr plötzlich hellhöriger als zuvor.

»Ja. Seit etwa zwei Jahren. Deswegen mache ich mir ja solche Gedanken. Es hat wohl Zeiten gegeben, in denen ihm sein Leben nichts mehr wert war. Seit wir zusammen sind, ist das ... also, ich glaube, es ging ihm gut. Aber vielleicht irre ich mich.«

Sie fühlte sich entsetzlich schwach, ihr Kopf war leer, und die Angst um Felix nahm plötzlich eine Dimension an, der sie sich nicht gewachsen fühlte.

»Frau Wagner, Sie sagten, Sie sind im Moment im Haus Ihres Freundes. Geben Sie mir die Adresse. Ich schicke jemanden vorbei, der die Anzeige vor Ort aufnimmt.«

»Ja«, erwiderte sie mit zittriger Stimme.

Der Polizeibeamte war um die fünfzig, mit Bauchansatz und Glatze, und stellte sich als Polizeiobermeister Hilbrich vor. Seine Kollegin war klein, zierlich und hatte eine drahtige Figur. Unter ihrer Uniform waren weder Brust noch Hüften zu erkennen. Ihr blonder Zopf war straff nach hinten gebunden. Vom Dienstgrad her war sie Polizeimeisterin, ihr Name war Schotter.

Beide saßen Kira seit einer halben Stunde in Felix' Wohnzimmer gegenüber. Rudi, den Kira ins Haus geholt hatte, während sie auf die Beamten gewartet hatte, lag zu ihren Füßen.

»So, hm«, machte Polizeiobermeister Hilbrich und betrachtete seine Aufzeichnungen. »Ich verstehe das Problem, Frau Wagner. Übertrieben Sorgen machen würde ich mir an Ihrer Stelle aber nicht. Ich schätze, Herr Gerber hat mit Ihrer, ähm ... Erbschaft zu kämpfen und nimmt sich ein paar Tage Auszeit. Ist er denn mobil? Ich meine, hat er ein Auto, das auf seine Bedürfnisse zugeschnitten ist?«, fragte er.

»Ja, das hat er. Und es ist verschwunden.« Das hätte sie vielleicht längst erwähnen sollen.

»Sehen Sie.« Begütigend nickte er.

»Was soll denn das heißen?«, fuhr Kira auf. »Ich bin sicher, er hätte es mir gesagt, wenn er hätte verreisen wollen.«

Hilbrich kratzte sich mit dem Ende seines Bleistiftes über dem Ohr. »Ich habe ja nicht gesagt, dass wir Ihren Freund nicht suchen. Geben Sie mir mal das Autokennzeichen. Damit fangen wir an. Am Montag kommt was in die Zeitung, wenn er nicht bis Sonntagabend zurück ist. Dazu brauchen wir ein möglichst aktuelles Foto.«

Sie hatte kein Foto, und das Autokennzeichen wusste sie auch nicht. Lieber Himmel.

Hilbrich legte den Kopf schief und runzelte die Stirn, nachdem sie beides zugegeben hatte. »Also mit irgendwas müssen wir arbeiten. Es wird doch wohl ein Foto von ihm geben, hier im Haus.«

Dazu hätte sie in seinen privatesten Ecken und Winkeln suchen müssen. Offensichtlich herum stand jedenfalls nichts.

»Können Sie Ihren Freund beschreiben? So genau wie möglich?«, fuhr Hilbrich fort.

Es drückte ihr die Luft ab.

»Ich sehe mich mal in Haus und Garten um, wenn es recht ist«, meldete sich plötzlich Polizeimeisterin Schotter zu Wort und stand auf.

Augenblicklich rebellierte es in Kira. Nein! Sie konnte doch nicht zulassen, dass diese fremde Frau durch Felix' Haus stöberte. Die Furcht um ihn hielt ihr den Mund zu. Sie brauchte Hilfe, schlimmstenfalls brauchte Felix Hilfe, und sie hatte sich schließlich an die Polizei gewandt. Nun musste sie deren Vorgehensweise auch akzeptieren. Sie nickte nur.

»Guck mal, ob du irgendwo ein Foto findest, Gaby«, wies Hilbrich seine Kollegin an.

»Okay«, erwiderte sie nur und verließ das Wohnzimmer.

»In den oberen Stock und in den Keller brauchen Sie gar nicht erst zu sehen. Da kann er mit dem Stuhl nicht hin«, rief Kira ihr nach und dachte, dass sie sich den Hinweis hätte sparen können. Die Beamtin ließ sich bestimmt diesbezüglich nichts sagen. Tatsächlich kam keine Antwort.

»So. Und nun beschreiben Sie mir Ihren Freund. Optisch, meine ich«, sagte Hilbrich und zückte seinen Stift.

»Er ist groß und schlank. Sehr attraktiv. Er hat dunkle Haare, leicht gelockt.« Er sah Leonie unheimlich ähnlich oder sie ihm. Nur war Leonie um einiges kleiner und vergleichsweise füllig.

»Das ist nicht sehr aussagekräftig«, bemängelte Hilbrich.

»Rainer, guck, was ich hier habe«, unterbrach Gaby Schotter ihr Gespräch.

Kira wandte den Kopf zur Wohnzimmertür. Die Beamtin hielt einen Notizzettel in der Hand. Kira erkannte den Zettel vom Hotel Buchner aus Bad Wiessee.

»In dem Hotel hat Felix übernachtet, als er mir nachgefahren ist«, informierte Kira die beiden Staatsdiener.

»Er ist Ihnen nachgefahren?«, hakte Hilbrich ein.

»Ja. Ich sagte doch, mein Onkel ist überraschend verstorben. Deswegen bin ich nach Rottach-Egern gereist und ein paar Tage dortgeblieben. Felix hat sich Sorgen um mich gemacht und mich mit einem Besuch überrascht. Bei mir beziehungsweise im Haus meines Onkels konnte er nicht übernachten. Die Gegebenheiten passen nicht für einen Rollstuhlfahrer. Er hatte ein Zimmer in Bad Wiessee gebucht, für eine Nacht«, erklärte Kira. »Daher der Zettel. Er hat irgendwas notiert. Was das bedeutet, weiß ich nicht.«

»Aber ich«, sagte Polizeimeisterin Gaby Schotter.

30

Kira saß wie betäubt auf dem Sofa. Das konnte doch alles nicht wahr sein.

Polizeiobermeister Hilbrich packte umständlich sein Notizbuch in die Brusttasche seiner Jacke. »Unter den Umständen, Frau Wagner, vermute ich, Ihr Freund ist in die USA gereist. Das passt alles zusammen. Sie sagten, er stellte in den Raum, sich als Testperson für diese, ähm … Versuchsreihe zur Verfügung zu stellen. Sie waren damit nicht einverstanden, und nun hat er den Moment Ihrer Abwesenheit genutzt.«

»Niemals«, hielt Kira schwach dagegen.

Ihre Arme und Beine waren schwer, in ihrem Kopf rauschte es, und immer wieder musste sie auf die Zahlenfolge sehen, die Felix auf den Zettel des Hotels notiert hatte. Eine Zahlenfolge, von der die Polizeimeisterin behauptete, es sei eine Rufnummer für Fluggäste mit Betreuungsbedarf, die nach Amerika fliegen wollten. Unter dieser Rufnummer konnte man Unterstützung für einen Flug beantragen, um in den Flieger zu kommen et cetera.

»So was braucht doch eine gewisse Planung«, fuhr sie fort, ungläubig und völlig verzweifelt. »Eine Reisebuchung, vielleicht auch eine Unterkunft in Amerika.« Oder er war gleich in eine Klinik gegangen? Was hatte er hinter ihrem Rücken unternommen?

»Vielleicht waren seine Pläne weiter gediehen, als Sie wussten«, gab Hilbrich zu bedenken. »Sie sind ja noch nicht so lange zusammen«, ergänzte er, was er sich hätte sparen können. »Ich könnte mir vorstellen, dass er sich Diskussionen mit Ihnen … Also ich meine, dass er nicht darüber diskutieren wollte.« Er fing sich einen missbilligenden Blick seiner Kollegin ein. Verlegen fuhr er sich mit der flachen Hand über das Kinn.

»Das kann doch nicht sein«, flüsterte Kira.

Die Polizeimeisterin setzte sich neben sie und legte behutsam eine Hand auf ihren Arm. »Können wir jemanden für Sie anrufen?«, fragte sie. »Eltern, Geschwister, Freunde?«

Kira schüttelte den Kopf. Sie fühlte sich, als steckte sie in zähflüssigem Honig.

»Nun, ich denke, wir sollten an dieser Stelle abbrechen, Frau Wagner«, warf Hilbrich ein.

»Soll das heißen, Sie suchen Felix nicht? Alles wegen dieser Telefonnummer?«, stieß Kira hervor. Sie konnte kaum sprechen.

»Ich würde sagen, Sie reden mit Herrn Gerbers Schwester. Vielleicht ist sie in die Pläne Ihres Bruders eingeweiht.«

»Was denn für Pläne?« Ihr drohten die Nerven durchzugehen.

Rudi stand auf, sah sie an und legte seinen Kopf auf ihr Bein.

»Bei unserem letzten Telefonat hat er gesagt, dass er sich darauf freut, mich wiederzusehen! Und er hat sich auf Rudi gefreut, um mit ihm im Garten zu spielen. Und eine Überraschung hatte er auch für mich. Sie glauben doch nicht wirklich, dass er all das nur so gesagt hat? Um sich dann aus dem Staub zu machen?«

Hilbrich beugte sich vor, legte die Ellbogen auf die Knie und die Fingerspitzen aneinander. Nachdenklich musterte er sie.

»Sie müssen ihn suchen! Bitte! Können Sie nicht die Flughäfen abtelefonieren, ob er wirklich eine Reise gebucht hat? Oder überprüfen, ob sein Auto irgendwo steht? Mir wird man doch bestimmt keine Auskunft geben«, flehte Kira.

Ihr war, als läge eine Fessel um ihre Handgelenke, die sie am Handeln hinderte.

»Diese Telefonnummer, die muss doch nichts bedeuten!«, fuhr sie fort. »Was, wenn er sich doch etwas angetan hat? Ich meine, wir waren glücklich. Aber er hatte auch Angst. Er hat sich Sorgen gemacht, ob ich mit seinen Einschränkungen klarkomme.« Ihr Atem ging schnell.

»Hm«, machte Hilbrich.

»Oder was, wenn er überfallen wurde? Die Terrassentür war nicht richtig geschlossen.« Es war ihr eben erst wieder eingefallen.

Hilbrich sah zur Seite und durch die große Glasfront. Schwerfällig erhob er sich und testete den Schließmechanismus. »Geht etwas stramm«, bemerkte er. »Wenn man schludert, bleibt die Tür hängen. Aus dem Rollstuhl stelle ich mir das doppelt schwierig vor, die auf- oder zuzukriegen.« Er ging zurück zum Sofa und setzte sich wieder. »Fehlt denn was im Haus?«, fragte er.

»Keine Ahnung.«

Sie lief gegen die Wand. Der Mann war jetzt offenbar überzeugt, dass Felix, ohne ihr Bescheid zu sagen, nach Amerika geflogen war. Und das, davon wiederum war sie überzeugt, hätte er niemals getan. Oder etwa doch? Irgendwo nagte eine winzige Spur Zweifel, die sie nicht wahrhaben wollte.

»Sie müssen ihn suchen«, wiederholte sie so eindringlich, wie sie nur konnte.

Hilbrich verlagerte sein Gewicht auf dem Sofa von einer Seite auf die andere. »Besorgen Sie uns ein Foto von Ihrem Freund. Ein aussagekräftiges. Und das Kfz-Kennzeichen, und dann sehen wir weiter«, wand er sich.

Auf ihrer Brust lag eine Zentnerlast. Sie musste Leonie verständigen, sie musste sie nach dem Kfz-Kennzeichen von Felix' Auto fragen und um ein Foto bitten.

Kira griff nach ihrem Handy, das vor ihr auf dem Couchtisch lag. Sie würde Leonie eine WhatsApp-Nachricht schicken. Die würde sie lesen, davon war sie überzeugt.

Felix ist verschwunden. Melde dich umgehend bei mir. Die Polizei ist verständigt. Sie schickte die Nachricht ab. Die beiden grauen Häkchen dahinter wurden umgehend blau.

Sekunden später läutete ihr Handy.

»Das kann nicht wahr sein! Das ist deine Schuld! Er hat sich was angetan. Oh mein Gott, oh mein Gott. Ich wusste es.« Leonie kreischte hysterisch ins Telefon, schrie und klagte sie an, ohne Luft zu holen.

»Hör auf, Leonie!« fuhr Kira dazwischen. »Erstens stimmt das alles nicht, und zweitens braucht die Polizei ein Foto von

Felix für die Suche, und ich habe keines. Und sein Autokennzeichen.«

»Sag du mir nicht, was ich zu tun habe. Ich fahre sofort ins Präsidium. Ich hab es gewusst, das führt zur Katastrophe.«

Das Gespräch brach ab.

»Leonie!«

Die dämliche Kuh hatte einfach aufgelegt. Sie fuhr mit Sicherheit nicht nach Pegnitz. Wahrscheinlich wusste sie ebenso wenig, wie sie es gewusst hatte, an welche Dienststelle sie sich wenden musste. Bei ihr anzurufen würde nichts bringen. Sie schrieb ihr die nächste WhatsApp-Nachricht.

Leonie las sie nicht mehr.

Kira beschloss, die Nacht in Felix' Haus zu verbringen. Hier war sie ihm am nächsten, und noch immer hoffte sie auf ein Wunder, dass er plötzlich heimkam und für alles eine Erklärung hatte, wie immer diese auch aussehen mochte.

Sie holte Rudis Schlafkissen aus dem Auto, sein Futter und seine Näpfe und stellte alles ins Wohnzimmer.

Die Nacht in Felix' Bett zu schlafen brachte sie nicht über sich. Sie wollte sich auf das Sofa legen, so wie schon einmal.

Wie betäubt fütterte sie Rudi. Sie fühlte sich nicht in der Lage, einen Spaziergang mit ihm zu machen. Doch Felix' Garten war groß genug, und ließ der Hund etwas fallen, war es rasch weggeräumt.

Die Stille im Haus war unerträglich. Langsam wurde das Licht des Tages trüb.

Kira öffnete die Terrassentür. Rudi kam zu ihr und sah fragend zu ihr hoch.

»Ja«, sagte sie leise. »Geh nach draußen, aber lauf ja nicht weg. Ich brauche dich.«

Der Hund schlüpfte an ihr vorbei. Morgen würde sie nachsehen, ob der Bonanzazaun an jeder Stelle so beschaffen war, dass er nicht ausbüxen konnte. Heute fehlte ihr die Kraft dazu. Sie würde Rudi eben im Auge behalten.

Das Wasser im Pool kräuselte sich in winzigen Wellen. Glasklar schien es. Es war bestimmt sehr angenehm, sich an warmen Sommertagen darin zu erfrischen. Kira streifte ihre Schuhe ab und lief barfuß über den weichen Rasen. Rudi schnupperte an den drei kleinen Tannen, die am Zaun wuchsen, und hob eine Hinterpfote.

Sie setzte sich an den Rand des Pools auf die steinerne Einfassung, schob den Saum ihres Kleides ein Stück hoch über die Oberschenkel und tauchte die Füße ins Wasser. Es war sehr kalt, viel kälter, als sie erwartet hatte, beinahe schmerzhaft.

Felix war fort. Aus ihrem Leben verschwunden. Sie spürte die Einsamkeit am ganzen Körper. Plötzlich war sie sicher, ihn nie wiederzusehen. Der Schmerz war so groß, dass sie nicht einmal weinen konnte.

Kira fuhr aus einem unruhigen und von Alpträumen geprägten Schlaf in die Höhe. Ihr Herz jagte, ihr Nacken war verspannt, das T-Shirt klebte feucht an Brust und Rücken, und sie zitterte von Kopf bis Fuß. Trübes Licht des herannahenden Morgens drang durch die Fenster.

Felix war fort. Entweder er war nach Amerika geflogen, oder er war verunglückt. Angetan hatte er sich sicher nichts, das meinte sie zu spüren.

Kira schob ihre Decke beiseite, zerrte das T-Shirt über den Kopf, lief ins Bad und stellte sich unter die Dusche. Das kühle Wasser tat gut, doch ihre Ängste und Probleme konnte es nicht wegspülen.

Sie trocknete sich notdürftig ab und wickelte das Badetuch um sich. Im selben Moment begann Rudi zu kläffen. Ein Schauer überlief Kira. Felix?

Sie rannte beinahe in die Eingangshalle. Unter der geöffneten Haustür stand Leonie. Ihre Miene war bleich und verkniffen, die Haare ungekämmt. Rudi verstellte ihr den Weg ins Haus und bellte weiter. Nicht aggressiv, aber doch warnend.

»Leonie.« Kira krächzte. »Rudi, aus«, versuchte sie, den Hund zu beruhigen.

Tatsächlich verstummte er, rührte sich aber nicht vom Fleck.

»Was willst du hier? Glaubst du, du kannst jetzt hier einziehen?«, fuhr Leonie sie an. »Schaff mir das Vieh vom Hals.«

»Und was willst du hier? Es ist noch nicht einmal sechs Uhr«, erwiderte Kira, die sich allmählich von ihrer Überraschung erholte. Es war eigentlich klar gewesen, dass Leonie über kurz oder lang auftauchen würde. Im Grunde erstaunlich, dass sie es nicht schon gestern getan hatte.

Leonie schnaubte die Atemluft lautstark durch die Nase. »Das frage ich *dich*! Sperr den Hund weg.«

»Nein. Er tut niemandem was.«

»Er hat hier nichts verloren und du auch nicht«, zürnte Leonie. Ihr bleiches Gesicht rötete sich. »Ich sage es jetzt zum letzten Mal. Sieh zu, dass du verschwindest. Du bist an allem schuld. Felix wäre noch hier, wenn du dich nicht in sein Leben gedrängt hättest.«

Woraus, verdammt noch mal, schloss sie das?

»Jetzt steh nicht so dumm rum! Hau endlich ab!«

Mit einem Satz sprang Leonie auf sie zu, packte sie an den Schultern und schüttelte sie. Ihre Nägel krallten sich in ihre bloße Haut. Rudi knurrte und kläffte, sprang dazwischen, packte Leonie am Ärmel ihrer Jacke und riss daran. Leonie kreischte auf, versuchte, den Hund abzuschütteln, und schlug gleichzeitig mit der freien Hand wechselweise Richtung Kira und Richtung Rudi. Sie traf Kira am Kinn, ehe diese ausweichen konnte. Kira taumelte nach hinten. Rudi schnappte erneut nach Leonie, knurrte und kläffte, und Leonie brüllte, Kira solle ihn zur Räson bringen.

Kira war schwindelig von dem Kinnhaken.

»Rudi, aus jetzt«, verlangte sie mit schwacher Stimme, die in Leonies Gezeter und dem Knurren des Golden Retrievers unterging.

31

Bei ihrem Auto stand eine Frau um die sechzig. Sie hielt einen Rauhaardackel an der Leine und sah ihr entgegen, als wartete sie auf sie.

»Guten Morgen«, sprach die Frau sie an. »Ist alles in Ordnung? Kann ich Ihnen helfen? Ich habe Streit gehört.«

»Nein, danke. Passt schon«, erwiderte Kira.

Ihr Kinn pochte und schmerzte. Wahrscheinlich würde die Stelle blau werden. Sie wollte mit niemandem reden, sie wollte nur noch weg. Weg von dem Haus, in das Felix wohl nicht zurückkehren würde, und weg von seiner unerträglichen Schwester.

Kira verließ Felix' Grundstück, schob sich an der Frau vorbei und ging zu ihrem Wagen. Die Hunde beschnupperten sich und begannen zögerlich zu wedeln.

»Mein Name ist Carola Gärtner. Ich wohne ein paar Häuser weiter und gehe hier immer mit Willi spazieren.«

Wer Willi war, erklärte sich von selbst. Kira hatte keinerlei Interesse an einem Gespräch, gleichwohl blitzte ein winziger Hoffnungsschimmer in ihr auf. Wenn die Frau eine Nachbarin von Felix war, vielleicht wusste sie etwas?

»Kira Wagner«, sagte sie, öffnete mit der Fernbedienung ihr Auto und stellte ihre Reisetasche in den Kofferraum. »Komm, Rudi, hopp«, wies sie den Hund an und hielt ihm die Tür zum Rücksitz auf. »Hopp jetzt«, ermahnte sie ihn, weil der Hund nicht reagierte. Widerstrebend kam der Golden Retriever der Aufforderung nach.

»Ich habe gestern Polizei gesehen«, fuhr Frau Gärtner fort.

Sie war neugierig. Aber das spielte keine Rolle, solange sie etwas wusste. Kira schloss die Autotür.

»Ja. Herr Gerber ist verschwunden. Haben Sie etwas mitbekommen?«

»Ach du liebe Zeit. Nein, nicht wirklich.« Carola Gärtner trat einen Schritt nach hinten, während sie sprach.

»Was heißt das?« Sie sprach, als wollte sie die Frau verhören. Im Grunde war es so.

»Na ja, er ist am Freitag weggefahren. Er schien eigentlich guter Dinge. Wir haben noch ein paar Worte gewechselt, das war schon Jahre nicht mehr vorgekommen. Seit er den Unfall hatte, hat er sich ja von der Welt abgeschottet. Nur seine Schwester ist bei ihm ein und aus gegangen.«

»Wann genau ist er weggefahren? Was hat er gesagt? Wissen Sie, wo er hinwollte?« Dass sie ihn hatte fortfahren sehen, war jetzt nicht allzu verwunderlich, schließlich war sein Wagen auch weg. Von daher war davon auszugehen, dass er mit ihm unterwegs war. Oder gewesen war.

»Das war am Nachmittag. So gegen drei Uhr, genau weiß ich es nicht mehr. Er sagte etwas von einem Ausflug«, berichtete die Nachbarin.

Kiras Herz machte einen kleinen Satz. Sie klammerte sich an die Hoffnung, dass diese Frau Gärtner ihr noch mehr erzählen konnte.

»Ein Ausflug? Wohin?«

»Darüber weiß ich nichts. Wir haben auch nur kurz gesprochen. Er saß ja schon im Auto, als ich mit Willi hier langgekommen bin.«

»Hat er sonst noch etwas gesagt? Wann er zurück sein wollte zum Beispiel?« Er hatte doch gewusst, dass sie eigentlich gleich nach der Beerdigung zu ihm hatte fahren wollen.

»Nein.«

»Wie, ›nein‹?« Es konnte doch nicht sein, dass diese Frau Felix zwar am Freitag gesprochen hatte, ihr aber nun doch nichts Hilfreiches sagen konnte.

»Er hat nichts weiter gesagt.«

Kira fühlte sich völlig kraftlos. Einen Ausflug hatte er machen wollen. Das konnte durchaus auch Amerika bedeuten. Vielleicht hatte er der Nachbarin nichts erzählen wollen.

»Es ist noch gar nicht so lange her, da habe ich bei ihm geklingelt«, fuhr Frau Gärtner fort. »Da habe ich gemeint, aus dem Haus einen Schrei zu hören. So einen richtig verzweifelten

Schrei, verstehen Sie? Ich habe mir Sorgen gemacht. Es ging Gerber ja sehr schlecht, seit der Sache. Er war total ungehalten, weil ich geläutet hatte, und hat behauptet, ich hätte den Fernseher gehört«, plapperte sie weiter.

Einen Schrei? Das wurde alles immer mysteriöser.

»Was passiert denn jetzt? Sucht die Polizei nach ihm?«, forschte die Frau.

»Keine Ahnung.« Kira musste sich irgendwohin setzen oder legen. Ihre Knie waren weich, und sie hatte ein eigenartiges Gefühl im Magen.

»Wenn ich irgendetwas tun kann …«, fuhr Frau Gärtner fort.

»Ich wüsste nicht, was. Trotzdem danke«, erwiderte Kira. Sie nickte der Frau zu und setzte sich hinter das Steuer.

Sie würde jetzt in ihre Wohnung fahren, sich einen Kaffee kochen, sich aufs Sofa setzen und überlegen, was sie noch tun konnte, um Felix zu finden.

Keinen Kaffee. Bei dem Gedanken wurde ihr regelrecht übel. Lieber einen Tee.

32

Kira schloss schwerfällig die Tür zu ihrer Praxis auf. Rudi stand ruhig und abwartend hinter ihr.

»Komm, mein Guter. Ich zeige dir, wo wir beide unter der Woche arbeiten werden.« Sie hielt ihm die Tür auf.

Rudi sah sie an, ehe er in den Flur ging, die Nase schnuppernd am Boden.

»Das ist meine Praxis«, erzählte sie dem Hund. »Hier spreche ich mit Menschen, die Kummer und Probleme haben, und versuche, ihnen zu helfen. Mir selbst kann ich leider nicht helfen.«

Rudi stupste sacht gegen ihre Hand und nahm seine Erkundungstour durch die Räume wieder auf.

»Das ist mein Sprechzimmer«, informierte Kira den Hund. »Schau, das Kissen ist für dich. Und in der Küche steht ein Wassernapf. Habe ich alles für dich besorgt und vorbereitet. Ein paar Leckerchen gibt's auch. Futter bekommst du abends zu Hause.«

Sie streichelte ihm über den Kopf. Rudi wedelte und versuchte, ihr Handgelenk abzulecken.

»Du musst artig und leise sein, wenn die Patienten kommen, hörst du?«

Rudi beschnupperte sein neues Kissen, stieg darauf, drehte sich einige Male im Kreis und legte sich hin. Zufrieden schmatzte er. Kira beschloss, ihn die nächsten Tage mit einem Kauknochen zu überraschen, den sie in einem passenden Moment auf das Kissen legen wollte, wo er ihn später finden sollte.

Sie ging zu ihrem Schreibtisch und suchte die Unterlagen für ihren ersten Termin heraus. Wie sie arbeiten sollte, war ihr ein Rätsel.

Mehrfach hatte sie in den letzten Tagen mit Hilbrich telefoniert und einmal auch mit seiner Kollegin Schotter. Von Felix gab es nach wie vor keine Spur. Ein Aufruf in der Zeitung mit einem Bild hatte nur einige wenige Hinweise ergeben, denen die Beamten erfolglos nachgegangen waren. Auch sein Auto blieb verschwunden. Gerade Letzteres trieb ihre Ängste mehr und mehr in eine Richtung, die für ihren Verstand kaum fassbar war. War Felix einem Verbrechen zum Opfer gefallen? Sie versuchte, diesen grauenhaften Gedanken nicht groß werden zu lassen.

Um selbst auch etwas zu tun, hatte sie die Flughäfen im näheren Umkreis anrufen wollen und sich dazu die Rufnummern von Nürnberg, Leipzig, München und Frankfurt herausgesucht. Bereits beim ersten Anruf in Nürnberg war sie gescheitert. Informationen zu Passagieren wurden unter keinen Umständen weitergegeben. Sie hatte einen unsinnigen zweiten Versuch gemacht und in Leipzig angerufen, mit der gleichen Auskunft. In ihrer Verzweiflung hatte sie überlegt, sämtliche Parkhäuser bei den Terminals abzulaufen, um zu erkunden, ob irgendwo sein Auto geparkt stand. Von dem Gedanken hatte sie jedoch rasch wieder Abstand genommen. Zu unüberschaubar erschien ihr dieses Vorhaben.

Ihr blieb nur, zu warten, zu hoffen und zu beten.

Es läutete an der Praxistür. Ihr erster Patient war da.

»… und dann hat er mir die Rosen gebracht und sich auf Knien entschuldigt«, berichtete ihre Patientin, Carina Bern. Ihre mageren Hände waren im Schoß gefaltet.

»Wie haben Sie reagiert?«, fragte Kira und machte sich eine Notiz.

Aus den Augenwinkeln sah sie Rudi blinzeln. Er verhielt sich vorbildlich. Bis auf einen Patienten, der Hunde generell nicht mochte, was sie bis dato nicht gewusst hatte, hatte sich noch niemand an seiner Präsenz gestört. Im Gegenteil, viele mochten ihn und wollten ihn streicheln. Rudi ließ es sich meist gefallen. Wenn er nicht wollte, legte er sich auf sein Kissen.

»Ich habe die Rosen ins Wasser gestellt.« Rote Flecken grenzten sich scharf auf den Wangen der Patientin ab.

»Wie ging es Ihnen mit der Entschuldigung Ihres Freundes? Glauben Sie ihm, dass er Sie nicht wieder schlagen wird?«

Die Röte in Carina Berns Gesicht verstärkte sich. In ihre Augen trat ein stechender Ausdruck.

»Er tut es doch immer nur, wenn ich mich so anstelle.«

»Meinen Sie wirklich, dass ein vergessener Salzstreuer Handgreiflichkeiten rechtfertigt?«, fragte Kira ruhig.

»Ich soll ihm also nicht glauben, dass er es nicht wieder tut?« Sie umklammerte sich selbst mit beiden Armen.

»Frau Bern. Das wissen Sie doch selbst am besten. Wie oft waren Sie schon im Krankenhaus, weil Ihrem Freund ›die Hand ausgerutscht‹ ist? Wie oft waren Sie schon im Frauenhaus oder bei einer Freundin, weil Sie Angst vor ihm hatten? Todesangst?«

Die hagere Frau sank in sich zusammen. »Ich komme nicht los von ihm«, flüsterte sie.

»Packen Sie ein paar Sachen, während Ihr Freund auf der Arbeit ist. Gehen Sie zu einer Freundin, bei der Sie sich sicher fühlen, oder wieder ins Frauenhaus. Sie wissen doch längst, dass er es immer wieder tun wird.«

Carina Bern blickte zu Boden. »Kirsten sagt, ich soll ihn anzeigen«, fuhr sie mit bebender Stimme fort.

»Sie wissen, wie ich darüber denke«, sagte Kira ruhig.

»Sie sehen es genauso«, stieß sie hervor. »Aber …«

Kira zuckte zusammen. In ihrem Unterleib zwickte es. Das war in letzter Zeit schon öfters vorgekommen.

»Was ist?« Carina Bern musterte sie. Ihre Wangen waren eingefallen, und unter ihren Augen zeichneten sich dunkle Ringe ab.

»Nichts«, wehrte Kira ab.

»Sie sehen krank aus, Frau Wagner. Das ist mir vorhin schon aufgefallen.«

Hätte sie sich nicht so jämmerlich gefühlt, hätte sie lächeln müssen. Das Häufchen Elend, das ihr gegenübersaß und es seit Monaten nicht schaffte, sich von seinem gewalttätigen Freund zu trennen, richtete gerade den Fokus auf sie, nicht länger auf ihr eigenes Problem. So wie sie die Patientin kannte, war ihr das gerade recht so.

Kira sah auf die kleine Uhr im Regal hinter Carina Bern. Sie hatten noch genau eine Minute.

»Treffen Sie eine Entscheidung, Frau Bern. Sie sind noch jung, es wartet noch so viel Schönes auf Sie. Aber nicht an der Seite eines Mannes, der Sie nicht respektiert und zur Gewalt neigt. Gewalttätige Männer versuchen ihren Partnerinnen meist einzureden, dass sie selbst schuld seien. Darüber haben wir gesprochen.«

»Ja.«

»Wir müssen für heute Schluss machen«, fuhr Kira fort. Der Uhrzeiger rückte vor. »Wir sehen uns nächste Woche. Alles Gute für Sie.«

Carina Bern stand auf. »Haben Sie einen Freund oder einen Mann, Frau Wagner?«, fragte sie und musterte sie rasch, ehe sie den Blick auf ihren Rock richtete und ihn zurechtzupfte.

»Äh … nein.« Kira ärgerte sich, kaum dass sie geantwortet hatte. Ihr Privatleben ging die Patienten nichts an. Üblicherweise wich sie persönlichen Fragen, die durchaus immer mal wieder gestellt wurden, mehr oder minder geschickt aus.

»Nicht? Ich hätte jetzt gedacht, Sie sind vielleicht schwanger. So gelbstichig wie Sie sieht Kirsten auch immer aus, wenn sie ein Kind bekommt. Gerade ist es das vierte.«

Kira verschluckte sich und musste husten. Schwanger? In ihrem Kopf ratterte etwas. Wann hatte sie eigentlich ihre letzte Periode gehabt?

»Ich geh dann jetzt. Ich finde allein raus.« Carina Bern wandte sich zur Tür. »Gute Besserung, falls es nur ein Infekt ist.«

»Danke.« Kira erhob sich. Ihr war schwindelig, aber nur ein bisschen. Sie würde die Patientin hinausbegleiten, wie üblich.

Kira betrachtete sich im Spiegel. Ihr Teint war tatsächlich gelbstichig. Oder fahl. Jedenfalls sah sie sehr ungesund aus. Aber das war ja auch kein Wunder. Andererseits … sie ging aus dem Toilettenraum zurück in ihr Sprechzimmer. Auf dem Schreibtisch lag ihr Kalender. Sie blätterte zurück. Sie hatte keine Ahnung, wann genau sie mit Felix zusammen gewesen war. Und sie hatte keine Ahnung, wann sie ihre letzte Periode gehabt hatte. Seit die Sache mit Patrick zu Ende gegangen war, hatte sie weder verhütet, wofür es auch gar keinen Grund gegeben hatte, noch Kalender über ihre monatliche Blutung geführt.

Langsam setzte sie sich hinter ihren Schreibtisch. Das Zwicken im Unterleib, ihr Widerwille gegen Kaffee, jeden Vormittag ein flaues Gefühl im Magen und auch das Spannen in den Brüsten, welches sie bisher ignoriert hatte, schienen plötzlich in eine Richtung zu weisen, mit der sie absolut nicht gerechnet hatte. Eine Welle der Hilflosigkeit überlief sie. Bekam sie wirklich ein Kind von Felix? Jetzt, mit bald vierzig Jahren und ganz unerwartet wieder alleinstehend? Wie sollte sie ihr Leben bewältigen, mit einem Kind und ihrer Arbeit? Ganz ruhig. Sämtliche Befindlichkeitsstörungen mussten nichts bedeuten. Es konnte auch die Psyche sein, die ihr zusetzte.

Inzwischen war Felix seit fast vier Wochen verschwunden. Die Polizei unternahm nichts mehr. Hilbrich ging davon aus, dass er sich abgesetzt hatte, zumal er in Erfahrung gebracht hatte, dass Felix sich mit dem Haus verschuldet hatte. Kiras Einwand, dass er wieder Arbeit gefunden hatte, hatte er nicht gelten lassen. Ein paar Stunden pro Woche, damit war nicht groß Schulden abzahlen. Er war überzeugt, Felix Gerber wollte irgendwo ein neues Leben anfangen. Davon war sie überhaupt nicht überzeugt. Wieder pikte es in ihrem Bauch. Es waren bestimmt »nur« die Nerven. Ihre Mutter hatte auch immer mit Bauchschmerzen reagiert, wenn sie unlösbare Probleme gehabt hatte.

Oder sie war doch schwanger.

Groß war die Wahrscheinlichkeit aber nicht, oder?

Sie würde sich nach der Arbeit einen Test besorgen.

Kira saß auf dem Rand ihrer Badewanne und fixierte das Teststäbchen. Ein Frösteln überlief sie. Langsam, aber unverkennbar erschienen im Sichtfenster zwei Striche. Sie bekam ein Kind. Felix hatte ihr etwas hinterlassen. Ein Geschenk von unvorstellbarem Wert, das gleichzeitig ihr ganzes Leben verändern würde.

Sie rutschte vom Rand der Wanne auf den Fliesenboden und kauerte sich, mit dem Rücken an die Wanne gelehnt und mit hochgezogenen Beinen, zusammen. Rudi kam ins Badezimmer. Er wedelte und schmiegte seinen Kopf unter ihren Arm.

Sie streichelte ihn, unfähig, mit ihm zu sprechen, wie sie es seit Wochen immerzu tat. Sie bekam ein Kind.

33

Noah Richter betrat das Seniorenheim. Schwester Ulrike fing ihn ab, kaum dass er zur Tür herein war.

»Herr Richter, einen Moment bitte.«

Sein Herzschlag drohte auszusetzen.

»Es geht Ihrem Vater heute nicht gut. Der Arzt war schon bei ihm. Er braucht Ruhe«, sagte sie.

»Was heißt das?«

»Keine Aufregung, keine alten Geschichten. Gehen Sie ruhig zu ihm, aber bleiben Sie nicht so lange.«

Richter nickte.

Er lief den von schwachem Kunstlicht erhellten Flur entlang. Es roch nach Desinfektionsmitteln. Die Sohlen seiner Schuhe quietschten auf dem linoleumbedeckten Boden.

Das dritte Zimmer rechts war es. Ohne zu klopfen, drückte er vorsichtig die Klinke herunter. Hermann Richter lag in seinem Bett und schlief, den Mund halb geöffnet. Seine Wangen waren noch immer leicht gebräunt, als brächte er seine Tage in der Sonne zu. Aber die Haut war knittrig und faltig und schien durchsichtig wie Pergamentpapier. Über einen Schlauch floss eine Infusionslösung in seinen Arm, die Nadel war mit zwei weißen Pflasterstreifen fixiert.

»Papa?«, wisperte er und zog sich leise einen Stuhl heran. Mit Erleichterung sah er, dass sich die Brust des alten Mannes hob und senkte.

»Hm?« Hermann Richter röchelte, hustete und schlug die Augen auf. Ein winziges Lächeln zog seine Mundwinkel auseinander. »Mein Junge«, murmelte er und tastete nach Noahs Hand.

Er gab sie ihm. Unter der Wärme seiner Haut spürte er die Knochen, so hager war er geworden.

»Geht's dir besser?«, fragte er beklommen.

»Ja, ja. Was macht unser Projekt?«

»Ich bin dran.« Genau darüber hatte er nicht reden wollen, nach dem Hinweis von Schwester Ulrike.

Hermann Richter öffnete die Augen. Sie waren dunkel, aber noch immer hellwach, trotz seiner fünfundachtzig Jahre. »Da bist du aber schon sehr lange dran, ohne dass ich etwas von Erfolg höre«, sagte er vorwurfsvoll.

Eine Welle der Erleichterung überlief Noah Richter. Hier war er wieder, der Vater, den er kannte. Er sah Kampfgeist in seiner Miene und Tatendrang. Vor allem aber Hoffnung und Vertrauen. Er lachte leise und ein wenig verlegen.

»Es ist nicht so einfach, wie ich gehofft hatte.«

»Das war mir schon klar. Aber du schaffst das. Bist ja mein Junge.«

Der alte Mann drückte seine Hand.

Noah Richter parkte seinen Mercedes in der Sonnenmoosstraße und stieg aus. Schneeregen rieselte vom Himmel. Er schlug den Kragen seines schwarzen Wollmantels hoch. Die Welt versank in grauen Wolken, von den Bergen war kaum etwas zu sehen. Sollingers Privathaus wirkte beinahe ebenso verlassen wie das Hotel. Nicht ganz, immerhin fristeten in Kübeln und Blumenkästen ein paar Geranien noch ein kümmerliches Dasein, und obwohl der November schon fast vorüber war, sah er hier und da noch ein paar grüne Blätter, die der Jahreszeit trotzten. Von Kira keine Spur, wie jedes Mal, wenn er hier vorbeifuhr.

Zunehmend drängte die Zeit. Nicht nur, weil er fürchtete, auf Dauer die Energie für sein Projekt zu verlieren, sondern auch, weil er ahnte, dass die Tage seines Vaters gezählt waren.

Er musste noch einmal mit Kira Wagner reden. Diesmal würde er sich nicht abweisen lassen und ihr sagen, weshalb er unbedingt dieses Hotel haben wollte und kein anderes. Vielleicht bewirkte das ein Umdenken.

Rudi bearbeitete seinen Kauknochen aus Büffelhaut, Kira saß hinter ihrem Schreibtisch und schrieb an einem Bericht. Manchmal sah sie zu Rudi und zum Fenster. Feine Schneeflocken rieselten vom Himmel und rannen in winzigen nassen Spuren über die Scheibe. Eine Untertasse mit Wasser, die den Sommer über für durstige Vögel außen auf dem Sims gestanden hatte, war Meisenknödeln und losem Vogelfutter gewichen.

Es läutete an der Praxistür. Verblüfft sah sie auf die Uhr. Es war kurz nach fünfzehn Uhr. Seit geraumer Zeit hielt sie sich den Freitagnachmittag für ihre Büroarbeiten frei. Rudi spitzte die Ohren und konzentrierte sich gleich darauf wieder auf seinen Knochen.

Kira stand auf. Noch war sie beweglich, auch wenn ihr die Schwangerschaft bereits anzusehen war. Ein deutlicher kleiner Bauch wölbte sich unter ihrem Pullover.

Sie ging durch den Flur zur Praxistür und öffnete. Außen stand ein Mann, den sie eigentlich schon wieder vergessen hatte. Es dauerte einige Sekunden, bis ihr sein Name einfiel. Noah Richter. Der Mann, der unbedingt Onkel Georgs Hotel hatte kaufen wollen.

»Frau Wagner, hallo. Sie erinnern sich doch an mich?«, begrüßte Noah die junge Frau. Sie war schwanger, eindeutig. Glücklich sah sie aber nicht aus.

»Ja, natürlich. Warum sind Sie hier? Wie haben Sie mich gefunden?«

Hinter ihr tauchte der Golden Retriever auf, der ihrem Onkel gehört hatte. Er schob sich an ihr vorbei, schnupperte an seiner Hand und wedelte.

»Hallo, du.« Er streichelte dem Tier den Rücken. »Wie heißt er denn?«, fragte er Kira.

»Rudi«, antwortete sie mechanisch.

Richter nickte. »Darf ich reinkommen?« Er wollte nicht länger im Flur stehen als nötig.

»Ich wüsste nicht, wozu. Oder haben Sie einen Termin? Freitagnachmittag mache ich schon eine Weile keine Gespräche mehr aus.«

»Ich glaube nicht, dass ich eine Therapie brauche. Es ist mehr privat.«

»Wenn es das alte Thema sein sollte, haben Sie den Weg hierher umsonst gemacht.«

»Bitte, Frau Wagner. Wahrscheinlich stehle ich Ihnen jetzt Zeit. Arbeitszeit, Lebenszeit, was auch immer. Ist es wirklich so unvorstellbar, mir eine Viertelstunde zuzuhören? Oder zehn Minuten? Danach bin ich wieder weg, wenn Sie es wollen.« In ihm keimte die Sorge, sie könnte ihm tatsächlich die Tür vor der Nase zuschlagen. Er sprach, so ruhig er konnte.

»Also gut. Zehn Minuten.«

Endlich trat sie zur Seite, sodass er in den Flur gehen konnte.

»Setzen Sie sich«, forderte Kira ihn auf und deutete auf den Patientensessel. Sie selbst nahm ihm gegenüber Platz. Auf dem Tischchen zwischen ihnen stand eine Box mit Papiertüchern, an der Richters Blick hängen blieb. Sie hätte ihm erklären können, dass manche Patienten während der Gespräche in Tränen ausbrachen und von daher die Taschentücher einen guten Grund hatten, doch ihr war nicht danach.

»Zu Ihrer Frage, wie ich Sie gefunden habe«, begann Richter die Unterhaltung. »Sie haben mir schon bei unserer ersten Begegnung Ihren Namen genannt. Aus dem Kennzeichen Ihres Autos habe ich mir erschlossen, dass Sie aus Bayreuth kommen beziehungsweise dort wohnen. Der Rest war ganz einfach. Die Google-Suchmaschine hat mir auf die Sprünge geholfen. Eine Privatadresse habe ich nicht gefunden, deswegen dachte ich, ich versuche mein Glück bei Ihnen in der Praxis.«

Kira nickte. »Und aus welchem Grund haben Sie nun den weiten Weg zu mir auf sich genommen?« Sie wusste es ja längst.

»Sie haben durchaus recht. Es geht noch immer um das Hotel. Ehe Sie mich wieder nicht ausreden lassen, sage ich Ihnen einfach, was ich damit vorhätte, wenn Sie einem Verkauf doch noch zustimmen.«

»Das werde ich nicht.«

Er winkte ab, als wäre er es leid, sich immer die gleiche Antwort anzuhören, und das machte sie wütend.

»Ich weiß, dass Ihr Onkel wollte, dass das Haus in der Familie bleibt. Ich weiß auch, dass er das sogar in seinem Testament festhalten lassen wollte, dass es dazu aber nicht mehr gekommen ist. Ich vermute, Sie fühlen sich moralisch gebunden.«

Sie gab keine Antwort. Letzteres ging ihn nichts an, seine Kenntnis über das Testament und die Klausel ärgerte sie gewaltig. Dieser Punkt hatte offenbar im Ort die Runde gemacht und war auch bei Richter angekommen.

»Ich möchte das Haus komplett umgestalten und daraus eine Rehaklinik für schwer kranke Kinder machen lassen, mit erstklassiger Versorgung.«

Sein Blick ging zu ihrem Bauch. Erschrocken legte Kira eine Hand darauf, als könnte sie mit dieser Geste ihr Kind schützen. Eine Rehaklinik für schwer kranke Kinder. Seine Worte klangen in ihr nach.

»Ich möchte, dass es eine Art Kindergarten für die Kleineren gibt und Schulunterricht für die Größeren, damit sie nicht so viel Unterricht verpassen. Ich wollte Bewegungsübungen und geeignete Sportprogramme anbieten und eine Sprechstunde für die Eltern, in der sie über ihre Sorgen und Ängste reden können. Sie sollen hilfreiche Tipps bekommen, wie mit der Situation umzugehen ist. Und so weiter.«

Kira versuchte sich vorzustellen, dass Onkel Georg neben ihr saß und Richter ebenfalls zuhörte. Es gelang ihr nicht.

»Ich bin kein profitgieriger eiskalter Geschäftsmann, als den mich Ihr Onkel offenbar gesehen hat. Die Rehaeinrichtung ist mir sehr wichtig.«

»Warum?« Sie musste sich räuspern. Der Wunsch, den Onkel in der Nähe haben zu wollen, löste sich auf.

»Das hat persönliche Gründe.« Seine Miene war unbewegt.

»Welche?« Wie ein Flügelschlag, mehr zu erahnen, als sich wirklich sicher zu sein, spürte sie, wie ihr Kind gegen ihre Bauchdecke trat oder boxte.

Richter sah auf seine Hände. Es waren gepflegte Hände, leicht gebräunt, mit sauberen kurz geschnittenen Nägeln, schön geformt.

»Der Sohn einer sehr guten Freundin von mir ist seit seiner

Geburt herzkrank. Nach zwei Operationen stehen seine Chancen jetzt gut«, sagte er schließlich.

»Und deswegen möchten Sie eine Rehaklinik eröffnen?« Seine Begründung klang ein wenig dünn.

»Ja.«

»Für den Sohn Ihrer Freundin?«

»Nein. Für Familien, Mütter, Väter und Kinder in vergleichbaren Situationen.«

»Warum muss es ausgerechnet das Hotel meines Onkels sein? Sie finden doch sicher ein anderes passendes Objekt. Oder Sie bauen gleich neu.« Die finanziellen Mittel schien er ja zu haben.

»Die Lage ist wunderschön und friedlich. Nahe am Tegernsee, eingebettet in die Berge. Das Haus hat den Wallberg im Hintergrund. Wenn ich darauf sehe, habe ich das Gefühl, ich könnte mich rücklings an ihn lehnen und ausruhen. Davor eine herrliche weitläufige Wiese mit sattgrünem Rasen, groß wie mehrere Felder. Sie wirkt so unberührt. Sie lädt einen ein, darüber zu laufen und sich leicht und frei zu fühlen. Wenn ich sie vor mir sehe, kann ich durchatmen, so tief wie sonst nie. Ich fühle mich an diesem Platz angekommen und aufgefangen. Warum soll anderen das nicht auch so gehen? Eltern und Kindern, die unerwartet mit einer sehr belastenden gesundheitlichen Situation konfrontiert wurden und nun damit fertigwerden müssen. Sie könnten dort zur Ruhe kommen und neue Kraft schöpfen.«

Kira atmete flach. Nicht alle Eltern hatten das Glück, dass ihr Baby gesund das Licht der Welt erblickte. Nicht alle Kinder durften frei von gesundheitlichen Beeinträchtigungen aufwachsen, sei es von Geburt an oder später durch Unfälle oder Krankheiten hervorgerufen.

Richter hatte sehr ruhig gesprochen, und aus ebendiesem Grund erreichten sie seine Worte. Angekommen und aufgefangen. Diese Aussage berührte sie, mehr noch als seine Pläne. Ankommen und aufgefangen werden. Das war es, wonach sie sich sehnte. Es wurde eng in ihrer Kehle.

»Ich bitte Sie sehr, darüber nachzudenken. Ich bitte Sie aber auch, mir in den nächsten Tagen eine eindeutige Antwort zu geben. Ich ringe jetzt seit etwa einem halben Jahr um das Objekt«, setzte er hinzu.

Die letzten beiden Sätze ernüchterten sie.

»Mein Onkel hatte ein eindeutiges Nein gesagt«, erinnerte sie ihn.

»Ja. Aber jetzt sind Sie am Zug, und ich hoffe sehr, dass Sie anders entscheiden werden. Sie möchten die Wünsche von Herrn Sollinger respektieren. Das ist ehrenwert. Leider hat er mir keine Möglichkeit gelassen, ihm mitzuteilen, was ich aus dem Hotel machen möchte. Vielleicht hätte er umgedacht.«

»Sicher nicht.«

»Sie kennen ihn besser. Möglich, dass Sie recht haben. Trotzdem.«

»Warum gerade dieses Haus?«, forschte sie und sah ihn an wie sonst ihre Patienten, wenn sie sicher war, auf den relevanten Punkt zu kommen. Irrte sie sich, oder flackerte tatsächlich ein Hauch Unsicherheit in seinem Blick auf? Er sah zur Seite, ein deutliches Zeichen, dass er etwas verbergen wollte.

»Das habe ich Ihnen eben gesagt.«

Kira sah auf die Uhr hinter ihm. Er war jetzt über eine Stunde hier. Draußen war es längst dunkel geworden.

»Was haben Sie vor mit den beiden Häusern? Sollen sie dauerhaft leer stehend bleiben? Sie werden verfallen.«

Daran hatte sie auch schon gedacht, sich jedoch die Überlegung verboten.

»Wann ist es denn so weit?«, fragte Richter unvermittelt. Sein Blick war auf die Wölbung unter ihrem Pullover gerichtet.

Erneut legte Kira eine Hand auf ihren Bauch. »Im April.«

»Junge oder Mädchen?«

»Das weiß ich nicht. Ich will es nicht vorher wissen.«

»Sie wollen es nicht vorher wissen?«, hakte er nach.

»Nein.«

»Und der Vater des Kindes?«

Die Frage bohrte sich wie ein Stich in ihre Seele. Sekundenlang rang sie um eine Antwort.

»Schon gut. Das geht mich ja nichts an.« Richter stand auf. Er griff in die Brusttasche seines Hemds und zog eine Visitenkarte hervor. »Hier. Meine Telefonnummer. Ich gehe davon aus, dass Sie das Taschentuch von damals längst entsorgt haben.«

Wahrscheinlich nicht. Es steckte wohl noch immer in der Tasche ihrer Hose, die sie auf ihrer Wanderung getragen hatte. Da sie ihm die Karte nicht abnahm, legte er sie auf den Tisch. Flüchtig sah sie darauf. *Noah Richter, Architekt*, las sie. Dazu eine Adresse in München. Kira erhob sich, um ihn zur Tür zu begleiten.

Richter nahm im Flur seine Jacke von der Garderobe. »Noch was, was mich ja im Grunde auch nichts angeht. Haben Sie jemanden, der ab und zu im Haus Ihres Onkels und bei dem Hotel nach dem Rechten sieht? Ich meine, es steht ja nun beides seit Monaten verlassen.«

Der Hinweis löste ein äußerst unangenehmes Gefühl in ihr aus. Darüber hatte sie selbst schon etliche Male nachgedacht. Noch nicht einmal das Wohnzimmerfenster war gerichtet. Doch von den wenigen Leute aus dem Umfeld ihres Onkels, die sie seinerzeit flüchtig kennengelernt hatte, hätte sie niemanden mit der Bitte betrauen wollen. Und selbst konnte sie sich im Moment absolut nicht dazu durchringen, nach Rottach-Egern zu fahren.

»Irgendwann fällt so was auf, und manchmal ziehen unbewohnte Häuser Zeitgenossen an, mit denen man lieber nichts zu tun haben will«, fuhr Richter fort.

Das wollte sie nicht hören.

Die vergangenen Monate waren überschattet gewesen von Felix' spurlosem Verschwinden und belastet von drückenden Zukunftsängsten. Dachte sie an das kleine Leben, das in ihr wuchs, so überrollten sie Gefühle wie Liebe für ihr ungeborenes Kind, Angst, ihrer Aufgabe als alleinerziehende Mutter nicht gewachsen zu sein, und Ratlosigkeit, wie sie für das Kleine da sein und gleichzeitig arbeiten sollte.

Zumindest bei der letzten Frage hielt sie sich an einer ganz pragmatischen Lösung fest. Sie brauchte eine Betreuung, eine Art Kindermädchen, zumindest für halbe Tage. Ihren Beruf konnte und wollte sie nicht aufgeben, war er doch nach wie vor die einzig verlässliche Größe in ihrem Leben.

»Frau Wagner? Ist Ihnen nicht gut?« Richter riss sie aus ihren Gedanken.

»Doch. Alles in Ordnung. Sie haben recht, ich sollte mal wieder nach den Häusern sehen.«

»Nicht Sie. Und schon gar nicht in Ihrem Zustand. Sicher findet sich vor Ort jemand.«

Langsam verließ Noah Richter das Ärztehaus. Im Schein einer Straßenlaterne sah er winzige Schneeflocken vom nachtschwarzen Himmel rieseln, die schmolzen, sobald sie auf die asphaltierte Fläche des Parkplatzes trafen. Dennoch überzog eine hauchfeine Schicht der weißen Pracht die Windschutzscheibe seines Wagens.

Er richtete den Schlüssel auf sein Auto und entriegelte es mit der Fernbedienung. Die hinteren Blinklichter leuchteten auf.

Richter setzte sich hinters Steuer. Er hatte sie nicht überzeugen können. Dennoch, ohne es begründen zu können, hatte er das Gefühl, einen winzigen Spalt in der Mauer aus Absage und Zurückweisung gefunden zu haben. Daran sollte er arbeiten.

Vielleicht sollte er ihr die Pläne zeigen, die er bereits entworfen hatte, ohne die genauen Gegebenheiten des Hotels zu kennen. Mit ihnen konnte er ihr etwas präsentieren. Er konnte ihr einen Einblick in sein Vorhaben geben, der über Worte und Schilderungen hinausging. Nur so, damit er das Gefühl hatte, irgendetwas zu tun, was sein Projekt vorantrieb.

Vielleicht sollte er ihr Bilder zeigen, von dem kleinen Leon.

Richter ließ den Motor an, um in das Hotel zu fahren, in dem er für einige Tage ein Zimmer gebucht hatte.

34

Kira verließ kurz nach Richter die Praxis. Rudi tappte vor ihr die Treppe hinunter.

Ehe sie nach Aichig und in ihre Wohnung fuhr, ging sie mit ihm eine Viertelstunde die Straße entlang. Es hatte aufgehört zu schneien. Am dunklen Himmel glitzerten ein paar Sterne, das Licht der Straßenlaternen erhellte trübe den nassen Gehweg. Ein Pärchen kam ihr entgegen, eng umschlungen. Die Frau kicherte, und immer wieder blieben die beiden stehen und küssten sich.

Kira wandte den Blick ab und konzentrierte sich auf Rudi, der an dem niedrigen Gebüsch neben dem Trottoir schnupperte.

Um kurz nach achtzehn Uhr stieg sie in Aichig aus ihrem Auto. Ihr Blick ging zu Leonies Wohnung. Dunkel und still war es hinter den Fenstern. Es hingen keine Gardinen mehr vor den Scheiben, die Grünpflanzen waren weg, und vor ein paar Wochen war der Lkw einer Umzugsfirma da gewesen. Unter Leonies hektischen Anweisungen, die sie mit angespannter Miene gegeben hatte, waren ihre Möbel und reichlich Kartons aus der Wohnung getragen worden.

Kira hätte gerne gewusst, wohin Leonie zog. Hatte sie sich mit Stefan versöhnt, nun, wo Felix der Zweisamkeit nicht mehr im Weg stand? Wollte sie einfach weg von ihr und ihrer Nachbarschaft? Es war nicht zu vermeiden gewesen, dass sie einander immer wieder begegnet waren. Je weiter die Zeit ihrer Schwangerschaft voranschritt, umso mehr hatte Kira die Nähe von Leonie belastet. Irgendwann war ihr Zustand nicht mehr zu kaschieren. Dann, so hatte sie befürchtet, würde Leonie die richtigen Schlüsse ziehen. Und Kira war sich sicher, ihr Kind vor ihr schützen zu müssen.

Jetzt wohnte sie nicht mehr nebenan.

War sie gar in Felix' Haus gezogen? Sie traute es ihr zu. Die Vorstellung war unerträglich. Es war, als löschte sie Felix mit ihrem Einzug aus, so als hätte es ihn nie gegeben.

Kira fiel das Atmen schwer. Und die Treppe ins Hochparterre fiel ihr auch schwer.

Wenige Minuten später, nachdem sie Rudis Napf gefüllt hatte, konnte sie sich auf ihrem Sofa ausstrecken. Der Hund fraß, schnell und gierig. Sie hörte ihn kauen und schmatzen und schlucken. Es beruhigte sie, ihm dabei zuzuhören.

Wieder spürte sie eine ganz zarte Bewegung in ihrem Bauch. Sanft legte sie die Hand darauf. Sie hätte gerne mit ihrem Baby gesprochen, doch noch fehlten ihr die Worte.

Eine Rehaklinik für kranke Kinder. Wie stellte er sich das vor? Wahrscheinlich hätte das Hotel quasi entkernt und innen wie außen komplett neu gestaltet werden müssen. Es würden nur die Grundmauern stehen bleiben, bestenfalls auch die Hausmauern und die tragenden Wände im Inneren.

Richter hatte gefragt, ob sie die Häuser dauerhaft leer stehen lassen wollte. Die Frage war berechtigt, gleichwohl stand sie ihm nicht zu. Sie wusste einfach nicht, was sie mit ihrem Erbe machen sollte. Onkel Georg hatte ihr quasi in jeder Richtung jeglichen Handlungsspielraum untersagt.

Seine Auflagen waren eine Last. Von einer Sekunde zur nächsten erschien ihr ihr ganzes Leben als eine Last. Der Verlust ihrer Eltern, viel zu früh. Patricks Entscheidung, seine Zukunft frei von allen Verpflichtungen im Ausland zu leben, natürlich ohne sie. Felix' Verschwinden, kaum dass sie an eine neue Liebe geglaubt hatte. Was war mit ihm geschehen? Und nun bekam sie ein Kind von ihm und war so allein wie die vergangenen sechs, inzwischen fast sieben Jahre.

Kira drehte sich auf die Seite. Schon jetzt konnte sie nicht mehr lange auf dem Rücken liegen. Davon hatte ihr Frauenarzt auch abgeraten. Das Kleine drückte in dieser Lage auf eine Vene, was dazu führen konnte, dass ihr Blutdruck absank. Das war weder für sie noch für das Baby gut.

Sie presste die Handballen gegen die geschlossenen Augen. Felix! Alles in ihr schrie förmlich nach ihm. In ihr wuchs ihr gemeinsames Kind, und sie konnte es ihm nicht sagen. Er war ohne Abschied aus ihrem Leben verschwunden, schien sich in

Luft aufgelöst zu haben. Sie brauchte ihn, seine Nähe, seine Liebe, seine Fürsorge. Sie wollte mit ihm und ihrem Baby eine Familie sein. Kira stöhnte verzweifelt.

Eine feuchte, raue Zunge fuhr über ihr Handgelenk.

»Rudi«, murmelte sie, nahm die Hände vom Gesicht und streichelte den Hund. Rudi stützte die Vorderpfoten aufs Sofa und wedelte. Kira rutschte rücklings so weit nach hinten wie möglich.

»Komm«, sagte sie leise und klopfte mit flacher Hand auf das Stückchen Platz, das dort entstanden war. Geschmeidig zog der Golden Retriever die Hinterpfoten nach, legte sich aufs Sofa und schmiegte sich an sie. Kira legte den Arm um ihn. Die Wärme und die Zuneigung des Hundes waren tröstlich. Und sie war sehr müde. Sekunden später war sie eingeschlafen.

Kira erwachte am anderen Morgen vom Klingeln des Weckers, den sie vergessen hatte auszuschalten. Sie rappelte sich vom Sofa hoch. Rudi lag auf seinem Kissen. Er war offenbar irgendwann in der Nacht auf seinen eigenen Schlafplatz ausgewichen.

Schwerfällig ging sie in ihr Schlafzimmer, um den Wecker auszuschalten. Ihr tat jeder Knochen weh und Muskeln, von denen sie sonst nie etwas spürte.

Nach einer Dusche, einer Tasse Tee und zwei Scheiben Toast mit Butter fühlte sie sich etwas besser. Das Kalenderblatt in der Küche zeigte den ersten Dezember. In dreieinhalb Wochen war Weihnachten. Ein weiteres Weihnachten, das sie allein verbringen würde. Nicht ganz allein. Rudi war bei ihr. Und Bonny auch. Plötzlich überzog ein Lächeln ihr Gesicht. Bonny. So würde ihr Kind heißen. Völlig unerwartet war ihr der Name eingefallen.

Bonny würde ein entzückendes kleines Mädchen werden, da war sie sich plötzlich sicher. Lieb und freundlich und ein wenig schüchtern würde sie sein. Kira würde ihr Zöpfchen binden und weite Röckchen kaufen oder nähen. Und niedliche Schuhe, mit Schnallen und Schleifen. Sie würde ihr ein Kinderzimmer einrichten, ganz mit weißen Möbeln und einer rosa Wölkchentapete.

Dazu musste sie umziehen. Ihre Wohnung hatte nur zwei Zimmer. Vielleicht fand sie etwas mit einem Stückchen Garten vor der Tür. Dann konnte sie ihre Büroarbeiten zu Hause machen, während die Kleine draußen spielte. Aber das hatte noch Zeit.

Bonny würde ein fröhliches Kind sein, geliebt und glücklich. Und hoffentlich kerngesund.

Noah Richter wollte eine Rehaklinik aus dem Hotel machen. Dafür war das Haus doch gar nicht geeignet. Wahrscheinlich stellte sich, während er bereits zugange war, heraus, dass nichts funktionierte, wie er es geplant hatte. Dann ließ er es doch einreißen und baute neu. Und sie würde ihrem Onkel nie wieder ins Gesicht sehen können, im übertragenen Sinn.

Aber sie wollte die Häuser auch nicht dem Verfall preisgeben.

Ende nächster Woche hatte sie einen Kontrolltermin bei ihrem Gynäkologen. Vielleicht sollte sie am kommenden Wochenende wieder einmal nach Rottach-Egern fahren.

»Komm, Rudi«, sagte sie zu dem Golden Retriever, der noch schläfrig auf seinem Kissen lag. »Wir gehen ein paar Schritte an die frische Luft, und dann fahren wir in die Praxis. Ich muss Bürokram machen.«

Es war kurz vor sechzehn Uhr, als ihr Telefon läutete. Längst war die Dunkelheit des Dezemberabends hereingebrochen, und sie brauchte künstliches Licht. Kira sah von ihrer Arbeit zu dem Apparat. Die Nummer auf dem Display sagte ihr nichts. Ihr Nacken war verspannt, und sie hatte Hunger. Nach dem dritten Klingeln schaltete sich der Anrufbeantworter ein. Sie hörte ihre eigene Ansage.

»Guten Tag. Sie sind verbunden mit der psychotherapeutischen Praxis von Kira Wagner. Bitte hinterlassen Sie eine Nachricht. Ich rufe Sie schnellstmöglich zurück.«

»Hallo, Frau Wagner, hier ist Richter. Ich nehme an, Sie grübeln, wie Sie mir am nachhaltigsten absagen können, damit ich endlich Ruhe gebe. Ehe Sie zum wiederholten Mal mein Angebot ablehnen, würde ich Ihnen gerne etwas zeigen. Vielleicht haben Sie nächste Woche –«

Kira nahm den Hörer ab.

»Hallo, Herr Richter«, begrüßte sie ihn.

»Ups. Hallo. Sie sind am Wochenende in der Praxis?«, fragte Richter überrascht.

»Wie Sie merken, ja.«

»Wenn ich wüsste, wie ich Sie privat erreichen kann, müsste ich Sie nicht immer auf der Arbeit stören.«

Für »privat erreichen« gab es ihrer Meinung nach keinen Anlass.

»Was wollen Sie mir denn zeigen?«

»Unterlagen.«

»Ich glaube nicht, dass die mich interessieren«, erwiderte sie.

»Darf ich Sie zum Essen einladen? Dann sehen wir sie gemeinsam durch. Rein geschäftlich natürlich und nur falls Ihr Mann damit einverstanden ist. Er kann auch mitkommen.«

»Nein.« Das fehlte gerade noch, mit Richter essen zu gehen.

»Wie, ›nein‹?«

»Ich möchte nicht essen gehen.«

»Nicht mit mir oder grundsätzlich nicht?«, forschte er.

»Das spielt keine Rolle. Ich sagte Nein.« Sie wurde ungehalten. Herzkrank, seit Geburt. Nicht jedes Kind durfte gesund aufwachsen. Sie hätte sich gerne die Ohren zugehalten.

»Verstanden. Sind Sie noch lange in der Praxis?«

»Bis ich mit meiner Arbeit fertig bin.« Zu viel der Information. Auch das ging ihn nichts an.

»Gut. Geben Sie mir zehn Minuten? Länger dauert es nicht.«

»Zehn Minuten? Das heißt, Sie wollen schon wieder vorbeikommen?«

»Ja.«

»Aber keine Minute länger. Ich werde auf die Uhr sehen.«

»Einverstanden. Bis gleich.«

Er legte auf, ehe sie antworten konnte. Kira legte die Fingerspitzen an die Schläfen. Sie war nicht konsequent genug. Sie sagte Nein, und er gab nicht auf, bis sie ein wenig nachgab.

Nein, das war nicht ganz richtig. Gestern zumindest hatte sie nicht Nein gesagt. Sie hatte sich auf Onkel Georgs Entscheidung berufen. Eine eigene Meinung hatte sie nicht geäußert. Wie war überhaupt ihre eigene Meinung? Im Grunde hielt sie an der sturen Haltung ihres Onkels fest, weil sie seine Wünsche berücksichtigen wollte. Die Erkenntnis kam ganz unerwartet, und sie erschrak. War der alte Mann stur gewesen? In gewisser Weise schon. Andererseits konnte sie ihn auch verstehen. Das Familienerbe war ihm wichtig gewesen. Welche Bürde er mit seinen Vorstellungen auf ihre Schultern lud, hatte er anfangs wohl verdrängt und später nicht wissen wollen.

Wieder stand Kira von ihrem Platz am Schreibtisch auf. Was war, wenn Bonny nicht gesund auf die Welt kam? Oder im Laufe der Zeit eine Erkrankung bekam, bei der eine Unterstützung wie eine Rehamaßnahme helfen konnte? Würde sie sich dann schuldig fühlen oder mit sich hadern, weil sie Richters Angebot zurückgewiesen hatte? Bestand eigentlich ein Mangel an derartigen Einrichtungen, oder gab es lange Wartezeiten für die Patienten?

Aber welche Rolle spielten ihre Überlegungen schon? Richter schien kein Mann zu sein, der sich irgendwelchen Höhenflügen hingab, ohne sich grundlegend informiert zu haben, welche Zukunft sein Projekt hatte.

Kira ging zum Fenster und lehnte die Stirn an die kühle Scheibe. Im Licht der Straßenlaterne tanzten große weiße Flocken vom Himmel. Heute blieb der Schnee liegen. Schon deckte eine dicke Schicht das Stück Rasen vor dem Haus zu, hüllte Bäume und Sträucher ein, und auf der Straße waren die Fahrspuren der Autos im Weiß des Schnees zu erkennen. Vor dem Haus stand eine kleine Tanne, auf die der Hausmeister alle Jahre eine Lichterkette steckte. Die künstlichen Kerzen leuchteten in warmem Goldgelb durch ihre Schneehauben. Kira bekam einen Druck in der Kehle. Bald war Weihnachten. Sie hätte es mit Felix verbringen können. Sie sah ihn vor sich, in seinem Rollstuhl, stellte sich ein Weihnachtsbäumchen in seinem Wohnzimmer vor und einen Adventskranz mit dicken roten Kerzen auf seinem Wohnzimmertisch. Sie glaubte, seine Hand zu spüren, die ihre hielt. Wo war er? Was war geschehen? War er überhaupt noch am Leben? Sie presste eine Hand vor den Mund. Rudis feuchte Schnauze berührte ihre Hand. Kira schluchzte auf. Sie ging in die Knie und umarmte den Hund, der es sich geduldig gefallen ließ.

Das Läuten an der Tür riss sie aus ihrem Tunnel aus Schmerz, Verzweiflung und Sehnsucht.

Hastig trocknete sie sich das Gesicht und rappelte sich auf. Sie verzichtete auf das Licht im Flur, und den Blick in den Spiegel an der Garderobe vermied sie auch. Im Sprechzimmer brannte nur die Schreibtischlampe, und so blieb ihr die Hoffnung, dass Richter ihren desolaten Zustand gar nicht bemerkte.

»Sie waren schnell«, begrüßte sie ihn und stellte beklommen fest, dass ihre Stimme verschnupft klang.

Diesmal ließ sie ihn gleich eintreten. Rudi war ihr nachgekommen und hieß Richter schwanzwedelnd willkommen. Dass der Hund dem Architekten so zugetan war, irritierte sie immer wieder.

»Haben Sie sich erkältet?«, erkundigte er sich prompt und streichelte Rudi. »Das ist mir vorhin am Telefon gar nicht aufgefallen.« Unter den Arm geklemmt hielt er eine Aktentasche.

»Vielleicht«, wich sie aus, ging voran ins Sprechzimmer und zu ihrem Sessel, jedoch ohne sich zu setzen.

»Auf dem kleinen Tisch ist recht wenig Platz«, monierte Richter sofort, der hinter ihr den Raum betreten hatte.

»Mehr kann ich Ihnen nicht anbieten«, entgegnete Kira und legte eine Hand auf die Rückenlehne ihres Sessels.

»Ihr Schreibtisch wäre besser, um die Unterlagen auszubreiten. Aber ich verstehe schon. Patientenschutz, Diskretion und so weiter.«

»Richtig.« Sie hätte ihre Papiere zusammenschieben können und den Computer herunterfahren. Sie sah keine Bewandtnis.

»Dann muss es so gehen.« Richter setzte sich unaufgefordert, öffnete seine Aktentasche und zog einen dicken Bogen gefaltetes Papier heraus. Er klappte ihn mehrfach auf und legte ihn auf den Boden. Kira blieb neben ihrem Sessel stehen.

»Können Sie die Deckenlampe anschalten? Man sieht zu wenig.«

»Nein. Es geht schon.«

Richter sah mit unergründlichem Blick zu ihr auf. Sie bemühte sich, dem standzuhalten.

»Was ist los, Kira?«, fragte er ruhig. »Sie sind fix und fertig. Ist es meinetwegen? Setze ich Ihnen mit meinen Bemühungen, Sie zu überzeugen, derart zu?«

Der Boden unter ihr schien weich zu werden. Sie drückte die Finger in die Lehne des Sessels und schüttelte den Kopf. In ihrer Kehle wurde es eng, und in ihrer Nase kribbelten aufsteigende Tränen.

»Was ist es dann? Macht Ihnen die Schwangerschaft zu schaffen? Ich weiß, es geht mich nichts an. Ich wüsste es trotzdem gerne.«

Blind vor Tränen verharrte sie auf der Stelle. Richter stand auf und trat zu ihr. Behutsam legte er ihr den Arm um die Schultern und dirigierte sie zu ihrem Sessel. Kira setzte sich. Sie schlug die Hände vors Gesicht, von stummem Schluchzen geschüttelt. Richter wartete ab. Nach einer gefühlten Ewigkeit schaffte sie es, sich notdürftig zu fassen. Erschöpft zerrte sie ein Papiertuch aus der Box auf dem Tisch, die eigentlich für ihre Patienten bereitstand, und trocknete sich das Gesicht.

»Sie haben recht. Es geht mir nicht gut. Daran sind Sie nicht schuld und die Schwangerschaft auch nicht«, bemühte sie sich um eine Erklärung und putzte sich die Nase.

Richter, der sich wieder gesetzt hatte, schwieg, und für einen Augenblick fühlte sie sich, als wäre er Therapeut und wollte sie zum Reden bringen. Schweigen hielten viele Patienten nicht gut aus, und über kurz oder lang begannen sie dann doch zu sprechen. Kira schluckte.

»Ich habe jemanden verloren, der mir sehr wichtig war«, würgte sie hervor und presste das feuchte Taschentuch zusammen.

»Ihren Onkel, nehme ich an.«

»Das auch, aber ihn meine ich nicht. Den Vater meines Kindes.« So viel sollte Richter gar nicht wissen, und doch tat es gut, es einmal auszusprechen. Außer ihrem Frauenarzt hatte sie ja niemanden, mit dem sie über ihre Situation reden konnte.

»Hat er Sie verlassen? Will er das Kind nicht?« Richters Blick ruhte auf ihr. Ruhig und unaufdringlich.

»Er ist verschwunden. Er weiß gar nichts von unserem Kind.« Sie erschauerte.

»Wie meinen Sie das, ›verschwunden‹?«

»Ich sollte Ihnen das nicht erzählen.« Er war ein Fremder. Jemand, der etwas von ihr wollte, was sie ihm nicht geben durfte, selbst wenn erste Zweifel in ihr aufkamen, ob sie das Richtige tat, indem sie kategorisch an der von ihrem Onkel getroffenen Entscheidung festhielt.

»Wegen der Umstände, unter denen wir uns kennengelernt haben? Vergessen Sie mal Sollinger. Wir haben uns kennengelernt, ohne voneinander zu wissen, wer wir sind.«

Kira versuchte zu lächeln. Es gelang ihr nicht. Sie musste an ihre erste Begegnung an der Hütte denken. Damals, als er sie hatte wiedersehen wollen. Ihr Herz war bei Felix gewesen, und das war es auch jetzt noch. Wieder fing sie an zu schluchzen.

Richter stand auf, sah sich um und ging zur Küche. Kurz darauf kam er mit einem Glas Wasser zurück. »Trinken Sie«, sagte er behutsam.

Ihre Hand zitterte, und sacht half er ihr, das Glas an die Lippen zu führen. Er stellte das halb leere Glas auf den Tisch und setzte sich abermals, die Ellbogen jetzt auf die Knie gestützt.

Und Kira begann zu erzählen.

35

»Nun weißt du … sehr viel«, schloss Kira mit vom Reden und Weinen heiserer Stimme ihren Bericht. Im Laufe des Gespräches waren sie zum Du übergegangen.

Er hatte zugehört und nur gelegentlich Zwischenfragen gestellt. Die zarte Frau, die ihm mitsamt ihrem Leid gegenübersaß, wirkte so zerbrechlich und unglücklich, dass er sie am liebsten in den Arm genommen hätte, um sie den Rest ihres Lebens vor Schmerz und Kummer zu bewahren. Doch das stand ihm nicht zu, zumal ihr Herz bei einem anderen Mann war.

»Es tut mir sehr, sehr leid, Kira. Wirklich«, sagte er aufrichtig.

Kira sagte nichts mehr. Richter sah, so unauffällig es ging, auf seine Armbanduhr. Gleich neun. Es war sehr spät geworden, für die zehn Minuten, die sie ihm zugestanden hatte. Sein Entwurf, den er zu der Klinik vorbereitet hatte, lag noch immer am Boden. Es war nicht der richtige Moment, um ihr jetzt Informationen dazu zu geben.

»Kann ich dich nach Hause bringen?«, schlug er stattdessen vor. Sie jetzt allein zu lassen oder gar ans Steuer ihres Autos schien ihm unverantwortlich.

»Nein, danke. Ich fahre selbst.«

Ihr Blick ging hinter ihn, und er drehte sich um. Dort stand in einem Regal auf Augenhöhe eine kleine Uhr.

»Das halte ich nicht für die beste Idee«, hielt er dagegen und wandte sich ihr wieder zu.

Ein winziges Lächeln zog ihre Mundwinkel auseinander. »Ich schaffe das«, behauptete sie.

»Denk an dein Kind«, erwiderte Richter.

Das winzige Lächeln erlosch. »Ja, du hast recht.«

»Dann lass uns gehen.«

»Rudi muss mit. Wenn er nicht in dein Auto darf, fahre ich doch selbst«, ließ Kira ihn wissen und stand auf.

»Er darf, das ist selbstverständlich.« Er faltete den stattlichen

Bogen Papier mit seinem Entwurf zusammen und steckte ihn wieder in die Aktentasche.

Kira fuhr den Computer herunter, nahm ihre Handtasche aus einem schmalen Schrank und ging in den Flur. Der Hund folgte ihr, Richter schloss sich ihnen an. Sie zog ihre Jacke an und verließ als Erste die Praxis.

Über die Treppe hinunter musste er sich zwingen, sie nicht behutsam am Arm zu fassen, damit sie sicher unten ankam, so schwach, wie sie ihm schien.

Schneeflocken tanzten noch immer vom Nachthimmel, und kalte Winterluft hüllte sie ein, als sie das Haus verließen. Rudi hob die Hinterpfote an einem niedrig wachsenden Gebüsch.

»Ich muss noch ein paar Minuten mit ihm laufen«, sagte Kira leise.

»Gut, laufen wir.«

Er hielt sich dicht neben ihr, stets bereit, sie zu halten, falls sie auf dem schneebedeckten Gehweg ins Rutschen kommen sollte oder die Energie für den Spaziergang verlor.

Kira saß in ihrer Küche am Fenster und hielt die Hände um eine dickbauchige Tasse mit Tee geschlossen. Draußen wurde es ganz langsam hell. Sie hatte die Nacht über kaum geschlafen, nur gelegentlich war sie für Minuten eingedöst, um gleich darauf unruhig wieder hochzufahren.

Nun war sie müde und fror, obwohl die Heizung warm war. Was war nur gestern mit ihr los gewesen? Sie hatte Richter von Felix erzählt, von dem Moment an, als Leonie ihr unter Tränen von ihrer Mehrfachbelastung berichtet hatte, bis zu dem Augenblick seines Verschwindens. Ausgerechnet Richter. Er hatte Ruhe, Verständnis und Anteilnahme ausgestrahlt, das hatte gutgetan. Und dennoch hatte während des ganzen Abends an ihr genagt, dass sie gerade ihn ins Vertrauen zog. Doch als sie erst einmal angefangen hatte zu reden, hatte sie nicht mehr aufhören können und gleichzeitig ständig das Gefühl gehabt, sie würde neben sich sitzen und sich selbst zuhören.

Bis jetzt fühlte sie sich wie in einer Art Trance.

Kira trank einen Schluck Tee, der mittlerweile nur noch lauwarm war.

Um zehn Uhr wollte Richter wieder bei ihr sein, um sie nach Meyernberg zu ihrer Praxis zu fahren, wo ihr Auto stand.

Kira zog einen weiten Pullover über, aus dicker, warmer Wolle und mit einem Rollkragen. Dazu trug sie eine bequeme Jogginghose mit regulierbarem Bund, für Schwangere, innen angenehm angeraut. In wenigen Minuten würde Richter hier sein.

Vom klar blauen Himmel strahlte eine kalte Wintersonne, die die immerhin etwa zehn Zentimeter dicke Schneeschicht, die die Landschaft bedeckte, glitzern ließ, als leuchtete sie über Diamantsplitter. Die Temperaturanzeige auf ihrem Handy verkündete minus zehn Grad Außentemperatur.

Kira stieg in ihre gefütterten Stiefel. Wenn Richter läutete, musste sie nur noch ihre Jacke überziehen und die Wohnung verlassen. Rudi lag auf seinem Kissen im Wohnzimmer und verfolgte jede ihrer Bewegungen mit den Augen.

Als es kurz darauf klingelte, sprang er auf und rannte an ihr vorbei zur Wohnungstür.

»Nein, Rudi. Wir holen nur rasch mein Auto, dazu musst du nicht mit. Ab auf dein Kissen«, wies sie den Hund an.

Rudi wedelte und blieb im Flur stehen.

»Rudi, ab mit dir«, forderte sie ihn erneut auf.

Rudi hörte auf zu wedeln, senkte den Kopf und drückte die Nase auf den dünnen Läufer im Flur.

»Ach Mensch, Junge«, schimpfte Kira, der der Hund in seiner Betrübnis schon wieder leid tat.

Es pochte an die Wohnungstür. Nun war Richter doch ins Haus gekommen, um sie direkt abzuholen. Das hatte sie vermeiden wollen. Schuld war Rudi, der nicht hören wollte. Sie öffnete.

Richter lächelte ihr zu, freundlich, aber unaufdringlich.

»Guten Morgen. Du bist ja schon startklar«, bemerkte er. Der Hund kam zu ihm, um ihn zu begrüßen, und ließ sich streicheln.

»Guten Morgen. Ich wäre auch schon unten, wenn Rudi folgsam wäre. Er will unbedingt mit.«

»Meinetwegen«, stimmte Richter zu.

»Das ergibt doch überhaupt keinen Sinn. Erst rein in dein Auto und später rein in mein Auto. Zu Hause ist er für die halbe Stunde besser aufgehoben«, hielt Kira dagegen.

»Du hast recht. Was hältst du davon, wenn wir vorher noch einen kurzen Spaziergang mit ihm machen? Das Wetter ist herrlich«, schlug Richter vor.

Sie zögerte. Gab sie nach, hatte Rudi seinen Kopf durchgesetzt. Das war erziehungstechnisch gar nicht gut.

Der Hund senkte wieder den Kopf, diesmal jedoch nur auf halbe Höhe zum Boden.

»Ja, gut. Gehen wir eine kleine Runde mit ihm.«

»Lauf vorsichtig«, mahnte Richter. »Stellenweise könnte es rutschig sein.« Er hielt ihr den Arm hin. »Willst du dich festhalten?«

Wortlos schob Kira ihre Hand unter seinen Ellbogen. Rudi lief voraus, schnupperte hier und da und hob des Öfteren die Hinterpfote.

»Welchen Weg geht ihr üblicherweise?«, fragte Richter.

»Erst zum Feuerwehrhaus, das ist gleich dort vorne. Dahinter ein paar hundert Meter durch die Ortschaft und dann ein Stück Feldweg. Ehe der Feldweg bergab zum Hintereingang der Eremitage geht, kehren wir um«, erläuterte Kira.

»Okay«, erwiderte er.

»Der Weg geht nämlich recht steil bergab. Das ist mir zu anstrengend«, fuhr sie fort.

»Wegen der Schwangerschaft?«

»Nein. Auch so«, erwiderte sie. »Ehe ich Rudi zu mir genommen habe, bin ich am Wochenende oder im Sommer nach der Arbeit auch ab und zu spazieren gegangen. Das steile Stück bin ich nur einmal rauf und runter. Ist mir irgendwie zu mühsam.«

»Echt jetzt? Bergwandern gehst du aber doch«, fragte Richter verwundert.

Kira stutzte.

»Richtig. Darüber habe ich noch gar nicht nachgedacht. Vielleicht mag ich das steile Stück dort hinten einfach nicht.«

»Wie geht es dir heute? Konntest du schlafen?«, wechselte Richter das Thema.

»Geschlafen habe ich schon besser. Sonst geht es schon«, antwortete Kira. »Dort vorne ist das Feuerwehrhaus«, fuhr sie fort, ehe Richter noch etwas zu ihrem Befinden sagen konnte.

Eine Ampelanlage mit Fußgängerschaltung half Passanten, gefahrlos die Straße zu überqueren. Noch zeigte sie grünes Licht für Autofahrer. Hinter dem Feuerwehrhaus rannten drei kleine Jungen hervor und versuchten sich gegenseitig einen Fußball abzujagen. Einer trat mit Schwung gegen das Leder. Der Ball flog Richtung Fahrbahn, und einer der Jungen rannte hinterher, ohne nach links oder rechts zu sehen, und direkt auf die Straße. Nahezu gleichzeitig kam ein roter Wagen auf die Ampel zu, eindeutig schneller als erlaubt. Kira durchzuckte panisches Entsetzen. Sie sah den Ball, den Jungen, das Auto. Bremsen quietschten. Der Wagen kam zum Stehen. Das Kind stand wie erstarrt auf der Fahrbahn, anscheinend unverletzt, der Fußball rollte seitlich des Gehwegs davon. Der Mann hinter dem Steuer machte eine wütende Geste, schüttelte die Faust und schien zu schimpfen und zu fluchen. Ohne auszusteigen, legte er den Gang ein und fuhr davon.

»Um Himmels willen«, stieß Richter hervor.

Kira spürte ein Stechen im Bauch. Sie umklammerte Rudis Leine und Richters Arm.

»Kleiner, komm weg von der Straße«, rief Richter dem Jungen zu.

Das Kind sah ihn an, rannte zu seinem Ball, hob ihn auf und flitzte zwischen den Häusern hindurch davon. Auch die anderen beiden Jungen stoben förmlich auseinander.

»Das war verdammt knapp«, sagte Richter erschüttert. »Kira? Ist alles in Ordnung? Hast du Schmerzen?«

Kira beugte sich vor und hielt einen Arm vor den Leib.

»Kira?«

»Da sticht was«, keuchte sie.

Ihr war, als würde sich ein grauer Schleier vor ihre Augen ziehen. Entsetzliche Angst packte sie. Bonny! Ihr Kleines, ihr Baby! Was war mit ihrem Kind? Ihre Knie wurden weich. Sie spürte, wie Richter sie festhielt, damit sie nicht zu Boden stürzte. Dann wurde es dunkel um sie.

Als sie wieder zu sich kam, lag sie in einem Krankenwagen. Um ihren Arm die Manschette eines Blutdruckmessgerätes. Jemand beugte sich über sie.

»Hallo, Frau Wagner, da sind Sie ja wieder. Wie geht es Ihnen? Verstehen Sie mich?« Kira musterte den jungen Mann. War er Arzt? Oder Rettungssanitäter? Wahrscheinlich Letzteres.

»Hm«, machte sie. Wo war Rudi? Wo war Richter?

»Im wievielten Monat sind Sie?«, fragte der Mann weiter und entfernte die Blutdruckmanschette.

»Im sechsten«, gab sie Auskunft. Ihr war ein wenig schwindelig, und sie hatte Kopfschmerzen.

»Ihr Blutdruck ist sehr niedrig. Wir bringen Sie jetzt in die Klinik. Dort werden Sie gründlich durchgecheckt, und wenn so weit alles in Ordnung ist, dürfen Sie morgen schon wieder nach Hause.«

»Morgen?« Sie versuchte sich aufzurichten. Allmählich klärten sich ihre Gedanken. »Das geht nicht. Ich habe morgen Termine.«

»Die werden Sie ausnahmsweise absagen müssen«, sagte der junge Mann freundlich.

»Und um meinen Hund muss ich mich auch kümmern«, protestierte sie.

Sacht legte er ihr die Hand auf die Schulter und drückte sie behutsam zurück auf die Trage. »Der ist bei Ihrem Mann gut aufgehoben. Er wartet übrigens außen. Sie können sich noch kurz sprechen. Er kann auch mit in die Klinik kommen, nur der Hund leider nicht.«

»Er ist nicht …«, begann sie, doch der Mann hatte sich bereits abgewandt und kletterte aus dem Wagen.

»Kira?«

Sie legte sich auf die Seite und sah in die Richtung, aus der Richters Stimme gekommen war.

»Ich kann nicht reinkommen, wegen Rudi. Mach dir keine Sorgen, ich kümmere mich um ihn.«

In ihr zog sich etwas zusammen. Rudi. Sie konnte ihn nicht einmal streicheln, ehe sie in die Klinik gebracht wurde. Aufstehen durfte sie wohl nicht, und sie hätte sich auch nicht getraut. Ihre Beine waren schwer und schwach gleichzeitig, ihr Kopf tat weh, und sie fühlte sich kraftlos. Und sie musste Bonny beschützen.

Der junge Mann stieg wieder zu ihr in den Sanka, jemand schloss von außen die Türen. Kira hätte gerne geweint, doch es ging nicht.

Sie lag in einem Krankenbett, daneben stand ein Arzt mittleren Alters und blickte in seine Unterlagen.

»Alles in Ordnung, Frau Wagner. Ihr Kreislauf hat schlappgemacht. Möglicherweise war das der Schock. Kannten Sie den Jungen, der beinahe vor das Auto gelaufen wäre?«, fragte er. Auf seinem Namensschild stand: *Dr. K. Wettermann – Oberarzt.*

Kira schüttelte den Kopf.

»Laut Ihrem Lebensgefährten war es eine sehr brenzlige Situation, aber es ist wohl alles gut ausgegangen. Ich würde Sie dennoch gerne über Nacht hierbehalten, nur zur Sicherheit.«

Sie wollte nach Hause, und sie wollte den Arzt korrigieren und ihm sagen, dass Richter nicht ihr Lebensgefährte war.

»Wie geht es Ihnen denn jetzt? Irgendwelche Beschwerden?«

»Nein.«

Sie wollte Rudi wiederhaben, sich in die Ruhe und Geborgenheit ihrer Wohnung flüchten. Und sie wollte alles tun, damit es Bonny gut ging. Das hieß wohl, sie musste die Nacht wirklich hierbleiben.

»Schön. Wenn Sie etwas brauchen, läuten Sie nach der Schwester.« Dr. Wettermann zeigte auf die Rufanlage, die an der Triangel über dem Bettaufrichter baumelte.

»Ruhen Sie sich aus.« Mit diesen Worten verließ der Arzt das Zimmer.

Kira lauschte in sich hinein. Bonny war ganz ruhig. Anscheinend schlief sie. Das war bestimmt gut so.

Hatte Richter den Hund mit ins Hotel genommen? Sie wusste nicht, wo er untergekommen war. Das hieß, sie konnte ihn nicht anrufen und fragen, wie es Rudi ging und ob er sie vermisste.

Kira schob eine Hand unter die Wange. Er würde sich sicherlich melden. Unvermittelt fielen ihr die Augen zu. Plötzlich sah sie das Hotel vor sich, wie es ruhig und friedlich vor dem Wallberg ruhte, gewärmt von den Strahlen der Sommersonne. Sie sah die weitläufige Wiese vor dem Haus, mit halbhohem Gras, dazwischen blühten Wildblumen in Weiß und Gelb, und hier und da reckten blaue Kornblumen ihre Köpfchen ins Licht. Sie sah sich selbst als kleines Mädchen vor dem Hotel spielen, wenn ihre Mutter mit ihr zusammen Onkel Georg besucht hatte. Sie sah ihre Mutter, wie sie ihr zulächelte, und sie sah, wie sie ihr zugewunken hatte, strahlend, mit hocherhobenem Arm und ausholenden Bewegungen, glücklich und geborgen. Sie sah Onkel Georg, wie er in die Knie gegangen war und die Arme ausgebreitet hatte, damit sie hineinspringen konnte. Dann hatte er sie hochgehoben, herumgeschwenkt, und sie hatte gebettelt, dass er sie noch ein wenig länger auf seinem Arm sitzen ließ, weil sie dann groß war und von oben die Welt noch schöner und weiter wirkte.

Das Bild verschwamm. Nun stand sie als erwachsene Frau vor dem Hotel, doch es war nicht mehr verlassen. Fenster und Türen standen offen, auf der Terrasse tummelten sich Gäste, und alle hatten Kinder dabei. Sie sah weder die Kinder noch die Gäste, aber sie hörte sie und wusste um sie. Und auf der Wiese spielte wieder ein kleines Mädchen. Ihr kleines Mädchen. Onkel Georg war auch da. Er war noch immer groß und kräftig, wie er es sein ganzes Leben gewesen war. Aber er war jetzt viel älter, und er stand sehr weit weg, beobachtete das Geschehen aus der Ferne. Er sah auch ein wenig durchsichtig aus und schien ein paar Millimeter über dem Rasen zu stehen, ohne dass seine Füße diesen berührten.

»Ist es so in Ordnung, Onkel Georg?«

Ihr Mund formte die Worte, ohne sie auszusprechen. Ihr Blick suchte den des alten Mannes. Bedächtig nickte der Onkel. Sein Bild löste sich auf, und ruckartig erwachte Kira. Sie war schweißgebadet, und ihr Herz schlug bis in die Kehle.

36

Noah Richter stand mit Rudi an der Leine vor dem Klinikum Bayreuth. Der Hund tänzelte nervös hin und her und war offenbar nicht damit einverstanden, dass sie hier vor der Treppe warteten.

Der Tag war trüb und kalt. Schnee war nicht gemeldet, ab Mittag sollte ein wenig Sonne durchkommen.

Es wurde Zeit, dass er zurück nach Feldmoching fuhr und seinen Vater besuchte. Der alte Herr vermisste ihn sicher schon. Nach München in die Firma musste er auch. Und ganz allmählich war er bereit, zu akzeptieren, dass er das Hotel Sollinger nie sein Eigen nennen würde. Der letzte Eigentümer hatte Nein gesagt, und seine Nichte hielt an der Entscheidung des Onkels fest. Manchmal musste man loslassen können. Es war ein schöner Traum gewesen, aber eben auch nur das. Dabei hätte er seinem Vater so gerne erzählt, dass er Erfolg gehabt hatte und das Objekt jetzt in seinen Händen war. Vielleicht hätte das den Gram gemildert, den der alte Herr seit Jahrzehnten mit sich schleppte.

Kira kam durch die gläserne Eingangstür, und Rudi begann aufgeregt an der Leine zu ziehen.

Sie lächelte ihn an. Richter lächelte zurück.

»Rudi, mein Guter, mein Lieber.« Kira umarmte und streichelte den Hund, der freudig hin und her sprang.

»Hallo, Kira.« Richter beugte sich vor und hauchte ihr einen Kuss auf die Wange. Er sah die Verblüffung in ihrer Miene. »Geht es dir wieder gut?«, fragte er eilig.

»Sicher. Der Doktor hat mir empfohlen, mich noch die Woche zu schonen. Ich bin nicht sicher, ob ich mich daran halten will.«

»Solltest du schon«, bemerkte er.

»Ich bin so froh, dass du Rudi mit ins Hotel nehmen konntest«, wechselte Kira das Thema.

»Es war kein Problem. Offiziell machen sie es zwar nicht, aber die Hotelchefin hat selbst einen Hund, und sie hatte Verständnis, nachdem ich ihr die Notlage geschildert hatte. Rudi war auch verhältnismäßig brav.«

»Verhältnismäßig?« Kira sah von dem Hund zu Richter.

Richter schmunzelte. »Unruhig war er schon. Und das Futter, das mir Frau Jakobi von ihrem Hund abgezweigt hatte, wollte er zuerst auch nicht. Ich würde sagen, er hat es letzten Endes mit Verachtung gefressen.«

Jetzt musste auch Kira lachen. Der Moment der Erheiterung tat ungeheuer gut.

»Mein Wagen steht dort vorne«, sagte Richter. »Es ist übrigens gleich elf Uhr.«

»Ja, und?« Verwundert sah Kira ihn an.

»Ich würde gerne noch einen Versuch machen und dich zum Essen einladen. Bis wir uns auf ein Lokal geeinigt haben und unsere Bestellung auf dem Tisch steht, ist es sicher mindestens zwölf Uhr. Du brauchst geregelte Mahlzeiten.«

»Ja, das stimmt.«

Sie klang zögerlich. Er wappnete sich, für die nächste Absage.

»Einverstanden.«

»Gut. Wohin gehen wir? Ich bin ortsunkundig und kann keinen Vorschlag machen.« Er versuchte, sich seine Überraschung ob ihrer Zustimmung nicht anmerken zu lassen.

»Zum Griechen. Mir ist nach gut gewürztem Fleisch, Zaziki, Pommes, Krautsalat.«

»Hoffentlich bekommt deinem Baby das.«

Kira warf ihm einen vorwurfsvollen Blick zu. »Du schiebst aber auch ständig Bedenken«, kritisierte sie.

»Das stimmt doch gar nicht«, protestierte er. »Krautsalat liegt schwer im Magen.«

»Das sehen wir dann. Gestern, ehe wir spazieren gegangen sind, hast du mich ermahnt, vorsichtig zu laufen, weil es glatt sein könnte. Jetzt hast du Sorge, ich esse zu deftig.«

Richter lachte. »Okay, du hast recht.«

Er öffnete mit der Fernbedienung seinen Wagen. Rudi sprang auf die Rückbank und streckte sich bäuchlings aus.

»Nun sag mir, wo wir hinfahren müssen.«

»In die Innenstadt. Ich möchte ins Plaka. Das ist in der Sophienstraße.«

»Sehr gerne, Frau Doktor.« Er hielt ihr die Wagentür auf.

Sein Begrüßungskuss, so flüchtig und hingehaucht er auch gewesen war, hatte sie irritiert und verunsichert. Hegte er irgendwelche Hoffnungen, nun, wo er wusste, wie es um ihr Privatleben bestellt war? Wiedersehen wollen hatte er sie ja schon im Frühsommer, als sie sich auf der Hütte am Berg kennengelernt hatten.

Kira schob die Überlegung beiseite. Ihr Herz war bei Felix, der Platz an ihrer Seite war ihm vorbehalten. Solange sie nicht wusste, was mit ihm geschehen war, konnte sie sich nicht von der Hoffnung verabschieden, dass sie sich wiedersahen und eine Zukunft hatten. Zu dritt. Leicht legte sie die Hand auf ihren Bauch.

»Alles in Ordnung?« Richter sah zu ihr herüber.

»Ja«, sagte sie nur. Sie bemerkte aus den Augenwinkeln, dass er sie prüfend musterte, ehe ihn der Verkehr zwang, wieder auf die Fahrbahn zu sehen.

Ein gemeinsames Essen war vielleicht nicht die schlechteste Idee, um ihm den Vorschlag zu machen, über den sie gestern Abend noch lange nachgedacht hatte, ehe sie doch irgendwann eingeschlafen war.

Kira hatte sich für einen Plaka-Teller entschieden, der mit Gyros, Schweinesteak und Bifteki sehr umfangreich war. Den ersehnten Zaziki gab es auch dazu, den vorgesehenen Tomatenreis hatte sie durch Pommes ersetzt. Lediglich auf den Krautsalat hatte sie nun doch verzichtet und sich entschieden, den Salat zu essen, der zum Plaka-Teller gedacht war. Welcher das war, da würde sie sich überraschen lassen. Bestimmt ein leichter grüner Salat. Vielleicht hatte Richter ja doch recht, und das Essen würde ihr schwer im Magen liegen. Sie musste nicht übertreiben.

Er selbst hatte das überbackene Gyros in Metaxasoße bestellt.

Der Kellner brachte für Kira ein großes Mineralwasser, für Richter eine große Apfelsaftschorle. Rudi lag unter dem Tisch und verhielt sich vorbildlich, indem er mucksmäuschenstill war.

Richter lächelte ihr zu und hob sein Glas. »Prost.«

Kira lächelte zurück. »Prost.«

»Ich wollte dir einen Vorschlag machen«, fuhr sie fort, nachdem sie beide ihre Gläser wieder abgestellt hatten.

»Lass hören.« Er lehnte sich zurück.

»Ich habe lange und gründlich nachgedacht«, begann sie. »Du hast recht. Die beiden Häuser sollten nicht länger leer stehen. Was ich mit Onkel Georgs Privathaus mache, weiß ich jetzt noch nicht. Aber zu dem Hotel ist mir etwas eingefallen.«

Ein Zucken lief über Richters Gesicht, doch er hatte sich sofort wieder unter Kontrolle.

»Ich denke, wenn du eine Reha daraus machst, bleibt nichts so, wie es war. Dafür scheint mir das Haus nicht geeignet, auch wenn ich von Rehaeinrichtungen keine Ahnung habe.«

Richter verzog keine Miene. Beinahe reglos saß er ihr gegenüber.

»Was hältst du von einer Art Erholungsheim für Eltern und Kinder?«

»Ein Erholungsheim?« Seine Stimme klang belegt, und seinem Tonfall nach zu urteilen, wusste er nicht, wovon sie sprach.

»Ja. Nehmen wir an, ein Kind hat eine schwere Erkrankung. Oder es hat überhaupt eine Erkrankung, die eine längerfristige oder dauerhafte medizinische Versorgung notwendig macht. So was muss doch für eine Familie sehr belastend sein. Ich stelle mir vor, ein Haus zu eröffnen, in dem sich Eltern, betroffene Kinder und vielleicht auch Geschwisterkinder von den Strapazen erholen können. Ein Haus, in dem sie quasi Pause von dem aufreibenden Alltag machen und neue Kraft schöpfen können.«

»Das erinnert mich an eine Mutter-Kind-Kur«, sagte Richter. Noch immer stand keinerlei Zustimmung in seinem Gesicht.

»Eine Mutter-Kind-Kur ist eine Art Prävention, soweit ich weiß. Also ein Vorherhandeln, ehe, sagen wir es mal ganz profan, die Mutter zusammenklappt, weil sie zu hohen Anforderungen nicht gewachsen ist.«

»Oder der Vater«, warf Richter ein.

»Genau. Diese Kuren werden auch von der Kasse gezahlt. Ich habe mich im Internet informiert.«

Richter verlagerte sein Gewicht von einer Seite auf die andere.

»Ich habe mir das anders vorgestellt, auch wenn meine Idee grundsätzlich an diese Kuren angelehnt ist«, sprach sie weiter.

Aufmerksam sah sie ihn an. Seine Miene war ausdruckslos.

»In dem Erholungsheim sollen Eltern und Kinder Urlaub machen können, zu moderaten Preisen, aber selbst zu bezahlen«, fuhr Kira fort. »Dazu bieten wir ein umfangreiches Entspannungsprogramm an, für Körper, Geist und Seele. Mit Fachkräften, wie Betreuerinnen, die die Kleinen beschäftigen können, in Gruppen oder auch einzeln. Mit Ergo- und Physiotherapeuten, die vor Ort auf Rezept behandeln können. Auch psychologische Unterstützung von Eltern und vielleicht auch von Kindern könnte ich mir vorstellen. Das muss nicht über die Kasse laufen, kann aber. Ich dachte an Beschäftigungsangebote für die Eltern, wie Seidenmalerei oder Bastelstunden. Je nach Jahreszeit könnte das Weihnachtsschmuck sein, was für Ostern oder auch was fürs ganze Jahr. Geflochtene Lampen zum Beispiel. Als Anregung für neue Hobbys, bei denen sie sich auch später im Alltag entspannen können.«

Richter gab keine Antwort.

»Noah.« Kira wurde ungehalten. »Sag irgendwas.«

»Das ist absolut nicht das, was ich vorhatte«, erwiderte er schließlich.

»Ich weiß. Aber es wäre eine Möglichkeit, das Hotel zu erhalten, wieder zum Leben zu erwecken und in abgewandelter Form für Eltern und deren kranke Kinder etwas Gutes zu tun, so wie du es wolltest.«

»Als Selbstzahler.«

»Wie ich schon sagte, zu moderaten Preisen. Das Heim soll definitiv denen vorbehalten bleiben, deren Kinder gesundheitliche Einschränkungen haben. Eltern und Kinder sollen in einer

Art Alltag für ein paar Wochen Entlastung erfahren, durch professionelle Unterstützung, und Anregungen mitnehmen, für danach, wenn sie wieder zu Hause sind.«

Er sah sie an. »Und wie genau stellst du dir das vor? Du verkaufst mir das Hotel, und ich unterschreibe, dass ich es nur zu genau dem Zweck erwerbe und entsprechend umgestalte?«

»Nein. Das Hotel bleibt in meinem Besitz. Wir schließen einen Vertrag, notariell beglaubigt. Du gestaltest es um, nach Plänen, die wir gemeinsam erarbeiten. Ich bleibe weiterhin in Bayreuth, komme aber immer wieder nach Rottach-Egern. Ich möchte bei den Umbaumaßnahmen dabei sein, soweit das geht. Wohnen werde ich dann in Onkel Georgs Haus. Die Leitung des Hauses hast du, ich arbeite weiter als Therapeutin.«

»Du hast ja alles exakt durchgeplant.«

Sie fand kein Lächeln in seinem Gesicht, keine Zustimmung und schon gar keine Freude darüber, dass sie zumindest teilweise die Geschicke des Hotels in seine Hände legen wollte.

»Ich habe es versucht. Ich wollte dir etwas gut Durchdachtes vorschlagen.«

»Du bist es offenbar gewohnt, Entscheidungen zu treffen.«

»Was meinst du damit?«

»Mir fällt auf, ich werde überhaupt nicht gefragt, wie ich über deinen Plan denke«, entgegnete er.

»Entschuldige, aber … ich meine, du kannst jederzeit Nein sagen.« Sie war verblüfft und erschrocken gleichermaßen.

»Ich denke darüber nach«, erwiderte er.

Der Kellner kam mit dem Essen. Kiras Appetit war weg. Er war mit jedem Satz, mit dem sie Richter für ihre Idee hatte begeistern wollen, ein Stück gewichen.

Das Essen war weitgehend schweigend verlaufen. Kira hatte sich mehr als die Hälfte ihrer Bestellung vom Kellner einpacken lassen, weil sie keinen Hunger mehr gehabt hatte.

Nun saßen sie wieder im Auto. Kira hatte Richter gebeten, sie zu ihrer Praxis zu fahren, damit sie ihren Wagen holen konnte. Er hatte mit wenigen Worten zugestimmt.

»Noah, was ist los?« Sie sah ihn von der Seite an. »Du bist böse auf mich. Warum? Du wolltest das Hotel kaufen, um damit für Kinder und deren Eltern etwas Gutes zu tun. Ich habe eine Möglichkeit gesucht, die uns beiden gerecht wird.«

»Ich weiß.« Er klang nicht mehr ganz so abweisend.

»Fällt es dir so schwer, umzudenken?«, fragte sie und dachte, dass er die Frage als Angriff oder Vorwurf verstehen konnte.

»Ja«, erwiderte er nur.

»Warum?«

»Ich muss deine Idee erst sacken lassen und darüber nachdenken«, sagte er. Das war keine Antwort auf ihre Frage.

»Okay. Mach das. Ich fahre übrigens nächstes Wochenende nach Rottach-Egern.«

»Warum das?« Für einen Augenblick sah er zu ihr und gleich darauf wieder auf die Straße.

»Damit die Häuser nicht so lange allein stehen.«

»Ich kann das für dich tun. Ich muss ohnehin in ein oder zwei Tagen zurück.«

»Ich würde es gerne selbst machen.«

Von einem Moment zum anderen hatte sie das Gefühl, Noah Richter sei eben dabei, einen Platz in ihrem Leben einzunehmen. Felix' Gesicht tauchte vor ihrem inneren Auge auf. Plötzlich war sie sicher, dass er am Leben war. Der Gedanke erleichterte sie ungeheuer, wenn auch nur für Sekunden. Dann wich die Erleichterung der Schwere in ihrem Inneren, die sie seit seinem Verschwinden niederdrückte. Sie musste stark sein, für Bonny.

»Ich möchte die Häuser wiedersehen«, ergänzte sie in dem Versuch, ihrer Zurückweisung die Härte zu nehmen.

»Ja, das kann ich verstehen«, erwiderte Richter, den Blick konzentriert auf die Fahrbahn gerichtet.

37

Richter parkte gegenüber einem Lokal, das sich »Bürgerreuth« nannte. Nachdem er Kira bei ihrer Praxis abgesetzt hatte, war er ziellos durch die Gegend gefahren und nun hier gelandet.

Er stieg aus und schlug den Mantelkragen hoch. Der Tag war kalt, nach wie vor trüb und wolkenverhangen, aber trocken. Unter seinen Schuhen knirschten die Reste von Eis und Schnee, von vielen Autos platt gefahren und stellenweise gefährlich glatt. Egal, er würde jetzt ein wenig frische Luft schnappen.

Hatte er sich von gestern Nachmittag bis heute Vormittag allmählich damit arrangiert, dass Kira ihm das Hotel nie verkaufen würde, so war ihm jetzt nach ihrem Vorschlag förmlich der Boden unter den Füßen verloren gegangen.

Sie hatte seine Pläne aufgegriffen, abgewandelt und ihm präsentiert, als wäre alles beschlossene Sache. Auch seine Rolle war dabei bereits festgeschrieben. Er sollte das »Erholungsheim« mit ihr zusammen neu planen, sie wollte einen Vertrag mit ihm machen, und er sollte das Haus leiten, wenn es fertiggestellt war. Dass er auch, ebenso wie sie, einen Beruf hatte, in dem er weiterhin arbeiten wollte, war gar nicht zur Sprache gekommen.

Er war enttäuscht, er hatte sein Ziel verloren, das ihn seit geraumer Zeit erfüllt und vorangetrieben hatte, und nichtsdestotrotz hatte diese zarte, unglückliche Frau eine enorme Anziehungskraft auf ihn.

Fatal war außerdem, dass sie in der stärkeren Position war. Ihr gehörte, was er haben wollte. Schlug er ihr Angebot aus, war der Zug, irgendwie Zugriff auf das Hotel Sollinger zu haben, wohl endgültig abgefahren. Zudem konnte er sich vorstellen, dass sie über kurz oder lang die angesprochenen Pläne umsetzte, ohne ihn. Vielleicht nicht unter ihrer persönlichen Leitung. Sie wollte ja unbedingt in Bayreuth bleiben und weiter in ihrer Praxis arbeiten. Aber sie konnte Personal einstellen.

Langsam ging Richter den Weg entlang.

Eines war klar, eine Rehaklinik würde es am Fuß des Wallbergs nicht geben. Wies er Kiras Angebot zurück, würde vermutlich auch der Kontakt zwischen ihnen abbrechen, und das wollte er auf keinen Fall. Auch wenn sie im Moment noch sehr unter dem Verlust von diesem Felix litt, so würde sicher die Zeit das Ihre tun. Und war sie erst bereit, von dieser Liebe Abschied zu nehmen, dann wollte er da sein.

Das Kind, das sie von dem anderen bekam, war kein Problem. Im Gegenteil. Er freute sich darauf, den kleinen neuen Erdenbürger zu begrüßen. Vielleicht durfte er ihm ein wenig von der Welt zeigen, wenn Kira es zuließ.

Richter bekam ein warmes Gefühl im Bauch. Er sah winzige Hände vor sich, kleine zarte Finger, die einen von ihm fest umschlossen. Er sah ein winziges Mündchen, eine kleine Nase, und er meinte jetzt schon, dieses unschuldige Wesen, das noch gar nicht richtig im Leben angekommen war, an seiner Brust und Schulter zu spüren. Den zarten Rücken, der sich unter sanften Atemzügen hob und senkte, das Köpfchen, das voller Vertrauen und Unschuld auf seiner Schulter lag.

Noah Richter blieb stehen und blinzelte gegen mächtige Gefühle an, deren er nur schwer Herr wurde. Genau so hatte Leon an seiner Schulter gelegen, vor fünf Jahren. Damals war schon klar gewesen, dass sein kleines Herz nicht gesund war, und jede Minute war von der Angst begleitet worden, dass sie ihn wieder gehen lassen mussten. Er dankte dem Himmel, dass es nicht so gekommen war.

Er zog ein Papiertaschentuch aus seiner Manteltasche, putzte sich die Nase, fuhr sich hastig mit dem Handrücken über die Augen und sah sich um. Er schien allein auf diesem Weg zu sein, der direkt in einen Wald führte.

Er steckte sein Taschentuch ein und berührte dabei sein Handy. Er umschloss das rechteckige Gehäuse des Mobiltelefons, als suchte er Halt. Es drängte ihn, seinen Vater anzurufen und mit ihm über Kiras Angebot zu reden. Doch das war keine gute Idee. Schlimmstenfalls würde es seinen alten Herrn gewaltig aufregen. Diese Lösung war nicht die, die Hermann

Richter sich erhofft hatte, und er wiederum war letzten Endes verantwortlich für das, was er sich erhofft hatte. Er löste die Finger von dem Telefon und betrat den Wald. Der Weg war breit, die Bäume standen in lichtem Abstand, zur linken Seite mehr als rechts.

Nach etwa fünfzig Metern kam er an eine Kreuzung. Rechts ging es zu einer Klinik, wie eine Beschilderung auswies, geradeaus stieg der Weg steil an, den wollte er nicht nehmen. Unvermittelt musste er an Kira denken, die in Aichig auch einen steilen Weg hatte meiden wollen, obgleich sie in den Bergen wandern ging, genau wie er. Er hätte über die Ähnlichkeit in ihrem Wesen gerne gelächelt, doch irgendetwas zog in seiner Brust, und es ging nicht.

Richter wandte sich nach links. Hier war der Weg eben und breit. Ein Stück weiter vorne machte er eine Biegung. Um diese kam eine Frau, die einen Jungen im Rollstuhl schob. Das Kind war etwa zehn Jahre alt. Es hielt den Kopf schief, und sein Oberkörper war mit Gurten gesichert, sodass der Junge Halt hatte. Er lächelte mit halb offenem Mund, seine Arme und sein Kopf machten unkontrollierte Bewegungen. Die Frau, die das Kind schob und die vermutlich die Mutter war, sah abgekämpft aus und verhärmt. Ihre Jacke wirkte alt und abgetragen, ebenso der Rock. Beim Friseur war sie wohl auch lange nicht gewesen. Sie ging an ihm vorbei, ohne ihn zu beachten, das Kind gab einige unartikulierte Laute von sich.

Plötzlich stellte er sich vor, Kiras Pläne wären schon umgesetzt worden und der Hotelbetrieb wäre in vollem Gang. Nein, der Betrieb des Erholungsheims. Er hätte der Frau eine Visitenkarte des Hauses überreichen können, einfach so. Finanziell wäre man sich sicher einig geworden.

Richter schob die Hände tief in die Manteltaschen. »Zu moderaten Preisen«, hatte Kira gesagt. Was genau stellte sie sich darunter vor? Und wie wollte sie Leuten entgegenkommen, die eine Auszeit bitter nötig hatten, aber keinen finanziellen Spielraum?

Das Handy in seiner Tasche fing an zu läuten. Er zog es

hervor und sah aufs Display. Die Nummer des Anrufers sagte ihm nichts.

»Noah Richter«, meldete er sich.

»Noah, hier ist Kira.«

Er blieb mitten auf dem Waldweg stehen. Kira. Vermutlich wollte sie ihr Angebot zurückziehen. Er hatte allzu distanziert reagiert, kein Interesse gezeigt und stattdessen seiner Verstimmung darüber Ausdruck verliehen, wie entschlossen sie geplant und die Rollen verteilt hatte.

»Kira, hallo.« Er unterdrückte das Räuspern, zu dem er bereits angesetzt hatte.

»Es tut mir leid«, fuhr sie fort. »Du hast recht, ich war recht forsch vorhin. Das wollte ich nicht. Ich wollte eigentlich einen Kompromiss finden, der uns beiden gerecht wird.«

Und Sollinger, fügte Richter in Gedanken hinzu. »Ja«, erwiderte er, nachdem er sekundenlang nachgedacht hatte. »Ja, ich glaube, das weiß ich.«

»Wollen wir noch einmal darüber reden? Oder ist mein Vorschlag für dich ausgeschlossen?«

Er sah den kleinen Jungen und seine vergrämt aussehende Mutter wieder vor sich, die ihm vorhin begegnet waren.

»Er ist nicht ausgeschlossen. Ich finde ihn sogar … gut.« Verwundert merkte er, dass er die Wahrheit sagte.

»Schön.« Kira sprach leise. »Dann lass uns bald über ein paar Einzelheiten reden.«

»Gerne«, erwiderte er, und diese Zusage fühlte sich angenehm an. Er entspannte sich ein wenig. Blieb, dem Vater die Entwicklung der Dinge schonend beizubringen, doch hier wollte er nichts überstürzen.

38

Der Märztag war kalt, aber sonnig. Kira ging über den Verbindungsweg von Onkel Georgs Privathaus zum Hotel, bei dem die Umbauarbeiten in vollem Gang waren. Durch die kalte Luft des Frühlingstages spürte sie bereits die sanfte Wärme der Sonnenstrahlen.

Rechts vom Haus sollte ein Swimmingpool entstehen. Der Bereich war bereits abgesteckt worden, im Laufe des Aprils sollte das Erdreich ausgehoben werden.

Die Terrasse bekam neue Steinplatten. Hinter dem Haus war ein Miniatur-Bauernhofgelände geplant, mit Hühnerhaltung und vielen Beeten für Obst und Gemüse. Hier konnten sich große und kleine Gäste nützlich machen, wenn sie Interesse hatten.

Noah hatte vorgeschlagen, langfristig noch zwei Ponys anzuschaffen, für Reittherapien und heilpädagogisches Reiten. Doch das war Zukunftsmusik. Erst mussten die wichtigsten Baumaßnahmen abgeschlossen sein. Im Innenbereich liefen die Arbeiten schon seit Anfang Januar auf Hochtouren. Zimmer und Bäder wurden renoviert, Speisesaal und Küche modernisiert, der Keller entrümpelt, in dem alte Möbel gelagert worden waren. Auch uralte Vorräte an Lebensmitteln hatten sich dort gestapelt, die entsorgt werden mussten.

Bei allen Umbauten achtete sie darauf, dass die ursprüngliche Schönheit des Hotels bewahrt wurde, so wie die wunderschöne geschwungene Treppe mit den schmiedeeisernen Ornamenten am Geländer unterhalb des Handlaufs. Auch der torbogenartige Übergang zwischen Eingangsbereich und Kaminzimmer sollte erhalten bleiben sowie viele antike Möbelstücke, die in erster Linie dekorativen Zwecken dienten, wie eine kleine Kommode aus dunklem Holz mit vielen Schnitzereien und darüber ein dreiteiliger Spiegel mit ebenfalls hölzernem Rahmen. Auch eine neue Heizungsanlage war im Keller des Hauses eingebaut worden.

Noah stand vor der Terrasse und beaufsichtigte die Arbeiten. Es wurde eifrig gewerkelt. Kira spürte ein Ziehen im Rücken. Sie ignorierte es, so gut es ging. Sie hatte es heute Morgen schon einige Male gemerkt und machte sich ihre Gedanken. Aber der Geburtstermin war erst in drei Wochen. Vielleicht hatte sie die sogenannten Senkwehen. Von ihnen hatte sie in einem Zeitungsartikel gelesen.

Noah winkte ihr zu. Kira winkte zurück.

»Guten Morgen.« Er lächelte ihr zu, als sie bei der Terrasse war.

Schwerfällig stieg Kira die beiden flachen Stufen nach oben.

»Guten Morgen«, erwiderte sie und lächelte zurück. Wieder zog es in ihrem Rücken, diesmal um einiges heftiger als zuvor. Sie krümmte sich zusammen, die Hand in den Rücken gedrückt.

»Kira, was ist los? Hast du Schmerzen?«, fragte Noah erschrocken.

»Irgendwie schon«, gab sie keuchend zu.

»Na, dann wird das ja mal so weit sein«, brummte einer der Bauarbeiter, der in Hörweite stand. Er kratzte sich am Kinn.

»Es ist erst in drei Wochen so weit«, protestierte Kira mühsam. Diesmal wollte das Ziehen nicht nachlassen.

»Ja, wenn das der Kleine mal weiß«, erwiderte der Mann, stützte sich locker auf seine Schaufel und musterte sie. »Gehen Sie mal lieber in die Klinik«, ergänzte er. »Nicht dass der Junge hier in dem ganzen Durcheinander zur Welt kommt.«

»Es ist ein Mädchen.« Allmählich kam sie wieder zu Atem.

»Wie Sie meinen, Frau Wagner.«

Der Bauarbeiter warf Noah einen Blick zu. Noah griff Kira sacht am Arm.

»Wenn du solche Schmerzen hast, sollten wir wirklich in die Klinik fahren«, sagte er besorgt.

»Ja, vielleicht«, gab sie nach. Sie hatte nicht einmal ihre Tasche hier, die seit Wochen gepackt in Aichig stand, für die Fahrt ins Krankenhaus, zur Entbindung. Eine Welle des Schmerzes überkam sie. Erschrocken klammerte sie sich an Noahs Arm.

»Jetzt aber schnell«, sagte der Bauarbeiter.

»Komm.« Noah legte den Arm um ihre Hüften. »Geht es? Schaffst du es bis zu meinem Auto?«

Er hatte an der Sonnenmoosstraße geparkt, wie immer, nur wenige Meter vom Hotel entfernt. Der Weg schien ihr unüberwindlich.

»Ja«, stieß sie zwischen zusammengebissenen Zähnen hervor.

Noah stützte sie. Kira war unendlich dankbar, dass er bei ihr war.

»Herzlichen Glückwunsch, Frau Wagner.« Der Arzt stand neben ihrem Bett im Krankenzimmer. »Das war ja beinahe eine sehr schnelle Geburt. Aber es ist alles in Ordnung. Ihr Kleiner ist wohlauf. Bei dem Vater scheinen allerdings die Nerven blank zu liegen.«

Ihr Kleiner? Kira konnte es nicht fassen. Sie hatte einen Sohn.

»Die Schwester bringt Ihnen gleich Ihren Jungen. Wenn es Ihnen recht ist, schicke ich jetzt auch den Vater zu Ihnen.«

Kira nickte schwach. Immer wieder war Noah in den letzten Monaten an ihrer Seite gewesen. Inzwischen fehlte ihr die Energie, bei jeder Gelegenheit darauf hinzuweisen, dass er weder ihr Lebensgefährte noch der Vater ihres Kindes war. Sie beide wussten es, für den Moment genügte das. Was sie mittlerweile dauerhaft verdrängte, war, dass er offenbar die fälschliche Annahme genoss. Er selbst protestierte jedenfalls nie, kam es zu der Fehleinschätzung.

Schwester Birgit hatte ihr ein winziges, zerknautschtes Bündelchen in den Arm gelegt. Ungläubig und staunend musterte Kira das kleine Menschlein. Das Gesichtchen war rot und zerknittert, die Augen groß und dunkel. Der Kleine schien sie anzusehen und doch nicht wahrzunehmen. Das winzige Mündchen öffnete sich, und er gab einen quäkenden Laut von sich, für den er sich offenbar recht anstrengen musste, so mühsam, wie er ansetzte.

Die Zimmertür ging vorsichtig auf, und Noah betrat den Raum. Er hielt eine kleine gelbe Rose in der Hand. Kira stiegen Tränen in die Augen, und sie lächelte ihm zu.

»Es ist keine Bonny, Noah. Es ist ein Junge«, informierte sie ihn.

»Herzlichen Glückwunsch«, murmelte er. Er legte die Rose auf den Nachtschrank und beugte sich über das Kind. Eine ganze Weile betrachtete er den Kleinen.

»Wie du sieht er nicht aus«, sagte er schließlich und grinste.

»Dann sieht er wohl aus wie Felix«, erwiderte Kira und brach in Tränen aus.

Noah stellte einen Strauß aus rosa Tulpen und weißem Schleierkraut auf den Küchentisch und arrangierte die Blumen, bis sie gleichmäßig verteilt in der dickbauchigen Vase standen. Rudi saß neben ihm und beobachtete, was er tat. Die letzten Tage hatte er, um den Hund zu versorgen, in Sollingers Privathaus gewohnt.

In einer halben Stunde würde er in die Klinik fahren und Mutter und Kind abholen.

Der Kühlschrank war gefüllt, und nach Absprache mit Kira hatte er vor zwei Tagen vom Dachboden des Hauses die Wiege geholt, in der sie selbst schon als Baby gelegen hatte, ebenso ihren alten Kinderwagen. Beim Verkauf ihres Elternhauses vor vielen Jahren hatte sie beides bei ihrem Onkel untergestellt. Noah hatte die dazugehörigen Bettwäschegarnituren in eine Reinigung gebracht, weil er sich mit der Waschmaschine des verstorbenen Sollinger überfordert gefühlt hatte. Mittlerweile war das kleine Bettzeug in der Wiege und im Kinderwagen frisch bezogen.

Auch eine Babyschale für das Auto hatte er besorgt.

Die Bauarbeiten am Hotel hatte er kaum beaufsichtigen können, so sehr war er beschäftigt gewesen.

Jetzt war es Zeit, Kira und das Baby abzuholen. Er war aufgeregt und fühlte sich gleichermaßen beklommen. Es fühlte sich an, als holte er seine Frau und seinen Jungen nach Hause. Und doch stand ihm diese Position nicht zu.

Der Kleine schlief in Kiras altem Kinderwagen. Rudi lag daneben, als wollte er auf das Kind achten. Noah und Kira saßen in der Küche am Tisch. Noah hatte auf dem Weg in die Klinik einige Stücke Kuchen vom Bäcker besorgt und nun Früchtetee dazu gekocht, weil Kira dem Jungen zuliebe auf Koffein zunächst verzichten wollte.

»Ich danke dir, Noah. Für alles«, sagte Kira leise.

Er war nicht sicher, ob sie wegen des Kleinen mit gesenkter Stimme sprach oder ob das andere Gründe hatte.

»Gerne«, erwiderte er, ebenfalls leise.

»Ich werde die nächsten Wochen hierbleiben«, fuhr sie fort. »Ich werde nicht vor Juni oder Juli wieder arbeiten, um ganz für den Kleinen da zu sein.«

»Wie soll er denn jetzt heißen?«, fragte Noah und nahm sich ein Stück Zitronenkuchen.

»Tja, das mit der Bonny war nun nichts«, sagte Kira und lächelte. »Ich würde ihn gerne Felix nennen, nach seinem Vater.«

Sein Magen zog sich zusammen.

»›Felix‹ steht für ›der Glückliche‹. Ich wünsche mir für ihn, dass er glücklich wird. Ich habe aber auch Angst, meinen Kleinen mit diesem Namen zu belasten. Irgendwann wird er nach seinem Vater fragen, und dann bleibe ich ihm viele Antworten schuldig, weil ich sie selbst nicht habe. Verstehst du, was ich meine?«

»Ja«, erwiderte er ruhig.

»Ich denke, ich nenne ihn Leonhard. Das bedeutet so etwas wie ›der Löwenstarke‹«, sagte sie.

Leonhard. Auch nicht viel besser. Sigrids Sohn hieß Leon.

Noah legte seinen Kuchen zurück auf den Teller, streifte die Krümel von den Fingerspitzen und legte sie aneinander.

»Gefällt dir der Name nicht?«, fragte Kira.

»Doch. Es gibt nur in meinem Umfeld bereits einen Jungen, der zumindest ähnlich heißt. Der Sohn meiner Bekannten, von dem ich dir schon erzählt habe. Leon.«

»Das Kind, dessentwegen du die Reha bauen wolltest?«

»Ja.«

»Dann fällt Leonhard raus.« Sie nippte mit nachdenklicher Miene an ihrem Tee.

»Wie gefällt dir Theodor?«, fragte Noah.

»Theodor? Ich weiß nicht. Hat der Name eine Bedeutung?« Der Punkt schien ihr wichtig zu sein.

»Keine Ahnung. Warte, ich sehe nach.« Noah nahm sein Handy, das neben seinem Teller auf dem Tisch lag. »Hier steht, der Name leitet sich aus dem Griechischen ab. Man könnte ihn mit ›Geschenk Gottes‹ übersetzen.« Behutsam legte er sein Telefon weg.

Kiras Augen füllten sich unerwartet mit Tränen. Sie stand auf, ging zu dem Kinderwagen und betrachtete das schlafende kleine Wunder, das darinnen lag.

»Das ist er wirklich«, flüsterte sie, und Tränen liefen ihr übers Gesicht.

Noah trat neben sie. Sanft nahm er ihre Hand und wappnete sich gegen eine Zurückweisung. Doch Kira ließ die zärtliche Geste zu.

»Dann nennen wir ihn Theo«, sagte sie leise.

Noah trat vor das Haus. Wieder schien die Sonne, und heute kam sie ihm wärmer vor als in den vergangenen Tagen. Es wurde Frühling im Tegernseer Tal. Frühling barg Hoffnung, Helligkeit und Zukunft.

Für die Zukunft wurde am Hotel gegenüber gebaut. Es gab noch viel zu tun. Die Eröffnung sollte im Juni stattfinden. Ob der Termin zu halten war, war noch nicht sicher.

Noah setzte sich auf die Bank, auf der Sollinger oft gesessen hatte. Das Holz war noch kalt, sehr kalt. Lange konnte er nicht sitzen bleiben, nur einen Moment.

Kira lag mit Klein-Theo im Bett, um ihn zu stillen.

Er stellte sich vor, später ins Haus zu gehen, mit ihr zusammen zu Abend zu essen und später an ihrer Seite einzuschlafen. Er stellte sich vor, es würde immer so sein.

Noch hing ihr Herz am Vater ihres Kindes, dessen Schicksal ungewiss war.

Doch vielleicht half die Zeit.

Kira legte den schlafenden Kleinen sacht in die Wiege und verließ auf leisen Sohlen das Zimmer und ging die Treppe hinunter. Die Tür zu ihrem Zimmer hatte sie offen gelassen.

Im unteren Flur zog sie ihre Jacke über und trat vors Haus.

Noah saß auf der Bank, wie seinerzeit ihr Onkel. Er sah zu ihr. Sie sah einen Anflug von Traurigkeit in seinem Gesicht, die sie erschreckte.

»Alles in Ordnung?«, fragte sie.

»Sicher«, erwiderte Noah und lächelte, ein wenig bemüht, wie ihr schien. »Was macht der Kleine?«

»Er schläft. Ich brauche ein Babyfon, damit ich sicher höre, wenn er quäkt.«

»Besorge ich dir.«

»Es ist noch zu kalt, hier draußen zu sitzen«, sagte Kira.

»Du hast recht.« Noah stand auf.

»Es geht gut voran, dort drüben«, wechselte sie das Thema.

»Ja.«

Noah stellte sich neben sie. Gemeinsam blickten sie zum Hotel. Langsam senkte sich die Sonne am Horizont und tauchte das Anwesen in goldenes Licht. Nun war das Haus das Erbe ihres Sohnes. Vielleicht wollte er es eines Tages übernehmen. Ein sachtes Ziehen in ihrer Brust erinnerte sie an den Wunsch ihres Onkels, den er ihr hatte antragen wollen.

War sie eben dabei, eine Linie fortzusetzen? Hegte sie schon jetzt Überlegungen, die die Zukunft ihres Kindes betrafen, das gerade ein paar Tage alt war? Es war viele Jahre zu früh, um sich Gedanken zu machen. Theo sollte leicht und unbeschwert aufwachsen.

Leicht und unbeschwert, aber ohne seinen Vater. Irgendwann würde er ihn vermissen. So wie sie ihn vermisste. Aber vielleicht kam Felix eines Tages doch wieder zurück. Vielleicht konnten sie dort anknüpfen, wo das Band gerissen war.

Noah strich ihr über den Arm. »Ich kümmere mich um das Babyfon«, sagte er.

»Danke.«

Sie lächelte ihm zu. Er sah sie an, und für einen kurzen Moment dachte sie, er wollte sie küssen. Doch Noah nickte ihr nur zu und ging zu seinem Wagen. Der parkte seit geraumer Zeit nicht mehr am Rand der Sonnenmoosstraße, sondern vor Onkel Georgs Privathaus.

39

Kira saß vor dem Haus ihres Onkels auf der Bank im Schatten. Sie hielt Theo auf ihren Knien und stützte sanft mit beiden Händen sein Köpfchen. Acht Wochen war ihr Sohn jetzt alt. Aufmerksam sah der Kleine sie aus dunklen Augen an. Sein Blick war noch verschwommen, und doch glaubte sie zu erkennen, dass er sehr genau ihr Gesicht betrachtete. Ihr Herz quoll über vor Liebe zu dem kleinen Wesen. Ihr Sohn, ihr Kind, ihr Glück, ihr Leben. Ihr Vermächtnis von Felix. Sie hörte Noah aus dem Haus kommen. Er trat neben sie und legte sacht seine Hand auf ihre Schulter.

»Kann ich euch alleine lassen?«, fragte er.

Kira sah zu ihm hoch und lächelte. »Aber natürlich«, erwiderte sie.

Er beugte sich zu ihr und hauchte ihr einen Kuss auf den Mund. »Es wird eine Weile dauern«, sagte er. »Es gibt noch einiges zu besprechen, damit es mit der Eröffnung in zwei Wochen klappt.«

Kira hob Theo behutsam hoch und legte ihn sich an die Schulter. Sein Köpfchen sank zur Seite, sie spürte seinen feinen warmen Atem, der ihren Hals streifte, und schnupperte den Duft ihres Babys.

»Mach dir keinen Stress, wir kommen gut zurecht.« Sie stand auf. Es wurde Zeit, den Kleinen zu füttern, zu wickeln und in sein Bettchen zu legen.

Noah legte beide Hände auf Kiras Hüften. »Bis dann«, sagte er und küsste sie noch einmal, ehe er sich abwandte und über den Feldweg zum Hotel ging.

Kira wollte gerade ins Haus, als sie das Gefühl hatte, beobachtet zu werden. Ihr Blick ging zur Sonnenmoosstraße. Dort stand ein Wagen, und hinter dem Steuer saß ein Mann, der in ihre Richtung sah. Ihr war, als bekäme sie einen Hieb in den Magen, der ihr die Luft zu nehmen drohte. War das …? Nein, das konnte doch nicht sein. Ihr Herz fing an zu rasen.

»Felix.« Sie hatte seinen Namen rufen wollen, doch es wurde nur ein Flüstern. Ihre Knie zitterten, und trotz des herrlichen Maitages überlief sie ein Frösteln. Felix? Theo an sich gedrückt, machte sie einige wacklige Schritte über die Zufahrt Richtung Straße. Der Blick des Mannes kreuzte sich mit ihrem. In der Fensterscheibe des Fahrzeugs spiegelte sich das Licht des Tages, sodass sie sein Gesicht nicht genau erkennen konnte. Der Fahrer sah zur Straße, der Wagen setzte sich in Bewegung und fuhr davon, ehe sie eine Chance gehabt hatte, ihn zu erreichen.

Kira rang nach Luft. War er es gewesen, oder hatte ihr Verstand sie genarrt? Sie hatte nicht einmal auf das Kennzeichen des Autos geachtet.

Felix. Ihr Mund war trocken, ihr Hals schmerzte von dem Druck, der in ihm saß.

Theo gab einen kläglichen Laut von sich. Kira merkte, dass sie ihn zu fest an sich gedrückt hielt. Sie lockerte ihren Griff und streichelte den zarten Rücken ihres Kindes.

Theo, ich glaube, das war eben dein Papa, sagte sie stumm zu ihrem Sohn. Ihre Augen fingen an zu brennen. Sie sah zum Hotel. Dort stand Noah auf der neuen Terrasse und sprach mit einem der Handwerker. Noah. Der gute, verlässliche Noah, der behutsam und beständig um ihre Liebe warb. Der rücksichtsvoll und ohne sie zu bedrängen, an ihrer Seite war.

Durch einen Schleier von Tränen sah sie, dass er winkend die Hand hob. Sie winkte zurück, brach endgültig in Tränen aus und eilte ins Haus.

War Felix zurückgekommen? Oder war die Sehnsucht nach ihm so stark, dass sie einen Unbekannten mit ihm verwechselt hatte?

Kira trat ans Küchenfenster. Langsam beruhigte sie sich wieder. Sie sah nach draußen, dorthin, wo der Wagen gestanden hatte. Die Stelle war jetzt leer. Vielleicht hatte sie sich alles nur eingebildet.

Unter dem Klarnamen erschienen:
Jacqueline Lochmüller
TOD IM FICHTELGEBIRGE
Broschur, 256 Seiten
ISBN 978-3-7408-0656-9

An einem herrlichen Sommertag verschwinden zwei kleine Mädchen spurlos. Trotz fieberhafter Suche finden Kommissarin Kristina Herbich und ihr Kollege Breuer keinen Hinweis auf die Kinder. Zur selben Zeit werden in Bayreuth immer wieder junge Männer als vermisst gemeldet. Während die Polizei auf Hochtouren arbeitet, taucht im Wald von Bad Berneck eine verwirrte junge Frau auf, halb nackt und in Panik. Wie hängen all diese Fälle zusammen? Herbich und Breuer läuft gnadenlos die Zeit davon …

»Jacqueline Lochmüller gelingt es, die vielen Handlungsstränge spannend voranzutreiben und sie zu einer erschütternden Geschichte zu verbinden.« Bayerischer Rundfunk

www.emons-verlag.de

Unter dem Klarnamen erschienen:
Jacqueline Lochmüller
ZAPPEDUSCHDER
Broschur, 256 Seiten
ISBN 978-3-7408-0965-2

Eigentlich hat Kommissarin Kristina Herbich in Bayreuth alle Hände voll zu tun: Ein Mordfall in einer Tanzbar fordert ihre ganze Aufmerksamkeit. Doch bei ihren Nachforschungen verliebt sie sich, und ehe sie sich's versieht, ist sie schon auf dem Weg ins Saarland, wo ihr neuer Freund wohnt. Auf der Fahrt dorthin begegnet sie einer Anhalterin – wenig später wird die junge Frau ermordet am Bostalsee aufgefunden. Als Kristina erfährt, dass in der Gegend immer wieder Anhalterinnen spurlos verschwinden, beschließt sie, der Sache auf den Grund zu gehen, und gerät dabei in größte Gefahr.

JACQUELINE LOCHMÜLLER
RUHE SANFT
IM FICHTELGEBIRGE
Kriminalroman
emons: